历代宋诗总集研究

The Study on Poetry Collections of Song Dynasty

王友胜 著

图书在版编目(CIP)数据

历代宋诗总集研究/王友胜著.—北京：北京大学出版社，2021.6
ISBN 978-7-301-32233-8

Ⅰ.①历…　Ⅱ.①王…　Ⅲ.①宋诗－诗歌研究　Ⅳ.①I207.227.44

中国版本图书馆CIP数据核字（2021）第112594号

书　　名	历代宋诗总集研究 LIDAI SONGSHI ZONGJI YANJIU
著作责任者	王友胜　著
责任编辑	吴冰妮
标准书号	ISBN 978-7-301-32233-8
出版发行	北京大学出版社
地　　址	北京市海淀区成府路205号　100871
网　　址	http://www.pup.cn　　新浪微博: @ 北京大学出版社
电子信箱	dianjiwenhua@126.com
电　　话	邮购部010-62752015　发行部010-62750672　编辑部010-62756449
印 刷 者	北京溢漾印刷有限公司
经 销 者	新华书店
	730mm × 1020mm　16开本　18.5印张　314千字
	2021年6月第1版　2021年6月第1次印刷
定　　价	55.00元

国家社科基金后期资助项目
出版说明

后期资助项目是国家社科基金设立的一类重要项目，旨在鼓励广大社科研究者潜心治学，支持基础研究多出优秀成果。它是经过严格评审，从接近完成的科研成果中遴选立项的。为扩大后期资助项目的影响，更好地推动学术发展，促进成果转化，全国哲学社会科学工作办公室按照“统一设计、统一标识、统一版式、形成系列”的总体要求，组织出版国家社科基金后期资助项目成果。

全国哲学社会科学工作办公室

目　　录

下篇 个案研究

附　　录

导　论

一、回顾与前瞻

“总集”之名，在中国传统目录学中，是相对别集而言。一般而论，别集指一个作家作品的结集，总集则指按一定的编排体例与要求，将两人或多人之作汇于一编的书。《隋书·经籍志》载，“别集之名，盖汉东京之所创也”，意即别集的起源当在汉代。两汉的确出现了专收一家作品的别集，但当时有其实而无其名，直到南朝梁阮孝绪的目录学著作《七录》，始在“文集录”下列“别集”之目。这时“别集”在目录学著作中才正式取得“户口”。关于中国古代总集的起源，《隋书》卷三五云：“总集者，以建安之后，辞赋转繁，众家之集，日以滋广，晋代挚虞，苦览者之劳倦，于是采摘孔翠，芟剪繁芜，自诗赋下，各为条贯，合而编之，谓为《流别》。是后文集总钞，作者继轨，属辞之士，以为覃奥，而取则焉。”①编者以为文学总集肇始于西晋挚虞的《文章流别集》，并被后来之作家奉为“覃奥”而“取则”。《四库全书总目》卷一八六《总集类序》阐述总集的缘起与类型亦说：“文籍日兴，散无统纪，于是总集作焉。一则网罗放佚，使零章残什并有所归；一则删汰繁芜，使莠稗咸除，菁华毕出。是固文章之衡鉴，著作之渊薮矣。”②四库馆臣进一步指出，“总集”是在作品渐多，读者难于披阅的情况下产生，其类型主要包括拾遗补阙、保存文献以“求全”的总集与精加甄选、衡鉴优劣以“求精”的总集两类汇编之作品。这显然比《隋书》所谓“采摘孔翠，芟剪繁芜”的总集范围要广。本书以“总集”而非一般所谓“选本”为名，正是采用四库馆臣的说法，从其所指涉的总集范围来立论。

---

① 《隋书》卷三五《经籍志四》，第1089—1090页，中华书局1973年版。

② 《四库全书总目》卷一八六，第2598页，中华书局1997年版。

“宋诗总集”，顾名思义，指编者按一定的体例与标准，在一定的范围内辑录或选编有宋一代诗人所作之诗的文学总集。① 本书所谓“宋诗总集”即在比较宽泛的意义上使用这一概念，它不仅含汇编两位或多位宋人之诗作的总集，还包括某些诗文兼收的宋编重要宋代总集，包括收录有宋诗的唐宋或宋金元明合选的跨代诗歌总集，有时也涉及收录一时一地、一家一族、一宗一派之宋诗的诗歌总集。所谓“诗”者，乃取狭义的概念，不包括词、赋等韵文。据公私书目及其他相关资料统计，截至1911年，见于书目著录或其他文献记载的宋至清人所编宋诗总集多达320种，这个数量比唐诗总集自然要少②，也没有清诗总集多③，然超过前代及元、明两朝诗歌总集则是不争的文学史事实。

新时期以来，随着学术生态环境的改善，学术研究日益走上正常、规范的学术轨道。宋诗研究逐步升温，对宋诗的认识逐步加深，学界有关宋诗总集研究的成果渐趋丰富，宋诗总集的新编本也逐渐增加。据不完全统计，1949年以来见于本书附录的宋诗总集即有66种，特别是《全宋诗》及其三本补编《全宋诗订补稿》《全宋诗订补》《全宋诗辑补》的出版与问世，更嘉惠学林、功德无量。从学术史的视角来看，二十世纪七十年代末、八十年代初，如果说学界对宋诗进行理论探讨是以“宋诗是否具有形象思维”为关注焦点展开热烈讨论为开端的话④，那么，对宋诗文献的整理与研究则是以出版或重印一批历代宋诗经典总集为先河。盛世治文，1981年9月17日中共中央《关于整理我国古籍的指示》指出：“整理古籍，把祖国宝贵的文化遗产继承下来，是一项十分重要的、关系到子孙后代的工作。”在这一指导方针推动下，国务院恢复了古籍整理出版规划小组，制定了《古籍整理出版规划1982～1990》。⑤ 在全国古籍整理工作积极展开的大好形势下，一批影响较大的宋诗总集整理出版。当时以出版古代文学研究与文献资料为重点任务的上海古籍出版社更是捷足先登，如1978年2月即据它的前身原中华书

---

① 按今人论著多称古代诗歌总集为选本，实则总集远比选本包含的范围要宽泛，如《宋诗拾遗》《宋诗纪事》及诸如《严陵集》等收录某时地、某家族诗歌的总集都缺少“选”的意味，又如明末潘是仁所编《宋元四十三家集》、清乾隆间佚名所编《宋人小集四种》、法式善所编《宋元人诗集》等，甚至带有丛刊的性质，更不能用“选本”称之。

② 据孙琴安《唐诗选本提要》（上海书店出版社2005年版）自序，截至辛亥革命，见载的唐诗选本有600余种，其中存世者约300种。本书附录所列1911年前宋诗总集凡320种。

③ 按日人松村昂继所编《清诗总集131种解题》后，再编《清诗总集叙录》，著录各类清诗总集约200种。王卓华、曹辛华主编的《清诗总集丛刊》，收录清代诗歌总集170种。

④ 按《毛泽东给陈毅同志谈诗的一封信》指出：“宋人多数不懂诗是要用形象思维的，一反唐人规律，所以味同嚼蜡。”见《诗刊》1978年第1期。

⑤ 参杨牧之《新中国古籍整理出版工作的回顾与展望》，《中国编辑研究》2004年第2期。

局上海编辑所1964年重印本，出版高步瀛选注的《唐宋诗举要》，其中上册为古体诗，下册为今体诗，注释一仍其旧，只改正了一些明显的错字与讹误；1978年10月据乾隆二十六年(1761)诵芬楼刊本，校点出版清代张景星、姚培谦、王永祺合编，蒋天枢校点的《宋诗别裁集》；1983年6月根据乾隆十一年厉氏樊榭山房刊本，出版清代厉鹗辑撰，胡道静、吴玉如等标点的《宋诗纪事》；1986年3月出版清代姚鼐编选，曹光甫标点的《今体诗钞》，其中前集录唐人五律，后集录唐宋人七律；1986年4月出版宋末元初方回选评，李庆甲集评校点的《瀛奎律髓汇评》，将方氏原评与清代以来品评《瀛奎律髓》的论述汇成一书，便于读者省览。作为国家级的综合古籍出版机构，中华书局在宋诗总集的整理出版方面同样取得了不俗的成绩，1980年12月即出版宋初杨亿编，王仲荦注的《西昆酬唱集注》；1986年12月出版清代吴之振、吕留良、吴自牧选，清管庭芬、蒋光煦补的《宋诗钞》，是集包括《宋诗钞初集》与《宋诗钞补》两部分。除此以外，齐鲁书社1983年7月影印清代沈德潜编选、赵翼批点的《宋金三家诗选》，1986年出版郑再时的《西昆酬唱集笺注》；浙江人民出版社1983年2月出版由清代朱梓、冷昌言编，徐元校注的《宋元明诗三百首》；贵州人民出版社1986年据康熙年间楝亭曹氏刊本排印《后村千家诗校注》；岳麓书社1987年3月出版宋代谢枋得、明代王相选注，喻岳衡整理的《千家诗》；浙江古籍出版社1986年5月出版清代严长明编选，吴战垒校注的《千首宋人绝句校注》等。以上宋诗总集除《宋元明诗三百首》《千首宋人绝句校注》为旧编新注外，其余均属点校、汇评或影印。这些宋诗文献资料整理出版后，迅速在读者中广泛流播，极大地改变了新时期以来古代诗歌研究的学术版图，由过去以《诗经》、《楚辞》、陶渊明及唐诗研究为中心与重点的古代诗歌研究格局，进展到先唐诗、唐诗、宋诗研究三部分均衡协调并重的局面，极大地推动了宋诗的理论探讨从多个维度向纵深发展，为更多的旧编宋诗总集的整理与宋诗总集的新编提供了可供参考与借鉴的范本，也为《全宋诗》的编纂问世作了前期资料准备工作。

进入二十世纪九十年代后，宋诗总集的整理工作承继前此已有硕果，继续向前推进。在整理形式上，除前此已有影印、点校、注释外，还出现了两部以校证为重点的对宋诗总集进行深度整理的著作，即人民文学出版社2002年12月出版旧题刘克庄编集，李更、陈新校证的《分门纂类唐宋时贤千家诗选校证》；凤凰出版社2007年12月出版宋代于济、蔡正孙编集，朝鲜徐居正等增注，卞东波校证的《唐宋千家联珠诗格校证》等。李、陈二氏的《校证》分“考证”与“校记”两部分，“考证”主要交代该诗在《全唐诗》《全宋诗》及诗人别集中的卷次、题名，或《全宋诗》《全唐诗续拾》据此书收录情况,有时也辨真伪,指出诗的真实作者;“校记”只是出录各本文字异同,并不作优劣高下的判断;卞东波的《校证》中,“证”远多于“校”,旨在辨析原编张冠李戴、割裂原作、误署时代等,是书的主要部分。以时间为序,这一时段整理的宋诗总集依次还有:中国书店1990年据1922年扫叶山房本影印宋末方回原编,清纪昀批点的《瀛奎律髓》,书名改为《唐宋诗三千首》;中华书局1992年3月出版南宋吕祖谦奉诏编辑,齐治平点校的《宋文鉴》;巴蜀书社1992年3月出版陈衍评点,曹中孚校注的《宋诗精华录》;上海古籍出版社1993年11月据《四库全书》影印,清代曹庭栋编的《宋百家诗存》;春风文艺出版社1995年4月出版乾隆御编,马清福主编的《唐宋诗醇》;海南出版社2000年影印出版清陈焯编的《宋元诗会》;辽宁教育出版社2000年1月出版元代陈世隆编,徐敏霞校点的《宋诗拾遗》。其中有的宋诗总集如《千家诗》《宋诗精华录》等,甚至还出现过三至五种不同的注本。

辑补宋诗总集的著作,首先值得一提的是对《宋诗纪事》进行补遗的三部书,分别是徐旭、李建国点校,陈新审阅,山西古籍出版社1997年7月出版的《宋诗纪事补遗》;钱锺书著,栾贵明整理,辽宁人民出版社、辽海出版社2003年1月联合出版的《宋诗纪事补正》;孔凡礼辑撰,北京大学出版社1987年5月出版的《宋诗纪事续补》。《宋诗纪事补遗》虽为晚清著名藏书家陆心源所撰,但其点校整理则由今人徐、李二氏完成。陆心源原书的错误,如误收非宋人诗,厉书已收,误作另一人而收等均一仍其旧,仅改正了个别错字。[①] 钱著的“补正”从二十世纪四十年代末开始,断断续续,进行了数十年,栾贵明的整理则始于1982年,而书的正式出版,则在钱锺书去世五年后的2003年。是集主要是对厉鹗《宋诗纪事》的纠正和补充,纠正的内容有误收、误属、张冠李戴及文字错讹,补充的任务主要是补人、补事与补诗,体例一仍《宋诗纪事》。孔著实际开始于二十世纪六十年代,辑补厉鹗《宋诗纪事》、陆心源《宋诗纪事补遗》漏收之宋诗作者约一千六百人,第其后先,厘为三十卷。以上三书是对宋诗原始资料的汇辑、整理与考订,兼及《宋诗纪事》,宋代诗人、诗歌的全貌虽不能尽显,然大致轮廓已经具备,为《全宋诗》的编纂提供了坚实的基础。

二十世纪末期,北京大学古文献研究所编,北京大学出版社出版的《全宋诗》横空出世,为宋诗理论研究与宋诗文献考辨提供了方便,为今人整理《全元诗》等后世诗文总集提供了参考。诚如一切大型诗歌总集,《全宋诗》也并非完美。对《全宋诗》的阙漏与讹误进行辑补与纠误的著作有陈新、张

① 徐旭、李建国点校《宋诗纪事补遗》卷首《前言》,第5页,山西古籍出版社1997年版。

如安、叶石健、吴宗海等所撰，大象出版社 2005 年出版的《全宋诗订补》，与汤华泉费时十余年，以一人之力辑撰，黄山书社 2016 年出版的《全宋诗辑补》等两部。

随着宋诗总集的整理与新编，新时期以来对宋诗总集文献与理论的综合研究也因此展开，并有不俗的成绩，涉及此课题的著作或博士学位论文主要有以下几部。祝尚书的《宋人总集叙录》（中华书局 2004 年版）一书侧重文献梳理。该书著录并考述宋人所编各种宋代（也包括前代至宋）诗总集、文（含奏议、诏令）总集、诗文总集及词总集的版本源流，评述其主要传本之优劣得失，然囿于宋人所编宋诗总集，元明以后所编的宋诗总集没有涉及。附录散佚宋人总集考与宋人总集馆藏目录，为他人进一步研究指点迷津，颇具资料价值。张智华的《南宋的诗文选本研究》（北京师范大学出版社 2002 年版）主要考察南宋时期所编唐宋诗文总集的分类与存佚情况，对部分重要诗文总集的版本源流进行梳理，并由此探讨南宋诗文总集的编选原则及其与古文理论、诗学思想、学术风会的关系。两书论及宋代诗文，甚至宋文、宋词总集等，不属宋诗总集的专门研究。另外，金开诚、葛兆光合著的《古诗文要籍叙录》，王学泰的《中国古典诗歌要籍丛谈》等题录、叙录性质著作亦有对宋诗总集的普及介绍。

宋诗总集理论研究的著作或博士学位论文多分段考察，可谓铁路警察，各管一段。如卞东坡的《南宋诗选与宋代诗学考论》对南宋时期出现的不同类型的诗歌总集，如《宋百家诗选》《诗家鼎脔》《中兴禅林风月集》《圣宋高僧诗选》《瀛奎律髓》《唐宋千家联珠诗格》等进行颇富深度的个案分析，也对一些不经见的宋诗总集作一般性介绍。张波的《明代宋诗总集研究》（台湾花木兰文化出版社 2013 年），探讨明代宋诗总集，改变了过去对这一时期不太重视的研究格局；清编宋诗总集是高潮，这方面的研究主要是谢海林与高磊的同题之作《清代宋诗选本研究》①，还有申屠青松的《清初宋诗选本研究》②等。其中谢著比较突出，全书分综论与个案剖析两大部分，考察了宋诗选本的发展历程，清代宋诗选本与江南文化以及宋诗选本与清代宋诗学演进等焦点问题，重点探讨了《宋诗啜醨集》《宋诗会》《宋百家诗存》《宋诗纪事》及《宋诗三百首》等五种重要清代宋诗总集，是一部比较全面的清编宋诗总集研究著作。

关于域外流播的宋诗总集研究，迄今没有专门著作。严绍璗较早关注

---

① 分别为南京大学 2010 年博士学位论文、苏州大学 2010 年博士学位论文。

② 南京大学 2008 年博士学位论文。

这一问题,其《日本藏宋人文集善本钩沉》①中,著录了《宋文鉴》《宋艺圃集》《永嘉四灵诗》《宋诗选》《中兴群公吟稿戊集》《诗苑众芳》等宋诗总集,记录其在日本的馆藏与总集的主要内容。巩本栋的《宋集传播考论·域外篇》考述了一些宋诗总集在高丽、朝鲜两朝及日本等汉文化圈的流播,兼及其学术价值。卞东波近来亦关注宋诗总集域外传播这一话题,已发表《日藏宋僧诗选〈中兴禅林风月集〉考论》等系列论述。

新时期以来,学界有关宋诗总集研究的论文主要集中在以下三个研究领域:其一,宋诗总集综合研究;其二,历代所编宋诗总集个案研究;其三,新编《全宋诗》研究。第三部分内容将在本书第八章论述,此处主要就前两部分内容进行综述。

宏观研讨宋诗总集的论文主要考察总集生成的政治、文化、文学与学术生态背景。如张煜的《宋诗选本与唐宋诗之争》,高磊的《从宋诗选本看唐宋诗之争》,贺严的《清初唐宋诗选本与唐宋诗之争:对顺治至康熙十年前后唐宋诗选情况的考察》等,通过对唐宋诗总集在诗人与诗歌取舍、选诗旨趣等方面的分析,彰显宋诗总集的文学史与文学批评史价值。李正明、钱建状的《"宋人选宋诗"与宋诗体派》,申屠青松的《清初宋诗选本与遗民思潮》,高磊的《论清初唐宋诗选本中的诗教自律》,陈文新的《论文学流派与总集的三种关系——以〈花间集〉〈西昆酬唱集〉〈江湖集〉为例》等,探讨宋诗总集与宋代诗歌体派、清初遗民思潮及诗教主张的密切关系,视角新颖,视域开阔,足资启发。王友胜的《民国间宋诗总集编撰的文学环境与主要成就》、卫宏伟的《二十世纪宋诗选本研究》等主要探讨民国与1949年以来的宋诗总集。其中前文指出,在中西思想碰撞、新旧文化交替及诗学流派此起彼伏的文学生态背景下,民国时期新编宋诗总集既赓续了传统诗歌总集的旧模式,又在编撰缘起、审美取向、呈现形态上表现出一些新特征、新成就。

近十年来还出现了一些题录、叙录性质的宋诗总集研究单篇论文,如申屠青松的《明代宋诗选本论略》,谢海林的《明代宋诗选本补录》,高磊的《清代知见宋诗选本叙录》及《清人宋诗选本叙录》,申屠青松的《历代宋诗选本论略》及《清人编宋诗选本叙录(顺康雍)》,谢海林的《〈清人宋诗选本叙录〉补正》等。囿于论文的性质与体例,这些文章对明清时期出现的宋诗总集仅作粗略的评述,缺乏应有的历史深度、视域广度与理论高度,但具有一定资料价值与参考作用。

---

① 见该书第二章《宋人总集》,第191—208页,杭州大学出版社1996年版。

宋诗总集个案研究论文数量约在百篇以上,主要围绕宋代以来常见宋诗总集进行研究,主要成果扎堆式集中在几部重要总集上。如曾枣庄对《西昆酬唱集》的系列研究[①],许琰《〈西昆酬唱集〉研究》(西北师范大学2007年博士学位论文)对该集的专题研究,田金霞《〈瀛奎律髓〉研究》(浙江大学2013年博士学位论文)对该集的专题研究,杜海军等对《宋文鉴》的研究,胡念贻、张宏生、胡益民、张瑞君、费君清等对《江湖》诸集的研究,伍双林等对《千家诗》的研究,巩本栋、申屠青松等对《宋诗钞》的研究,方建新、王友胜等对《宋诗纪事》的研究,高磊等对《宋诗别裁集》的研究,王水照、王友胜、李洲良等对《宋诗选注》的研究[②],凡此等等,大多能够从文献学的视角,对宋诗总集编者生平著述、编纂缘起、编纂时间、版本源流、编纂体例、主要成就与局限等进行细密的考述,为古代诗学研究与诗学史建构提供鲜活案例,极大地推进宋诗研究向纵深发展。

宋诗总集个案研究论文的文艺学视角,也是该领域研究的一个亮点。相关论文较多,这与近四十年来宋诗整体研究的基本面相与学术走势大致一致。如宋诗总集的文学价值、文学史价值、文学批评价值、与编者文学思想之关系、与时代文学思潮之关联,甚至传播与接受的历史进程等,均得到比较深入的分析与阐释。其中较有特色的文章如许浩然的《从〈宋文鉴〉的编修看南宋理学与馆阁之学的分歧》,吕肖奂的《试官们的生活与视界——〈同文馆唱和诗〉研究系列四》,傅怡静的《论中国首部题画诗集〈声画集〉的画史价值》,钱志熙的《论〈千家诗选〉与刘克庄及江湖诗派的关系》,马婧的《〈诗林广记〉体例的形成与宋代汇编体诗话》,谢琰的《〈联珠诗格〉的东传与日本五山七绝的发展——兼论中国文学经典海外传播的路径与原则》,王利民的《〈濂洛风雅〉论》,孔令彬的《〈千家诗〉与〈红楼梦〉》,英国王次澄的《杜本及其所编〈谷音集〉》,陈冠梅的《〈谷音〉华夷观考辨》,莫砺锋的《从〈瀛奎律髓〉看方回的宋诗观》及《论〈唐宋诗醇〉的编选宗旨与诗学思想》,许总的《论〈瀛奎律髓〉与江西诗派》,张波的《明代复古派宗唐视野下的李蓘〈宋艺圃集〉》,蒋寅的《〈宋诗钞〉编纂经过及其诗学史意义》,赵娜的《〈宋诗钞〉与清初宋诗风的兴起》,香港谭卓培的《沈德潜〈宋金三家诗选〉研究》,高磊的《从〈宋诗三百首〉等看许耀的塾学观》,谢海林的《〈宋诗三百首〉沉寂原因探论》,台湾吴姗姗的《论陈衍〈宋诗精华录〉之宋诗观》,徐希平的《不囿门户 独具特色——论〈唐宋诗举要〉对王士禛、姚

---

① 见曾枣庄《论西昆体》,台湾丽文文化公司1994年版。

② 参王友胜《五十年来钱锺书〈宋诗选注〉研究的回顾与展望》,《文学遗产》2008年第3期。

鼐选录标准之突破》,台湾孟令玲的《钱锺书的〈宋诗选注〉》等。这些论文通过文本细读,对一些流传甚广的宋诗经典总集进行详细的个案分析,侧重探讨编者的编选宗旨、诗学思想与总集的基本内容、编辑体例及文学批评史意义,在方法论上,有承有破,敢于立论。

综上所述,宋诗总集综合研究的态势呈现出“三多三少”的失衡格局,即个案剖析多,系统全面的宏观研究者少;共时性的静态研究多,对宋诗总集研究史作学术梳理的动态研究少;研究宋诗总集与编选者多,探讨二者关联与彼此作用的成果少。一言以蔽之,缺少以自觉的学术史意识对宋诗总集作综合考察与研究的论著。宋诗总集的类型、特点、体例及价值,郡邑、家族或流派性宋诗总集的整理,域外宋诗总集的辑校,重要宋诗总集的编选与诗风形成、转变的关系,宋诗总集传播速度、广度的差异性及其原因,各种宋诗总集注释与评点中的诗学意义,编选者、作者、读者与宋诗总集彼此之间的互动关系,宋诗总集的传播、接受历程等诸多问题均缺乏具有力度、扎实系统的研究。因此,全面搜集、考辨与梳理历代宋诗总集,仍是一个亟待拓展、深化的学术领域;而以此为基础,以传播、接受为中心与视域,对历代宋诗总集进行综合的、动态的研究,则更是一个较为前沿、极富理论价值的焦点问题。

基于以上分析,未来宋诗总集研究的发展趋势与研讨重点,我们认为,应该从以下几个维度展开。

其一,研究领域可进一步拓展,改变过去研究空间狭小的局面。如前所述,目前宋诗总集研究已经取得不菲的成绩,但同样面临守旧出新的困境,其涉及的内容很不均衡,有些层面还有进一步拓展、挖掘的学术空间,有的总集如《西昆酬唱集》《宋文鉴》《千家诗》《瀛奎律髓》《宋诗钞》《宋诗纪事》《宋诗选注》等的研究可谓热闹纷繁,而仍有不少总集,甚至是学术价值较大的总集却无人问津,一些地方性、家族性的宋诗总集尤其显得门庭冷落。在宋诗总集各体中,类似丛刊的分集宋诗总集,如《两宋名贤小集》《南宋群贤小集》《汲古阁影钞南宋六十家小集》《宋元四十三家集》《宋人小集六十八种》《宋代五十六家诗集》等均缺乏有深度、有高度的研究文章。在诗歌总集的三要素中,过去的论文往往侧重总集所录诗歌与诗人的探讨,而相对忽视对选家及其在总集生成中作用与贡献的研究。从文学传播与接受的视域来看,往往侧重对诗歌总集本身的探讨,而相对忽视对后世读者,特别是后世刊刻者、评点者、删补者及其在总集流传、总集经典化过程中作用与贡献的研究。众所周知,宋诗总集编纂在各时段的发展并不平衡,其中,南宋与清代前、中期的宋诗总集编纂因属高峰期,故受到学人普遍关注,成为焦点,而其他时段的宋诗总集却研究力量投入不甚充分,缺乏系统全面地探讨。因此,宋诗总集分期研究,尤其是对各时段宋诗总集特点与差异的比较研究,尚任重道远。关于宋诗总集的类型、特点与体例等理论型态的研究及宋诗总集的文学价值与文献价值等关切到文学理论史、文学批评史建构等重大理论问题的研究更缺乏有学术深度与理论建树的论述,值得我们进一步发掘与开垦。

其二,研究方法可丰富多样,尤其是文学传播与接受的研究方法应该大力提倡、大胆尝试。中国早就有了文学接受的理论,也有了文学接受研究的尝试。如,《周易·系辞上》的"仁者见之谓之仁,知者见之谓之知",孟子的"以意逆志",董仲舒的"《诗》无达诂",刘勰的《文心雕龙·知音》,钟嵘的"滋味"说,钟惺的诗为"活物"说等,均与文学接受相关;钱锺书的《谈艺录》"陶诗显晦"条,程千帆的经典论文《张若虚〈春江花月夜〉的被理解和被误解》等就是文学接受研究的成功案例。从文学传播与接受的视角来说,一部宋诗总集一经编成或刻印,它在后世的流传可能会面临三种不同情况:一是昙花一现,后世默默无闻,从无人提及;二是声名远扬,在历代历朝保持持久而强大的影响力;三是盛衰隆替,在后世流传过程中,因受政治、文化、文学或学术生态背景的影响而时显时晦。其中后两种宋诗总集特别适合作传播与接受学研究。唯其如此,我们对那些在传播、接受过程中,受到关注、产生影响的宋诗经典总集,如《瀛奎律髓》《宋诗钞》《宋诗纪事》等,进行学术史研究,既有理论价值,又不乏实际意义。因为,一部宋诗总集的传播史,实际上就是所录诗人的接受史,所录诗歌艺术生命的延续史。宋诗总集的编纂与流传如果与其所处的政治文化背景、文学生态环境关联度比较大,那么它与后世文学思潮与文学史观的衍变与递进联系自然就比较多,可供研究者发掘与梳理的学术话题也自然会丰富多样。

其三,历代宋诗总集及相关文献资料的整理与研究还可进一步在规模上拓展,在学术质量上求精进,要与宋诗理论研究齐头并进。我们知道,任何对前人文学研究材料的忽视、遗漏,甚至有意隐瞒,都会导致文学接受与评价的变形、走样,导致对作家作品的曲解、误解,得出似是而非的结论。北宋以来,宋诗总集的编纂虽有起伏、有曲折,但历朝历代总不乏编纂者、评注者、重刊者,时有佳构,形成一座丰富的矿藏,或存佚,或选优,或表彰先贤,或启迪来者,对察考诗学走势,保存诗学文献不无裨益。然目前我们对宋诗总集的整理多局限于几部名作经典,形成扎堆的局面,远非全面、系统,尚有大量有价值的宋诗总集未得到重视,没有整理本;有些仅存残本、抄本,甚至孤本,有的流落海外或原本就在日本、朝鲜半岛等汉文化圈刻印,庋藏个别图书馆,读者检读殊为不易,亟待系统地发掘、研究,整理出版,化身千万,方便读者;有些宋诗总集虽然已佚,但其诗可通过引征或转录的他书辑录,如北宋的不少唱和诗歌总集,早已失传,但通过参与唱和诗人的别集或可全部或部分地予以辑复。又如,宋诗总集初编或重刻多有序跋,叙述编纂宗旨、体例及基本内容,亦不乏叙生平、抒友情、考版本、明得失的文字,学术价值极大。祝尚书的《宋集序跋汇编》汇编现存宋人诗文别集历代主要传本之序引、题跋①,凡两千余篇,而历代所编宋诗总集及主要传本之序跋、凡例、解题、提要及著录等,资料浩繁,分散各处,亦急需进行地毯式搜集,分类汇编,编印成册,使其集群化,放大单篇序跋的功能,作为读者了解宋诗总集之版本源流与宋代诗学之发展演变的第一手原始资料。再如,有关《全宋诗》的纠误与辑补已有了专书三部,论文近二百篇,规划科学合理的编纂体例,吸收已有成果,整理出《新编全宋诗》,于当今及未来的宋诗研究既迫切,又有必要。以上这些颇有价值的宋诗总集文献整理工作目前尚无人着鞭。

二、理论价值与实际意义

目前学术界多热衷宋诗总集研究,且过多聚焦于习见的宋诗总集,对民国乃至新中国成立以来的宋诗总集关注尤其鲜见。本书则立足历代宋诗总集的编纂缘起、体例结构、内容成就、版本源流、局限失误等问题,系统全面地予以研讨,其涉及的范围更为广泛。与此同时,本书在研究方法上拟以文献学与文艺学相结合,从文学传播学、文学接受学的视角切入,注重宋诗总集研究学术史的梳理,故其理论价值与实际意义更为深远。具体说来,主要表现在以下几个方面:

第一,从文献学的视角看,许多宋诗总集,尤其是那些收录一时一地、一家一族或一宗一派之诗的宋诗总集及那些以“网罗放佚”为目的的宋诗总集,所收诗人多有名不见经传者或无别集传世者,故对保存、辑录甚至校勘宋诗具有不可低估的文献史料作用。长期以来,人们在研究宋诗的过程中,除了研读宋诗作家的别集外,往往习惯于从后人的文集、诗话,甚至笔记、方志、类书、佛道二教丛书中查找资料,这无疑是正确的,但还不全面,实际上历代所编大量的宋诗总集中就蕴藏着十分丰富的文献史料。宋诗总集不仅为所录诗人立此存照,其所辑诗歌对保存宋诗厥功甚伟,特别是其中的凡

---

① 中华书局2010年版。

例、序跋、诗人小传、评点、注释等，更是宋诗研究的宝贵资料。我们如果从总集的角度去研究宋诗，将会获得许多新资料，发现许多新问题，从而拓展出宋诗研究的新领域，开创宋诗研究的新气象、新面貌。元代刘瑄编南宋诗歌总集《诗苑众芳》，名曰“众芳”，实际上该书所收二十四人中，除文天祥外，其余人如潘枋、章康、黄简、赵汝谈、方万里、郑起潜、李迪、郑传之、何宗斗、蒋恢、朱诜、魏近思、张榘、张绍文、张元衢、吕江、蒋华子、陈钧、萧炎、沈规、吕胜之、江朝卿、吴龙起等，均诗名不大，存诗不多。如方万里诗，《全宋诗》卷二九五八仅存《登云岩塔二绝》，均出自《诗苑众芳》；李迪诗[1]，《全宋诗》卷三二九五存其诗三首，其中《挽文朝奉》《自题爱梅》二首出自《诗苑众芳》。朱熹与其弟子林用中、湖湘学者张栻于乾道三年（1167）冬十一月同游南岳衡山之事迹，清人王懋竑纂订的《朱子年谱》及《考异》所载极其简略[2]，旧署朱熹自编，张栻作序的《南岳酬唱集》[3]，收录当时三人唱和之作凡一百四十九首。这些诗对考察朱熹在湖南的游踪及南岳的寺宇规制、兴替与布局等均不无裨益。南宋邵浩编的《坡门酬唱集》收录苏轼、苏辙兄弟和及“门下六君子”平日属和两公之诗六百六十篇，对研究苏门文人彼此之间的过从、友情以及张叔椿《坡门酬唱集序》所云“诗人酬唱，盛于元祐”之文学现象的理解等，均提供了有益的第一手史料。

第二，从传播学的视角看，有些宋诗总集之所以能够长期流播，广泛传阅，往往具有经典性与权威性，故研究历代宋诗总集，可以指导读者阅读，规范出版活动，对宣传、倡扬宋诗，彰显宋诗的地位与影响具有较大的意义。从某种层面上说，中国古代文学作家、作品的经典化过程，除了靠名家的鼓吹与倡扬外，主要通过总集的长期传播而形成。宋末谢枋得编选的《千家诗》，在元、明至清代前中期，在封建文人中卓有影响，风行全国，即使到清乾隆二十八年（1763）《唐诗三百首》出现后，其选坛霸主地位虽被取代，但仍有广大市场，初学写诗应举者无不以此为范本。与此相应，《千家诗》中所选的唐宋诗，如旧题杜牧的《清明》、王安石的《元日》、朱熹的《春日》、叶绍翁的《游园不值》等大多家喻户晓，美誉度极高。正是因为《千家诗》能作为旧时蒙学读物，拥有最为广大的读者群，才使其所载作品流播广泛，从而成为经典佳作。清初吴之振等编的《宋诗钞》既不偏于一派，也不囿于一

---

① 按另有诗人李迪，字复古，北宋名臣，《全宋诗》卷一一三存其诗二首。

② 参王懋竑撰，何忠礼点校《朱熹年谱》，第32—33、308—309页，中华书局1998年版。

③ 按祝尚书《〈南岳酬唱集〉——“天顺本”质疑》一文认为，《南岳酬唱集》当为明人邓淮编，见《中国典籍与文化》2005年第2期。

地,洋洋大观。此书一经出版即产生轰动效应,在有清一代二百余年中,成为人们研读宋诗的重要范本。宋荦《漫堂说诗》载:“近二十年来,乃专尚宋诗。至余友吴孟举《宋诗钞》出,几于家有其书矣。”①宋荦之子宋至《瀛奎律髓序》亦云:“石门吴孟举先生领袖诗坛,富于著述,所钞宋诗,久风行天下。”②故作为清人编纂的第一部大型宋诗总集,《宋诗钞》得风气之先,对扭转清初诗风,保存宋诗文献,扩大宋诗影响功不可没,后之选宋诗者多以此为渊薮。③

第三,从文艺学的视角看,宋诗总集也是编者进行文学批评、发表文学见解、宣传理论主张,甚至与不同诗歌流派进行文学辩难的一种重要形式与载体。宋诗总集的生成有着特定的文化背景与政治、教育、科举、诗学等历史语境,与当时的文学思潮有着千丝万缕的联系,与文学术语的产生、诗歌体式的确认、诗歌流派的形成及诗学理论的丰富均密不可分,其中的凡例、序跋、总论、批语、评点、笺注等都是难得的文学史料,甚至一些诗话也是通过总集的形式出现,故研究历代宋诗总集,将有益于文学批评史、文学思想史的建构。宋末蔡正孙编的《诗林广记》二十卷,以选评唐宋诗人为主,唐前仅陶渊明一家,编排上融诗选、诗注与诗评为一体。编者搜集有关的诗话、笔记、史书等资料附在相关的作者与诗篇后,又搜集模拟之作或可以比读的诗歌附在有关诗篇后面。是集凡选诗或附诗 671 首,引录诗话、笔记等书籍 170 余种。他与于济合撰的《唐宋千家联珠诗格》也是一部以总集形式呈现的诗格著作,所选千余首七言绝句,皆有蔡氏的评释,所评侧重诗歌的艺术技巧,还保持了一些他与当时诗坛交往的资料。其评语足可与同时代方回《瀛奎律髓》的评语及刘辰翁的系列诗歌评点相提并论。尤其值得注意的是,历代不少宋诗总集的编写者本身就是文学家,而许多文学家也都曾给宋诗总集作过序跋,进行过批注、评点、圈阅等,宋诗研究中的许多重大学术争论,如唐宋优劣之争,苏黄高下之辨,往往不全在诗话中进行,却在大量的宋诗总集中有比较鲜明的体现,如果我们忽视了总集中的文艺论争,在研究文学批评史时得出的结论就会片面、武断,至少是不完整。

第四,从学术史的视角看,研究历代宋诗总集,可以帮助我们了解学术动态,汲取学术养分,提高研究起点,规范研究行为,避免选题、立论的重复

---

① (清)宋荦《漫堂说诗》,见丁福保辑《清诗话》,第 416 页,上海古籍出版社 1978 年版。

② (元)方回选评,李庆甲集评校点《瀛奎律髓汇评》附录(一),第 1820 页,上海古籍出版社 2005 年版。

③ 参王友胜《清人编撰的三部宋诗总集述评》,《湘潭师范学院学报(社会科学版)》1998 年第 4 期。

与单调。目前学界对宋诗总集研究的成果比较丰富,然所涉及的研究领域并不宽泛,许多论文集体扎堆,往往选题重复、雷同,[①]且研究方法单一,学术视域不广,如有关《西昆酬唱集》、《江湖》诸集、《千家诗》、《瀛奎律髓》、《月泉吟社诗》、《宋诗钞》、《宋诗选注》及《全宋诗》等总集的研究中,不少文章缺乏对研究对象作必要的学术史梳理,自说自话,偶有将前人旧说当作新见,不厌其烦,长篇大论。有些宋诗总集,如《皇宋诗选》《诗苑众芳》《宋诗正体》《宋诗略》等,虽偶有文章论及,但仍有不少问题值得进一步研讨;而大量存世或已佚的宋诗总集迄今无专文研究,甚至从未被人提及,留有明显的学术空白之处,值得宋诗研究者下大力气去挖掘、探讨。

更新研究视角,改进研究方法,也十分迫切而需要,如从传播学与接受史的方法研究宋诗总集就是一个颇富学术增长点的新鲜话题,考察宋诗总集的编纂与诗学思潮的发展、演变关系也是目前急需探讨的学术领域,以上也是本书所要努力的方向。

三、研究目的、内容与方法

本书的研究目的主要在于:通过查阅相关史志、书目及文集,基本摸清历代所编宋诗总集的名称、卷数、作者、存佚、内容、版本、著录等情况;通过对大量宋诗总集的叙录与考辨,分析、总结出宋诗总集的理论型态、价值意义与编纂语境等;通过描述宋诗总集编纂由形成、过渡、繁盛、转型到集成等五个阶段发展与演变的历史进程,分析每一时段宋诗总集编纂的主要成就、特点以及宋诗总集得以形成的政治、文化、教育、科举、诗学等生态背景;通过考察重点宋诗总集,探讨宋诗总集的编纂与诗社、诗学流派的形成及诗学思潮发展的密切关系;通过系列个案研究,剖析重要宋诗总集的编纂缘起、编纂目的、编纂过程、基本内容、采用体例、诗学主张、文献局限、版刻情况、传播接受等,以比较不同总集彼此之间的异同得失等;编制"历代宋诗总集版本目录一览",作为附录,为学界进一步研究提供资料之参考。

本书在研究思路上,主要从横向与纵向两个维度展开,做到全境描述与

① 如《坡门酬唱集》仅有的三篇论文均为硕士论文,见黄文丽《〈坡门酬唱集〉探究》,漳州师范学院 2008 年硕士学位论文;刘珊《〈坡门酬唱集〉探究》,吉林大学 2013 年硕士学位论文;闫霄阳《〈坡门酬唱集〉:苏门日常生活诗歌研究》,闽南师范大学 2014 年硕士学位论文。

个案分析相结合。具体地说,即历时性的分期研究与理论型态、编纂价值与编纂语境的综合研究纵横观照,多角度、广视域的全境描述与经典宋诗总集的个案剖析有机结合。其中第一至三章为横向研究,第四至八章为纵向研究,第九至十七章为个案研究。这样安排既历时性与共时性结合,又点、线、面交融,使本成果具备了较为开阔的学术视野与较为充实的研究内容,从而达到一定的理论高度、视域广度与学术深度。基于以上考虑,本书的主要研究内容体现在以下几方面:

第一部分,宋诗总集理论型态研究:主要研究内容包括诗歌总集的起源、发展及对宋诗总集编纂的影响,宋诗总集的类型与特点,宋诗总集的编纂体例与功用,宋诗总集编纂过程中存在的诸多通病等。

第二部分,宋诗总集价值研究:重点分析宋诗总集之选诗、序跋、凡例、评点、批注、传论及附录诗评等文学价值,推宗、辨体等文学批评价值及存诗、辑佚、考伪、校勘等文献价值。

第三部分,宋诗总集编纂语境研究:主要从宋诗总集编纂的政治、文化、科举、教育、文学等多角度、广视域切入,探讨宋诗总集得以形成的政治语境、教育语境及诗学语境等。

第四部分,宋诗总集编纂分期研究:主要就宋诗总集编纂的形成期(两宋)、过渡期(元明)、繁盛期(清代)、转型期(民国间)及集成期(新时期)等五个阶段进行现象描述与理论探讨,既依次分类叙录经见宋诗总集,又挖掘当时的政治、文化与诗学生态背景。

第五部分,宋诗总集个案研究:侧重对《诗家鼎脔》《濂洛风雅》《宋诗拾遗》《宋艺圃集》《宋诗钞》《宋诗纪事》《宋诗精华录》《宋诗选注》《宋诗三百首》及《全宋诗》等不同时段十部宋诗总集进行专题研究,主要考察每部宋诗总集的版本源流、编撰缘起、编选宗旨、编辑体例、学术成就、学术影响、疏漏讹误及编者的生平、著述与学术思想、诗学观念等问题;同时注重考察宋诗总集彼此之间的关联、异同。

附录"宋诗总集版本目录一览"的制定,查阅了《宋史·艺文志》《清史稿艺文志及补编》《四库全书总目》《续修四库全书总目提要(稿本)》《直斋书录解题》《郡斋读书志》《千顷堂书目》《中国古籍善本书目》等大量目录著作,并参考了今人著述,所著录的宋至清代编纂的宋诗总集数量由原来已知的200余种增加到300余种。

本书努力发掘新材料,更新研究视角,改进研究方法。首先是文献学与文艺学并重。一般认为,文献研究法主要指研究者通过搜集相关原始文献,对第一手研究资料进行甄选、分析,从而形成对事实正确认识、准确判断的方法。这种研究方法古老而又富有活力,历久弥新。本书写作力求严谨、扎实,引征规范、引文可靠;从第一手材料着手,论从史出,尽量避免蹈空之弊。通过文献梳理,努力在文艺学上进行升华,即根据总集的内容与特征,或考或评,或一般叙录,或重点剖析,多角度、广视域地探讨问题,将各时段的宋诗总集加以纵横比较,揭其特征、考其源流、析其异同,探讨编者的文学观与历代文艺思潮的关系。

其次,从传播学与接受史的视角动态地而不是孤立地研究宋诗总集,即改变过去仅注重文本研究的单一模式,将宋诗总集与编者、作者、读者联系起来进行综合考察,探讨彼此的因革与异同,阐释从作者、编者到读者的文学传播与文学接受过程及著名诗人、诗歌的经典化过程,探讨其对当代编辑诗文总集的借鉴意义。

上　篇

综 合 研 究

第一章　宋诗总集理论型态研究

型态指事物在一定条件下的表现形式。诗歌总集的型态在历代不断发展、完善,多种多样,因编辑内容、范围不同会呈现出不同的类型,因编纂宗旨、功用不同而出现不同的体例,甚至因编者的疏忽与闻见的限制等主客观原因而出现诸多错讹,浸染诸多通病。这些都属于宋诗总集型态范畴的内容。与此相关,诗歌总集的起源、发展与型态,宋前诗歌总集的型态对宋诗总集编纂的示范意义及负面影响,均属宋诗总集理论型态研究的内容。

一、诗歌总集的起源与发展

"总集"的名称最早见于梁代阮孝绪《七录·序目》。《隋书》卷三五《经籍志四》认为,文学总集之祖即晋挚虞所编《文章流别集》四十一卷。该书按照文体,以类相从,当是一部分类诗文总集。挚虞曾评论所编各体文章,即《晋书》本传所载:"虞撰《文章志》四卷","又撰古文章,类聚区分为三十卷,名曰《流别集》,各为之论,辞理惬当,为世所重",①后人将其所论辑出编为《文章流别志》《论》二卷别行。其中《志》为附在文前的作者小传,《论》是附在各类作品之前对该文体渊源、特点、流变的论述。两书久已亡佚。清严可均《全上古三代秦汉三国六朝文》中,辑有《文章流别论》佚文 12 则,所论文体有颂、赋、诗、七、箴、铭、诔、哀辞、哀策、对问、碑铭、图谶等十二种。可见,《文章流别集》一书中"文""志""论"三者兼备,融文体、文选、文论、文集于一体,体例比较完善,堪称后世诗文总集编纂的典范。②

---

① 《晋书》卷五一《挚虞》,第 1427 页,中华书局 1982 年版。

② 参高思莉《〈文章流别集〉:总集经典范式的构建与确立》,《哈尔滨工业大学学报(社会科学版)》2020 年第 1 期;徐昌盛《〈文章流别集〉与总集典范的建立》,《文学遗产》2020 年第 1 期。

其实,《文章流别集》以选论古文为主,诗歌极少,出现年代亦较晚,不能很好反映中国早期诗歌总集编纂的情况。

中国古代诗歌总集的编纂远早于别集,更早于《文章流别集》。虽有汉人别集流传,但皆为后人所编,而先秦时期即有诗歌总集《诗经》。该书收入自西周初年至春秋中叶大约五百多年的诗歌(前11世纪至前6世纪)305首,另外还有6篇有目无辞,称为笙诗。先秦时称为《诗》,或取其整数称《诗三百》。西汉时被尊为儒家经典,始称《诗经》,并沿用至今。关于《诗经》的编选、集结历代说法众多,主要的有以下三种:王官采诗说、公卿献诗说及孔子删诗说。后一说法最早见于《史记·孔子世家》,说孔子根据礼义的标准将"三千余篇"诗删减整理成《诗经》。此说虽遭到了唐代孔颖达、宋代朱熹、清代朱彝尊和魏源等后世学者的反复质疑,但影响依旧很大。关于《诗经》的编排分类,孔颖达《毛诗正义》说:"风、雅、颂者,诗篇之异体;赋、比、兴者,诗文之异辞耳。"认为风、雅、颂三大类是诗的不同体制,而赋、比、兴是诗的不同表现手法。这种认为《诗经》是根据不同体制来分类的看法被长期沿用下来,但也有学者主张《诗经》是按音乐的不同来分类的,其中"风"即音乐曲调,十五国风即各地区的地方土乐。"雅"即正,指西周朝廷的乐歌。雅分为大雅和小雅,作者均以上层贵族为主,其中小雅的作者亦有下层贵族,乃至普通士人。"颂"是宗庙祭祀之乐,许多都是舞曲,音乐比较舒缓。"颂"分周颂、鲁颂、商颂,其中周颂是西周初期的诗;鲁颂产生于春秋中叶,都是颂美鲁僖公之作;商颂大约是殷商中后期的作品,写歌舞娱神和对祖先的赞颂,商部族的历史传说和神话。《诗三百》的出现给后世诗歌总集的编纂以极大的启示,其中按体编排的方式即为后人所沿袭,成为古代诗歌总集常见的三大体例之一。① 另外后人选诗数量多以三百为限,如《唐诗三百首》《宋诗三百首》《元诗三百首》《明诗三百首》及《清诗三百首》等,均源于此。

《诗经》之后有《楚辞》。《诗经》属儒家经典,在传统目录著作中被列入经部,准此,《楚辞》当为文学总集之祖。"楚辞"为屈原首创,是在中国南方楚国地区流行的一种新型诗体,其名称首见于《史记·张汤传》。王莽新朝时期,刘向辑录《楚辞》十六卷,凡收楚人屈原及宋玉、贾谊、淮南小山、东方朔、严忌、王褒、刘向等人"承袭屈赋"的作品,共十六篇,其书今已佚失。东汉王逸著《楚辞章句》,为《楚辞》作注,又增入己作《九思》,凡十七篇,即《离骚》《九歌》《天问》《九章》《远游》《卜居》《渔父》《九辩》《招魂》《大招》

① 其他两种体例为按类编排与以人标目。

《惜誓》《招隐士》《七谏》《哀时命》《九怀》《九叹》及《九思》等。《楚辞》成为继《诗经》以后,对古代诗歌具有深远影响的骚体类诗歌总集。《楚辞》在编排上以人标目,分家编排,这一编排体例亦多为后世宋诗总集编纂者所沿用。

魏晋以后,随着文学的自觉,诗歌总集的编纂与文学批评的关系日渐密切。南朝梁中叶时徐陵所编的《玉台新咏》是继《诗经》《楚辞》之后中国古代的第三部诗歌总集。① 该书凡十卷,以选绮艳的宫体诗为主,收录作品除卷九佚名的《越人歌》为春秋时民歌外,主要是上至西汉、下迄南朝梁代的诗歌,凡 769 首。《玉台新咏》按诗体编排, 其中卷一至卷八为五言诗, 卷九为歌行, 卷一〇为五言四句诗。每一诗体下,再以人系诗。先唐时还出现了中国现存第一部诗文合选的文学总集,即南朝梁昭明太子萧统主编的《文选》。该书凡三十卷, 共收录作家 130 家,诗文作品 514 题,凡 720 余篇。萧统明确提出自己的选录标准是"事出于沉思,义归于翰藻",即好的文章必须通过深沉的构思,运用美丽的语言把事义表达出来。其中"事""义"一般认为指所述的事实和义理,"翰藻"指包括音韵、对偶、辞藻等在内的语言美,可见编者已将文学与经、史、子等部非文学作品进行了严格区分,这正是当时文学自觉的体现。关于《文选》编排的体例,萧统在《文选序》中有明确表述:"凡次文之体,各以汇聚。诗赋体既不一,又以类分;类分之中,各以时代相次。"②全书采取了分体、类编、系时三者相结合的混编方式,按不同文体大致划分为赋、诗、杂文等三大类,赋、诗、骚、七、诏、册、令、教等三十八小类。其中赋、诗作品最多, 故又按内容将赋细分为京都、郊祀、耕藉等十五门, 将诗细分为补亡、述德、劝励等二十三门。这样的分门别类体现了编者对西汉至齐梁文学发展源流,尤其是对文体分类的主要看法,反映了文体辨析在当时已经进入了非常细致、深入的历史阶段。《文选》分体、类编、编年的编纂体例沾溉后世宋诗总集编纂甚多,如旧题刘克庄《分门纂类唐宋时贤千家诗选》在编辑体例上沿袭的痕迹就非常明显,方回的《瀛奎律髓》大体依题材分为四十九类,每类中先录唐诗,再录宋诗,大致依诗人时代先后为序。后世诗文总集往往先赋后诗,诗赋弁首,然后编录其他文体的惯例亦源于《文选》。

唐代时,随着诗歌创作的繁荣,诗人地位的提高,唐人编选的当代诗歌

---

① 按《南史》《陈书》徐陵传皆不载其编《玉台新咏》一事,《隋书》卷三五《经籍志四》始著录徐陵编《玉台新咏》十卷,《旧唐书·经籍志》与《新唐书》《宋史》之《艺文志》因之。

② 萧统《文选序》,见李善注《文选》,第 3 页,上海古籍出版社 1986 年版。

总集大量出现。中华书局上海编辑所早在1958年即出版《唐人选唐诗》(十种),包括敦煌佚书《唐写本唐人选唐诗》与传世的《箧中集》《河岳英灵集》《国秀集》《御览诗》《中兴间气集》《极玄集》《又玄集》《才调集》及《搜玉小集》等。据孙琴安《唐诗选本六百种提要》一书著录,唐五代有唐诗选本41种①;据陈尚君《唐人编选诗歌总集叙录》②统计,唐人所编诗歌总集多达137种,不过存于今的仅有13种,见傅璇琮所编、陕西人民教育出版社1996年出版的《唐人选唐诗新编》。与《唐人选唐诗》(十种)内容比较,该书去掉《唐写本唐人选唐诗》,增补了许敬宗等编选的《翰林学士集》、崔融编选的《珠英集》、殷璠编选的《丹阳集》及李康成编选的《玉台后集》(含陈、隋两朝诗)等四种③。

唐人所编诗歌总集的大量出现与唐代诗歌创作高度繁荣、诗坛诗学风尚与审美趣味的变化与发展不无关联。元结基于"风雅不兴",编选《箧中集》,录沈千运、王季友、于逖、孟云卿、张彪、赵微明、元季川等"名位不显,年寿不将,独无知音,不见称显"的诗人7家,凡24首五言古诗,内容多抒写作者"正直而无禄位""忠信而久贫贱"的苦衷与牢骚,诗风朴素,不事雕饰,对当时诗坛"拘限声病,喜尚形似,且以流易为词,不知丧于雅正"④的流弊有着明确的针砭作用。又如令狐楚奉唐宪宗之命编《御览诗》,以供其阅读,故与《箧中集》相反,该集所选诗歌风格以"醇正"为旨,不录古诗,惟取近体,反映出上层统治集团对齐梁以来出现、至唐代成熟的新诗体的支持与崇尚。编选者自身的兴趣爱好、学术视野、诗学观念与选评宗旨等,深刻影响着诗人诗歌的入选与否。杜甫诗歌流传至宋代被奉为典范,但今存于世的唐人选唐诗总集中仅韦庄编的《又玄集》选其诗7首,中晚唐出现的其他唐诗总集未见其名,足见杜诗并不太符合唐代选家的审美情趣。"唐人选唐诗"多有自序,用以宣传自己的诗学主张,表达各自不同的文学见解。其中殷璠编的《河岳英灵集》、高仲武编的《中兴间气集》对入选诗人及其诗风进行简要评析,可谓选、评结合,而姚合编的《极玄集》则对诗人生平、仕履作了简单记载,这在编纂体例上皆开后世类似诗歌总集之先河。

---

① 按该书陕西人民教育出版社1987年版,所收唐五代唐诗选本重出1种、误收宋人1种,实际仅著录39种。

② 见陈尚君《唐代文学丛考》,中国社会科学出版社1997年版。

③ 按《四库全书总目提要》卷一八六著录高正臣所辑《高氏三宴诗集》、陆龟蒙所辑《松陵集》及褚藏言所辑《窦氏联珠集》等总集三种,视作唐人选唐诗收入亦无不可。

④ (唐)元结选《箧中集》序,见《唐人选唐诗(十种)》,第27页,上海古籍出版社1978年版。

在编辑体例上，唐诗总集多以人标目，以诗系人；也有按类编排的，如《搜玉小集》。就编者而言，有私人编纂与御编之分，有个人编纂与集体编纂之分。从总集类型来看，唐代已经出现了专收一时一地的诗歌总集，如殷璠编的《丹阳集》就是一部地域性的诗歌总集，所选限于盛唐时润州（州治在丹徒，即今江苏镇江）改名的丹阳郡籍诗人之诗歌，对今人研究当时当地的诗学风尚与地域文学有着较大的文献价值；专收一家一族的诗歌总集，如褚藏言编选的《窦氏联珠集》，编录窦常、窦牟、窦群、窦庠、窦巩兄弟五人之诗，人各一卷，每卷各有小序详其始末；专收唱和诗的总集，如陆龟蒙编选的《松陵集》，编录皮日休、陆龟蒙等彼此唱和之诗。又如《翰林学士集》则是一部初唐人自选的宫廷君臣酬唱之作。该集凡收初唐 18 人诗 60 首，分十三题，其中十二题均有许敬宗诗，三题仅有其一人之诗，可见此总集收诗以许敬宗为中心，其他人诗歌均属唱和。该集对考辨每组诗诗人职官题名及其作诗时的实际任职均有较大参考价值。芮挺章编的《国秀集》选录开元前后诗 218 首，内容亦多为奉和应制、侍宴之作。以上三集的流行对宋人唱和诗总集的大量编纂亦不无启发。

宋代时，尤其是南宋，随着诗话的增多，诗学批评意识的加强，选编者除选前朝诗外，还大量选录本朝诗，宋诗总集如同雨后春笋，越来越多，其数量与质量远迈前朝，其内容之丰富，体例之多样，远非以前各代可比。宋编宋诗总集在编选目的、选录标准、编纂体例、总集类型等诸多方面与宋以前诗歌总集有着深厚的渊源关系，同时又出现了诸多新特质，这从以下几节的论述中可明显地反映出来。

二、宋诗总集的类型与特点

天水一朝因统治者抑武右文政策的推行，以州学、县学及书院为代表的学校教育兴盛、文人雅聚酬唱的增多与图书文献的广泛流传，使得诗歌总集的编纂渐成风气。宋诗从数量上来说，较之唐诗更为繁多。清代康熙四十五年（1706）编定的《全唐诗》共收诗 48900 余首，作者 2200 余人。中华书局 1982 年出版的《全唐诗外编》收诗约 2000 首。陈尚君《全唐诗续拾》辑逸诗 4300 余首，1000 余人，外加经其修订的《全唐诗外编》，成《全唐诗补编》（中华书局 1992 年版）。然据佟培基《全唐诗重出误收考》，《全唐诗》重出 3157 首，误收非唐人诗 863 首，若加上卷一〇至卷二九郊庙乐章及乐府歌诗所重出作家本集的互见诗 2838 首[1],则总计重出、误收诗 6858 首,涉及 906 人。一加一减,则《全唐诗》所收诗歌数量实际不到五万首。而据《全宋诗》统计,宋代诗歌共有 254247 首(不计残诗断句),若加上陈新等《全宋诗订补》所辑佚诗三千余首,张如安《全宋诗订补稿》所辑佚诗一千四百余首,汤华泉《全宋诗辑补》所辑佚诗二万二千余首(不计残诗断句),有宋一代的诗歌数量则多达二十八万余首,为《全唐诗》的五倍还多。如此繁多的诗歌,兼之宋代诗话频出、流派纷呈,为宋诗总集的编纂提供了大量第一手原始材料,从而导致了宋诗总集类型的丰富多样。[2] 按不同的标准划分,其类型自然出现相应变化,并呈现出各不相同的特征。

第一,按所辑诗歌的时限来分,有跨代宋诗总集与断代宋诗总集。跨代宋诗总集,顾名思义,为辑录有两个或多个时代诗歌的总集,一般是唐宋、宋金、宋元、宋金元、宋元明及宋金元明等朝的诗歌总集,但辑录从先秦或两汉至明清的通代诗歌总集则不在本书讨论范围之内。唐宋诗合编最早出现在北宋中期,即僧仁赞所序,罗、唐两士所编的《唐宋类诗》二十卷,《郡斋读书志》卷二〇著录称该集"分类编次唐及本朝(大中)祥符已前名人诗",而比较典型的唐宋合编诗总集如乾隆御编的《御选唐宋诗醇》及民国间高步瀛编的《唐宋诗举要》等,在讨论唐宋诗创作特点、发展过程与唐宋诗优劣高下之争中,此类总集往往是很好的例证;后几种以宋代开头的跨代诗总集如沈德潜编的《宋金三家诗选》,明周诗雅编的《宋元诗选》(已佚),清代吴翌凤编的《宋金元诗选》,朱梓、冷昌言合编的《宋元明诗三百首》,张豫章等奉敕编的《御选宋金元明四朝诗》等,这类诗歌总集的价值与意义则在于彰显宋诗的诗史地位及宋诗对后代诗歌创作的影响。此外,还有极少数唐宋金元合选的诗歌总集,此类诗歌总集兼有以上两种总集的内容,其录诗的时间上限与下限离宋朝虽然都不远,但"宋诗总集"的意义则相对不大,如翁方纲编选的《小石帆亭五言诗续钞》选录唐宋金元四朝五古九卷,凡 22 家 274 首,其中宋人四卷 10 家 137 首;又其乾隆四十七年编选的《七言律诗钞》选录唐宋金元四朝七律十八卷,凡 109 家 767 首,其中宋人六卷 56 家 347 首。

断代宋诗总集仅录宋朝之诗,能涵盖两宋诗歌的总集则只能出现在宋末元初之际及以后,如元代陈世隆编的《宋诗拾遗》、明李蓘编的《宋艺圃集》、清严长明编的《千首宋人绝句》等。此类宋诗总集数量较多,不胜枚

---

① 按该部分诗以类相从,共有郊庙歌辞、鼓吹曲辞、相和歌辞、琴曲歌辞、舞曲歌辞、杂曲歌辞及杂歌谣辞等七类。

② 参王友胜《宋诗总集三论》,《中国韵文学刊》2013 年第 4 期。

举。一般而言,断代宋诗总集还包括仅录北宋或南宋诗的总集,如曾慥的《宋百家诗选》、吕祖谦编的《宋文鉴》(北宋诗歌部分)、清陆钟辉编的《南宋群贤诗选》及清卢景昌编的《南宋群贤七绝诗》等。

第二,按所辑诗歌的内容与范围来分,有综合性宋诗总集与专题性宋诗总集。

综合性宋诗总集选录有宋一代各家各派不同题材与体裁之诗,包含的内容十分广泛;专题性宋诗总集相对综合性宋诗总集而言,包括仅辑录一时一地、一宗一派或仅辑录某一类题材与内容诗歌的宋诗总集,也含仅辑录僧、道诗歌的宋诗总集。具体来说,专题类宋诗总集有唱酬类、题咏类、郡邑类、家族类等不同形式,其中以唱酬类宋诗总集最为繁多。综合性宋诗总集在宋代较少,明清及民国时期日渐增多,如《宋艺圃集》《宋诗钞》《宋诗精华录》等,此不难理解,以下仅对专题性宋诗总集略作分析。

辑录一时一地宋诗(或宋诗文)的总集也可按其录诗范围细分为两种情况。其一为录一时之作,如《政和文选》二十卷,收北宋徽宗政和年间编选的元丰后诗文千余篇,其中徐禧、席旦为所选作者中较知名者;佚名所辑《圣宋文粹》三十卷,辑录仁宗庆历年间群公诗文,刘牧、黄通之徒皆在其选。其二为录一地之作,即郡邑类宋诗总集。此类诗歌总集,唐时即已出现,如殷璠的《丹阳集》,宋代尤其是南宋大量出现。如李庚、林师蒧、林表民等合辑的《天台续集》三卷、《续集别集》六卷及南宋董棻编的《严陵集》九卷等。《天台续集》三卷皆宋初迄宣、政间人之诗,成于嘉定元年;《续集别编》则林表民以所得南渡后诸人之诗及《续集》内阙载者,次第裒次而成。

辑录一宗一派之宋诗总集如元初金履祥编的《濂洛风雅》。该集录周敦颐、二程等48位理学家之诗,主要为宣传与鼓吹周敦颐的"濂学"及程颢、程颐的"洛学"而编。清代张伯行的同题宋诗总集亦辑录宋、明17家理学家诗。元初吴渭编的《月泉吟社诗》选宋末元初遗民之诗,是我国现存最早的一部诗社总集。

辑录某类题材的宋诗总集有唱和类、题咏类及僧道类等。其中唱和类宋诗总集数量既多,学术价值亦大,如杨亿编的《西昆酬唱集》,主要收北宋真宗时期编《册府元龟》的馆阁文人彼此唱和之作;邵浩编的《坡门酬唱集》二十三卷,收苏轼、苏辙兄弟及苏门文人同题唱和之作660篇,其中前十六卷为苏轼首唱、苏辙及诸门人唱和之作。题咏类宋诗专题总集,主要有龚昱编的《昆山杂咏》,收唐宋人题咏昆山名胜物产之作,孙绍远编的《声画集》所辑为唐宋人题画之诗等。专录僧道诗的宋诗总集有陈元作序的《九僧诗集》一卷,陈起编的《圣宋高僧诗选》三卷《后集》三卷《续集》一卷等。此类总集多为保存专题研究资料而编,其文学批评的意义并不太大。

第三,按编写目的与作用来分,有研究性宋诗总集与普及宣传性宋诗总集。前者如南宋遗民蔡正孙编的具有诗话汇编体性质的总集《诗林广记》前后集各十卷,以辑唐、宋两朝诗人为主,其中晋仅录陶渊明一家,唐代30家、北宋29家。各人名下或诗后以附录评论性资料为主,又搜集模仿的或可比照的诗歌附在有关诗篇后,凡编排诗作726首、诗评1185条,融诗选、诗注与诗话为一体,其中蔡氏所引宋诗、宋注尤有价值①,堪称唐宋诗研究与文学批评史研究的重要史料。明代张鼒《重刊诗林广记序》云:“惟宋蒙斋蔡先生《诗林广记》会萃晋、唐及本朝诸家之诗,长篇短章,众体咸备。复取大儒故老佳话,附录各篇之下,单言只句,品议无遗,诚诗学之指南矣。”②又如方回选评的《瀛奎律髓》四十九卷,专辑唐宋五、七言律诗,共录诗人385家、诗3014首,以大家为主,兼顾各种流派,比较全面地反映了唐宋六百余年间诗歌创作和律诗流变的轮廓。所辑之诗凡分四十九大类,每类诗前有总论,说明这类诗的性质和特点,每首诗后有编选者精要细致的分析评点,其中唐诗崇杜,宋诗鼓吹江西诗派。清代评点此书有纪昀等十余家③,后多为厉鹗《宋诗纪事》所取资。该集是比较唐宋诗优劣与差异、探讨唐宋诗题材内容与发展演变轨迹不可或缺的重要书籍。

普及宣传性宋诗总集,多为塾师授课的教材,如署作宋末谢枋得选、明末清初王相注的《重定千家诗》(皆七言律诗)和王相选注的《新镌五言千家诗》。清代书坊将两者合刊,即通行版本的《千家诗》。是集所辑实际只有122家,远没有“千家”之数,但所录皆为名家名作,故在民间社会流播广泛,影响深远。在《唐诗三百首》出现之前,《千家诗》居于唐宋诗歌总集霸主地位,清末刘鹗《老残游记》第七回甚至将其与《三字经》《百家姓》《千字文》等,并称为古代蒙学读物的经典“三百千千”。类似的总集还有清代冷昌言等编的《宋元明诗三百首》、许耀编的《宋诗三百首》等。许氏为道光、咸丰间的塾师,为“初学计”,他辑录宋代诗人78家、诗300首作为塾学教材,其自述采录标准为“不特近于腐且纤者不敢阑入,即典重、绮丽之作,亦盖就阙如”。

第四,以某种经典总集为“母本”的续补、删选与评点本宋诗总集。从宋诗总集的编纂历史来看,流传广、影响大的总集往往在后世被续补、删选

---

① 参李晓黎《论〈诗林广记〉对宋诗宋注的摘引》,《安徽大学学报(哲学社会科学版)》2012年第3期。

② (宋)蔡正孙撰,常振国、降云点校《诗林广记》卷首,第1页,中华书局1982年版。

③ 参李庆甲集评校点《瀛奎律髓汇评》,此书缺吴汝纶评语。

或批注、圈点。《宋文鉴》一百五十卷，传至明末，张溥加以删阅成《宋文鉴删》十二卷，自序并梓行传世，篇幅不及原书的十分之一。《瀛奎律髓》在清代有冯舒、冯班、钱湘灵、陆贻典、何焯、查慎行、纪昀、许印芳、赵熙、吴汝纶、无名氏（甲）、无名氏（乙）等批注、评点者多达十余家，今人李庆甲将其汇编为《瀛奎律髓汇评》，由上海古籍出版社出版。清代此类宋诗总集就更多，特别是《宋诗钞》《宋诗纪事》的续补、删选本，可谓不胜枚举，①此外还有佚名的《宋诗窥》与《宋诗窥补》，佚名的《宋人绝句选》与《宋人绝句选补遗》。删选型宋诗总集如张世炜据陈讦《宋十五家诗选》而编的《宋十五家诗删》。张氏的《宋十五家诗删》于原选有删汰，有补辑，其《宋十五家诗删序》曰："因即海昌陈言扬《宋十五家诗选》，删其什六，补其什二，去其肤廓，存其菁英，为《宋十五家诗删》，虽未能尽宋人之诗，已尽灵动警秀之妙。"②评点本宋诗总集如张景星等合编的《宋诗百一钞》，以及张云间编，日本后藤元太郎纂评的《批评宋诗钞》，有明治十五年（1882）浪华书房刻本。

除以上各种类型的宋诗总集外，有些编者还对所录诗歌做了一些附加工作，据此则宋诗总集除单纯诗选外，还有笺注之选、评点之选等类型。如清代彭元瑞所编《宋四家律选》即有圈点、句读及评点，凡收《陆放翁诗》二卷 160 首，《范石湖诗》《杨诚斋诗》与《刘后村诗》各一卷 80 首。彭元瑞跋论其选诗原则曰："五七言律非诗家高格，四家非宋极品，特以砭饾饤晦涩，蹦复重膇之病而已。陆取其生者，范取其壮者，杨取其细者，刘取其新者，各视乎其人。"又如清代曾经编著《四书汇辨》的侯廷铨所编《宋诗选粹》，所选诗人即有小传，所选诗歌多有批注。一般而言，广义的宋诗总集还包括诗文合编的总集。比如南宋吕祖谦编的《宋文鉴》，即编选北宋 200 多位诗文作者的作品，其中卷一至卷一一，收赋 80 余篇；卷一二至卷三〇，收各体诗（包括"骚"）约 1020 篇；卷三一至卷一五〇，收文 1400 多篇。

总之，宋诗总集有着各不相同的编纂宗旨与收录范围，从而呈现各不相同的特点。宋诗总集类型及特征的辨析是宋诗总集理论型态研究的重要内容，但远远不是全部内容。要认识宋诗总集的庐山真面目，我们还有必要探讨它的编纂宗旨与编选体例，阐释它的文献价值与文学价值；还有必要总结它的诸多通病，以免以讹传讹，去伪存真。

---

① 详参本书第十三、十四章。
② 见张世炜《秀野山房二集・据梧草》，清咸丰八年刻本。

三、宋诗总集的体例与功用

体例一词出自《宋书·傅隆传》:"汉兴,始征召故老,搜集残文,其体例纰缪,首尾脱落,难可详论。"①一般指著作的编写格式或文章的组织形式,如史书的体例有编年体、国别体、纪传体及纪事本末体等。关于诗歌总集的体例,清人已有论述,徐曰都《唐宋诗本序》曰:"夫选诗者不徒去取之而已,或分人,或依体,或辨韵,或程诗品,或专一格,此汇诗之大凡也。"②指出诗歌总集的编纂不仅要在大量诗歌中进行"去取"抉择,还要按照"分人""依体""辨韵"等体例科学编排。综观存世宋诗总集,其编写体例大致有以下几种。③

第一,分类编排。分类宋诗总集指按诗歌题材内容来分门别类编排诗歌的总集,如北宋时期即已出现的类编宋诗总集《唐宋类诗》。该总集在陈振孙《郡斋读书志》卷二〇、《宋史·艺文志》中均有著录。前书载:"《唐宋类诗》二十卷。右皇朝僧仁赞序称罗、唐两士所编,而不详其名字。分类编次唐及本朝(大中)祥符已前名人诗。"故其成书时间应该在北宋中、后期,是宋代比较早的唐宋诗合编本。《唐宋类诗》虽然现已亡佚,但从刘因《静修集》卷二二曾有引录来看,它至少在元初时还存世;《文苑英华》的小注中保留了大约130条《唐宋类诗》的信息,涉及该集的入选作者与异文情况。④又如清王史鉴编的《宋诗类选》,全书将所辑之诗分为天、地、岁时、咏物、咏史、庆贺、及第、落第、宴集、怀约、呈献、赠、寄、酬和、闲适、自咏、品目、题咏、游览、行旅、送别、杂诗、寺院及哀挽等二十四类,类各一卷,凡二十四卷。关于类选诗歌的源流与作用,他在该书《例言》中说:"选诗始于梁昭明《文选》,所载诗以类从。唐人《艺文类聚》《初学记》诸书,皆以类采诗,宋人所集《文苑英华》亦以类收,《唐文粹》因之,盖以类为选,既便检阅,又易取材,例本前人,非愚创始。"⑤指出其按类编排诗歌的体例受到《文选》以来诗文总集的影响。为便读者省览,有些专题性质的宋诗总集,编者也会分出细目,如南宋初蒲积中编的《古今岁时杂咏》,即对所辑录的全部节(时)令诗

---

① 《宋书》卷五五,第1551页,中华书局1993年版。
② 《唐宋诗本》卷首,乾隆三十八年览珠堂刻本。
③ 参王友胜《宋编宋诗总集类型论》,《赣南师范学院学报》2015年第1期。
④ 参卞东波《宋代诗歌总集新考》,《中国韵文学刊》2013年第2期。
⑤ (清)王史鉴编《宋诗类选》卷首《例言》,清康熙五十一年刻本。

按“元日”“立春”“人日”等二十余节令或十二个月份予以编排；南宋孙绍远所编《声画集》，所录皆唐宋人题画之诗，亦分作二十六门进行编排。

宋诗题材丰富，所以有些分类宋诗总集在大类下还出现了二级类目，即将所编诗歌按题材分门别类地加以编排，这类总集主要出现在南宋中后期。如旧题刘克庄编的《分门纂类唐宋时贤千家诗选》，前集二十五卷，后集十卷，凡收诗 1281 首，其中绝大部分为唐、宋诗人所作，少数为南北朝和五代诗人的作品。刘克庄号“后村居士”，故又称《后村千家诗》，有的甚至简称《千家诗》。前集分为时令、节候、气候、昼夜、百花、竹木、天文、地理、宫室、器用、音乐、禽兽、昆虫、人品、宴赏、性适等 16 门，140 类，375 人；后集分为仕宦、投献、□□、庆寿、庆贺、干求、馈送、谢惠、谢馈送等 9 门，85 类，新增 79 人。门下分类多寡不一，少者仅一二类，多者如百花门下又细分为梅花、桃花、杏花、梨花、海棠、牡丹、芍药、瑞香、荼蘼、蔄花、莲花、荔枝、芙蓉、桂花、菊花、兰花、蔷薇、葵花、芭蕉、玉蕊花、橘花、山茶、石榴花、水仙、茉莉等 25 类。

第二，分体编排。分体宋诗总集指按诗歌的不同体裁进行编排的诗歌总集，如宋佚名编的《丽泽集诗》三十五卷，方回谓吕祖谦编，其中宋四古一卷、乐府歌行一卷、五古六卷、七古一卷。又如明初符观编的《宋诗正体》，凡收宋人近体诗 246 首，其中七绝 72 首、五律 48 首、七律 126 首。再如清代张景星、姚培谦、王永祺编选的《宋诗别裁集》凡选录五古 58 首、七古 79 首、五绝 54 首、七绝 97 首、五律 115 首、七律 204 首、五排 40 首，凡 647 首。此类诗选皆为以体标目，以人系体，即在每体之下再按作者时代为序进行编排。还有的宋诗总集仅录古体或近体，如清代王士禛因“喜读八代诗”，故其《古诗选》专录五古与七古两体，而桐城派主将姚鼐“为补渔洋之阙编”，编《今体诗钞》，仅选唐宋五、七言律诗两体。方回的《瀛奎律髓》亦专选唐宋两代的五、七言律诗，故名“律髓”。分体宋诗总集的特例是仅录一体，如清代卢景昌的《南宋群贤七绝诗》，为南宋高翥、姜夔、叶绍翁、戴复古、刘过、严粲、徐玑、乐雷发等 62 位中小诗人的七绝选集。

第三，分家编排。分家编排即以人系诗，按诗人时代顺序逐一编选的诗歌总集。按此体例编排的宋诗总集数量最多，如明末潘是仁编《宋元四十三家集》二百一十六卷，其中收宋代诗人 26 家，一百三十五卷，分别为林逋、米芾、秦观、唐庚、文同、蔡襄、赵抃、陈师道、裘万顷、曾几、陆游、王十朋、戴复古、戴昺、严羽、陈与义、谢翱、宋伯仁、赵师秀、徐玑、翁卷、徐照、真山民、葛长庚、花蕊夫人、朱淑真，初刻于明万历四十三年（1615）。天启二年（1622）重修本扩充规模，增加了元代诗人 18 家，书名改为《宋元六十一家集》，凡二百七十三卷。万历本前有李维桢、焦竑二序，天启本又增加袁中道序，部分集前有潘是仁所撰小引，概述诗人生平与诗风。又，清陈订编的《宋十五家诗选》选录梅尧臣、欧阳修、曾巩、王安石、苏轼、苏辙、黄庭坚、陆游、杨万里、范成大、王十朋、朱熹、方岳、高翥、文天祥等 15 家诗，与之同时成书的周之鳞、柴升合编的《宋四名家诗钞》，钞东坡先生诗钞七卷、山谷先生诗钞七卷、石湖先生诗钞六卷、放翁先生诗钞七卷，均可视为分家宋诗总集。

第四，分集编排。分集宋诗总集指按诗集逐一编排的诗歌总集，即诗集合编合刊，一般多为小诗人诗集的合刊，多有拾遗补阙的作用。因多出自一人之手，同时所刊，故与分批出版，各有书名的丛刊古籍有别。如旧题书商陈思编、元陈世隆补编的《两宋名贤小集》三百八十卷，为宋人诗集的合刊，共收宋代不甚知名的诗人诗集凡 256 家，①始于北宋初杨亿的《杨文公集》，终于南宋末年潘音的《待清轩遗稿》。每集之下，均有诗人小传。② 南宋陈起原编之《江湖》诸集亦为分集编排之南宋诗歌总集，然早已散佚，明末清初直到乾隆间，官方、民间均有重辑，其中有明末毛晋影钞的《汲古阁景钞南宋六十家小集》，清乾隆间四库馆臣先后所辑之《江湖小集》《江湖后集》③，清嘉庆间顾修所辑的《南宋群贤小集》等。后书凡一百三十五卷，收诗 74 家，有《读画斋丛书》本，为学林所重。清代还出现不少对宋人诗集小规模辑补、刊刻者，如汤淦编的《宋人小集三种》六卷，收宋周文璞《方泉先生诗集》三卷、高似孙《疏寮小集》一卷、敖陶孙《臞翁诗集》二卷；清佚名编的《宋四家诗》四卷，收施枢《渔隐横舟稿》一卷、徐集孙《竹所吟稿》一卷、林希逸《竹溪十一稿诗选》一卷、敖陶孙《臞翁诗集》一卷；清佚名编的《四宋人诗》十三卷，收张咏《张乖崖诗集》四卷、刘元承《刘左史诗集》一卷、石介《石徂徕诗集》四卷、韩驹《韩陵阳诗集》四卷；会稽徐氏铸学斋藏书本《宋人诗稿七种》，收朱继芳《静佳龙寻稿》一卷、《静佳乙稿 》一卷、林必《山居存

---

① 按《两宋名贤小集》有魏了翁序及朱彝尊二跋，《四库全书总目》卷一八七该书提要疑为伪托。提要又载该书收诗 157 家，实误。

② 按《四库全书总目》卷一九一《总集类存目一》著录不著编辑者姓氏所编《宋四家诗》四卷，其中录施枢《渔隐横舟稿》、徐集孙《竹所吟稿》、林希逸《竹溪十一稿诗选》、敖陶孙《臞翁诗集》，疑为《两宋名贤小集》之残本。

③ 按《江湖小集》九十五卷，收诗 62 家，包括编者本人的《芸居乙稿》一卷，其中朱继芳《挽芸居》、释斯植《挽芸居秘校》等诗作于陈起去世后，可见《静佳龙寻稿》《采芝集》当非陈起原编，还有些是其他书坊或作者自刊本，如薛师石《瓜庐集》、释绍嵩《江浙纪行集句诗》、乐雷发《雪矶丛稿》等。《江湖后集》二十四卷，收诗（词）66 家。其中未见《江湖小集》者有巩丰、周弼、刘子澄、林逢吉、周端臣等 47 家，已见《江湖小集》者有敖陶孙、李龏（以上两人名重而诗不重复）、黄文雷、周文璞等 17 家，吴仲方、张辑词 2 家。此编虽名《后集》，但并非陈起原编之《江湖后集》，而是针对前编《江湖小集》而言。删去重复与词，四库馆臣所辑《江湖小集》《江湖后集》实收南宋诗人 109 家。

稿》一卷、林尚仁《端隐饮稿》一卷、姚镛《雪蓬稿》一卷、刘翼《心游摘稿》一卷、乐雷发《雪矶丛稿》四卷。清末民初李之鼎所编的《宜秋馆汇刻宋人集》甲乙丙丁四编算是比较晚出的大型分集宋诗总集。

以上四种体例的宋诗总集最为常见,其功用各有不同,然均有较大的实用价值,有其存在的合理性,不必厚此薄彼。不过,《宋十五家诗选》的编者陈讦曾经对各体诗歌总集的优劣得失进行比较分析,他说:

> 选诗有分体者,如史家之纪传;有分集者,如史家之长编,最下乃有分类,先后倒置,如苏长公《游金山寺》及《焦山》二诗,同时所作,明有次第,乃以《焦山》诗入山水类,置之前卷,以《金山寺》诗入寺观类,反置后卷,作者语气神理都失。兹选悉照原集善本,不分体类,以作者之先后为先后,庶古人学问境遇约略可溯,其原本分正集、续集及自分体者,亦悉依旧刻,不敢穿凿附会。
>
> 宋人诗集世难多覯,若总选一代,不但网罗匪易,即诸大家诗,亦挂漏必甚。盖以体为经,以人为纬,则一体之中多不过每人数十首而止,其余佳者,岂不汰去可惜。且古人一生精神反因选而晦矣。然近本或每集选录者,既苦卷帙繁重,若专选一集者,又觉固陋不广。兹十五家系宋一代眉目,悉从全集选定,或多至千篇,少亦不下百余首。学者可以各随所好,沉酣一家,博通众妙,剖蚌见珠,凿石得玉,既无鲜陋之讥,亦不致涉海登山,徒叹浩汗矣。①

陈讦将诗歌总集的体例划分为分体、分集、分家及分类等四种,比较符合实际,也与我们上面的分析相吻合,但在他看来,各体总集的功用存在一定差别:分体总集如史家之人物纪传体,分集总集如史家之资料长编体,各有一长,分类总集则本末倒置,最不可取,惟分家总集按照原集选录,可见“古人学问境遇”,最为可取,故他没有像《宋诗钞》那样,“每集选录”,也不是“专选一家”,而以“十五家系宋一代眉目”,体现了一定的诗史意识。

除以上四种常见体例的宋诗总集外,还有三种体例的宋诗总集比较稀见,陈讦也没有论及,值得我们特别予以注意。

第五,分韵编排。分韵宋诗总集指按诗韵依次编排的诗歌总集。此类

---

① (清)陈讦《宋十五家诗选·发凡》,《四库全书存目丛书》影印北京师范大学图书馆藏清康熙刻本,第410册,第286—287页,齐鲁书社1997年版。

总集仅见的有明清之际卢世㴶所编的《宋人近体分韵诗抄》及清佚名所编的《分韵近体宋诗》。其中《宋人近体分韵诗抄》所录为宋人五、七言近体诗，以韵分次，多朱墨圈点批注。卢世㴶（1588—1653），字德水，生活于明清易代之际，论诗推崇杜甫，所撰《杜诗胥钞》及《读杜私言》为杜诗学史上的重要文献。其诗歌创作充满家国之痛与人生之慨，《清诗纪事初编》卷六载："世㴶则悲感凄怆，无一字非杜也，即其诗可以观其人焉。"[①]故所选以具有家国情怀的诗人苏轼、陆游之诗为最多，约占全选的半数以上。清代《唐宋诗醇·陆游诗》引该书评语多达二十六则。

第六，纪事体与诗话体。纪事体宋诗总集指将诗人、诗歌本事辑录于后的诗歌总集，即"纪事类"诗歌总集，如厉鹗编的《宋诗纪事》、陆心源编的《宋诗纪事补遗》、孔凡礼编的《宋诗纪事续补》及钱锺书的《宋诗纪事订补》等，因附录了许多诗歌的写作背景材料或有关诗歌的评论资料，故于宋诗研究极为重要。厉鹗在其《宋诗纪事序》中自谓该集"计所抄撮，凡三千八百一十二家，略具出处大概，缀以评论，本事咸著于编。其于有宋知人论世之学，不为无小补矣"[②]。诗话体宋诗总集指将诗人、诗歌评语辑录于后的诗歌总集，即"汇评类"诗歌总集，如宋末蔡正孙的《诗林广记》，于济、蔡正孙合编的《唐宋千家联珠诗格》等，介于诗话与诗歌总集之间，融诗选、诗评于一炉，具有较大的文学批评价值。

四、宋诗总集的局限与通病

历代纂修的诗歌总集，或因规模庞大，成于众手，或因仓促草率，急于成书，或囿于闻见，资料有限，书中难免出现疏漏、错讹，往往鲁鱼亥豕，不一而足。宋初诏修的《文苑英华》，雍熙三年（986）完成，景德四年（1007）就下诏"令文臣择古贤文章，重加编录，芟繁补阙"[③]。故南宋周必大《文苑英华序》曰："（《文苑英华》）虽秘阁有本，然舛误不可读……元修书时，历年颇多，非出一手。丛脞重复，首尾衡决。一诗或析为二，二诗或合为一，姓氏差误，先后颠倒，不可胜计。"[④]《文苑英华》属于御编官修，资料占有肯定胜过

① 邓之诚《清诗纪事初编》，第 697 页，上海古籍出版社 1984 年版。

② （清）厉鹗辑撰《宋诗纪事》卷首，上海古籍出版社 1983 年版。

③ （清）徐松辑纂《宋会要辑稿》，第 3 册，第 2231 页，中华书局 1987 年版。

④ （宋）周必大《文忠集》卷五五《平园续稿》十五，清文渊阁《四库全书》本。

他人，编纂质量尚且如此，一般宋诗总集，尤其是卷帙浩繁、规模庞大的宋诗总集或成于众手、集体编纂的宋诗总集，出现一些瑕疵与讹误，更在所难免。唯其如此，我们在肯定历代所编宋诗总集辑录、保存、传播宋诗文献功绩的同时，对其在编纂过程中存在的大量文献疏失与局限，必须保持高度警惕，否则，稍不注意就会承误袭谬，以讹传讹。

宋诗总集编纂过程中存在的错讹五花八门，多种多样，但归纳起来，不外如下一些带有普遍性的问题。我们尝试以类释例，对其通病进行分析。

第一，失于剪裁，重出误收。重出者，指一诗或一人在同一宋诗总集中两见，甚至多见；误收者，指非宋诗而收入宋诗总集，或张冠李戴，将宋代甲的诗误收入乙的名下。清编《全唐诗》中，误收、重出的情况比比皆是，佟培基《全唐诗重出误收考》统计，该集误收非唐人诗 863 首，重出诗 3157 首，尚不包括卷一〇至卷二九郊庙乐章及乐府歌诗重出作家本集的互见诗 2838 首。宋诗总集收诗重出现象也比较普遍，原因各不相同，除了编辑工作的粗疏马虎外，编纂体例的限制或集句诗、联句诗等特殊诗体的辑录亦可导致重出现象频繁发生。如《全宋诗》因属鸿篇巨制，又成于众手，其重出、误收的现象并不亚于《全唐诗》，据统计数量多达 9877 首(句)。[①] 吴之振等编的《宋诗钞》，其中《诚斋诗钞》的《彦通叔祖约游云水寺二首》其二与《彦通叔祖约游云水寺》诗重出，仅两字有异同；《南海集钞》的《三月一十雨寒》诗与《二月一日雨寒五首》其四重出，仅一字有异同。有学者推测，《宋诗钞》的编者很可能是运用了两种并非足本的底本，先用第一种底本选抄后，再用第二种底本补钞，钞后未仔细复核，因而就出现了一诗重钞的现象。[②] 再如管庭芬、蒋光煦共同编纂的《宋诗钞补》也存在这样的情况。该集除补足原本有录无书的十六家外，其他各家也有所增益，凡补 85 家，2786 首，其中与原本重出多达 49 首，其中苏轼一家即重出 5 首，故实际收诗仅 2737 首。《瀛奎律髓》这样的名作佳选也有重出的现象，如卷八宴集类所录梅尧臣《送高判官和唐店夜饮诗》，又见卷一九酒类中。

宋诗总集误署作者的情况也比较复杂，具体来分，有误收前代诗、误收同代诗、误收后代诗等几种不同情况。如旧传《千家诗》乃唐宋两朝近体诗选，而编者却将明代宁献王朱权的七律《送天师》及明世宗朱厚聪的七律《送毛伯温》羼入其中，可谓自乱体例。编者又将杨万里的《伤春》《初夏睡

---

① 参朱腾云《〈宋诗钞〉重出误收研究》，河南大学 2011 年博士学位论文。

② 房日晰《〈宋诗钞〉二误》，《江海学刊》2002 年第 4 期。按二“寒”字原文误作“零”，今据《宋诗钞》改。

起》两诗误作杨简诗，将《晓出净慈寺送林子方》误作苏轼诗，题作《西湖》，还铁板钉钉地注曰，此乃"东坡出守杭州咏湖之作"。[①]《宋诗拾遗》卷九所辑胡曾的《虞姬》诗，亦为误收。按胡曾实为晚唐人，诗见《全唐诗》卷六四七，题作《垓下》，其中"长歌"作"空歌"。《千首宋人绝句》卷二所收曾巩的《将行陪贰车观灯》诗，不见于《元丰类稿》，实为晁补之诗[②]，见于《宋诗钞·鸡肋集钞》，王士禛《香祖笔记》卷一二、《居易录》卷三四均作晁补之诗，后书谓此诗为晁补之离开齐州守任时所作；该书卷四所收苏过的《金陵上吴开府两绝句》，实为刘过作，见《龙洲集》卷八[③]。按卞永誉《式古堂书画汇考·书考》卷一〇《苏氏一门诸帖》收此二诗，署名"过"而未著其姓，编者严长明遂误以为苏过作。这样的例子还可举出很多，如《宋诗别裁集》卷六将刘过《偕陈调翁龙山买舟待夜潮发》一诗误署在苏轼之子苏过名下[④]，陈衍《宋诗精华录》卷三误将黄公度的诗《西郊步武地春将老矣……》收作陆游诗[⑤]。《唐宋类诗》一书，分类编次唐及北宋大中祥符以前名人诗，却误收有六朝诗人阴铿、张正见的诗。可见，宋诗总集的误收现象十分普遍，其中既有因失察而承袭旧有文献的错讹，也不乏编者草率大意、仓促成书所导致的新误。

第二，宽严不一，漏收滥收。一般而言，总集的编纂，无论是"网罗放佚"，还是"删汰繁芜"，应有一定的标准与要求，除非是随得随抄的总集，但实际上，很多编者因各种原因，却没有自始至终地严格遵守执行。有些宋诗总集钞录诗歌或前后详略不一，或当收而漏收，或不当收而滥收，凡此之类，不一而足。作为大型宋诗总集，《宋诗钞》的抄录宋诗，就存在明显失误，如刘克庄《后村集》只抄《后村居士诗集》前 16 卷，而卷一七至卷四八则只字未抄；汪藻《浮溪集》所抄仅 27 首，而未及《永乐大典》与《诗渊》中所载的 280 余首，均无法反映诗人创作之全貌。《宋百家诗存》选录亦失允当，如张孝祥《于湖集》只抄《于湖居士文集》卷一二与卷一〇中的绝句，而卷二至卷九中的古诗、律诗及卷一一中的绝句一首也未录，未免取舍失当。《宋诗精华录》的取舍在今天看来亦体现了编者过多的偏嗜，如西昆体诗取钱惟演、张咏而舍杨亿、刘筠；初宋诗人中，选司马光诗 13 首，多于欧阳修诗 10 首，选黄庶诗 15 首，多于王禹偁诗 3 首，这与他们的诗史地位明显不符。除漏收诗歌外，还有漏抄诗句的现象，如明编《石仓宋诗选》，其卷一五三凡收苏

---

① 旧题(宋)谢枋得、(清)王相选注，喻岳衡点校《千家诗·前言》，第 8 页，岳麓书社 1987 年版。
② 见《全宋诗》卷一一四〇《晁补之二〇》，第 12880 页，北京大学出版社 1998 年版。
③ 见(宋)刘过《龙洲集》卷八，题作《上吴居父》(二首)，第 69—70 页，上海古籍出版社 1978 年版。
④ 见(宋)刘过《龙洲集》卷六，第 48 页。
⑤ 见《全宋诗》卷二〇〇六《黄公度一》，第 22492 页。

轼诗歌163首,其中漏抄诗句的情况即多达29首,特别是《与客游道场何山得鸟字》一诗,竟然漏抄20句。①

第三,编排失当,眉目不清。这主要体现在所录诗人时代前后错乱,或全书各卷内容有失均衡等方面。如《宋诗拾遗》分家编排,所录诗人大致按出生时间编定,但亦偶有编次失当者,如曾布为北宋末人,却在卷二二中与南宋末期诗人置于一处。"随手杂抄"的《宋艺圃集》,未经勘定,慵于排纂,四库馆臣对此曾经严厉地批评说:

> 书中编次后先,最为颠倒。如以苏轼、苏辙列张咏、余靖、范仲淹、司马光前,陈与义、吕本中、曾几列蔡襄、欧阳修、黄庭坚、陈师道前,秦观列赵抃、苏颂前,杨万里列杨蟠、米芾、王令、唐庚前,叶采、严粲列蔡京、章惇前,林景熙、谢翱列陆游前者,指不胜屈。其最诞者,莫若以徽宗皇帝与邢居实、张栻、刘子翚合为一卷。②

《宋诗钞》编次亦有失当之处,如王禹偁列全书之首,而比他年长38岁的徐铉却屈居其后,北宋中期的李觏竟排在南北宋之际的陈与义之后,北宋中期的沈辽、沈遘兄弟又排在北宋后期秦观的后面,皆令人不得其解。《千首宋人绝句》本"以登第时代分卷",却把苏辙的《追和张文定公》(卷二)放到张方平的原作《送苏子由监筠州酒税》(卷三)前,更何况张方平于苏辙实为前辈。《宋诗纪事》因限于体例,有些卷次内容过少,如卷八九(外臣)仅3人、3首诗,卷九四(女冠、尼)仅5人、5首诗,卷八八(宦官)仅5人、5首诗,外加2联,使全书各卷内容失去平衡。《宋诗精华录》的成书已经在二十世纪三十年代,但在编排体制上,首帝王,尾释道、女流,中间则以人标目,分家编排,明显带有旧总集的痕迹。

第四,体例不一,前后矛盾。一般宋诗总集,卷首《凡例》往往发凡起例,说明本集的体例或要求,然编者在编纂过程中有时又自乱其例,导致前后矛盾、抵牾。如《南岳酬唱集》收朱熹、张栻及林用中三人同游衡山时唱和之作,仅一卷(附一卷),篇幅不大,但编辑体例上却存在不少问题。《四库全书总目》该书提要指出:"以南岳标题,而泛及别地之尺牍;以唱酬为名,而滥载平居之讲论;以三人合集,而独赘用中一人之言行,皆非体例。"③

---

① 参申屠青松《历代宋诗选本论略》,《江汉大学学报(人文科学版)》2010年第1期。

② 《四库全书总目提要》卷一八九,第2646页。

③ 《四库全书总目提要》卷一八七,第2616页。

所言极是。宋诗总集于作者的指称或署名,或署字,或署号,或署谥,甚至以籍贯、官名、贬所相称,全无体例可言。清编《今体诗钞》卷一所录诗人中,苏味道、杨炯、骆宾王、孙逖四人以本名相称,而王无功(绩)、王子安(勃)、卢升之(照邻)、陈伯玉(子昂)、杜必简(审言)、沈云卿(佺期)、宋延清(之问)、李巨山(峤)、玄宗皇帝(李隆基)、张道济(说)、郭元振(震)、张子寿(九龄)、贺季真(知章)等则以字或庙号相称。

第五,诗人小传有误或失考。宋诗总集小传一般包括诗人生卒、字号、籍贯、家世、家室、科第、宦历、封赠及著述等内容,或简或详,各集并不完全相同。宋代诗人约四倍于唐代,且生活年代较之唐人亦更近,而所存文献资料反不及唐代诗人翔实。宋诗总集的编者在诗人小传的编写上多有错讹疏漏,或者史籍明明有载,却云"不详"之类失考的情况。如厉鹗所编《宋诗纪事》,因收录诗人多达 3812 人,小传多有仕履未详、时代未著的情况,或一人两收,或名字舛错者,往往不一而足,故陆心源在编纂《宋诗纪事补遗》外,另作《宋诗纪事小传补正》四卷,凡补正诗人 636 家(含补遗 5 人),约占原选诗人数量的六分之一。其所补正事迹多有文献出处,俾使读者有考。

第六,窜改文字,甚至割裂原诗。这种情况在不少宋诗总集中都存在,如蔡正孙的《诗林广记》后集选北宋诗人 29 名,因着眼于所辑诗歌评语,不少诗没有钞录完整,卷八陈与义的《夜赋》一诗凡十六句,其中"阿瞒狼狈地,山泽空峥嵘。强弱与兴衰,今古莽难评"四句缺漏不全;同卷陈与义的《感事》一诗,凡十二句,开头"丧乱那堪说"四句、诗中"云何舒国步"四句均缺,仅录第五、六、十一、十二等四句,造成诗歌面目全非。

第七,误署诗题,随意简省,或将诗序羼入诗题。误署诗题如《千首宋人绝句》卷五张孝祥《送纸衾韩中父再用韵》,原题二首,再用韵二首,凡四首。此诗乃其中之一,编者从早于是集三十年出版的《宋百家诗存》卷二〇之讹,误将其系于《题定山寺》下,然据宋刊《于湖集》,题当作《送纸衾韩中父再用韵》①。又如《宋元明诗三百首》所选高启《送沈司徒汪参政分省陕西》一诗,明代并无"司徒"一职,胡应麟《诗薮·续编》作《送沈左司从汪参政入关中》,《明诗别裁集》作《送沈左司从汪参政分省陕西汪由御史中丞出》,显然诗题当以后者为是。② 随意简省诗题如《宋诗别裁集》卷四所选周敦颐《游大林》一诗,据康熙四十七年张伯行编《周濂溪先生全集》本、乾

---

① 参吴战垒《千首宋人绝句校注》,第 303 页,浙江古籍出版社 1986 年版。

② 参(清)朱梓、冷昌言编,徐元校注《宋元明诗三百首》,前言第 8 页,浙江人民出版社 1983 年版。

隆二十一年江西分巡吉南赣宁道董榕编《周子全书》及道光二十七年邓显鹤编《周子全书》本,题当作《治平乙巳暮春十四日同宋复古游山巅至大林寺书四十字》。同书卷五所选宋祁《寒食》一诗,据《林和靖先生诗集》卷二,题当作《寒食假中作》。

第八,随意删削原注或题序。宋诗作者常有题下注或句中注,又喜题小序,这些材料于读者阅读理解原诗作用极大。[①] 不少宋诗总集的编者为求简省或出于草率,往往肆意删削,致使大量有价值的背景材料遗失不存。南宋诗人华岳大多数诗皆有题下注,或交代写作时地与次韵原作,或叙述所涉人物生平等,对阅读原诗十分重要,而《宋百家诗存》卷二七《翠微南征录》所录华岳诗,被曹庭栋删削题下注的诗多达 59 首,如第一首诗《记梦》,题下注曰:"秋夜,宿客邸,剧梦为无槐大庭之游。觉来长空明月,殊动故乡之思,因成《记梦》。"又《藕花》诗题下注曰:"冯肖许有《藕花诗》,和者盈轴。其□□□西社中名士,见者莫不阁笔。近有友人送至,义不可却,勉强续貂。"[②]编者均快刀斩乱麻,删削不存,殊为可惜。[③] 又如《宋诗别裁集》卷三所选张耒《牧牛儿》一诗,《张右史集》卷四该诗题下自注"应城道中",被删削;同卷所选杨万里《送王监簿民瞻南归》一诗,《诚斋集》卷二该诗题下自注"庭珪",亦被删削;卷四所选王十朋《过三叉》一诗,《梅溪后集》卷一一该诗题下自注"在玉沙县界",亦被删削;卷八所选朱熹《西寮》一诗,《朱文公文集》卷六该诗题下自注"《云谷二十六咏》之一",亦被删削。[④]

《四库全书总目》卷一八七《乐府诗集》提要指出总集往往"卷帙既繁,牴牾难保",然同时又谓"大厦之材,终不以寸朽弃也"。[⑤] 宋诗总集也是这样,往往优长与讹误并存,虽然它有着或这或那的毛病,我们对此进行总结与批评,并不是要否定、埋没其重要的文学与文献价值,而是要提醒读者与研究者阅读、参考与研讨时要特别引起注意,免得沿讹袭误。

---

① 详参任文京《唐宋诗序跋研究》,人民出版社 2016 年版。

② 分别见马君骅校《翠微南征录北征录合集》,第 11、53 页,黄山书社 1993 年版。

③ 按明清亦有人主张在编纂诗文总集时,应当删削原注、原评与圈点,以免影响读者阅读。杨慎《升庵诗话》转引他人语曰:"诗刻必去注释,从容咀嚼,真味自长。"姚培谦《唐宋八家诗钞·凡例》亦曰:"旧时读本妄缀细评,付梓概行削去,恐以己意掩古人真面目耳。"

④ 参王友胜《〈宋诗别裁集〉指瑕》,《咸宁师专学报》2000 年第 4 期,收入《唐宋诗史论》,上海古籍出版社 2006 年版。

⑤ 《四库全书总目》卷一八七,第 2614 页。

第二章　宋诗总集价值研究

关于文学总集的功用，李长之在《谈选本》一文中说："选本的出发点有三种，一是文学史的，二是文学批评的，三是为了实用，也就是为写作时找一范文。"①精辟地概括出文学总集具有文学、文学批评学及写作学等多重价值。其实，宋诗总集的价值亦可作如是观，它不惟为读者提供阅读、欣赏的文本，还是有关宋诗辑录与考辨、宋诗阐释与研究、宋代诗学批评，乃至宋代诗学体系建构的重要资料，有着极其宝贵的文学与文献等多重功用与价值。②

一、文学价值

宋诗总集承继了前代诗歌总集编纂的体式与特点，又在内容与形式上加以革新与发展，因而具有较大的包容性。一般而言，宋诗总集除了选诗、诗辑外，往往有诗人小传、评点或圈点、序跋，有的诗话（诗格）体宋诗总集在所录诗人、诗歌后附有诸家诗评，有的纪事体宋诗总集目的虽然不在选优，但附有所录诗人、诗歌的生平事迹与评论资料。这些宋诗总集中尽管有些内容并非编者本人所为而出自后人手笔，也同样是该部总集的附加价值。如其中有些序跋、注语与评点，甚至诗人小传，实际上包含着作者对诗人的定位与对诗歌的品鉴，同样具有较大的诗学批评价值。鲁迅早在 1933 年所撰《选本》一文中就深刻地指出："凡选本，往往能比所选各家的全集或选家自己的文集更流行，更有作用。""凡是对于文术，自有主张的作家，他所赖以发表和流布自己的主张的手段，倒并不在于作文心、文则、诗品、诗话，而

---

① 《北京师范大学学报》1980 年第 5 期。

② 关于宋诗总集的文学价值与文献价值，可参王友胜《宋诗总集三论》第三部分。

在出选本。”“选本可以借古人的文章，寓自己的意见。”①这里着重强调了文学总集对传播作家作品的重要意义及表达选家文学见解的重要作用。著名文学批评史家方孝岳与鲁迅的观点不谋而合，他说：“研究文学批评学的人，往往只理会那些诗话文话，而忽略了那些重要的总集了。其实有许多诗话文话，都是前人随便当作闲谈而写的，至于严立各人批评的规模，往往都在选录诗文的时候，才锱铢称量出来。”②因此，如同诗话、词话、文话一样，诗歌总集也是文学批评的一种重要形式。严格地讲，“诗选”要出于公心，应以诗存人，而不是以人存诗，正所谓“代不能废人，人不能废篇，篇不能废句”③，所以，高质量的诗歌总集绝不是《儒林外史》中马二先生编的《历科墨卷持运》之类的兔园册子，它甚至是比随得随作，没有一定计划，以“资闲谈”的诗话、词话、文话等，写作态度更严谨、包蕴内容更丰富、文学价值更珍贵的一种文学批评形式。

首先，宋诗总集的文学价值表现在它的选诗、诗辑，特别是以选优为宗旨的宋诗总集尤其如此。从诗歌总集的生成机制来看，“诗选”本身就是一种重要的文学实践活动，从哪个立场、哪个角度选诗，往往代表编者的诗学观。选家经过“删汰繁芜，使莠稗咸除”，大浪淘沙后的诗歌皆为精华。在选家看来，这些被挑选出来的作品能反映一代诗歌创作面貌，彰显不同时段、不同风格、不同流派的诗歌创作特点，具有一定的代表性。选家按一定的体例将这些诗歌汇于一编，辑为总集，既可以省去读者翻检卷帙浩繁的宋诗别集或全集之烦劳，方便揣摩学习，也能为诗人创作实践提供可资借鉴、模拟的文本，还能为宋诗研究者提供第一手的原始资料。那些在历史上广为流传、影响较大、形成经典的宋诗总集，如《宋文鉴》《千家诗》《宋诗钞》及《唐宋诗醇》等，其于诗歌发展史与诗学批评史的价值与意义就更为明显。清代出现的《宋诗别裁集》，如同书名所昭示，凡“别裁”诗人137位、诗歌645首，覆盖了五古、七古、五律、七律、五绝、七绝在内各体诗歌，也选录了欧阳修、梅尧臣、王安石、苏轼、黄庭坚、陈师道、陈与义、陆游、范成大、杨万里、朱熹等两宋诗坛大诗人的作品，凸显了比较鲜明的理学色彩，从而成为宋诗总集的经典，与《唐诗别裁集》等其他四部诗歌总集一道被列入“五朝诗别裁”，在后世诗坛与读者中广泛流传，成为宋诗研究的重要文献史料。有些宋诗总集，如《瀛奎律髓》《宋诗英华》《宋诗善鸣集》《宋诗啜醨

---

① 《集外集》，见《鲁迅全集》第七卷，第138页，人民文学出版社2015年版。

② 方孝岳《中国文学批评》，第5页，生活·读书·新知三联书店1986年版。

③ （明）王世贞《宋诗选序》，《弇州山人四部续稿》卷四一，文渊阁《四库全书》本。

集》《唐宋诗醇》《宋元明诗隽》《宋诗欣赏集》及《宋诗精华录》等,光看书名,就知道编者选诗的原则与目的,其所选之诗,对指导读者初学、引领诗人创作的促进作用,有时甚至超过诗学理论著作的影响。《宋诗钞》于康熙十年出版后,在社会上流传极广,“几家有其书”,这种读者的认可度、美誉度远不是一般诗学理论著作能做到的。作为课帖、试艺之类的宋诗总集,如《千家诗》《宋元明诗三百首》等,原本出自塾师之手,以蒙学读物的面目出现,由于选诗契合蒙童心理期待与日后应付科举之需求,具有指导初学、启迪心智的作用,因而也成了诗歌习作者热衷捧读的诗歌文本。如《千家诗》与《三字经》《百家姓》《千字文》等并称“三百千千”,成为明清时期童蒙初学的重要教材。

选家选诗时,可能会考虑诗人与诗歌在公众中的实际美誉度,但更多的时候往往会采其合于己见者为一集,即按编者自己的审美嗜好与学术眼光来别裁、筛汰他人作品,借他人的诗歌来表达自己的文学见解与学术理念,满足编者自己或一部分读者的心理期待与阅读需求。明代参与过《诗归》编纂的谭元春在《古文澜编序》中就深有体会地说,“尼父《诗》《书》二经皆从删。删者,选之始也”,“故知选书者,非后人选古人书,而后人自著书之道也”。① 在谭元春看来,编纂总集并不是简单的删汰文学作品,实际上是一次彰显选家文学理念的再创作。王史鉴《宋诗类选序》自述其编纂目的亦曰:“凡吟咏性情之士,诚能因诗以求其人,因人以辨其时,因时以识其体,则宋诗源流之盛衰,品格之高下,可即是编而得之矣。”②因此,宋诗总集又成了诗坛各宗各派诗学辩难的有力武器,宋诗学中的诸多纷争,如唐宋诗优劣之争、苏黄优劣之争、苏陆优劣之争、黄陈优劣之争等学术公案,又如唐宋两代众多诗人中,谁为本朝代表诗人、谁的创作成就最高等问题,均在一些宋诗总集中得到体现。梁章钜《退庵随笔 · 学诗二》说,“唐以李、杜、韩、白为四大家,宋以苏、陆为两大家,自御选《唐宋诗醇》,其论始定”③,足见《唐宋诗醇》的编纂是李、杜、韩、白、苏、陆等六大家经典化过程中的重要节点。我们试从该书与《瀛奎律髓》的比较分析中进一步阐释宋诗总集选诗的文学价值。两书同为唐宋诗歌合选,其中《瀛奎律髓》选唐代诗人 180 余家,宋代诗人 190 余家,编者对唐宋两朝诗的喜好大致持平而倾向于宋;

---

① (明)谭元春著,陈杏珍标校《谭元春集》,下册第 601 页,上海古籍出版社 1998 年版。

② (清)王史鉴《宋诗类选》卷首,清康熙五十一年刻本。

③ 《退庵随笔 · 学诗二》,见郭绍虞编选,富寿荪校点《清诗话续编》(下),第 1977 页,上海古籍出版社 1999 年版。

《唐宋诗醇》录唐代李白、杜甫、白居易、韩愈等四家，而于宋则仅录苏轼、陆游两家，欧阳修、王安石、黄庭坚、范成大、杨万里等宋代诗坛一流大诗人的诗一字未录。编者尊唐黜宋的诗学趣向由此可见一斑。若进一步结合《唐宋诗醇》诗后所附“御评”来分析，则这一诗学旨趣就呈现得更为明显、清晰。该书原《序》即谓“宋之文足可以匹唐，而诗则实不足以匹唐也”，可谓一语中鹄。关于江西诗派的干将黄、陈之诗的评价，《瀛奎律髓》一书许为宋诗之冠，极力鼓吹；而《唐宋诗醇》则取苏、陆而舍黄、陈，该书《纂校后案》至谓“江西宗派实变化于杜、韩之间，既录杜、韩，可无庸复见”。中国诗学史上关于元、白优劣与苏、黄高下的争论，历来十分激烈，《唐宋诗醇》的《凡例》对此作出明确的分析：“若唐之配白者有元，宋之继苏者有黄，在当日亦几角立争雄。而百世论定，则微之有浮华而无忠爱，鲁直多生涩而少浑成，其视白、苏较逊。”①其于元白、苏黄优劣高下的态度不言自明。

第二，宋诗总集的又一文学价值在于它的评语与圈点。前人读书，多有随读随批随点的习惯，在批注方式上有眉批、旁批、尾批与题下注等。评语少则一二字，多则洋洋洒洒数百言，其内容或阐释诗旨，或分析诗艺，或勾勒诗史，或总结规律，既援引前人旧说，又独抒己见，甚或两相结合，是读者对诗人原创作品思想内涵的补充与增值部分，具有丰富的文学批评价值。朱自清在阅读《唐诗三百首》时深有体会地说：

> 评点大约起于南宋，向来认为有伤雅道，因为妨碍读者欣赏的自由，而且免不了成见或偏见。但是，谨慎的评点，对于初学也未尝没有用处。这种评点，可以帮助初学了解诗中各句的意旨，并培养他们欣赏的能力。②

按学界的一般共识，文学评点之学肇始于南宋，吕祖谦评点的《古文关键》出现最早，于宋元之际达到一个高潮，刘辰翁、方回两人堪称当时最为重要的诗文评点家。宋末元初的诗人兼诗选家方回不仅编选《瀛奎律髓》四十九卷，还于所录唐宋律诗随文批点，逐字、逐句甚或逐段细读与阐释，引导读者掌握诗歌的结构布局与用笔技巧，使之成为一部选评结合的大型诗歌总集。清代以来，随着宋诗风的兴起，《瀛奎律髓》传播甚广，在读者中影响甚

---

① 马清福主编《唐宋诗醇》，上册第1页，春风文艺出版社1995年版。

② 《〈唐诗三百首〉指导大概》，《朱自清古典文学论文集》，第360页，上海古籍出版社2009年版。

大,诗论家于该书选中再选、评下加评,渐成风气,计有二冯(冯班、冯舒)、查慎行、何焯、纪昀、许印芳、吴汝纶等十余家①,其中纪昀所撰《瀛奎律髓刊误》四十九卷学术质量甚高,许印芳的选评本《律髓辑要》七卷、吴汝纶的《桐城吴先生评选瀛奎律髓》四十五卷,亦有特色。无论方回原评,还是清人的再评,均有较大的文学批评价值。如《瀛奎律髓》卷二〇朱熹《观梅花开尽不及吟赏感叹成诗聊贻同好二首》,方回原评曰:"文公诗似陈后山,劲瘦清绝而世人不识。此两诗皆八句一串,又何必晚唐家前颔联、后景联,堆塞景物,求工于一字二字,而实则无味耶。"而纪昀评曰:"文公火候不及后山之深,而涵养和平亦无后山硬语盘空之力,盖兼习之与专门固自有别。虚谷此评欲借文公以重江西,复援江西以重文公,未为笃论。"方回与纪昀,一曰"文公诗似陈后山",一曰"文公火候不及后山之深",两人于陈师道与朱熹诗歌的评价分歧之大如此。又,关于北宋九僧的诗学渊源,方回于该集卷四七僧文兆《宿西山精舍》诗末批云:"凡此九人诗,皆学贾岛、周贺,清苦工密,所谓景联,人人着意,但不及贾之高、周之富耳。"纪昀则不以为然,谓"九僧诗源出中唐,乃十子之余响,与贾、周南辕北辙。虚谷引之,以重贾、周,因以自重其派耳,纰缪殊甚。"②纪昀评点《瀛奎律髓》的理论价值与学术史意义,梁章钜评价甚高:"海虞冯氏尝有批本,方氏左袒江西,冯氏又左袒晚唐,负气诟争,矫枉过正,亦未免转惑后人。若非得纪师批本,则谬种蔓延,何所底止?纪本有序,别白是非,大旨已具,读方书者,不可不先读此篇也。"③

沈德潜晚年所编的最后一部诗歌总集《宋金三家诗选》,所选苏轼、陆游与元好问三家中,陆游与元好问诗有评语的分别为 53 首、35 首,苏轼诗歌未及评而卒。虽所评不多,然其推尊儒家诗教,崇尚杜诗及宋代七言诗的诗学观依然清晰可见。沈德潜虽以选诗著名,但这部《宋金三家诗选》规模较小,又未完成,当时影响并不太大,经过著名诗人赵翼评点后,传播方广。赵翼的批点约七十则,如其批点《遗山诗选》云:"遗山诗佳者极多,大要笔力苍劲,声情激越,至故国故都之作,尤沉郁苍凉,令读者声泪俱下……于极工炼之中,别有肝肠迸裂之痛。此作者所独绝也。"④此句乃赵翼对元好问诗歌的总评,指出其丧乱诗反映故国情思,慷慨苍凉,有着强烈的艺术感染

---

① 按查氏原评已佚,今仅张载华所编《初白庵诗评》卷下专辑其有关《瀛奎律髓》之评语。

② 以上见(清)纪昀《瀛奎律髓刊误》,《丛书集成续编》影印清光绪庚辰忏花盦刻本,第 146 册,第 186、421 页,上海书店出版社 1994 年版。

③ 《退庵随笔》,见《清诗话续编》(下),第 1989 页。

④ (清)沈德潜编《宋金三家诗选》"元遗山诗"眉批,齐鲁书社 1983 年影印乾隆刻本。

力，与其《题遗山诗》所谓“国家不幸诗家幸，赋到沧桑句便工”正有异曲同工之妙。

宋元之际蔡正孙与于济合撰的《唐宋千家联珠诗格》既是一部诗歌总集，又有评语，并按不同的诗格为序加以编排，融多种文学批评形式于一体，对宋元之际的诗学发展起到比较重要的作用。全书专选唐宋人七绝千余首，按340余格依次分类编排。反过来也可以说，该集将中国古代七绝的写作技巧细分为340余法，每法选录几首典型诗歌（一般是4首）加以印证，所以它又是按体编排的诗歌总集。如第一格“四句全对格”，即举杜甫的《漫兴》《绝句》、苏轼的《溪阴堂》，此三首七绝四句全用对仗。可见，《唐宋千家联珠诗格》是从七绝写作技巧方面探讨诗歌创作的实用性书籍，为初学写诗者的启蒙读物。特别值得强调的是，该集每首诗皆有蔡氏的评释，其中部分内容是将蔡氏在《诗林广记》中的按语与所引的诗话予以压缩、精简而成，更多的是作者编《诗格》时的新评、新注、新校。如卷六陈师道《自况》诗：“当年不嫁惜娉婷，傅白施朱作后生。说与旁人须早计，随宜梳洗莫倾城。”蔡氏评曰：

> 此诗后山以处子自比，言少时不轻许人，自惜美好。今则衰矣，唯事脂粉，以作后生。寄语旁人，宜须早计，不必极妍，以至于倾城也。盖比士生斯世，当早图立身，不可虚度日月，以至于失时也。元丰间，曾南丰修史，荐后山有道德，有史才，乞自布衣召入史馆。命未下，而曾已去。后山感其知己，作《妾薄命》二首以自悲，盖亦此诗之意。①

蔡氏指出该诗作者以女子盛年不嫁自况怀才不遇，又引导读者将陈师道的《妾薄命》二首与此诗进行比读，将《自况》一诗的思想意蕴揭示得淋漓尽致。《妾薄命》以侍妾悲悼主人的口吻抒写自己对老师曾巩的悼念，《自况》的写法与含义亦作如是观。

宋诗总集评点之外，又有不着一字的圈点。圈点，指用加圆圈、点或三角符号来表示诗歌的句读，或指出诗歌的精彩、重要之处，以引起读者特别注意，如同评点一样，也是文学批评的一种特殊形式。姚鼐《答徐季雅书》曰：“震川阅本《史记》，于学文者最为有益。圈点启发人意，有愈于解说者矣。可借一部临之熟读，必觉有大胜处。”②认为圈点甚至比长篇大论的解

---

① 卞东波校证《唐宋千家联珠诗格校证》，第241页。

② 《惜抱尺牍》卷二，《丛书集成续编》，第130册，第904页，上海书店1994年版。

说更能启发读者理解原意。宋诗总集中，方回的《瀛奎律髓》，清代纪昀留下了很多圈点；沈德潜的《宋金三家诗选》中，赵翼留下了不少圈点。民国间贺培新所藏姚鼐的《七言今体诗钞》即过录有编者自己的圈点，所藏王士禛的《古诗选》亦过录有刘大櫆、姚鼐的圈点，其中姚批为朱笔，刘批为绿笔，以示区别。圈点有时与批语结合使用，两者相得益彰，如《瀛奎律髓刊误》卷一七陈与义《雨晴》一诗，纪昀既于“墙头语鹊衣犹湿，楼外残雷气未平”二句下加圆圈，又批曰：“三四(句)眼前景而写来新警。”

第三，宋诗总集的文学价值在其序跋、凡例中体现得特别突出。关于序的功用及特点，宋、明人都有相关的阐发，南宋王应麟《词学指南》卷四说：“序者，序典籍之所以作也。”序跋往往叙述著作的编纂宗旨、目的，或勾勒著作的编纂缘起、过程，或交代全书的内容、体例，从而彰显编者或作者的文学观念与思想。其中序有时又称叙、引、题记、弁言，跋有时又称后序、后记、跋尾。序有作者的自序和旁人的序两种，跋亦相同。旁人的序、跋一般多出自师友、亲戚或名家。这些序跋因为是就具体的诗歌文本生发议论，表达见解，因而甚至比一般诗论、诗话更全面、深刻，具有较大的诗学史与诗学批评史价值。所谓凡例，就是一书的发凡起例，有时又称例言、发凡，官修的宋诗总集，多人编修或大型的宋诗总集，往往有凡例交代总集的编纂内容、断限、体例等，作者对诗歌的本质、特征之认识等均从中体现。如吴曹直、储右文《宋诗选序》云：

> 若夫有宋诸君子，其从事于诗也，非不沿流魏晋，原本三唐，但以理趣发其机锋，史学供其组织，不觉气象改观，音节顿异，所谓神明变化于矩矱之中，而卓然成一家言者也。顾得谓宋无诗欤？且宋诗之所以可传者，更不必规规焉与唐人求合也。①

吴、储二氏认为，宋诗渊源于魏晋、三唐，也变化于魏晋、三唐，能以理趣盎然取胜，以材料丰富见长，有规矩而又出于规矩之外，卓然独具一格，有新气象、新特色 ，其可流传、影响于后世者，正在于有着与唐诗迥然不同的艺术风格。唐良瑞《濂洛风雅序》亦曰：

> 窃以为今之诗非风雅之体，而濂洛渊源诸公之诗，则固风雅之遗也。第风雅有正有变，有小有大，虽颂亦有周、鲁之异体，则今日风雅之

① (清)吴曹直、储右文编《宋诗选》，康熙二十六年刻本。

编不可不以类分也。于是断取诗、铭、箴、诫、赞、诔四言者为风雅之正体，其楚词、歌操、乐府、韵语，则风雅之变体，其五七言古风则风雅之再变，其绝句、律诗则又风雅之三变也。①

在唐良瑞看来，宋代理学诗不同于一般的山水田园、抒情言志之作，它与《诗经》、铭、箴、诫、赞、诔等四言诗一样，得风雅之正，而《楚辞》、乐府诗乃风雅变体，五、七言古体诗乃风雅之再变，后起之绝句、律诗只能算作风雅之三变。这段话中，作者的儒家诗学观表露无遗。

有些宋诗总集的凡例在说明编纂体例的同时，也采用条述的形式发表对所录诗人、诗歌的评论，类同诗话。如御编《唐宋诗醇·凡例》云：

唐宋人以诗鸣者，指不胜屈；其卓然名家者，犹不减数十人。兹独取六家者，谓惟此足称大家也。大家与名家，犹大将与名将，其体段正自不同。李杜一时瑜亮，固千古稀有。若唐之配白者有元，宋之继苏者有黄，在当日亦几角立争雄。而百世论定，则微之有浮华而无忠爱，鲁直多生涩而少浑成，其视白、苏较逊。退之虽以文为诗，要其志在直追李杜，实能拔奇于李杜之外。务观包含宏大，亦犹唐有乐天。然则骚坛之大将旗鼓，舍此何适矣？

大家全力多于古诗见之，就近体而论，太白便不肯如子美之加意布置；昌黎奇杰之气，尤不耐束缚；东坡才博又似不免轻视，故篇体常近于率；惟白、陆于古今体间，庶无偏向耳。意向既殊，多寡亦异，而选诗者之进退，因之正不强为均齐也。②

这两段话比较李白、杜甫、韩愈、白居易、苏轼、陆游等唐宋六大家及元白、苏黄诗歌创作的优劣得失，阐释他们艺术特征的异同，已远远溢出一般凡例所应有的内容，而可视作诗歌评论史料来利用。

宋诗总集的序跋、凡例对宋诗的源流正变及优劣得失亦多有阐释与分析，其中所论多有涉及文学史、文学批评史上的焦点问题。有的序跋、凡例论述宋人诗源于唐而异于唐的创作特点，吴之振《宋诗钞序》精辟地指出："宋人之诗 ，变化于唐而出其所自得，皮毛落尽，精神独存"，"故今之黜宋

---

① （宋）金履祥辑《宋金仁山先生选辑濂洛风雅》卷首，《四库全书存目丛书》本。
② 马清福主编《唐宋诗醇》卷首。

者，皆未见宋诗者也。虽见之而不能辨其原流，则见与不见等”，“宋之去唐也近，而宋人之用力于唐也尤精以专，今欲以卤莽剽窃之说，凌古人而上之，是犹逐父而祢其祖，固不直宋人之轩渠，亦唐之所吐而不飨非类也”。有的序跋、凡例从时序兴替升降的角度论述诗体的发展，批评宋不如唐的论调，潘问奇《宋诗啜醨集序》说：“夫宋之逊于唐，尽人能知之，亦尽人能言之矣。然余窃谓岂惟唐，使溯而上之，即中晚已不及初盛，初盛不及汉魏，汉魏又不及《三百篇》。此盖气运升沉之数，虽造物有不能力为挽回者，何独于宋过责哉?”有的序跋、凡例则追溯宋人诗学渊源，《宋诗选粹·例言》曰：“宋人学唐，如王黄州之学香山，庐陵之学昌黎，林处士之学孟襄阳，徐仲车之学卢仝，谢皋羽之学李长吉，几于各体具备，学韦苏州者殊少，惟朱紫阳近之。”曹庭栋《宋百家诗存序》亦云：“宋人何尝不学唐，骑省学元和，宛邱学香山，和靖学韦、孟，黄、陈为江西宗祖，亦学少陵，四灵为江湖领袖，亦学姚、贾。”凡此，皆清晰地表达了作者对宋诗的基本态度，可与总集主体部分诗选体现的审美观念彼此观照，互通共融。

第四，宋诗总集中诗人小传与附录的诗人事迹、诗歌本事等，简介作者生平与著述，提供所录诗人、诗歌的背景资料，具有较大的文学史料价值。有些诗人小传不仅为读者提供知人论世的材料，而且还直接发表对诗人的评价，此以吕留良为《宋诗钞》中所作诗人的小传最为典型。其《小畜集》小传云：

> 元之诗学李、杜，故其《赠朱严》诗云：“谁怜所好还同我，韩柳文章李杜诗。”学杜而未至，故其《示子》诗云：“本与乐天为后进，敢期子美是前身。”是时西昆之体方盛，元之独开有宋风气，于是欧阳文忠得以承流接响。文忠之诗，雄深过于元之，然元之固其滥觞矣。①

作者的王禹偁小传不仅简述诗人的生平行实，还阐释其首开宋人学杜、影响于欧阳修诗歌创作的诗史地位与贡献，可谓一段难得的宋诗发展史材料。钱锺书编的《宋诗选注》，八十篇诗人小传不求仕履的详致，以论见长，篇幅不一，然均有的放矢，有为而发，可视作诗人写作风格的专论。如柳开小传说他的“《河东集》里只保存了三首诗，也都学韩愈的风格”，郑文宝小传推断“他是宋初一位负有盛名的诗人，风格轻盈柔软，还承袭残唐五代的传统”，寇准小传说“他的七言绝诗比较不依傍前人，最有韵味”，林逋小传说

---

① 《宋诗钞》，第2—3页，上海古籍出版社1993年影《四库全书》本。

他“用一种细碎小巧的笔法来写清苦而又幽静的隐居生活”，李觏小传说他“跟王令的诗算得宋代在语言上最创辟的两家”。①

附录诗人事迹、诗歌本事的宋诗总集，较早的有蔡正孙所编的《诗林广记》。该书介于诗歌总集与诗话之间，编者冥搜旁引，将“散出于百氏之家，虽博雅君子，未易遍观”②的有关诗话资料附在相关诗人与诗歌后，再搜集摹仿之作或可比照阅读的诗篇列于相关诗后，对理解所选诗的典实与艺术性有很大的帮助。凡没有评论与本事的诗歌概不选录，这与后来的《宋诗纪事》为网罗散佚以求全而将大量没有本事的诗一并录入就很不相同。如后集卷四苏辙《涿州寄子瞻》诗后，编者引《渑水燕谈录》载张芸叟奉使大辽，见苏诗流播于夷虏事，以证子由此诗“谁将家集过幽都，每被行人问大苏。莫把文章动蛮貊，恐妨谈笑卧江湖”事之真实可信，又附苏轼《次韵子由使契丹至涿州见寄四首》其三及《送子由使契丹》两首题材相同的诗，让读者对比观照，以更深入理解苏辙原作。

最后，宋诗总集的文学价值还表现在它对宋诗流派的形成有着积极的促进作用，双方相辅相成、相得益彰。如以一宗一派之诗为辑录对象的宋诗总集，编者往往以某一特定的风格或共同的创作倾向为选录标准，故能极大地促进诗学各流派、各群体的形成与发展；反过来说，诗学各流派、各群体的文学活动亦可推进宋诗总集的形成，两者有着不可分割的亲情与血脉关系。宋代诗坛，诗学流派纷呈，彼此交锋，共同建构宋代诗史，白体、晚唐体、西昆体、邵康节体、元祐体、江西诗派、永嘉四灵诗派、江湖派、爱国遗民诗派等，几乎每一诗歌流派都有一个或多个诗歌总集与其相伴而行：白体诗人之于《李昉唱和诗》《二李唱和集》《禁林宴会集》《翰林酬和集》《商於唱和集》等，晚唐体之于《九僧诗集》，西昆体之于《西昆酬唱集》，元祐体之于《坡门酬唱集》《汝阴唱和集》，江西诗派之于《江西宗派诗集》，永嘉四灵诗派之于《四灵诗选》，江湖诗派之于《江湖》诸集，道学诗派之于《濂洛风雅》，遗民诗派之于《天地间集》《谷音》《洞霄诗集》《月泉吟社诗》等，均彼此关联，相辅相成。与此同时，每一宋诗总集又在宣传、鼓吹特定的文学主张，如吕本中创作《江西诗社宗派图》，编选《江西宗派诗集》，自觉地打出江西诗派的旗帜；金履祥编的《濂洛风雅》，以周敦颐弁首，专选程、朱理学一派四十八家之诗，明确地倡扬道学诗派；方回编的《瀛奎律髓》在《江西诗社宗派图》的基础上，添以陈与义，推崇“一祖三宗”，鼓吹江西诗派。凡此等等，编者

---

① 分别见钱锺书《宋诗选注》第1、3、14、16、50页，生活·读书·新知三联书店2002年版。

② （明）张鼐《重刊诗林广记序》，见《诗林广记》卷首，第1页。

在宋诗总集编纂中无不彰显诗人群体的诗歌创作好尚或鼓吹自己的诗学理论主张。特别是欧阳修的《六一诗话》曰:“盖自杨、刘唱和,《西昆集》行,后进学者争效之,风雅一变,谓‘西昆体’,由是唐贤诸诗集几废而不行。”①作者说《西昆酬唱集》传世后,“学者争效之,风雅一变”,“唐贤诸诗集几废而不行”,其语或略带夸张,但充分反映了诗歌总集对指导读者阅读、改变诗歌风气的作用之大。

宋代诗歌创作群体,特别是诗社的文学活动对促进诗歌总集的形成也有很大的推动作用,如颍昌诗社与颍昌唱和即是一例。叶梦得于政和七年(1117)至宣和元年(1119)两年间知河南颍昌府时,与府中同僚及许昌当地文士韩瑨、韩宗质、韩宗武、王寔、曾诚、苏迨、苏过、岑穰、许亢宗、晁将之、晁说之等十数人结为诗社,“相从于西湖之上,辄终日忘归,酒酣赋诗”②,彼此唱和,在相同的地域与环境中形成大致相同的诗歌题材与类似的诗歌创作风格。盟主叶梦得晚年编辑整理的《许昌唱和集》,即是这次诗歌酬唱活动的结晶。

二、文献价值

文学史的大量事实证明:一些诗人的诗歌别集没有流传下来,而他的部分甚至全部诗歌却能够在诗歌总集中被很好地保存与流传。因为诗歌总集远比作家个人的别集流传要广泛,影响要深远,阅读的人也多得多。例如,阅读姚鼐所编《古文辞类纂》的人肯定非常多,而能静下心来去读他的《惜抱轩全集》的人可谓寥寥可数。因此,宋诗总集的文献价值主要表现在辑录、保存、传播宋代诗人诗歌,尤其是那些名不见经传、无别集传世的诗人之诗歌。大量的宋诗总集,或因所录皆为精品,或因编者名位高、影响大,或因辑录的专题诗歌有特色而引人注意等原因,广泛地流传开来,为后世读者保存了大量作品,若考虑到宋诗文献在元明时期所遭受的冷遇与破坏,这一价值更值得充分肯定。

首先,宋诗总集为有宋一代诗歌文献之渊薮,特别是那些旨趣不在选优,有志于对宋代诗人、诗歌拾遗补阙,即以“存史”为目的的诗歌总集,编者沿用家藏、购买、借抄或征稿等传统方式,如实地记录宋诗文献的原貌,备

---

① 《六一诗话》,见《历代诗话》(上),第266页,中华书局1997年版。

② 参元陆友仁《研北杂志》卷上,民国景名宝颜堂秘籍本。

录一代诗歌，为《全宋诗》的编纂推波助澜、增砖添瓦，具有重要的文献价值。辑录宋诗，以诗存史，宋人已有此举，南宋尤甚。其中书商兼诗人的陈起功绩最大，所编江湖诸集，含《江湖前集》《江湖后集》《江湖续集》《中兴江湖集》等，辑录南宋诗名甚微的小诗人诗凡百余家。宋亡后这些本非刻于一时的诗歌总集逐渐散佚。明末毛晋开始搜集，所得六十家，按陈起原有版式影写，编成《汲古阁景钞南宋六十家集》；清代四库馆臣从《永乐大典》中亦曾辑录宋诗小集，编为《江湖小集》《江湖后集》，共收南宋诗人 109 家，编入《四库全书》。陈起原编，较为晚出的民间辑本还有清顾修的《南宋群贤小集》一百三十五卷，刊于嘉庆间《读画斋丛书》中。清人陆钟辉《南宋群贤诗选序》谓其编纂宋诗选的原因说："自临安汇刻之后，绝罕流传。倘不亟为甄收，诚虑终归湮落。闲居诵读之余，爰加决择，存其什三，厘为十二卷。"又，宋陈思原编，元陈世隆补编的《两宋名贤小集》，凡三百八十卷，共收两宋不甚著名诗人 256 家，起自杨亿，终于潘音，两宋名贤，汇于一编，颇方便于读者查检。又，今检《四库全书》本《两宋名贤小集》，除富弼、张方平、岳珂等相重外，《小集》中的其他人在《宋诗拾遗》中都没有诗，可见《拾遗》也在有意识地对《小集》作补阙。

宋诗在元、明两朝受到歧视、贬黜，以致宋人的诗集大量损毁，清初吴之振在《宋诗钞・凡例》中十分痛惜地说："宋集为世所厌弃，其存者如秦火后之诗书。"《四库全书总目》该书提要亦云："之振于遗集散佚之余，创意搜罗，使学者得见两宋诗人之崖略，不可谓之无功。"[①]于此亦见《宋诗钞》在保存宋诗上有着很大的文献价值。清代有名的宋诗总集如《宋百家诗存》《宋元诗会》《宋诗纪事》等，亦为存录一代诗歌文献而编。如《宋百家诗存》为补《宋诗钞》只录大诗人之缺，专辑中小诗人之诗，始于魏野《东观集》，终于僧斯植《采芝集》，其中北宋有魏野、贺铸等 10 余家，南宋有吕本中等 80 余家，于其讹误多有订正。所采之集，当时均属僻书，抄本居多而刻本少。《宋元诗会》所辑录宋元诸诗，编者自谓散录零抄，搜求于诸书，虽墨迹石刻，亦一一博采，所录凡九百余家，可与吴之振等编选的《宋诗钞》、顾嗣立编选的《元诗选》互为补充。《宋诗纪事》"访求积卷"，凡诗话、笔记、总集、别集、类书、史书、方志、金石、碑帖等，无不征引，凡录宋诗诗人 3812 家，各系以小传，以事存诗，以诗存人，其中有关诗人传记的事，列于小传之后、诗歌之前；有关诗歌本事，列于诗后；无事可采、无他书征引而又有多首诗的作者，则选录一首或几首，以见"管中窥豹"之意。编者所引的有些古

---

① 《四库全书总目》卷一九〇《宋诗钞》提要，第 2663 页。

籍，今天已不易见到或已亡佚，其文献价值尤为明显。其后罗以智《宋诗纪事补逸》补出185家，陆心源《宋诗纪事补逸》补出3000余家，今人孔凡礼《宋诗纪事续补》又补出1600家，至此两宋有作品传世之诗人经过反复网罗，已经所剩无多。以上数书所辑宋代诗人之和已经离《全宋诗》中之诗人总数仅有数百家之差。

其次，由于文献在长期流传过程中，或毁于火灾，或丧于兵燹，或残于虫蛀，或讹于俗手，兼之宋诗长期不受重视，缘此，大量宋诗总集失传而湮没无闻，完整流传下来的虽不能说如吴之振所谓“秦火后之诗书”那样稀见，但也的确不多，故即使片言只字，亦如鲁殿灵光，十分珍贵。清嘉庆间，鲍廷博亲自校勘《翠微南征录》旧抄本，据旧题刘克庄《分门纂类唐宋时贤千家诗选》补遗华岳诗《冬暖》（五绝）、《伤春》、《秋》、《春暮》、《冬暖》（七绝）、《鸥》等六首①。《诗林广记》前集卷三李白《浔阳紫极宫感秋》诗后所附四诗，其中黄庭坚、刘克庄、谢枋得之和诗，三家原集均失载，亦可据以补充。《全宋诗》卷三五二一仅收录宋末诗人王淇《暮春游小园》《梅》两首诗，而这两首诗均录自谢枋得的《千家诗》七言卷上。若没有《千家诗》，王淇其人其诗将湮没无闻。《全宋诗》辑录的许多集外诗，尤其是无集传世诗人的残章断句，有很大一部分是从历代宋诗总集中辑录而出。宋末佚名所编《诗家鼎脔》、刘瑄所编《诗苑众芳》及元初陈世隆所编《宋诗拾遗》等三部宋诗总集主要收录小诗人的作品②。如《宋诗拾遗》的编纂，正如书名所指，实为有宋一代诗歌拾遗补阙，在《北轩笔记小传》中，此书亦名《宋诗补遗》，并不是作者的一时疏忽。《全宋诗》的编纂者就充分利用《诗家鼎脔》辑录宋诗。据我们统计，《全宋诗》中首见于《诗家鼎脔》的宋代诗人与诗歌即有54人82首，其中14人19首诗为他书所不见，仅赖该书而得以流传后世。其实，《全宋诗》检而未尽，笔者再次将两书对检，又发现《全宋诗》仍有刘淮的《平远台》《韩府》、郑舜卿的《昭君曲》、李杜的《过废寺》、张端义的《偶题》《还家》等4人6首诗漏收，其中刘淮、郑舜卿、李杜为未录而失收，新增3人，张端义为已录而漏收。③ 可见，宋诗总集对传承、辑佚宋诗有着巨大的学术价值。

有些宋诗总集的评点与注语所引文献保存了大量有价值的佚文。纪昀

---

① 马君骅校点《翠微南征录北征录合集》，第141—143页。

② 按王媛《陈世隆〈宋诗拾遗〉辨伪》（《文学遗产》2014年第2期）一文认为此集乃清人所编，编者误署为陈世隆。

③ 参王友胜《论〈宋诗拾遗〉的文献价值》，《湖南科技大学学报（社会科学版）》2006年第5期。

等总纂《四库全书总目》中《瀛奎律髓》提要即曰："然宋代诸集，不尽传于今者，颇赖以存。而当时遗闻旧事，亦往往多见于其注。故厉鹗作《宋诗纪事》，所采最多。"①高度肯定《瀛奎律髓》之注语在传承宋诗文献与诗人"遗闻旧事"方面的贡献。另外，有些总集还可作为全体作者某段特定人生经历的共同凭证与集体记忆，如欧阳修与韩绛、王珪、范镇、梅挚、梅尧臣等人于嘉祐二年在礼部有彼此唱和的活动，通过《礼部唱和诗》即可考知。该书序曰："嘉祐二年春，予幸得从五人者于尚书礼部，考天下所贡士，凡六千五百人。盖绝不通人者五十日，乃于其间，时相与作为古律长短歌诗杂言，庶几所谓群居燕处言谈之文，亦所以宣其底滞而忘其倦怠也。"②序中所谓"五人"即指韩绛、王珪、范镇、梅挚及梅尧臣，"绝不通人"指宋代科举实行的锁院制度，"时相与作"指彼此群居雅集时的诗歌唱酬活动，"宣其底滞而忘其倦怠"指诗歌所具有的娱乐功能。

再次，宋诗总集还具有考辨诗人生平、辨析诗歌真伪、校勘文字异同的功能。

有的宋诗总集作者名下有诗人小传，诗后简注与评语也涉及作者仕履，为读者理解作品提供了大量第一手原始材料。大型宋诗总集如《宋诗钞》，"每集之首，系以小传，略如元好问《中州集》例。而品评考证，其文加详"③。小型宋诗总集亦复如此，《诗苑众芳》录潘枋、章康、黄简、赵汝谈、方万里、郑起潜、文天祥、李迪、郑传之、何宗斗、蒋恢、朱诜、魏近思、张矩、张绍文、张元道、吕江、蒋华子、陈均、萧炎、沈规、吕胜之、江朝卿、吴龙起等 24 人诗 84 首，编者虽"决择精当"，然入选者除文天祥外，均为默默无闻的小人物，其在诗人名下所载之字号、籍贯、著述等信息，对察考宋末诗坛，颇具史料价值。陈世隆所编的《宋诗拾遗》采录诗人 784 家，其中 441 位诗人名下有相关记载，因文字极其简略，有的仅寥寥二三字，还谈不上是小传，内容涉及诗人的家世、籍贯、字号、中进士时间、仕履、著述，间有关于诗人学行、职业、交流及师从的记述。这些作者中绝大部分为默默无闻的小诗人，史书无传，仅赖该书的诗人小传而得知其一二。《宋艺圃集》中的题下注或尾注对考证诗人及诗歌所涉人物生平事迹不无裨益，如郭明复生卒不详，仅宋代笔记《吴船录》卷上、《容斋三笔》卷六有简要记载，一般读者对其知之甚少，编者注其生平云："成都人，隆兴癸未（1163）登科，仕不甚达。"（卷一八）注

---

① 《四库全书总目》卷一八八《瀛奎律髓》提要，第 2631 页。

② 《礼部唱和诗序》，见李逸安点校《欧阳修全集》，第 597 页，中华书局 2001 年版。

③ 《四库全书总目》卷一九〇《宋诗钞》提要，第 2663 页。

明了诗人的籍贯与登第年份。汪景龙《宋诗略序》论该书的文献价值亦云："作者里居出处，恪遵史传，标举大凡，其论诗可采、逸事可书及鄙见所得亦附载之，祈不背于知人论世之义云。"①指出《宋诗略》因附载可采之"论诗"、可书之"逸事"及所得之"鄙见"而具有知人论世的功用。

诗歌总集辨析诗歌真伪如陈焯的《宋元诗会》。该书收录两宋诗人近五百家，加上金、元两朝，凡九百余人，其诗人小传考辨作者事迹、作品真伪甚详。编者在卷首该书《选例》中自负地说："余于是编小传中虽未能尽括全史之品流，而名臣大儒，其行藏关乎国故，从前为曲笔所诬者，辨正不少，在愚意本欲借人以衡诗，乃好我者猥谓有功于史学，夫岂其然？"其所"辨正"者，如诗歌(句)张冠李戴、一诗两属及诗人名字别号混淆不清等，不一而足。

> 如万石德躬诗误为鲜于枢，李材句之误贡仲章，李泂句之误邓牧心，吴全节句之误薛玄义，其余一诗而分属两人者，不可胜数，若近日坊间所刻诗钞，以秦少游雷州作兼属苏子瞻，子瞻答高子勉诗入黄山谷，子瞻寄少游土物诗重入少游集内，云寄东坡，俾览者将何适从乎？更有选手以宋之周紫芝名字别号判作三家，元之张昱即光弼也，元之杜本即清碧也，分为四氏，此皆不考其人而漫录其诗，故诸弊杂陈。②

诗歌总集的文字校勘价值，如《全宋诗》卷一三一九据明代释正勉与释性涵合编《古今禅藻集》卷一二，录释法成《山居》"青光上下含虚碧"，其中"青光"，元陈世隆所编《宋僧诗补选》作"青山"，当以后者为胜，以与该诗上句"雪覆乔林同一色"意思相吻合。

另外，宋诗总集还有资于考史，汪景龙、姚壎编《宋诗略》卷首《凡例》曰："诗之关乎一代朝章典故者，或录或不录，以《宋史》具在可考而知，无事繁称博引。"③编者录诗的一个主要依据在《宋史》有无诗歌所涉事件之记载。历史上王朝更替之际，国家板荡，文人流离于乱世，朝政制度、人事变迁，多有遗漏未载者，汪元量编《宋旧宫人诗词》、谢翱编《天地间集》、孟宗宝编《洞霄诗集》、赵景良编《忠义集》、程敏政编《宋遗民录》等诗歌总集对察考宋元之际历史事件与宋遗民之生活事迹，均有着极其重要的史料价值。

---

① 《宋诗略》卷首，乾隆三十五年竹雨山房刻本。
② （清）陈焯编《宋元诗会· 选例》，清康熙二十七年刊本。
③ 《宋诗略》卷首，乾隆三十五年竹雨山房刻本。

第三章　宋诗总集编纂语境研究

“语境”这一概念最先由波兰人类学家马里诺夫斯基(B. Malinowski)在1923年提出。在他看来,语境可区分为“情景语境”与“文化语境”两类语境,也可以说分为“语言性语境”与“非语言性语境”。从语境研究的学术史来看,各门不同的学科、不同的学术流派关于语境的定义及所涉研究内容并不完全相同。就文学总集来说,其非语言性语境即文化语境,当指它的政治、教育及诗学语境等。宋诗总集的生成具有一定的政治、文化、教育、文学生态环境与生成机制。编者编纂宋诗总集并不仅仅是一种单纯的文学行为,而往往有着明确的编纂动机,受到当时的政治生态、经济状况、教育背景、文治思想、地域文化、刻书水平、藏书条件及个人素养等诸多主客观因素的制约,同时与历代唐宋诗优劣高下之争及宋诗内部各体裁、各流派、各时段影响力彼此消长也有着密不可分的血脉关系。以下试分而论之。

一、政治语境

文学作品的生成、传播与接受首先要受到政治环境的制约,宋诗总集的生成、传播与接受也是这样。这一文学现象可以从三个方面来分析:

第一,封建统治者“盛世右文”,有时会借文学总集的编纂来鼓吹圣明、点缀太平,强力推行帝王的文治思想或主流诗学观。如清代前、中期,统治者为了强化思想控制,笼络、钳制文人,出现了大量“御编”诗文总集,以为士林诗阅读与创作之标杆与圭臬。如康熙帝御编的《古文渊鉴》《全唐诗》《历代赋汇》《佩文斋咏物诗选》《宋金元明四朝诗》《全唐诗录》《全金诗》,乾隆御编的《唐宋文醇》《唐宋诗醇》《皇清文颖》等诗文总集就是在这一政治背景下出现的。康熙帝雄才大略,文武兼治,他亲自主持完成编纂《全唐诗》后,立即敕命张豫章等人编纂《御选宋金元明四朝诗》,其御制序将他文化治国的纲领披露无遗:“朕夙兴夜寐,永图治安,念养士育才,国家盛典,考言询事,曩代良规,亦既试之制艺,使通经术,兼以论、表、判、策,俾达古今,而于科目之外,时以诗赋取人。”从这一原则出发,该集在编纂宗旨上,“用以标诗人之极致,扩后进之见闻”①,在编排体例上,以皇帝御制为首,次四言,次乐府歌行,次古体,次律诗,次绝句,次六言,次杂言,按体分编。帝王乃九五之尊,故置于卷首,其余则按诗体出现先后为序,彰显宋金元明四朝诗发展演变的流程。所录诗歌虽风格各异,然皆以温柔敦厚为旨归,其藻饰纤巧之作,虽工不录,尤重理学家诗,仅理学巨子朱熹一人之诗所录即多达583首,苏轼、陆游紧随其后,分别辑录558首、483首,而最能代表宋诗创作风格的黄庭坚诗因缺乏深广的现实内容,仅录90首,尚不及并不以诗见长的周紫芝的93首之多。②《四库全书总目》卷一九〇《御定四朝诗》提要将该书标举典范、教化读者的编纂宗旨披露无遗:

> 大抵四朝各有其盛衰,其作者亦互有长短。而七百余年之中,著作浩繁,虽博识通儒,亦无从遍观遗集。至于澄汰沙砾,披检精英,合四朝而为一巨帙,势更有所不能矣。我国家稽古右文,石渠、天禄之藏既逾前代。我圣祖仁皇帝游心风雅,典学维勤,乙览之余,咸无遗照。用能别裁得失,勒著鸿编。非惟四朝作者得睿鉴而表章,即读者沿波以得奇,于诗家正变源流亦一一识其门径。圣人之嘉惠儒林者宁浅鲜欤?③

乾隆皇帝诏命文人学士编选《御选唐宋诗醇》,其编纂缘起是因前此已经御编《唐宋文醇》,再编《唐宋诗醇》,与其配套,为普天下的读书人阅读唐宋诗文提供一个能彰显统治者意志的范本。清高宗弘历在乾隆十五年御制序中称:“宋之文足可以匹唐,而诗则实不足以匹唐也。既不足以匹而必为是选者,则以《唐宋文醇》之例,有《文醇》不可无《诗醇》,且以见二代盛衰之大凡,示千秋风雅之正则也。”总纂官纪昀等在该书《纂校后案》中旗帜鲜明地说:“兹逢我皇上,圣学高深,精研六义,以孔门删定之旨品评作者,定此六家,乃共识风雅之正轨。”④可见乾隆御编此集,为的是弘扬诗教,在他看来,宋诗不如唐诗,这从该集对唐宋诗人的取舍也可见端倪。《唐宋诗醇》极为强调儒家“温柔敦厚”“兴观群怨”的诗教传统及德治精神,努力挖掘诗歌中

---

① 均见康熙御制《宋金元明四朝诗序》,见该书卷首,康熙四十八年内府刻本。

② 参李靓《清代御选宋诗研究》,湖南科技大学2010年硕士学位论文。

③ 《四库全书总目》卷一九〇,第2658页。

④ 均见《唐宋诗醇》卷首。

所蕴含的政治教化意义，认为诗歌“原非以品题泉石，摹绘烟霞”①。如该书卷一九总评现实主义诗人白居易说：“其《与元微之书》云：‘志在兼济，行在独善。讽谕者，意激而言质；闲适者，思澹而辞迂。’作诗指归，具见于此。盖根柢六义之旨，而不失乎温厚和平之意。”②故编者赋予白居易唐诗大家的地位，与李白、杜甫与韩愈并为唐诗四大家。宋代诗人中，编者舍弃最能代表宋诗创作特点的黄庭坚而取陆游，主要原因也在于他的诗具有忠君爱民的儒家思想。卷四二总评陆游诗云：

观游之生平，有与杜甫类者：少历兵间，晚栖农亩，中间浮沉中外，在蜀之日颇多。其感激悲愤，忠君爱国之诚，一寓于诗。酒酣耳热，跌荡淋漓。至于渔舟樵径，茶碗炉熏，或雨或晴，一草一木，莫不著为咏歌，以寄其意。此与甫之诗何以异哉？③

第二，确立诗歌典范，倡导儒家传统诗教，编纂诗歌总集以化育广大读者。在一些宋诗总集中，《论语》所谓“迩之事父，远之事君”中“事君”的功能被无限放大，《毛诗序》中诗歌“正得失，动天地，感鬼神”及“经夫妇，成孝敬，厚人伦，美教化，移风俗”的政治功用得到强化。宋元之际的《濂洛风雅》即是以风雅为旨归的教化诗歌总集。编者金履祥捍卫儒家重教化的诗学观，并体现了他喜言义理的理学家身份，在确定选录对象、选录数量及选录内容时表现出了较强的门派意识。他标举、弘扬理学家诗，认为“道人之诗”高于“诗人之诗”，对促成程朱理学诗派的形成起到了很大的作用。南宋后期蔡正孙所编《诗林广记》本是一部带有诗话性质的晋、唐、宋诗歌总集，可明弘治十年（1497）张鼐在《重刊诗林广记序》中，却特别看重该集中朱熹《闻雷》“我愿君王法天造，早施雄断答群心”，欧阳修《温成阁帖》“君王念旧怜遗族，长使无权保阙家”，李商隐《咏贾谊》“可怜夜半虚前席，不问苍生问鬼神”，卢仝《上孟谏议》“便从谏议问苍生，到头合得苏息否”等讽谏时君、同情民瘼的诗句，并云：“其他谲谏，率多类此，闻之者得不惕然于中乎？其补于世也多矣。学诗者人挟一帙，沉潜玩索，因言求心，不独声律之妙造作者之堂，抑足以销其邪心，养其正气，端人善士之域，可驯致矣。”④张

---

① 参《唐宋诗醇》卷首《原书纂校后案》。

② 乾隆御编，马清福主编《唐宋诗醇》（中），第3页。

③ 乾隆御编，马清福主编《唐宋诗醇》（下），第473页。

④ （宋）蔡正孙撰，常振国、降云点校《诗林广记》卷首，第1—2页。

鼐重刊此书,正是看中该集"其补于世","销其邪心,养其正气"的教化作用。

第三,王朝更替,遗民借诗歌总集的编纂表达自己的政治情绪。"遗民"一词,在古代诗文中,多指亡国之民,特别是改朝换代后不事新朝的文人。① 王朝易代之际,封建遗民或有遗民情结的编者在编纂宋诗总集过程中,往往会自觉不自觉的透露出鲜明的故国之思、身世之感,在诗歌的甄选上特别垂青有遗民情结的诗人、诗歌,可谓借他人酒杯,浇自己块垒。就宋诗总集的编者而言,以宋元之际遗民或明末清初遗民居多,因这两个时段的文人除了经历政权易手的痛苦外,还面临异族入主中原,汉人遭受欺压的困境;就诗歌题材而言,遗民宋诗总集多录凸显伦理精神与爱国主题的作品。宋元之际遗民宋诗总集有谢翱编的《天地间集》,汪元量编的《宋旧宫人诗词》,孟宗宝编、邓牧协编的《洞霄诗集》,元人所编遗民宋诗总集有赵景良由宋遗民刘壎《补史十忠诗》、刘麟瑞《昭忠逸咏》改编、增补而成的《忠义集》,杜本编的《谷音》及吴渭编的《月泉吟社诗》等。其中杜本的《谷音》收录金元、晚宋、宋元之际三个时段节士、遗民诗人30家的诗歌101首,作者身份不全是宋末遗民,所录诗歌多感叹身世、自悲境遇,从中明显透露出伤怀故国、反抗异族的思想情调。明代程敏政虽不是遗民,但所编《宋遗民录》是现存比较完整的辑录宋遗民诗文的总集,凡收王炎午、谢翱、唐珏、张毅父、方凤、吴思齐、龚开、汪元量、梁栋、郑思肖、林景熙等十一位遗民的作品。王史鉴《宋诗类选序》对宋末遗民诗人创作有过精辟的分析:"晚宋诸人,感伤变革,忠义蟠郁,故多悽怆之作。文信国(天祥)身任纲常,从容就义,壮烈之语,真可惊风雨而泣鬼神。水云(汪元量)之哀怨,晞发(谢翱)之恸哭,霁山(林景熙)仗义于诸陵,所南(郑思肖)发愤于《心史》,千载而下,犹堪痛心。宋诗之终,终于义烈,岂非道学之流风、忠直之鼓动哉?"②可见,宋末元初遗民诗人、诗歌的大量出现,致使同时期遗民不断编纂诗歌总集,借以表达其故国之思与身世之感。

清初的文化遗民中,黄宗羲、吕留良、柯弘祚、潘问奇等参与了宋诗总集的编纂,选诗强调"以诗存史",积极彰显宋代诗歌中的忧国爱民之诚、社会担当之感与黍离麦秀之悲。《宋诗钞初集》所抄仅八十四家,却大量抄录谢

---

① 按在中国传统文化中,"遗民"一词主要有三层含义。一是泛指后裔,二是指亡国之民,三是特指改朝换代后不仕新朝的人,参王次澄《宋遗民诗与诗学》第1页,中华书局2011年版。

② (清)王史鉴编《宋诗类选》卷首,清康熙五十一年刻本。

翱、文天祥、林景熙、真山民、许月卿、汪元量等宋遗民的诗，其中谢翱的《晞发近稿》、汪元量的《水云集》及谢翱编的宋遗民诗集《天地间集》均不加别择，全部收录。有些编者虽不属遗民，但其思想旨趣与遗民有诸多相似之处，所编宋诗总集存在着浓厚的遗民情结。如陈焯的《宋元诗会》竟将元代杜本所编的宋遗民诗歌总集《谷音》悉数收入；顾贞观的《积书岩宋诗钞》选诗不仅重视创作于太平时代的雍容不迫之作，更注重民族巨变中表达忠义的诗篇，李纲、宗泽、陈与义、刘子翚、陆游、刘克庄、文天祥、林景熙、谢翱等爱国诗人的作品大量入选。

第四，封建秩序的叛逆者因受到统治者的打压、迫害而致使所编诗歌总集在传播过程中遭到禁毁，导致其隐晦不显，《宋诗钞》的流传就是一个显例。该书主要编纂者之一吕留良，著述颇多民族思想，十二岁时与里中人结社，与具有反清意识的黄宗羲、高旦中等游从，明亡后，散其家财，交结豪雄，图谋复兴，事败后退隐家居，著书讲学。清廷举荐博学鸿词科，他誓死拒荐。晚年削发为僧，心情郁闷，因病而终。所著《维止集》一书，以“维止”暗示“雍正”无头脑，即无主见，没有思想。雍正时，吕留良为曾静、张熙之文字狱所株连，竟遭剖棺戮尸，著述焚毁，受累者甚众，罹难之酷烈，为清代文字狱之首。① 其参与编纂的《宋诗钞》也由此经过数十年的风光后遭到朝廷的禁毁，即使解禁后再刻之《宋诗钞》亦不署吕留良姓名，以避文祸。南宋诗人、书商陈起设书铺于杭州睦亲坊，曾经出资收购南宋诗文百余家，编为《江湖集》。宝庆元年，因《江湖集》中某些诗句被人深文周纳，附会为谤讪宰相史弥远，遭谏官李知孝弹劾。如曾极“九十日春晴景少，一千年事乱时多”（《春诗》），刘克庄“不是朱三能跋扈，只缘郑五欠经纶”（《黄巢战场》）等句，被指斥为作者不满现实、讥讽时政。陈起既是书商，兼复诗才，尝改刘子翚《汴京纪事》中“夜月池台王傅宅，春风杨柳太师桥”二句为“秋雨梧桐皇子宅，春风杨柳相公桥”。诗中的“相公”被指影射史弥远。皇帝遂下诏查禁此书，且诏禁士大夫作诗，《江湖集》书版惨遭焚毁，编者陈起被流配边地。直到史弥远于理宗绍定六年（1233）死后陈起遇赦，这一“江湖诗祸”才得以平反昭雪。② 陈起又重振河山，继续刊刻《江湖后集》《江湖续集》《中兴江湖集》及《中兴群公吟稿》等南宋诗歌总集。

---

① 参邓之诚《清诗纪事初编》“吕留良”条，第243—244页。

② 按朱彝尊《曝书亭集》中《宋高菊磵遗稿序》述陈起罹祸之事甚详，可参。

二、教育语境

诗歌总集,特别是以选优为宗旨的诗歌总集时常被用来作为塾童、举子或初学写诗者揣摩诗歌写作技巧、涵泳诗歌思想内容的教材或参考读物,因此,它部分地承载了对读者进行文学教育的功能。可以说,大部分宋诗总集的编纂、刻印与流传,其实是为了实现它的教育价值,是在读者教育需求的驱动下出现的。

诗歌总集生成的教育语境其实更多的时候就是它的科举语境。众所周知,唐宋时期的进士科考试主要以诗赋为考察内容,尽管北宋熙宁四年(1071)二月神宗采纳王安石之法,"罢诗赋及明经诸科,以经义、论、策试进士"①,但并不是取消诗赋,而是将其与经义析为两科分别考试。宋元时期,随着州学、县学及书院的日渐增多,一些公、私教育机构与教育工作者不但编辑大量优秀的蒙学教材,如南宋吕本中编纂的《童蒙诗训》、朱熹编纂的《童蒙须知》、程端蒙编纂的《性理字训》,以及作为识字教材的《三字经》《百家姓》等,而且还编纂许多有关阅读训练和写作训练的诗文总集,如南宋吕祖谦的《古文关键》、真德秀的《文章正宗》等,以此总结、归纳读书、作文之法,为蒙童或举子涵泳文章精华、揣摩写作技巧提供范本。因此,负有教育主管责任的地方官员,甚至最高封建统治者经常主持文学总集的编刻,借此推行文治,举子则乐于阅读,以此作为晋身的敲门砖,双方在诗文总集功用的认识上可谓殊途同归:前者以之作为"绳尺",而后者以此作为"矩矱"。乾隆二十五年(1760),为应对三年前已经实行的科举考试加试试帖诗的新政策,江苏巡抚陈宏谋奏请皇上,将刚编定不久的《唐宋诗醇》刊布天下,作为举子应试学习的楷式。陈氏于该书《序》云:

> 我皇上振兴文教,崇尚实学,特命乡会二场试排律一首。天下士子从兹鼓舞,奋励学习声诗,将和其声以鸣国家之盛矣。惟是诸生平日讲究诸家诗集者甚少,大概购求坊间《唐人试帖》《近光集》等书,专攻应制排律,以供场屋之用者,比比而是。

> 今《御选唐宋诗醇》板藏内府,四海士子购求不易,虽知向慕,无从

---

① 《宋史》卷一五《神宗二》,第278页,中华书局1985年版。

诵习。伏乞圣恩,准臣重刊广布,各省欲刊者,陆续刊行。俾海内学诗之人,群奉一编,知所趋向。涵濡讽咏之余,渐窥诗学根柢。[1]

乾隆帝享年 89 岁,实际执政 63 年,喜欢写诗,数量多达四万三千六百三十首,堪称古今第一高产诗人。唯其如此,他不仅诏令修改自明洪武以来实行的以经义取士的科举政策,乡试、会试加试排律一首,以考察举子的文学修养,而且还亲自主持编纂大型诗歌总集《唐宋诗醇》,慷慨地特准各地自由翻刻,方便天下举子阅读。作为最高封建统治者,他的这一行为当然来源于政治驱动,但借此化育读者,为其提供揣摩、练习之范本,也就是说,《唐宋诗醇》的教育作用,他肯定是认真考虑过的。

宋诗总集可用以揭示写作途径,指导初学写诗者的诗歌创作,或用以自娱娱人。一些民间书坊正是看中了宋诗总集的这一功用,往往选中一些通俗、实用、容易畅销的宋诗总集进行刻印、出售,追求的是商业利润,至于载道言政功用、学术质量并不在其主要考虑之列。为了达到畅销速售的谋利目的,迎合大众阅读趣味,有时不惜违反学术道德,将原本学术质量一般的诗歌总集假托名人所编或所评,以满足一般读者的消费心理。南宋中期,建安书肆出现了一部题名为《王状元集百家(诸家)注分类东坡先生诗》,因此书既分类编排苏诗,又汇录百家之注(实仅 96 家),更托名当朝状元、著名诗人王十朋所编,故在南宋、元、明及清初《施注苏诗》问世之前数百年,十分风行。其实,该书究竟由谁所编? 分类由谁而为? 迄今仍然是个谜。[2]总集的道理完全一样。南宋末期出现的《分门纂类唐宋时贤千家诗选》为满足初学者要求而编,清代翟灏《通俗编》"千家诗"条云:"宋刘后村克庄有《分门纂类唐宋千家诗选》所录惟近体,而趣尚显易,本为初学设也。"[3]正因如此,该书也同样存在误署编者的问题。该书"只是由当时一些学问不太高明、态度也不很认真的一般文人依据市面上常见或手中现有的总集、选集、别集、诗话乃至类书杂著等等加以抄撮,并采入当时当地流行的一些作品汇编而成的"[4],学术质量并不高,但因其各版每卷起首均署"后村先生编集"字样,兼之该书属于蒙学教材性质的普及性读物,编排上分门别类,大量选录"时贤"诗歌,对一般士人与民间读者阅读揣摩、查检参考唐宋诗歌

---

① 《唐宋诗醇》卷首,乾隆二十五年朱墨套印本。
② 参王友胜《苏诗研究史稿(修订版)》,第 40—45 页,中华书局 2010 年版。
③ (清)翟灏撰《通俗编》卷七《文学》,第 154 页,商务印书馆 1958 年版。
④ 李更、陈新校证《分门纂类唐宋时贤千家诗选校证》,第 902 页,人民文学出版社 2002 年版。

极其方便,故于宋元之际流传较广,以至随后出现的旧题谢枋得的《千家诗》①、于济与蔡正孙合编的《精选唐宋千家联珠诗格》均受到它的一些影响。其实《分门纂类唐宋时贤千家诗选》与刘克庄没有任何关系,刘克庄的《后村先生大全集》及当时其他著作均没有提及此事,②只是因为他在当时诗坛有很高地位,与江湖派诗人比较,又有很高的政治地位,故该书的实际编者便拉大旗作虎皮,高攀阔人认亲戚。正是这样的原因,该集又被省称为"《后村千家诗》",其实这是不对的。

《分门纂类唐宋时贤千家诗选》在宋元之际风行了一阵子,元明两朝至清初四百多年,未见任何书目著录,虽然也有不少宋诗的整理者参考过此书,但因其规模过大,不适合初学者阅读,它的风头很快就被谢枋得编的《千家诗》取代了。谢氏《千家诗》虽然号称"千家",实际上仅选录唐宋七绝、七律诗116首,它的传播也有深厚的教育语境,很快就在明代成为重要的启蒙教材。据明吕毖(号卢城赤隐)《明宫史》卷二《内书堂读书》载,内府已将《千家诗》与《百家姓》《千字文》《孝经》《大学》《中庸》《论语》《孟子》《神童诗》等作为明代宫廷的启蒙教材。北京图书馆出版社(今国家图书馆出版社)在影印《明解增和千家诗注》时也说:"这部《千家诗》系明代内府彩绘插图本,是专供太子或小皇帝使用的,它表明《千家诗》不仅是宋元明清时期民间流传甚广的通俗读物,也是皇家课业的基本教材。"③因此,明代刻印该集时还特意补上宁献王朱权的《送天师》及明世宗即嘉靖皇帝朱厚熜的《送毛伯温》两首七律,以光大门庭。另外,《中国古籍善本书目》(集部)卷二八著录《新刻草字千家诗》二卷,宋谢枋得辑,题明李贽书,明观成堂陈君美刻本。李贽乃晚明重要学者与文学评点家,他有没有书写《千家诗》,值得再考,但《千家诗》在明代既有宫廷彩绘插图本,也有如观成堂陈君美所刻之家刻本,则是没有问题的。翟灏《通俗编》"千家诗"条云:"今村塾所谓《千家诗》者,上集七言绝八十余首,下集七言律四十余首,大半在后村选中,盖据其本增删之耳。故诗仅数十家,而仍以千家为名,下集缀明

---

① 按喻岳衡以书中有作者张冠李戴的现象,又收录了两首明朝人诗,故认为《千家诗》是明人从《后村千家诗》选录编订而成,见《千家诗・前言》,第7—8页。

② 按刘克庄也选编过不少唐宋绝句的童蒙读物,《后村先生大全集》卷九四有《唐人五七言绝句》《本朝五七言绝句》《中兴五七言绝句》等三篇序,其中第一篇序说:"余家童子初入塾,始选五七言绝句各百首口授之。切情诣理之作,匹士寒女不弃也,否则巨人作家不录也,惟李杜当别论。"

③ 《明解增和千家诗注》卷首《说明》,北京图书馆出版社1998年影印本。

祖《送杨文广征南》之作,可知其增删之者,乃是明人。"[①]虽然文中谢枋得编《千家诗》出自后村《千家诗》的说法并不可靠,但翟灏卒于乾隆五十三年(1788),可见迟至清代中期,谢枋得编的《千家诗》还在乡塾流传。但是,清代以来流传甚广的《千家诗》并不是谢枋得的两卷本,而是由生活于明清之际的塾师王相增补、新注而成的四卷本启蒙读物《千家诗》。王相是好几本蒙学教材如《女四书》《三字经训诂》等的编纂与注释者,所以说他是一位蒙学教育家应该不算过分。他不仅将谢枋得原编的两卷唐宋七言诗加以新注而成《增补重订千家诗注解》,又另起炉灶,编选并注释唐代五绝、五律两卷而成《新镌五言千家诗笺注》。起初两书同时并行,均为民间童蒙教材,康熙四十八年(1709)有书坊将两书合刊,总称《千家诗》,这应该是该书得以广泛传播,并成为经典过程中一次历史性的变革,王相于此功不可没。新编《千家诗》选录有122家,其中唐代65家、宋代52家、五代1家、明代2家,无从查考年代的无名氏作者2家。所选诗歌虽仅224首,但题材多样,举凡山水田园、赠友送别、思乡怀人、吊古伤今、咏物题画、侍宴应制等无不涉猎,且多为唐宋名篇佳作,易学好懂,脍炙人口,具有启蒙性质,初学写诗者常引以为范本。"千家诗"这个书名虽名不副实,但这一金字招牌却颇受读者青睐,不断被广泛采用,如清代的《国朝千家诗》《续千家诗》,民国间的《醒世千家诗》等,不一而足。《千家诗》在民间的流传十分广泛。清末刘鹗《老残游记》第七回《纳楹闲访百城书》中,老残到东昌府一小书店买书,掌柜的就对他说:"所有方圆二三百里,学堂里用的《三》《百》《千》《千》,都是在小号里贩得去的,一年要销上万本呢。"其中所谓"三百千千",即指《三字经》《百家姓》《千字文》《千家诗》,不过相比"三百千","《千家诗》还算一半是冷货,一年不过销百把部",[②]可见《千家诗》在晚清的影响已经远不如《三字经》《百家姓》《千字文》之广泛,这或许是《唐诗三百首》《宋元明诗三百首》等其他同类蒙学读物大量面世影响所致。

宋诗总集在封建时代被用作蒙学读物,其实远不止《分门纂类唐宋时贤千家诗选》及《千家诗》两书。明代杨廉《风雅源流绝句诗序》夫子自道说:"予选古人绝句诗,以授家塾童蒙。"[③]杨廉(1452—1525)在嘉靖时期曾任礼部尚书,其所选《风雅源流绝句诗》今已不存,据此序知,该集选宋代

---

① (清)翟灏《通俗编》卷七《文学》,第154页,商务印书馆1958年。按,梁章钜《浪迹丛谈·续谈·三谈》卷七"千家诗"条亦持此说,文字大略相同。

② (清)刘鹗《老残游记》,第74页,人民文学出版社1981年版。

③ (明)杨廉《杨文恪公文集》卷二六,明刻本。

“濂洛关闽之作”、元代刘因及明代陈庄、孔旸的绝句，在以“八股”取士的明代，以诗歌总集教授童蒙，应该有一定的代表性。清道光间许耀编《宋诗三百首》，亦为家塾课本。他在自序中解释其选诗原则说：“甲辰夏，索居无俚，爰取两宋各家之诗，采其易于诵习者，简之又简，得三百首，作家塾课本，不特近于腐且纤者不敢阑入，即典重奇丽之作亦概就阙如。盖为初学计也。”①其门人王庆勋跋该集亦曰：“吾师许淞渔夫子，择其易于诵习者三百首，为家塾课本，诚诱掖后进之苦心也。勋受而读之，觉宋诗之精华已萃于是，岂但去繁就简之足贵哉？因详加圈点，以付剞劂。”②除坊刻诗歌总集外，清代冷鹏家刻的《宋元明诗三百首》也十分流行。他于道光二十一年在该书《序》中说：

> 诗至有唐称极盛。唐诗传稿殆亿万首，唐诗选本殆千百种。而童子时读唐人诗者，类多由蘅塘退士所编三百首入门，取其约也。鹏少从朱梅溪师游，课余日授一诗，于三百首外，又增钞唐诗一册授读之；唐以后，若宋、若元、若明，又各钞一册授读之。鹏于此事虽茫无一得，然披读之下，心窃好焉，弗敢忘。越庚子秋，得于复斋先生续选唐诗三百首刻本，与昔日钞读之册十符其八。欣然展诵，实获我心。因复请于朱梅溪师、家谏庵叔，检宋、元、明诗删辑校订，仍仿三百首之例，汇作一编。编成，家兄竹亭怂恿付雕，为弟侄辈读本计，并不敢借之问世云。③

从这段话可以看出，清代也有将诗歌作为课业之内容的传统，朱梓对弟子冷鹏“课余日授一诗”，培养其童子功，而冷鹏将朱梓、冷昌言“删辑校订”的宋、元、明诗刻印，“为弟侄辈读本计”，说明他已经具备了以诗歌总集作为蒙学读物的自觉意识。元方回所编之《瀛奎律髓》虽为鼓吹诗学主张而编，但也曾经被后人用作私塾读物。如清初尝编纂过大型宋诗总集《宋诗钞》的吴之振即以《瀛奎律髓》训导生童，作为揣摩训练写诗的标准。梁章钜《退庵随笔》曰：“方虚谷《瀛奎律髓》一书，行世已久，学诗者颇奉为典型，吴孟举至悬诸家塾以为的。”④以一人之力，费时三十年编纂过《苏诗补注》的查慎行亦以此书为家塾课本，其弟子张载华《初白庵诗评 · 纂例》曰：“《律

① 见该书卷首，道光二十五年春水草堂刻本。

② （清）王庆勋《宋诗三百首跋》，见该书卷尾，道光二十五年春水草堂刻本。

③ （清）朱梓、冷昌言编，徐元校注《宋元明诗三百首》，第1页。标点有修订。

④ 梁章钜《退庵随笔》，见《清诗话续编》（下），第1989页。

髓》评点，系先生（查慎行）晚年家塾课本，学诗津逮，至舍筏登岸，此中三昧，尽在是矣。”[①]凡此等等，无不说明，宋诗总集的生成、流传有着极其深厚的教育语境。

三、诗学语境

选家编纂诗歌总集有着鲜明的目的，他选谁的诗，选多少首诗，选什么题材与体裁的诗，皆彰显了编者的文学理论主张与自觉的文学批评意识。所以，宋诗总集可用以宣传诗学主张，表达编选者的宋诗观。宋末元初方回在南宋中后期江西诗派衰落后，编纂《瀛奎律髓》，宗奉杜甫，标举江西诗派，在吕本中《江西诗社宗派图》标榜黄庭坚、陈师道的基础上，再添以陈与义，提出“一祖三宗”之说，极力重振江西诗风。他说：“老杜诗为唐诗之冠，黄、陈诗为宋诗之冠。黄、陈学老杜者也。”[②]又说：“古今诗人当以老杜、山谷、后山、简斋四家为一祖三宗，馀可预配飨者有数焉。”[③]“予平生持所见：以老杜为祖，老杜同时诸人皆可伯仲。宋以后山谷一也，后山二也，简斋为三，吕居仁为四，曾茶山为五。其他与茶山伯仲亦有之，此诗之正派也。”[④]这里将欧阳修、王安石、苏轼、陆游、范成大、杨万里等宋代一流大诗人抛开一边，极力鼓吹黄庭坚、陈师道、陈与义、吕本中、曾几等五人，其通过诗选与诗评，彰显、鼓吹江西诗派的宗派意识十分明显。在诗歌风格上，方氏特嗜生硬美与老境美，并以此为选诗标准，这受到了后人的激烈批评。如纪昀《瀛奎律髓刊误序》谓“虚谷乃以生硬为高格，以枯槁为老境，以鄙俚粗率为雅音”。其评梅圣俞《闲居》诗又曰：“以枯寂为平淡，以琐屑为清新，以楂牙为老健，此虚谷一生病根。”（卷二三）又如《宋诗钞》的主要编定者吴之振、吕留良、吴自牧及参与编纂的黄宗羲等，针对数百年来，特别是明代嘉、隆以来尊唐黜宋的不良诗风，通过编纂《宋诗钞》，学习宋诗，宣传宋诗，堪称清初宋诗运动的倡导者与推动者。吴之振《宋诗钞序》认为：“宋人之诗，变化于唐而出其所自得，皮毛落尽，精神独存。”故其所选宋诗，既侧重“近唐调”，又注重选录最能体现宋人以文为诗、以议论为诗、以学问为诗的作品，

---

① （清）查慎行撰、张载华辑《初白庵诗评》卷首，民国间上海六艺书局石印本。
② （宋）陈与义《与大光同登封州小阁》诗评，《瀛奎律髓汇评》，第 42 页。
③ （宋）陈与义《清明》诗评，同上书，第 1149 页。
④ （宋）陈与义《道中寒食二首》（其二）诗评，同上书，第 591 页。

旨在“尽宋人之长,使各极其致”,“欲天下黜宋者得见宋之为宋如此”。桐城派重要人物姚鼐的《今体诗钞》始终贯彻桐城派诗学主张,认为诗法通文法,所谓“七律之妙,在讲章法与句法”,“诗与古文一也,不解文事,必不能当诗家著录”,①这与古文中要求的“言之有序”不谋而合,故所选唐宋七律尤多。“五四”前后,随着新文化运动与“白话文运动”的推进,新诗创作蓬勃展开,《新青年》《新潮》大量刊发新诗,刘半农的《初期白话诗稿》、胡适的《国语文学史》先后出现。胡适认为“宋诗的好处”“全在他的白话化”,“用说话的口气来做诗,全在做诗如说话”。② 在这一诗学背景下,1921 年出现了凌善清的《白话宋诗五绝百首》《白话宋诗七绝百首》及熊念劬《宋人如话诗选》三部宋代白话诗选。其中《宋人如话诗选》采用新式标点,分体编排,凡录两宋白话诗 1389 首。关于“如话诗”的标准,编者在该集《凡例》中说:“本编选辑宋诗以明白如话为主,故格调不厌其高,惟语取浅易,务令妇孺都解,但字句虽极浅易,而意味索然者仍不采录。”③他要求所选之诗既明白如话、通俗易懂,又高雅不俗、意味深长,这正与胡适等在理论上倡导白话诗的举动不谋而合、彼此呼应。

宋诗总集的编纂不仅可以宣传选家的理论主张,还可用以对某一理论缺失进行纠偏补阙,使其臻于完善,或径在选评本中展开诗学论争与辩难,彼此展开批评。如针对《宋诗钞》《宋十五家诗选》及《宋四名家诗钞》等前人总集仅选名家与大家的偏执,《宋百家诗存》的编者曹庭栋则“俱采僻集”,以保存有宋三百年诗歌文献。编者在全书《凡例》中规定,凡《宋元诗》《宋诗钞》及《宋十五家诗选》已采者概不收录,对近时坊刻已有专集行世者不收录,而对那些本非诗家而其诗确有足观者则一并采录。如穆修以古文著,傅察以忠节传,林亦之、陈渊以道学显,贺铸、张孝祥、陈允平以词学彰,而他们的诗均被收录于书中。再如清初王士禛所编《古诗选》,录汉代至元代五、七言古体诗,凡作者约 150 家,作品数百首,所选均为古体而无格律诗,为此,桐城派代表作家姚鼐特编《今体诗钞》,专录唐宋近体格律诗。关于此选与王士禛《古诗选》的渊源,姚鼐《今体诗钞序目》云:“论诗如渔洋之《古诗钞》,可谓当人心之公者也。吾惜其论止古体而不及今体。至今日而为今体者,纷纭歧出,多趋讹谬,风雅之道日衰。从吾游者,或请为补渔洋之

---

① (清)方东树《昭昧詹言》卷一四,第 375—376 页,人民文学出版社 1984 年版。

② 胡适《国语文学史》,见欧阳哲生编《胡适文集》第八册,第 74 页,北京大学出版社 1998 年版。

③ 熊念劬选注《宋人如话诗选》卷首,上海文瑞楼 1921 年刊行。

阙编，因取唐以来诗人之作采录论之，分为二集十八卷，以尽渔洋之遗志。”①众所周知，方回选评《瀛奎律髓》，“大旨排西昆而主江西，倡为一祖三宗之说”②。明清之际的冯舒（1593—1645）、冯班（1602—1671）兄弟则针锋相对，“说诗力抵严羽，尤不取江西宗派”③，其批点《瀛奎律髓》时，就明显地表现出“主西昆而排江西”的诗学倾向，对李商隐及西昆体诗人极力表彰，而对方回与江西派诗人则大加批评。如冯班于卷一《登览类》评中开宗明义，谓“工而有味，西昆也；工而无味，江西也”，在卷七《风怀类》评中，更曰“此体不得不右西昆”，可见他对西昆派诗人之登览、风怀两类诗尤其推崇。而冯舒的论述更具体，态度更偏激，如谓“‘西昆’高在有学问，非空腹所辨，若义山则不止用学问为高矣。千古以来为此体者只此一人，备十分才情也”（卷七《风怀类》评），又说：“‘江西’之体，大略如农夫之指掌，驴夫之脚跟，本臭硬可憎也，而曰强健；老僧嫠妇之床席，奇臭恼人，而曰孤高守节；老妪之絮新妇，塾师之训弟子，语言面貌，无不可厌，而曰吾正经也。山谷再起，吾必远避。”（卷四七《释梵类》评）④文中言辞之尖锐，态度之激烈，无以过之。

有清一代，差不多每一诗学派别都参与了宋诗总集的编选，其著名者如浙派诗人吴之振等之《宋诗钞》、厉鹗之《宋诗纪事》、潘问奇之《宋诗啜醨集》，肌理派翁方纲之《小石帆亭五言诗续钞》《七言律诗钞》，桐城派姚鼐之《今体诗钞》，桐城派后劲曾国藩之《十八家诗钞》、吴汝纶之《桐城吴先生评选瀛奎律髓》、高步瀛之《唐宋诗举要》，同光体后劲陈衍之《宋诗精华录》。甚至宗唐的诗人也参与宋诗总集的编纂，如神韵派王士禛之《古诗选》，格调派沈德潜之《宋金三家诗选》，等等。他们或以唐存宋，或以宋存宋，或唐宋兼采，彼此各立门派，各标宗旨，体现了鲜明的宗派意识与强烈的批评精神，其编纂与传播宋诗总集有着极其鲜明的诗学语境。

---

① 曹光甫标点《今体诗钞》卷首，上海古籍出版社 1986 年版。
② 《四库全书总目》卷一八八《瀛奎律髓》提要，第 2631 页。
③ 赵尔巽等撰《清史稿》卷四八四《冯班传》，第 13333 页，中华书局 1977 年版。
④ 分别见《瀛奎律髓汇评》，第 11、276、291、1714 页。

中 篇

分 期 研 究

宋诗总集的编纂自《李昉唱和诗》编成以来，迄今千有余年，在长期的发展过程中，因处在各自不同的政治、文化与文学生态环境，总会受到当时统治者的主流意识形态、文化风尚及文坛风习的影响，从而形成几个或盛或衰、特征有别的不同发展阶段。宋诗总集编纂比较兴盛的阶段往往是宋诗创作或研究相对繁荣的时期，反之，则是宋诗受到冷遇的时期。从纵向发展的视角看，宋诗总集的编纂高潮出现在南宋、清代康熙乾隆两朝及新时期等几个历史时期，但在其他历史时段，宋诗总集的编纂从来没有停止过，只是相对冷淡而已。为论述的方便，我们将宋诗总集编纂的历史进程分为以下五个阶段：一、两宋——宋诗总集编纂的形成期，二、元明——宋诗总集编纂的过渡期，三、清代——宋诗总集编纂的繁盛期，四、民国间——宋诗总集编纂的转型期，五、新时期——宋诗总集编纂的集成期。

第四章　两宋——宋诗总集编纂的形成期

天水一朝虽军事上极度软弱，版图日蹙，但文化辉煌灿烂，城市经济高度繁荣，雕版印刷被推广与普及，藏书与读书成为文人的普遍风尚，受唐人编纂唐诗总集的影响，宋人编纂宋诗总集风气渐浓。太平兴国四年(979)，宋代出现第一部宋诗总集，即《李昉唱和诗》。此后百余年，宋人所编宋诗总集如雨后春笋，数量日见其多，但大多属于唱和类诗歌总集，且多散佚不存，除《西昆酬唱集》《九僧诗集》《同文馆唱和诗》及王安石所编的《古今绝句》外，其他总集影响都不大。宋人编纂宋诗总集至南宋时期达到高潮，并呈现出多样的类型。据初步统计，宋人所编宋诗总集 122 种，在编纂体例上，或以人系诗，或分体编排，或分门纂类，或附录诗话、诗格与评点，还出现了专门辑录如理学家诗、僧人创作等专题性宋诗总集；在编选宗旨上，或存录文献，或标榜门派，或方便初学，或表彰乡贤，或宣传诗学主张，或寓亡国哀思。总之，宋编宋诗总集品类多样，诗学思想丰富，囊括了总集的诸多型态，为后代宋诗总集的编纂提供了范本，奠定了良好基础，故我们将宋代确定为宋诗总集编纂的形成期。现按宋编宋诗总集的类型分别叙录如次。

一、专收唱和之作的宋诗总集

宋代开国，群臣彼此唱和，下层文人相互唱和，风气甚浓，迈越中晚唐，尤其是太宗、真宗、仁宗、神宗四朝，馆阁酬唱、宫廷应制、文人集会酬答之风盛行，彼此炫博弄巧、任气使才、谐谑取乐，诗词唱和成为当时文人智力竞技与交往过从的一种主要方式。上层文人凡遇禁林宴会、节庆赏花、馆阁喜雪、礼部贡举、高丽入朝、边关战捷、辎轩南还等喜庆、祥瑞之事皆有唱和；①

① 参成明明《北宋馆阁与文学研究》第七章《北宋馆阁唱和及宫廷应制》，中国社会科学出版社 2007 年版。

而一般文人雅士聚会、结社、送别、征行及“怜风月,狎池苑,述恩荣,叙酣宴”①,亦皆以诗相酬酢,颇得邺下风流、兰亭雅趣。于是,渊源于晋宋之际,发展于南朝,大量出现于中晚唐的唱和诗创作在北宋时期兴盛一时,并在诗人诗集中占去相当大的比例。因此,专收某一群体或某一流派诗人集会酬唱的唱和诗总集不断出现,由此掀开了宋人编纂宋诗总集的序幕。

宋代前期出现的唱和诗总集除《二李唱和集》与《西昆酬唱集》外,其他大多散佚不存,后世读者只能从唱和诗作者的诗(文)集中读到其中一部分。开国文臣李昉数入翰林,两度拜相,主持编纂过宋初四大类书中的三部,著有文集五十余卷,自然在诸次唱和活动中处于中坚与领袖的位置。太平兴国四年(979),李昉从宋太宗攻北汉,返回故里常山,太宗赐宴,父老欢娱,七日而罢,《李昉唱和诗》一卷即为当时彼此酬唱之结集,为宋代出现最早的唱和诗总集,《通志》卷七〇《艺文略》载:“《李昉唱和诗》一卷,宋朝李昉等兴国中从驾,至镇阳过旧居。”②又,李昉编的《二李唱和集》一卷,收其与李至二人于太宗端拱元年(988)至淳化二年(991)在京城彼此唱和之诗,凡123首,为今见宋代最早的唱和诗总集,离宋朝开国亦仅三十余年。吴处厚《青箱杂记》卷一曰:“(李)昉诗务浅切,效白乐天体。晚年与参政李公至为唱和友,而李公诗格亦相类,今世传《二李唱和集》是也。”集中唱和多流连风景之作,主要写闲适之情与林泉之趣,乾兴元年(1022)应天知府兼留守周起刻印行世,《宋史》卷二〇九《艺文志》著录。此书在古代,本土没有流传,仅日本江户时期有覆宋刻本,近人陈田、罗振玉各得一本,由罗氏于民国四年刊入《宸翰楼丛书》,卷首有李昉的自序,卷末有罗振玉、陈田的《二李唱和集跋》。除此以李昉为中心的二集外,《禁林宴会集》《翰林酬唱集》中亦有李昉诗。苏易简淳化二年编《禁林宴会集》一卷,收李昉等人唱和诗,原书已佚;王溥编《翰林酬唱集》一卷,收王溥与徐铉、汤悦、李昉等馆阁大臣彼此唱和之作,原书已佚。以上四部诗歌总集均为白体诗人禁苑馆阁之大臣所作。王禹偁亦属宋初白体诗人,他短暂一生,三贬州郡,故其唱和活动多在贬所。淳化三年因上疏论尼姑道安诬告徐铉事而得罪太宗,贬官商州团练副使后,与同年进士,先为商州通判、后为知州的冯伉等唱和宴饮,到郡一年,已积百首,编成《商於唱和诗》,有《仲咸以予编成〈商於唱和集〉

① (南梁)刘勰《文心雕龙·明诗》,第54页,漓江出版社1985年版。

② 《宋史》卷二六五《李昉传》载:“太宗即位,加昉户部侍郎,受诏与扈蒙、李穆、郭贽、宋白同修《太祖实录》。从攻太原,车驾次常山,常山即昉之故里,因赐羊酒,俾召公侯相与宴饮尽欢,里中父老及尝与游从者咸预焉。七日而罢,人以为荣。”

以二十韵诗相赠依韵和之》一诗记其事。[1] 由此可见,白体诗人在十余年短暂的时间内,先后写作并编定五部唱和诗歌总集。他们对喜唱和、诗风平易的白居易有着共同的爱好,主张"缘情遣兴""闲吟适性情"的诗歌理论与"浅近易晓"的诗歌风格,扫除了五代残留的浓艳文风与卑弱气格,对"白体"诗歌的盛行产生了积极作用。

北宋前期影响最大、流传最广的唱和诗总集当是西昆体代表诗人杨亿编的《西昆酬唱集》二卷。该集的编辑背景是:景德二年(1005)九月,杨亿与刘筠、钱惟演等奉诏于内廷藏书的秘阁开始编纂《历代君臣事迹》(后改名《册府元龟》)。他们在修书之余,写诗唱和,杨亿于大中祥符元年(1008)把他们三年来,在收藏皇家古籍的秘阁中互相唱和的诗篇汇集成册。为了标榜身份地位,杨亿根据《山海经·西山经》《穆天子传》记载昆仑山之西有玉山册府的典故,把他们在秘阁里写的诗所汇成的总集取名《西昆酬唱集》。此集辑录杨亿、刘筠、钱惟演等 17 人唱和之诗 248 首[2],体裁以五、七言律诗为主,其中杨亿、刘筠、钱惟演三人的诗占总集的五分之四以上。参加唱和的十七位作者中张咏、舒雅、丁谓、钱惟济等并不是秘阁里的编纂人员,他们的政治立场和创作风格也不完全一致。《西昆酬唱集》中的诗歌并不是西昆派作家的全部作品,但该派诗人的创作特色在是集中得到了较好的体现。诗的内容主要有反映作者流连光景、优游岁月的,如《别墅》《夜宴》《直夜》等;有吟咏前代帝王与宫廷故事的,如《始皇》《汉宣》《宣曲》等;有表达男女爱情的,如《代意》《无题》等;还有咏物的,如《鹤》《梨》《柳絮》《萤》等。诗的题材狭窄,感情贫乏,但在当时受到学子热捧,流行一时。此集曾于北宋与元代刊刻,但此本现已失传。今存最早的版本为明嘉靖间玩珠堂刊本,嘉靖十六年(1537)张綖序,今人较好的注本主要有王仲荦的《西昆酬唱集注》(中华书局 1980 年)及郑再时的《 西昆酬唱集笺注》(齐鲁书社 1986 年)。王仲荦很早便开始了对该书的注释工作,前后耗时数十年之久,翻阅了数十种文史要籍,对书中的用事、典故甚或词语出处等皆作了详细的注解。《西昆酬唱集注》已成为宋诗尤其是西昆派诗歌研究者必不可少的一部参考著作。郑氏则认为该集成书于大中祥符六年,杨亿序署衔"翰林学士、户部郎中、知制诰"乃"前官",其说与传统看法多有不同。

宋初君臣唱和的诗歌总集有目录学家杜镐于真宗大中祥符五年编的《君臣赓载集》三十卷,《宋史·艺文志》著录,今已散佚;李虚己天禧二年

---

① 见王禹偁《小畜集·外集》卷七,《四部丛刊》初编本。

② 按原编辑录诗歌 250 首,其中有 2 首重出,故实仅 248 首。

(1018)九月奉诏编辑的《明良集》五百卷,录真宗与群臣唱和之作,此事《续资治通鉴长编》卷九二有记载,《宋史·艺文志》著录,今已散佚;佚名编《应制赏花诗》十卷,王尧臣《崇文总目》卷一一著录,今已散佚,内容多为赏花之作,主旨歌功颂德,乏善可陈。[①] 徐铉《骑省集》卷二一有《应制赏花》一诗,或为总集《应制赏花诗》中诗。准此,则该集当为太宗时所作,因徐铉淳化二年去世时,真宗尚未继位。王禹偁有《诏臣僚和御制赏花诗序》一文,见《小畜集》卷二〇。

此期还有佚名所编馆阁词臣唱和诗总集《瑞花诗赋》一卷、刘璿编的《政和县斋酬唱》一卷,以及《广平公唱和集》《群公饯集贤钱侍郎知大名府诗》《送致政朱侍郎江陵唱和诗》等唱和诗总集,后三集由杨亿作序,见《武夷新集》卷七。以上总集均已不传,其详不可考。

北宋中期后,文人集会更为频繁,集会诗创作更为丰富,唱和诗总集的编纂更为兴盛,今见于文献记载的就有二十余部之多。如欧阳修编的《礼部唱和诗集》三卷,一名《嘉祐礼闱唱和集》,收欧阳修嘉祐二年(1057)正月知贡举时在锁院与馆阁词臣王珪、韩绛、范镇、梅挚、梅尧臣等唱和之作173首,有《礼部唱和诗序》,编辑情况见其《与梅龙图(挚)》[②]一文。又如邓忠臣编的《同文馆唱和诗》十卷,收哲宗元祐时期同文馆同舍邓忠臣、张耒、晁补之、蔡肇、余幹、耿南仲、商倚、曹辅、柳子文、李公麟、孔武仲等十一人的唱和之作;苏轼、苏辙兄弟编的《岐梁唱和集》,录苏轼任职凤翔时与在京城的苏辙彼此唱和之作,已佚,其诗多可从《苏轼诗集》卷三至五、《栾城集》卷一至二中辑录,苏辙作有《次韵姚孝孙判官见还〈岐梁唱和诗集〉》一诗;苏轼、苏辙的《和陶集》十卷,宋人唱和多"朋俦相与酬答",像这样"追和古人"之作并不多见。除此之外,还有石牧之等的《永嘉唱和诗》,曾公亮编的《元日唱和诗》一卷,张逸、杨谔的《潼川唱和集》一卷,孔武仲等的《睦州唱和集》,释契嵩等的《山游唱和诗集》,吴中复等的《南犍唱和诗集》三卷,姚闢编的《荊溪唱和》一卷,王安石编的《建康酬唱诗》一卷,苏轼、陈师道、赵令畤等的《汝阴唱和诗》一卷,苏辙、毛维瞻等的《筠阳唱和集》,秦观、参寥子等的《会稽唱和诗》,孙觉编的《荔枝唱和诗》一卷,张塈等的《睦州唱和诗集》,叶梦得与苏过等的《许昌唱和集》,孙颀编的《抄斋唱和集》一卷,许份编的《汉南酬唱集》一卷及佚名编的《李定西行唱和诗》三卷,凡此等等,不胜枚举,可见当时唱和风气之浓,唱和诗总集编纂之多。

---

① 参诸葛忆兵《北宋宫廷"赏花钓鱼之会"与赋诗活动》,《文学遗产》2006年第1期。

② 见李逸安点校《欧阳修全集》卷一四八,第2440页。

南宋所编的唱和诗总集也比较多,流传较广的有邵浩编的《坡门酬唱集》二十三卷,收苏轼兄弟及门人黄庭坚、秦观、晁补之、张耒、陈师道、李廌等同题唱和之作660首。浩字叔义,金华人,孝宗隆兴元年(1163)进士;朱熹编的《南岳酬唱集》一卷,附一卷,收朱熹、张栻及林用中三人同游衡山时唱和之作140余首,朱熹、张栻各有序。该书现存明弘治刻本、清抄本。弘治本邓淮序称《南岳唱酬集》是由他从朱熹、张栻文集中"摘"出重辑,可备一说。[①] 此外,还有陈天麟编的《游山唱和》一卷,王十朋编的《楚东唱酬集》一卷,廖伯宪编的《岳阳唱和》三卷,熊克编的《馆阁喜雪唱和诗》二卷,洪皓、张邵、朱弁等的《輶轩唱和诗集》三卷,韩元吉、陆游的《京口唱和集》,李石等的《西湖唱和诗》,陈谠编的《西江酬唱》一卷,莫若冲编的《清湘泮水酬和》一卷,商侑编的《盛山唱和集》一卷,等等。

宋代唱和酬答必须限题作诗,又限时、限韵,存在诸多约束,其中虽有不少因难见巧、推陈出新之作,但绝大多数唱和诗除具有一定的文学史料价值外,其艺术性并不高。吴乔《答万季野诗问》解释"和诗""和韵""用韵"与"步韵"的概念后,说"步韵最困人,如相殴而自絷手足也。盖心思为韵所束,于命意布局,最难照顾"[②]。自捆手足而彼此殴打,肯定不方便,写诗也如此。宋代很多唱和诗总集在当时虽有编纂,但仅有抄本,刻印出版者不多,故相对而言,流传至今的并不太多。

二、专收某时(地)之作的宋诗总集

专收某时之作的宋诗总集出现较晚,北宋所编仅见二部,皆诗文合选,即佚名编《圣宋文粹》三十卷,辑仁宗庆历间群公诗文,刘牧、黄通之徒皆在其选;又有佚名编《政和文选》二十卷,成书于徽宗政和年间,或编元丰后诗文千余篇,徐禧、席旦为作者之知名者。

南宋时期所编仅收北宋诗文的总集主要有江钿编的《圣宋文海》与吕祖谦编的《皇朝文鉴》两部。《圣宋文海》的编者江钿,建州瓯宁(今福建建瓯)人,政和五年(1115)进士,尝知瓯宁、建阳等县,晚年以儒林郎身份受命讨贼,获得朝廷嘉奖。[③] 江钿以一人之力编《圣宋文海》一百二十卷,辑北宋

---

① 参祝尚书《〈南岳唱酬集〉——"天顺本"质疑》。

② 见丁福保辑《清诗话》(上),第25页。

③ 马茂军《〈圣宋文海〉作者江钿考略》,《学术研究》2004年第4期。

人所著赋、诗、表、启、书、论、说、述、议、记、序、传、文、赞、颂、铭、碑、制、诏、疏、词、志、挽、祭、祷文等三十八类诗文。晁公武《郡斋读书志》卷二〇批评该书"虽颇该博,而去取无法",对其选目不甚满意。今残存宋刻本六卷,藏于国家图书馆。《皇朝文鉴》亦属北宋诗文总集,凡一百五十卷,其中卷一二至卷二九为诗,其编纂缘起与过程,《建炎以来朝野杂记》乙集卷五"文鉴"条载,淳熙四年(1177)十一月,孝宗得临安书坊所刻《圣宋文海》,先命"本府校正刻板",其后翰林学士周必大奏谓"此编去取差谬,殊无伦理","恐难传后,莫若委馆阁官铨择本朝文章,成一代之书",遂又诏命馆阁词臣吕祖谦"校正",后数日又诏命临安知府赵磻老与本府教官二员协编,其意在命三者只需对《圣宋文海》"校雠差误"。祖谦有感于"《文海》元系书坊一时刊行,名贤高文大册,尚多遗落,乞一就增损","其实欲自为一书",赵磻老与教官"不敢与共事",托辞退出,于是祖谦"尽取秘府及士大夫所藏本朝诸家文集,旁求传记他书,悉行编类,凡六十一门,为百五十卷",于淳熙六年一月进呈。二月,孝宗谕辅臣,赞誉"祖谦编类《文海》,采摭精详","有益于治道",遂诏除直秘阁,又降旨周必大为序,从其请,赐书名曰《皇朝文鉴》。[①]周序亦称"吕祖谦发三馆四库之所藏,搜缙绅故家之所录,断自中兴以前","规模先后,多本圣心"。[②] 朱熹晚年对《皇朝文鉴》评价甚高,尝语人曰:"此书编次,篇篇有意","祖宗二百年规模与后来中变之意,尽在其中,非《选》、《粹》比也"。[③] 可见《皇朝文鉴》实际上是《圣宋文海》的改编本,改编后的《皇朝文鉴》贯穿了吕祖谦的义理之学,更符合封建统治者的意志,不仅"前辈名人之文,搜罗殆尽",而且"有通经而不能文词者,亦以表奏厕其间",[④]故《皇朝文鉴》由原来的坊刻改为馆阁刊行,又借助最高统治者的影响,遂大行于世,《圣宋文海》因此而被轻忽,故后世流布不广。

以上两部总集诗文兼收,专收北宋诗歌的宋诗总集有《皇宋百家诗选》五十七卷[⑤]。编者曾慥,卒于绍兴二十五年(1155),字端伯,泉州晋江人。该集录北宋寇准至僧琏二百余家诗,已佚。《直斋书录解题》卷一五谓曾慥"编此所以续荆公之《诗选》,而识鉴不高,去取无法,为小传略无义类,议论

---

① 均见(宋)李心传撰,徐规点校《建炎以来朝野杂记》乙集卷五"文鉴"条,第 595—597 页,中华书局 2000 年版。

② (宋)周必大《皇朝文鉴序》,见《皇朝文鉴》卷首,《四部丛刊》初编本。

③ (宋)陈振孙撰,徐小蛮、顾美华点校《直斋书录解题》卷一五,第 448 页,上海古籍出版社 1987 年版。

④ 同上。

⑤ 按《直斋书录解题》卷一五作"一百卷"。

亦凡鄙。陆放翁以比《中兴间气集》,谓相甲乙,非虚语也。其言欧、王、苏、黄不入选,以拟荆公不及李、杜、韩之意”。[①] 陈振孙认为曾氏此选乃续王安石《唐百家诗选》而实不如,只选中小家而不及大家,也是学王安石之选。赵与时《宾退录》卷六批评其“矜多炫博,欲示其于书无所不读,于学无所不能,故未免以不知为知。《诗选》去取,殊未精当,前辈多议之。仲益(孙觌)所称南丰《兵间》、《论交》、《黄金》、《颜杨》诸篇,及苏黄门四字诗无一在选中者,而反录‘都都平丈我’之句”[②]。可见在宋代,该集的评价并不高。又,郑景龙编有《续百家诗选》二十卷,以补《皇宋百家诗选》之所遗及后来之诗。

南宋人所编专收南宋某时之作的总集亦复不少,如陈起编的《中兴群公吟稿戊集》,残卷录南宋中兴以来戴复古诗三卷、148 首,高翥二卷、115 首,姜夔一卷、76 首,严粲一卷、126 首,凡七卷、465 首。此四人均为江湖派诗人,诗亦见陈起编的另一部诗歌总集《江湖小集》,惟卷数有别。有顾修《读画斋丛书》本、1920 年印铸书局影宋刻本。据《郡斋读书志》附志下著录,《中兴群公吟稿》原有四十八卷,凡录中兴以来诗人 153 家,分甲、乙、丙、丁、戊等数集。宋末佚名编的《诗家鼎脔》二卷及宋末元初刘瑄编的《诗苑众芳》一卷亦仅收一时之诗。《诗家鼎脔》所录诗人中以黎道华、李邦献的生活时代最早,分别在两宋之际及南渡初,其余均在南宋中后期约百年间。所录之诗取境较狭,偏于近体一端,作者又多为名不见经传的小人物,然该书颇具文献价值,所选之诗中有 14 人 19 首为他书所不见,仅赖该书而得以流传,其中有 5 人 6 首为《全宋诗》所失收。另,该书诗人及其小传中一些史料又可纠史籍之误。[③]《诗苑众芳》的编者刘瑄,字伯玉,吴郡人。该集录潘牥、章康、黄简、赵汝谈、方万里、郑起潜、文天祥、李迪、郑传之、何宗斗、蒋恢、朱诜、魏近思、张矩、张绍文、张元衢、吕江、蒋华子、陈钧、萧炎、沈规、吕胜之、江朝卿、吴龙起等 24 人诗,少者一二首,多则八九首,凡 84 首。每人名下著其字号、籍贯,作者多江浙人,生活时代在南宋理宗朝。阮元《四库未收书提要》“《诗苑众芳》”条评是集曰:“所选之诗,近体较多,率皆清丽可诵,盖《江湖小集》之流亚,而抉择精当,似取法于唐人之选唐诗也。”[④]有《宛委别藏》影元钞本、《丛书集成初编》本。

---

① (宋)陈振孙撰,徐小蛮、顾美华点校《直斋书录解题》卷一五,第 447 页。

② (宋)赵与时著,齐治平校点《宾退录》卷六,第 77 页,上海古籍出版社 1983 年版。

③ 参王友胜《读〈诗家鼎脔〉札记》,《中国韵文学刊》2004 年第 4 期。

④ 见《揅经室外集》卷三。

宋人亦喜编纂收录某地区或某郡邑历代乡贤诗文的总集。这类诗歌总集在传统目录学中列为总集"郡邑"之属。其编者或主事者多为当地知州、知县或当地名流,编纂地方总集的目的是为表彰先贤,以励来者;其作者多为本地人,或仕宦、旅居至此,或虽未至此而其作品关涉此地者。郡邑类诗歌总集在唐代即已出现,比较早的如殷璠所编《丹阳集》,但在当时还只是个案,并未形成风气,宋人所编则比较多,如雨后春笋,蓬勃发展。如孙觉编的《吴兴诗》一卷、马希孟编的《扬州诗集》三卷、洪适编的《荆门惠泉诗集》二卷、熊克编的《京口诗集》十卷、汪纲编的《会稽纪咏》六卷等皆是。北宋元祐间郑俶最早编有《钓台集》,其后王敷编有《钓台新集》,南宋谢德舆编有《钓台集续》,可惜这些总集的宋本都早已散佚不存。

郡邑类诗歌总集影响较大者如北宋孔延之知越州时编的《会稽掇英总集》二十卷,其中前十五卷为诗、后五卷为文,辑会稽"自太史所载,到熙宁以来"诗文805首(篇),熙宁五年(1072)自为序。守越州会稽县主簿黄康弼所编的《续会稽掇英集》五卷,收录程师孟熙宁十年赴任越州时同僚送行诗125首,元丰元年(1078)李定序,当时原本为独立成书的北宋诗歌总集,后附《会稽掇英总集》以传,故后人误署《续集》①。

郡邑类诗歌总集还有一些。董棻于南宋绍兴间任严州(今建德、淳安一带)知州时所编《严陵集》九卷,辑严州诗文,自谢灵运、沈约以下,迄于南宋之初。绍兴九年(1139)自为序,其中前五卷为诗,第六卷诗后附赋二篇,卷七至卷九为碑铭题记等杂文,作者今有不知其名者,有知名而不见其集者,故颇有益于文献传承。有《四库全书》本、《浙西村舍丛刊》本及《丛书集成初编》本。李庚、林师蒧、林表民等先后编辑的《天台前集》三卷、《前集别编》一卷、《续集》三卷、《续集别编》六卷。其中前两集仅收唐代及以前之诗赋,不属本书讨论范围。《续集》则录宋初迄徽宗宣和、政和间人之诗赋,《续集别编》录南渡人之诗赋及《续集》之阙遗者,两集为两宋时期题咏台州天台山的诗赋总集。② 南宋嘉定元年(1208)台州太守李兼刻于台州州学,有《四库全书》本。《中吴纪闻》的作者龚明之之子龚昱编的《昆山杂咏》三卷,收录唐宋人题咏昆山名胜物产之作,有南宋开禧三年(1207)秋昆山县令徐挺之刻本,藏于国家图书馆。次年(嘉定元年)龚昱友人范之柔作序,

---

① 按南宋嘉定间丁燧又编有《会稽掇英续集》四十五卷,或以为送程师孟诗已经收入该集丁编,非附《总集》以传,参祝尚书《宋人总集叙录》,第54页,中华书局2004年版。

② 按林表民又编有与《天台集》相关之《赤城集》十八卷,录《天台集》不载、陈耆卿《赤城志》不尽载之记、序、书、传等文,与《天台集》中咏赤城之诗,类编而成。

序称龚昱编好《昆山杂咏》后,“又得百篇,号《续编》”,可惜《续编》今佚之已久,无从阅览。成都知府袁说友组织幕僚程遇孙等八人所编的《成都文类》五十卷,袁说友庆元五年(1199)自为序,西汉迄南宋淳熙间,“以益而文者,悉登载而汇辑”,凡一千余首(篇),按文体编排,故曰“文类”,今存明刻本,藏国家图书馆。它如南宋郑虎臣编的《吴都文粹》十卷,亦为苏州(古吴都)地方总集,录历代题咏吴郡的诗赋杂文,其中以唐宋人作品居多。此集取材全依范成大《吴郡志》,绝无增减。

南宋倪祖义编的《吴兴分类诗集》三十卷,《直斋书录解题》卷一五称“大抵以孙氏所集大略而增广之,且并及近时诸公之作。然亦病于太详。”“孙氏所集”指北宋孙觉编的郡邑类诗歌总集《吴兴诗》一卷,足见该集是对《吴兴诗》的改编与扩充,亦属郡邑类诗歌总集。

三、专收某派之作的宋诗总集

宋代诗人喜结社,自青年至耆老,组织诗社,切磋诗艺,乐此不疲,又好以政治、文学、科第、宗族、门派结盟,故艺坛文苑诗社、流派之多,远甚于唐。有学者统计,见于著录的宋代诗社多达六七十家,其较著名者有邹浩之颍川诗社、徐俯之豫章诗社、贺铸之彭城诗社、叶梦得之许昌诗社、欧阳彻之红树诗社、王十朋之楚东诗社、范成大之昆山诗社等。其中的怡老诗社特别引人注目。这种诗社社员多为年龄超过七十岁、已经致仕的官员,如李昉汴京九老会、杜衍睢阳五老会、文彦博洛阳耆英会、司马光洛阳真率会、史浩四明尊老会等等。[①] 怡老诗社的诗歌总集如司马光编的《洛阳耆英会诗》,收文彦博、富弼、席汝言、王尚恭、赵丙、刘几、冯行己、楚建中、王谨言、张问、张焘、王拱宸(留守大名,未能与会)及他自己等十三位年德俱高者唱和之作。这些人均为身居要职的朝廷重臣,政治上同属保守派,受到王安石排挤,故彼此交往甚密,又因年龄多在70岁以上(仅司马光64岁),故组成在野文人集团耆英会,于神宗元丰五年(1082)在富弼洛阳宅邸置酒赋诗相乐,司马光作《洛阳耆英会序》,称耆英会守“洛中旧俗,燕(宴)私相聚,尚齿不尚官”。宋代以政治、科举或文学而结盟的门派此起彼伏,不胜枚举,如北宋钱惟演之西京幕府、欧门文人、苏门文人、黄庭坚为领袖的江西诗派等,由此

---

① 参欧阳光《宋代的怡老诗社》,见《宋元诗社研究丛稿》,第31—45页,广东高等教育出版社1996年版。

形成文人群体化、集团化之网络联盟，彼此切磋诗艺，相互酬唱赠答，因创作共识而蔚为诗派风格。

宋诗总集的编纂即与宋诗体派的形成关系十分密切①，其中有自编该派总集以鼓吹其诗学观的，也有他人代编以宣传或总结诗歌流派的。如南宋邵浩所编《坡门酬唱集》二十三卷，即为二苏及“苏门六君子”彼此酬唱之诗歌结集，凡660首；又如江西诗派之诗歌总集，南宋陈振孙《直斋书录解题》卷一五著录《江西诗派》一百三十七卷、《续派》十三卷。② 据杨万里淳熙十一年(1184)所撰《江西宗派诗序》，此集编者为当时“帅江西”(即知隆兴府)的程叔达，收吕本中《江西诗社宗派图》所定26位诗人中，除黄庭坚外的陈师道等另25人之诗；又据杨万里嘉泰三年(1203)《江西续派二曾居士诗集序》，③江西漕使雷朝宗将自己辗转收集到的《二曾诗集》二编，即曾纮《临汉居士集》七卷、曾纮子曾思《怀岘居士集》六卷，寄给杨万里，因以求序。杨万里遂名是集曰《江西续派》，以补吕本中《江西诗社宗派图》之遗。以上两集的编定与传播为促进江西诗派的形成起到了很好的作用。又叶适编的《四灵诗》四卷，录徐照、徐玑、赵师秀、翁卷四人诗各一卷，凡500首，为临安陈氏书棚所刻，亦为“四灵体”的形成及其诗歌的传播作出了重要贡献。

此类诗歌总集以陈起编的《江湖集》系列总集最为典型。陈起(？—1256)，字宗之，号芸居，又号陈道人，南宋后期钱塘(今浙江杭州)书商兼江湖派诗人。一生从事编书、出版、卖书与藏书等，与当世士夫及江湖诗人多有交游唱和。亦能作诗，尤善七绝，今存《芸居乙稿》一卷，收入《两宋名贤小集》《南宋群贤小集》及汲古阁影宋抄本《南宋六十家集》《四库全书》本《江湖后集》中。《江湖集》者，江湖派诗人之诗歌汇编也。学界一般认为江湖诗派的成立以宝庆元年(1225)《江湖集》的出版为标志。编者为南宋著名书商，与南宋江湖派诗人多有交游，遂遍刊海内诗人小集，总称《江湖集》。陈起随得随刻，凡经数续，故各藏书家所得传本多寡不一。叶茵曾赠诗谓其“气貌老成闻见熟，江湖指作定南针。得书爱与世人读，选句长教野

---

① 其详可参李正明、钱建状《“宋人选宋诗”与宋诗体派》，《佳木斯大学社会科学学报》2009年第6期。

② 按《宋史》卷二〇九《艺文八》著录吕本中《江西宗派诗集》一百一十五卷、曾纮《江西续宗派诗集》二卷。前书误编者与卷数，后书误“二曾居士二编”为二卷。

③ 二序分别见(宋)杨万里撰，辛更儒笺校《杨万里集笺校》卷七九、卷八三，中华书局2007年版。

客吟。富贵天街纷耳目,清闲地位当山林。料君阅遍兴亡事,对坐萧然一片心"①。《江湖集》所录诗人多生活在孝宗、光宗、宁宗、理宗四朝近百年间,其身份多为流落江湖的布衣,间亦有周端臣、郑清之、姚镛及吴渊等朝廷高官,创作上或宗晚唐、或学江西,或模拟陆游、杨万里等,诗风并不一致。宝庆元年,因《江湖集》中有"秋雨梧桐皇子府,春风杨柳相公桥""不是朱三能跋扈,只缘郑五欠经纶""九十日春晴景少,一千年事乱时多"等句,触怒宰相史弥远而遭毁版。编者被流配,且诏禁士大夫作诗。陈起在史弥远死后遇赦,重操旧业,续刊后期江湖诗派作品,是为《江湖后集》《江湖续集》,而将解禁前所刻命名为《江湖前集》。陈起刻印的江湖三集原书流传至明末已经失传,名称见于《永乐大典》残本的就有《江湖集》《江湖前集》《江湖后集》《江湖续集》《中兴江湖集》等 9 种,明清人的影、抄、刊本有《江湖小集》《群贤小集》等 11 种,《四库全书》著录有《江湖小集》九十五卷、《江湖后集》二十四卷等。②

专收理学诗派的诗歌总集有宋末元初金履祥编的《濂洛风雅》六卷。是集编录诗歌以"道学开山"周敦颐为祖,以邵雍、张载、程颢、程颐为宗,下至杨时、罗从彦、李侗、朱熹、黄榦、何基,迄至其师王柏、王侃等,凡 48 人,录诗 453 首。金履祥选诗以理学为精神底蕴,代表"濂洛诗派"审美倾向与艺术风格,实为一部宋代程朱理学诗派的诗歌总集。故《浙江采集遗书总录》辛集谓其"以师友渊源为统纪,皆取其平淡有理趣者"。③ 有《四库全书存目丛书》本、《金华丛书》本。

专收爱国遗民诗派诗歌的总集有 3 部:宋元之际钱塘著名琴师汪元量编的《宋旧宫人诗词》,皆为送编者南归之作。汪元量,号水云,南宋德祐二年(1276)随降元的恭帝、太皇太后和王昭仪等北迁大都,至元二十五年(1288)得请以黄冠之身归江南。南返前夕,飘零的旧宋宫人与汪氏有过从者 18 位,聚于金台,分韵作诗、词以送别。此外,谢翱编的《天地间集》一卷,孟宗实编、邓牧协编的《洞霄诗集》十四卷,皆录仗节守义、古直悲凉的故臣遗老之诗,以此彰显诗人的浩然正气与亡国哀思。《天地间集》附在《宋诗钞·晞发近稿钞》后,入选 17 家,诗 20 首,有《丛书集成初编》本;《洞霄诗集》有《知不足斋丛书》本、《宛委别藏》本。

---

① 《赠陈芸居》,《全宋诗》卷三一八六,第 38223 页。

② 按《四库全书》著录之《江湖后集》实为《永乐大典》中《江湖集》《江湖前集》《江湖后集》及《江湖续集》等诸集的合辑,而非陈起原编之《江湖后集》。

③ 参王友胜《论〈濂洛风雅〉的编选宗旨与文学史意义》,加拿大《文化中国》2006 年第 2 期。

四、专收诗僧之作的宋诗总集

有宋一代文人禅悦之风甚浓，诗与禅的关系水乳交融，不仅诗人创作含禅理，而且僧人亦多文墨之士。诗僧之间，无分彼此。僧诗总集，大量出现。北宋的僧诗集，其最早、最知名且存世者乃《九僧诗集》。《九僧诗集》为陈充编，一卷，真宗景德元年(1004)编者自序，收宋初希昼、保暹、文兆、行肇、简长、惟凤、惠崇、宇昭及怀古等九位诗僧的诗。九僧以诗相友，唱和往来，并与士大夫广有交游，名重当世。其诗主要学晚唐，对宋代诗坛颇有影响，被称为"九僧体"。此书传本绝稀，欧阳修《六一诗话》云："国朝浮图，以诗名于世者九人，故时有集号《九僧诗》，今不复传矣。余少时闻人多称之。其一曰惠崇，余八人者，忘其名字也。"①司马光《续诗话》谓元丰元年曾见此书，其所述九僧之名与次序与今本全同。《郡斋读书志》卷二〇著录此书，称"凡一百十篇"，《直斋书录解题》卷一五则云"凡一百七首"。主要有清康熙四十一年毛氏汲古阁影宋钞本。其所据之宋本今已不存，毛氏钞本遂成为传世最早的版本，后来各本均自汲古阁本出。宋初除《九僧诗集》外，还有以下几部诗僧总集，其中佚名编、丁谓序的《四释联唱诗集》一卷，杨杰编的《高僧诗》一卷，均已佚。丁谓于景德三年春编并作序的《西湖莲社集》二卷，收录释省常等百余人于淳化元年(990)后所结白莲社的唱和之作，《宋史・艺文志・附编》著录，其详可参丁谓《西湖结社诗序》②、孙何《白莲社记》③两文，有韩国藏《杭州西湖昭庆寺结莲社集》(简称《西湖莲社集》)残本④，集中多有士人之诗，不全为僧诗；又有《续西湖莲社诗》一卷，已佚。

晚宋时期出现了一部较为流行的宋诗僧总集，此即江湖诗人陈起所编的《圣宋高僧诗选》。该书前集三卷、《后集》三卷、《续集》一卷，无序跋、凡例，故具体编刊情况不详。其中《前集》即九僧诗 133 首，可能是对南宋著名目录学家陈、晁二氏所看到的《九僧诗》的增补。《后集》三卷录赞宁、文莹、智圆、契嵩、道潜、善权、梵崇及清顺等 33 位诗僧之诗，凡 151 首，其中录

---

① 见(清)何文焕辑《历代诗话》(上)，第 266 页。

② 此文见曾枣庄、刘琳主编《全宋文》，第 10 册，第 263—264 页，上海辞书出版社等 2006 年版。

③ 此文见《咸淳临安志》卷七九。

④ 参金程宇《韩国所藏〈杭州西湖昭庆寺结莲社集〉及其文献价值》，见《稀见唐宋文献丛考》，中华书局 2009 年版。

道潜诗33首,数量为三集诗人之冠。《续集》一卷录秘演、惠洪及守诠等19位诗僧之诗,凡43首。全书凡录61家327首。此书颇具文献价值,不可以书贾所辑而轻忽之。所辑作者中有23家仅录1首,多数名不见经传,也无集传世,惟赖此集见其梗概。胡应麟《少室山房集》卷一一八谓"自希昼迄怀古,《瀛奎律髓》(卷四七)名字、次第悉符,方氏所选诸篇咸备兹集,知《律髓》所据即陈氏编也"。可见方回在编《瀛奎律髓》卷四七"释梵类"诗歌时,充分参考了《圣宋高僧诗选》一书。《宋诗纪事》的编者在辑录宋诗时也每于此书取材。《全宋诗》的编者对宋代诗僧诗歌的辑录亦多赖此书,其中卷一二五至卷一二六即据《前集》收录,编次悉同,仅文兆、简长、惟凤、惠崇及怀古五人略有增补。[①] 该书宋本久佚,惟清嘉庆六年顾修读画斋所刊《南宋群贤小集》中有之,题《增广圣宋高僧诗选》,附有汲古阁辑录《补遗》一卷,补九僧诗,收入《续修四库全书》。除顾修所刊而外,传世皆抄本,如南京图书馆所藏清抄本,乃晚清藏书家丁丙旧物,其《善本书室藏书志》卷三八著录,卷端有丁氏题跋,所录皆《居易录》卷一四评此书文字。

《圣宋高僧诗选》三集作者多为北宋诗僧,故元代陈世隆续编《宋僧诗选补》三卷,多选南宋知和、祖可、道璨、斯植及永顺等诗僧之诗,王士禛推测编者"意在全两宋释子之诗"[②]。故除宇昭外,其他作者皆为《圣宋高僧诗选》三集所无,为研究宋代诗僧创作辑补了大量文学史料。其中卷一16人34首,卷二15人32首,卷三1人23首,凡32人89首。该集收录宋末文及翁诗二首,于诗僧总集的体例有乖。题材多写景、感怀、唱和、送别之作。《宋僧诗选补》具有较大的辑佚与校勘价值,如知和、雅正、法常等诗僧之诗,《全宋诗》皆失收,此书可补其缺佚。南京图书馆亦藏有清抄本,丁丙《善本书室藏书志》卷三八有著录。

晚宋时期还出现了两部在中国本土久已失传,而风行于东瀛禅林的宋僧诗总集,即《中兴禅林风月集》与《江湖风月集》。[③]《中兴禅林风月集》三卷,孔汝霖编纂、萧澥校正,为宋末诗僧总集。前两卷专录七绝,后一卷专录五绝,凡收63人、诗100首。此集有日本藏多种抄本、注本,如日本惟高妙安抄、柳田征司解题的《中兴禅林风月集抄》[④],日本佚名注的《中兴禅林风

---

① 按《全宋诗》对《圣宋高僧诗选》所收诗检而未尽,其中子熙、用文、秀登、惠严、惟政、善权、梵崇、希颜、继兴、释益及慧梵等11位诗僧之诗凡55首即失收。

② 见《圣宋高僧诗选》卷首,《续修四库全书》本,第1621册。

③ 按此两集原文见朱刚、陈珏所编《宋代禅僧诗辑考》附录一、附录二,复旦大学出版社2012年版。

④ 载日本近代语学会编《近代语研究》第四集,武藏野书院1974年版。

月集注》①。张如安、傅璇琮《日藏稀见汉籍〈中兴禅林风月集〉及其文献价值》，卞东波《日藏宋僧诗选〈中兴禅林风月集〉考论》，黄启江《南宋诗僧与文士之互动——从〈中兴禅林风月集〉谈起》等三文对该书有比较详细的论述。②《江湖风月集》二卷，旧题宋末虎丘派诗僧松坡宗憩编，卷末有千峰如琬元至元二十五年（1288）夏跋。该集收录宋咸淳（1265—1274）到元延祐（1314—1320）、至治（1321—1323）年间禅僧诗偈，凡 76 人、264 首，因有编者自己的诗 13 首，也有晚于编者时代的诗，故或为后人补编。是集中土已佚，日本传抄、刻印、注释之本极多，如天秀道人《新编江湖风月集略注》、阳春主诺《江湖风月集略注取舍》、佚名《首书江湖风月集》及东阳英朝《江湖风月集注》等。前三种见卞东波、石立善主编《中国文集日本古注本丛刊》（第三辑第四册、第五册），上海社会科学院出版社 2020 年出版。京都花园大学芳泽胜弘尝汇校多本，编成《江湖风月集译注》（京都禅文化研究所，2003 年版）一书。

两集因保存了大量宋僧佚诗，可补《全宋诗》《全宋诗订补》之阙。其注文亦有较大的史料价值，又可补《全宋诗》及《宋僧录》③中诗僧生平小传之漏。但作者生平尚待进一步细考，或有非宋代诗僧而误收者，故《宋代禅僧诗辑考》仅附于书末而未收入正文。

五、专收某种题材的宋诗总集

宋诗专题总集相对于综合性宋诗总集而言，指仅收录某一类诗歌题材的诗集，如前揭唱和诗总集、僧诗总集均属专题类诗歌总集，只是内容较多，故单独叙录。宋编专题类宋诗总集包括但不限于以上两类。如宋绶原编、蒲积中补编的《古今岁时杂咏》四十六卷，专录节令诗。北宋藏书家宋绶原编《岁时杂咏》，录汉魏古诗迄唐人岁时诗二十卷，凡 1506 首，此书南宋时尚存，晁公武《郡斋读书志》卷二〇著录二十卷，后来失传。南宋绍兴间，眉山蒲积中根据宋绶所立的卷目，在其原编的基础上扩充，增补欧阳修、苏轼、

① 见卞东波、石立善主编《中国文集日本古注本丛刊》（第三辑第六册），上海社会科学院出版社 2020 年版。

② 分别见《文献》2004 年第 4 期；《南宋诗选与宋代诗学考论》，第 78—98 页，中华书局 2009 年版；《一味禅与江湖诗——南宋文学僧与禅文化的蜕变》，第 41—116 页，台湾商务印书馆 2010 年版。

③ 李国玲编著，线装书局 2001 年版。

黄庭坚、王安石、梅尧臣、张耒、陈师道等北宋诗人逢时感慨之作 1243 首，合计 2749 首。该书按一年四季的节气时令编排，如元日、立春、人日、上元、晦日、中和节、春分、春社、寒食、清明、上巳、春尽日、端午、夏至、伏日、立秋、七夕、中元、秋分、秋社、中秋、重阳、初冬、立冬、冬至、除夜、正月至十二月等等，选录汉魏至宋的佳诗名篇，颇可供人阅读欣赏。此书自卷一至卷四二，为"元日"至"除夜"二十六目；最后四卷，属只题月令而无节序之诗。编者蒲积中，字致和，绍兴初进士，所编《古今岁时杂咏》不仅保存了已经佚失的宋绶原书，而且还保存了不少北宋至南宋初期的诗作，这是其在文献传存上所作的一大贡献。该书由于采集的诗涉及面广，许多原来的典籍已经散佚，因此清代编《全唐诗》、今人编《先秦汉魏晋南北朝诗》《全宋诗》，从其中辑集不少诗作。如《全宋诗》收晏殊诗三卷，第二卷即全部辑自《古今岁时杂咏》。该书有明抄本（藏国家图书馆善本部）、《四库全书》本。明抄本所录多有《四库》本所未收，《四库》本有些诗未署作者姓名，故明抄本可补《四库》本之阙。

孙绍远编的《声画集》八卷，专录唐宋两朝的题画诗，凡 800 余首，为中国古代第一部题画诗总集，储存了丰富的唐宋题画诗及绘画作品的资料，具有重要的研究价值。编者孙绍远，字稽仲，自署曰谷桥。其自序认为诗是有声画，画是无声诗，故名其集为《声画集》。该书按所咏对象分古贤、故事、佛像、神仙、仙女、鬼神、人物、美人、蛮夷、赠写真者、风云雪月、州郡山川、四时、山水、林木、竹、梅、窠石、花卉、屋舍、器用、屏扇、畜兽、翎毛、虫鱼、观画、题画、画壁、杂画等 26 大门类，每类按所咏对象的时间先后编排。凡选唐代 19 人，宋代 85 人，其中苏轼 140 首，苏辙 86 首，黄庭坚 83 首。所录多小诗人，如刘莘老、李廌、折中古、夏均父、徐师川、陈子高、王子思、刘叔赣、僧士珪、王履道、刘王孟、林子来、李商老、李元应、喻迪孺、李诚之、潘邠老、崔德符、蔡持正、王佐才、曾子开、陶商翁、崔正言、林子仁、吴元中、张子文、王承可、曹元象、僧善权、祖可、壁师、闻人武子、韩子华、蔡天启、程叔易、李成年、赵乂若、谢民师、李膺仲、倪巨济、华叔深及欧阳辟诸人，其集皆不传，且有不知其名字者，颇赖此书存其一二，可谓因诗以存人，故非惟有资于画，亦多益于诗。该书编次颇为琐屑，如卷五"梅"为一门，卷六"花卉门"中又有"早梅""墨梅"诸类，殊无伦次。清代陈邦彦奉旨编纂的《佩文斋题画诗》在此基础上扩充为 30 门，下限止于明代，凡收历代题画诗 8962 首，数量十倍于《声画集》，其中所收唐宋题画诗多源于《声画集》。以上两集专选某一题材诗，又按类目编排，故也可视作分类宋诗总集。

宋末学者桑世昌编的《回文类聚》四卷，专录魏晋至宋代的回文诗。宋代作家有宋庠、王安石、王文甫、刘攽、苏轼、黄庭坚、秦观、朱熹及梅窗等。所选之作多近于文字游戏,有价值的作品不多,乏善可陈。有《四库全书》本。编者桑世昌,字泽卿,淮海(今江苏扬州)人,陆游甥,博雅工诗,于翰墨一道极喜王羲之《兰亭序》,庋藏数百本,辑有《兰亭考》。其后朱存孝编有《回文类聚补遗》,朱象贤编有《回文类聚续编》,足见回文诗之盛、《回文类聚》影响之大。此外,还有佚名编的《十家宫词》十二卷,专录唐宋宫体诗。十家中宋代有王珪、宋白、张公庠、周彦质、王仲修、胡伟集六家及宣和御制词。

于济、蔡正孙合编的《唐宋千家联珠诗格》二十卷,专收能让读者揣摩写作技法的唐宋七绝诗,融诗格、选本与评点于一体,堪称研究唐宋诗歌写作技巧的重要史料。该书专选唐宋人七绝千余首,按 340 余格依次分类编排,每首诗皆有蔡氏的评释。反过来我们也可以说,该集将中国古代七绝的写作技巧细分为 340 余法,每法选录几首典型诗歌(一般是 4 首)加以印证。如第一格"四句全对格",即举杜甫的《漫兴》《绝句》、苏轼的《溪阴堂》,此三首七绝四句全用对仗。该集是从技巧方面探讨诗歌创作的实用性书籍,为初学写诗者的启蒙读物。元代后在中国本土久佚,今存明弘治十五年(1502)朝鲜刻本,藏台北故宫博物院;日本正保三年(1646)吉野屋权兵卫刊本,藏北京大学图书馆。朝鲜徐居正等人编有《精选唐宋千家联珠诗格增注》,是对蔡著的选注。此集的另一注本是日本柏木如亭所撰《联珠诗格译注》。①

宋代还出现了不少专收赠别某人归山、归隐、宦游、远行等题材的宋诗总集,如《送张无梦归山诗》一卷、《送王周归江陵诗》二卷、《送僧符游南昌集》一卷、《送元绛诗集》一卷、《送文同诗》一卷、《送朱寿昌诗》三卷等,均属专题类宋诗总集。其编者不知何人,其集亦多散佚不存,仅从笔记、诗话、文集等文献中可略考其大致面貌。

---

① 东都书肆金兰阁梓,享和三年(1803)。

第五章　元明——宋诗总集编纂的过渡期

一、元代宋诗总集

金、元两朝国祚均不算长，其中金（1115—1234）与南宋对峙，以淮河、大散关一线为界，分疆而治，除苏轼等北宋大家的诗流传金源，出现“苏学盛于北”的态势外，南宋诗歌因宋金双方的相互防范，反倒较少交流。金人对宋诗的接受大多还停留在学习、阅读与拟作上，仅有王若虚、元好问等文人对宋诗浸淫较深，发表过一些诗评外，百余年中竟没有出现一部宋诗总集，故本书对金代存而不论。元朝（1206—1368）分入关前与入主中原后两个阶段，其间既没有出现诗歌创作大家，也缺乏分门别户的诗歌流派，在中国诗歌发展史上显得相对冷落，在诗学批评上承继南宋张戒、严羽、刘克庄等人之论，尊唐黜宋，隔代相亲，开后人扬唐抑宋之先河，引发千年诗学论争之学术公案，所编宋诗总集除由宋入元的方回编纂的《瀛奎律髓》影响较大外，其他均流传不广。有明近三百年（1368—1644）中，尽管在明初与明末有人鼓吹、宣传宋诗，倡导者或声闻不彰，或理论依据不足，或创作成就不高，都未能在当时或后世产生较大反响；整体来说，明代主流诗学倾向是承宋元余绪，尊唐黜宋，宋诗在这个时期普遍受到轻视、冷遇，尤其是“前七子”摇旗呐喊、“后七子”推波助澜后，此风尤炽，至有“宋无诗”之论。明弘治间，以李梦阳、何景明为首领的“前七子”树起复古的旗帜，提倡“文必秦汉，诗必盛唐”；到嘉靖时，以李攀龙、王世贞为代表的“后七子”继之而起，“尊唐黜宋”的诗风更炽，致使如《宋诗钞序》所谓“宋人集覆瓿糊壁，弃之若不克尽”①。更有甚者，李攀龙所选《古今诗删》由《古诗删》《唐诗删》直接《明诗删》，仿佛历史上没有宋元两代，从而引发《列朝诗集》编纂者钱谦益

---

① （清）吴之振等编《宋诗钞·序》，第3页，中华书局1986年版。

的大为不满。他说:“唐诗以后竟接列朝,其中数百年天地日月,当置何所?”清代著名诗选家沈德潜在《古诗源序》中,分析明代诗学发展走势说:“有明之初,承宋元遗习,自李献吉(梦阳)以唐诗振,天下靡然从风。前后七子,相互羽翼,彬彬称盛。然其敝也,株守太过,冠裳土偶,学者咎之。”①明中叶后,以三袁为首的公安派对统治文坛近百年之久的复古主义思潮猛烈批判,竟然把宋诗捧得超过盛唐诗,苏轼优于杜甫,然矫枉过正,同样是不自信的表现。唯其如此,宋诗总集的编纂在经过南宋的高潮后,在元、明两朝显得比较冷清。这具体表现在宋诗总集编纂的数量大为减少,两朝所编仅 39 种,而且除前揭《瀛奎律髓》及明代李蓘编的《宋艺圃集》等少数总集外,其他总集或佚或残,或取径不宽,或质量不高,都没有在后世留下很大的影响。元、明两朝宋诗总集编纂整体成就不高,是介于南宋与清代两个高峰期中的低落期,所以我们谓之宋诗总集编纂的过渡期。

元代的宋诗总集今所知者凡 8 部,其中以《唐宋近体诗选》出现的时间最早。编者郝经(1223—1275),字伯常,金元之际名儒,家贫好学,为人尚气节、好议论,虽为汉人,却一直在蒙古任职,深受忽必烈赏识,留在王府。中统元年(1260)以翰林侍读学士充任国信使,奉诏使宋,被贾似道拘于真州达 15 年。至元十一年(1274)被释,至大都不久去世。郝经政治主张上反对“华夷之辨”,推崇四海一家;思想上推崇程朱理学。在诗歌创作理论上,郝经认为“五言难于七言,四句难于八句”,故于淳祐四年(1244)“集唐宋诸贤绝句全篇之可为矜式者,与夫杰辞丽句之可以警动精神者,条例而次第之,为订愚发蒙之具”,②编为《唐宋近体诗选》,所录均为绝句,其书今已失传,然其《唐宋近体诗选序》见载于《陵川集》。

《唐宋近体诗选》成书于蒙古入主中原前,四十年后,元代诗坛出现了一部学术质量较高,影响较大的唐宋格律诗歌总集《瀛奎律髓》。编者方回(1227—1307)字万里,号虚谷,徽州歙县(今属安徽)人。宋理宗景定三年(1262)别省登第,提领池阳(今安徽贵池)茶盐。初以《梅花百咏》向权臣贾似道献媚,后见其势败,又上似道十可斩之疏,得以迁知严州(今属浙江)。元兵将至,力倡死守封疆,待元兵已至,又“率郡降元”,得任建德路总管。不久罢任,徜徉于江南一带,晚年在杭州卖文为生,以至老死。方回人品节操几无可言,为后人所讥,然一生崇尚程朱理学,善论诗文,论诗主江西派,著有《桐江集》八卷,收入《宛委别藏》,《桐江续集》三十六卷,收入《四

① 沈德潜编《古诗源》卷首,第 1 页,岳麓书社 1998 年版。
② 《唐宋近体诗选序》,见郝经《陵川集》卷三〇,文渊阁《四库全书》本。

库全书珍本初集》。

《瀛奎律髓》编成并刻印于元至元二十年(1283)，以类选诗，次以分体。49类诗，类各一卷，凡录385家、诗3014首(其中重出22首)，均为五、七言律诗。其中唐代录180余人，宋代录190余人，基本持平。分类细致而稍嫌琐屑，类目依次为：登览、朝省、怀古、风土、升平、宦情、风怀、宴集、老寿、春日、夏日、秋日、冬日、晨朝、暮夜、节序、晴雨、茶、酒、梅花、雪、月、闲适、送别、拗字、变体、着题、陵庙、旅况、边塞、宫阃、忠愤、山岩、川泉、庭宇、论诗、技艺、远外、消遣、兄弟、子息、寄赠、迁谪、疾病、感旧、侠少、释梵、仙逸、伤悼。卷首有总序，每类诗前有小序，说明这类诗的性质和特点；每首诗后有注、有评，评语中不乏好的见解，也保存了一些诗人的遗闻轶事；所选之诗以大家为主，宗杜甫，赞扬他夔州后的诗能"剥落浮华"，同时兼顾各种流派，特别是能入选宋代江西诗派、永嘉四灵、江湖诗派、西昆体等流派之诗，比较全面地反映了唐宋两朝近体诗创作与发展的历史进程，堪称研究诗史、诗学批评史不可或缺的重要书籍。

在后世《瀛奎律髓》的传播与经典化过程中，清代纪昀起到了十分关键的作用。他不仅批点全书，成《瀛奎律髓刊误》四十九卷，又作《删正方虚谷〈瀛奎律髓〉》四卷，因其盛名，使方氏之选大行于世。客观地说，纪昀对《瀛奎律髓》的评价瑕瑜互见。首先，他因人废书，以方回人品之不足道，而先入为主，认为方氏论诗有三弊：一是党援，二是攀附，三是矫激；选诗也有三弊：一是矫语古谈，二是标题句眼，三是好尚生新。又批评方氏选诗"以生硬为高格，以枯槁为老境，以鄙俚粗率为雅音"①。如此大扣帽子、大打棍子，实非公正之论。不过，纪评方书，虽然在全书之总序中，对《瀛奎律髓》采取基本否定的态度，但是在书中诗歌之具体评语中，却承认方回有大量"精确之论"，且颇能勾勒三唐两宋诗歌发展源流脉络，于诗歌各体能兼容并蓄，于诗人的点评比较客观，不论甘忌辛、是丹非素，还补评了方回漏评的一些诗。故宋泽元《瀛奎律髓刊误序》誉之为"诗律之绳尺，后学之津梁"，"海内传布，奉为典型"。纪昀为方便初学，在福建督学时，另作《删正方虚谷〈瀛奎律髓〉》，将原书四十九卷删减至四卷，梁章钜《退庵随笔》对此深以为病，尝谓："纪文达师督学吾闽时，有自行删定之两册，在《镜烟堂十种》中，今亦罕见刷印者。且所删太多，必须觅全本读之。"②

---

① (清)纪昀《瀛奎律髓刊误序》，《丛书集成续编》影印清光绪庚辰忏花盦刻本，第146册，第5页。

② 《退庵随笔·学诗二》，见《清诗话续编》(下)，第1970页。

《瀛奎律髓》类编宋诗，鼓吹“一祖三宗”之说，重振风雅诗道，提高律诗地位，在清代流传颇广，影响很大，颇受诗选家的青睐，但又遭到一些诗话家的激烈批评，如沈德潜《说诗晬语》卷下：“方虚谷《瀛奎律髓》，去取评点，多近凡庸，特便于时下捉刀人耳。”①贺裳《载酒园诗话》卷一：“方回选《瀛奎律髓》，虽推尊少陵，其实未曾梦见，佳者多遗，闲泛者悉录。至注解唐人诗，尤多舛谬。”②李重华《贞一斋诗说》：“《才调集》乃西昆门户，《瀛奎律髓》则西江皮毛。较其短长，《才调集》未至误人，《瀛奎律髓》无论其他，只此四字名目，已足贻笑无穷。”③三者从各自不同的角度对方回的选录、注解与评点均多非议、贬评，相对来说，还是四库馆臣的评价比较客观、中肯：

> 其说以生硬为健笔，以粗豪为老境，以炼字为句眼，颇不谐于中声。
>
> 然宋代诸集，不尽传于今者，颇赖以存。而当时遗闻旧事，亦往往多见于其注。故厉鹗作《宋诗纪事》，所采最多。其议论可取者亦不一而足，故亦未能竟废之。④

此处有褒有贬，比较客观，既批评其重“生硬”“粗豪”与过于强调炼字的艺术偏见，也充分肯定了《瀛奎律髓》在保存宋诗文献及作品本事方面的巨大贡献。此书有元至元二十年刻本、明成化刻本、清康熙间石门吴之振刻本，另有朝鲜活字本、日本文化五年（1808）刻本。

《瀛奎律髓》重在选优，而陈世隆编的《宋诗拾遗》二十三卷则注重补阙。该集所辑之诗起自北宋初，下至南宋中后期，且多收三流或末流诗人之诗，其小传中有关诗人著述与登进士时间的记载、其诗前小序与诗中自注及编者的按语等均具有一定的史料价值。⑤

元代前期，由宋入元的文人异常活跃。他们一方面对宋末诗歌进行反思，欧阳玄《此山诗集序》曰：“宋、金之季，诗之高者不必论，其众人之作，宋之习近骫骳，金之习尚号呼。南北混一之初，犹或守其故习，今则皆自刮劘而不为矣。”⑥其指出南北文风的差异尚属卓见，然谓宋、金季世的诗歌为

---

① 《说诗晬语》卷下，见《清诗话》（下），第556页。
② 《载酒园诗话》卷一，见《清诗话续编》（上），第257页。
③ 《贞一斋诗说》，见《清诗话》（下），第937页。
④ 《四库全书总目》卷一八八《瀛奎律髓》提要，第2631页。
⑤ 按其详可参本书第十一章。
⑥ 见《周此山诗文集·此山诗集》卷首，文渊阁《四库全书》本。

“骫骳”“号呼”，未免不顾实际，吹毛求疵。另一方面，也有不少人宣传、鼓吹宋末诗，尤其是宋末遗民诗，故此期出现了三部辑录宋元之际与元初逸民、节士群体诗歌的重要总集，它们是杜本编的《谷音》、吴渭编的《月泉吟社诗》，还有赵景良改编的《忠义集》。现依次叙录。

1.《谷音》。编者杜本（1276—1350），号清碧，字伯元，生平事迹主要见危素《元故征君杜公伯原父墓碑》、《元史》卷一九九《隐逸传》①。全书二卷，其中上卷收10人，诗50首；下卷收15人（不含无名氏6人），诗51首。每人各载小传，惟柯芝、柯茂谦父子共一传，杨应登、杨霖祖孙共一传。作者皆为宋末元初逃官避世、笃学养性、忠义守节、豪迈狂诞的逸民与节士，所录的诗多沉郁悲壮、慷慨激昂之作，力避南宋江湖诗人龌龊之习与琐屑之风。王士禛论诗主张兴象高妙、神韵天然，其《戏仿元遗山论诗绝句》其六却评价说：“谁嗣《箧中》冰雪句，《谷音》一卷独铮铮。”将《谷音》与唐代元结所编尚风骨、以悲愤写人生疾苦的《箧中集》相提并论。翁方纲《石洲诗话》卷四亦高度评价说：“南渡自四灵以下，皆摹拟姚合、贾岛之流，纤薄可厌。而《谷音》中数十人，乃慷慨顿挫，转有阮、陈、杜少陵之遗意。此则激昂悲壮之气节所勃发而成，非从细腻涵泳而出者也。”②谓其诗远迈永嘉四灵、江湖派诗之上，而有阮籍、陈子昂与杜甫诗歌之遗风。该集主要版本有：毛晋汲古阁刻《诗词杂俎》本、《四库全书》本、《四部丛刊》本、《丛书集成初编》本、《粤雅堂丛书》本及《清芬堂丛书》本。

2.《月泉吟社诗》。一卷，吴渭编，凡录60人，诗74首，附摘句32联，所录为宋元之际月泉吟社成员之诗。月泉吟社是元初宋遗民创立的中国历史上人数最多、规模最大、影响最深远的遗民诗社，社长为浦江遗民群的重要人物、尝官义乌县令的吴渭，主要成员有浦江方凤、闽人谢翱及括苍吴思齐等。诗社拟定社约、社旨及评较揭赏章则，卷首载《社约》《题意》《誓文》《诗评》等，正编按揭榜名次先后排列，诗前有评语，诗中佳句警言有圈点。其《社约》云：“请诸处吟社，用好纸楷书，以便誊副，而免于差舛；明书州里姓号，以便供赏，而不致浮湛。切望如期差人来问。”《题意》曰：“此题要就春日田园上做出杂兴，却不是要将杂兴二字体贴。”《诗评》对诗歌的审题、立意、作法、辞藻、意境等均有具体的评价标准。至元二十三年（1286）十月十五日，诗社以《春日田园杂兴》为题（限五、七言四韵律诗）面向社会广泛征诗，次年正月十五得诗凡2735首，由方凤、吴思齐、谢翱评定甲乙，选中者

---

① 见杜本撰《清江碧嶂集》卷首。

② 《石洲诗话》卷四，见《清诗话续编》（下），第1442页。

280名，于次年三月三日揭榜。前五十名皆依次给予奖赏，并选前六十名诗结集以《月泉吟社诗》印行。结集之诗各附评论一则，品评诗歌优劣得失，而以褒奖为主。关于元初文人结社唱和、同题竞作及该书编辑事略，李东阳《麓堂诗话》云：

> 元季国初，东南人士重诗社，每一有力者为主，聘诗人为考官，隔岁封题于诸郡之能诗者，期以明春集卷。私试开榜次名，仍刻其优者，略如科举之法。今世所传，惟浦江吴氏月泉吟社，谢翱为考官，《春日田园杂兴》为题，取罗公福（连文凤）为首，其所刻诗以和平温厚为主，无甚警拔，而卷中亦无能过之者，盖一时所尚如此。①

可见为了评审公平合理，诗社还采用了宋代科举所推行的誊录、糊名封卷之法。该集后世屡经翻刻，明正德十年（1515）六月望日，重刻《月泉吟社诗》，水南田汝耔作叙。明万历九年（1581），重刻《月泉吟社诗》，黄养正撰序。明天启五年（1625），汲古阁重刻《月泉吟社诗》，毛晋题词。较流行的有《四库全书》本。《月泉吟社诗》是继北宋初释省常等所撰之《西湖莲社集》后，中国文学史上又一部诗社总集。该诗社独特的征诗活动，对后代文人结社活动产生了较大的影响，其充满爱国激情的诗歌数百年来一直激励着爱国志士的民族斗志。浦江县人民政府2017年9月公布月泉吟社诗歌吟唱列入第六批县非物质文化遗产名录。

3. 宋末遗民咏史纪事的诗歌总集《忠义集》。七卷，元赵景良以宋遗民刘壎《补史十忠诗》一卷、其子刘麟瑞《昭忠逸咏》四卷及赵景良自辑“附录诸公诗”三部分为基础改编、增补而成。其中《补史十忠诗》收录宋末李芾、赵卯发、文天祥、陆秀夫、江万里、密祐、李庭芝、陈文龙、张世杰、张珏之诗歌与事迹，刘壎自为序；《昭忠逸咏》为总集的主体部分，录宋末节义之士，撰述遗事，赋五十律，刘麟瑞自为前后序，又有岳天祐之序，集中所录诗歌大多记述了宋元之际战争中参战将士与宋末遗民的悲壮事迹以及宋亡后南宋遗民的黍离麦秀之悲，具有强烈的遗民色彩。《忠义集》在元不甚流行，明弘治中，江右何乔新始序而梓之。清乾隆间，《四库全书》著录，《四库全书总目》既肯定其“于时《宋史》未修，盖藉诗以存史也”的文献价值，复批评其将“背宋降元，为世僇笑”的方回列之忠义中之短识与“序言附录中有汪元量

---

① （明）李东阳著《麓堂诗话》，见丁福保辑《历代诗话续编》（下），第1380页，中华书局1983年版。

诗，然此本实无之”的疏漏。①

二、明代宋诗总集

明朝国祚较长，诗派林立，学人往往执其一偏之说，推崇唐诗，整体来说是一个尊唐抑宋的时代，故宋诗的影响不大，但宋诗总集的编纂并没有沉寂、停滞，虽然数量不多。申屠青松《明代宋诗选本论略》②一文统计有15种，谢海林《明代宋诗选本补录》③统计有39种之多。谢文略嫌贪多，将大量通代总集收入其中。经删选、增补，实仅31种，且大多已经亡佚，难觅原本，难睹原貌。

明人所编第一部宋诗总集是明初瞿佑所编《鼓吹续音》十二卷。瞿佑（1341—1427），字宗吉，号存斋，钱塘（今浙江杭州）人，著有《香台集》《存斋遗稿》，还有被称为古代第一禁书的文言短篇小说集《剪灯新话》等。该集效仿旧题元好问《唐诗鼓吹》，凡录宋、元、明三朝人七言律诗1200首，曰《鼓吹续音》，已佚。他的《题〈鼓吹续音〉后》诗云：“《骚》《选》亡来雅道穷，尚于律体见遗风。平生莫售穿杨技，十载曾加刻楮功。此去未应无伯乐，后来当复有扬雄。吟窗玩味韦编绝，举世宗唐恐未公！”可见他对当时诗坛一味宗唐的现象颇有不满。其《归田诗话》卷上曾自述编纂此集的宗旨与选录标准云：

> 大家数有全集者，则约取之。其或一二首仅为世所传，其人可重，其事可记者，虽所作未尽善，则不忍弃去，存之以备数，此著述本意也。又谓：世人但知宗唐，于宋则弃不取。众口一辞，至有诗盛于唐、坏于宋之说。私独不谓然，故于序文备举前后二朝诸家所长，不减于唐者，附以己见，而请观者参焉。

可见此集在编纂上有选优与补阙的双重目的，录诗宽严相济，大家则选优，若其人仅有一二首为世所传，则概予收录。编者论诗唐宋兼采，自为序，意

---

① 《四库全书总目》卷一八八《忠义集》提要，第2633页。

② 载《南京师范大学文学院学报》2007年第4期。

③ 载《中国诗学》第十四辑，人民文学出版社2010年版。按此文过于贪多，将《诗渊》及不少通代诗选亦滥收入集，值得商榷。

在批驳"诗盛于唐坏于宋之说",在编纂宗旨上有推崇宋诗的明确意图。此宋诗总集在唐诗呈压倒性优势的元明之际出现,尤显珍贵,故当时"求观者众,转相传借",产生不小影响,然"或有嫉之者,藏匿其半,因是遂散失不存。再欲裒集,无复是心矣",①可见,《鼓吹续音》在当时就已散失其半,今已不存。②

明代中、后期有两位选家不拘于一朝一代,而通选历代诗歌,此即符观与曹学佺。不过两人采取了不同的著述形式。符观,字衍观,新喻(今江西新余)人,明弘治三年(1490)进士,著有《活溪存稿》。符观所编的《唐诗正体》七卷、《宋诗正体》四卷、《元诗正体》四卷及《明诗正体》五卷各自成书。《宋诗正体》是明代中期较好的宋代格律诗总集,凡收除五绝外的宋人七绝、七律及五律等近体诗246首。编者站在理学的角度选诗,主要依据吕祖谦的《宋文鉴》与方回的《瀛奎律髓》,从二书抄录诗歌多达166首。明正德元年(1506)初刻,次年重刊,今存重刊本。书前有石禄《重刊宋诗正体序》和符观《宋诗正体序》,书末有唐锦《书宋诗正体后》。高儒《百川书志》卷一九有著录。符观不满于前七子"诗必盛唐"之说,其序颂赞宋诗"名家继起,或摹写景物,或铺叙事情,至于发性命之渊微,阐忠义之大节,亦时有间出,意兴殆未为浅,而赋事精切则超然远到"。但与后来的《宋艺圃集》一样,《宋诗正体》选诗亦多"以唐存宋",其序谓其选诗标准为"调气浑厚,意味隽永,可以裨化而善俗",可见其所选的重点仍是与唐诗风格相近的宋诗。

另一位通代诗选家是晚明诗人、学者兼藏书家曹学佺。曹学佺(1574—1646),字能始,号石仓,侯官(今福建福州)人,万历二十三年(1595)进士。著有《易经通论》《蜀中广记》等。他编的《石仓十二代诗选》③五百零六卷,亦名《石仓历代诗选》,其选诗上起古初,下迄明末,分《古诗选》《唐诗选》《宋诗选》《元诗选》与《明诗选》五个部分④,彼此之间,

---

① 均见《归田诗话》卷上"鼓吹续音"条,《历代诗话续编》本,第1249页。

② 按,《四库全书总目》卷一九一《总集类存目一》著录朱绍、朱积兄弟同编《鼓吹续编》九卷。是集成于永乐二十二年(1424),皆七律,其中宋一卷、元二卷、明六卷,藏日本内阁文库,题《日新书堂新刊精选群英鼓吹续编》,或以为瞿佑所编《鼓吹续音》十二卷即此书,然该集九卷,宋诗仅一卷,似不应出自推重宋诗的瞿佑之手。

③ 按该集国内各图书馆所藏皆残本,惟日本宫内厅书陵部与京都大学人文科学研究所所藏颇具参考价值,其中后者所藏是目前唯一最接近足本原貌的清代礼亲王府藏本,参孙文秀《日本藏〈石仓十二代诗选〉探考》,《中国诗学》第十八辑,人民文学出版社2014年版。

④ 按《古诗选》又分汉、魏、晋、宋、齐、梁、陈、隋八朝,加上后面的唐、宋、元、明四朝,故称《石仓十二代诗选》,又简称《石仓历代诗选》。

亦可独立成书。《四库全书总目》卷一八九谓其“所选虽卷帙浩博,不免伤于糅杂。然上下二千年间,作者皆略存梗概。又学佺本自工诗,故所去取,亦大都不乖风雅之旨,固犹胜贪多务得、细大不捐者”①。该书录宋代诗一百零七卷,与唐代诗一百一十卷(含拾遗十卷)数量持平。所收宋代诗人190家、诗歌6717首,故即使将其中的《宋诗选》单独析出,也称得上是一部大型宋诗总集。该书体例清晰、编次有序,所录诗多据宋人别集,部分诗撰有小序,记述作者生平与诗歌评价,但大部分则直接抄录原集所附之序跋或传记。收诗最多的是北宋后期释德洪(一名惠洪),凡258首,而黄庭坚仅收55首,杨万里仅收21首,苏舜钦仅收8首。曹氏论诗推崇盛唐,该书亦有以唐存宋之意,故以善学唐人的寇准弁首。因规模庞大,故时有漏抄诗句之处。有明崇祯四年(1631)刻本、《四库全书》本。崇祯本原有的序跋、传记在四库本中大部分遭删除,殊为可惜。

明嘉靖年间,以李攀龙为代表的后七子倡言复古,宗唐摒宋,但在同时或稍后,也有学者勇敢地站出来编选、鼓吹宋诗,试图挽回宋诗逐渐衰退的局面,从诗史与学术史的角度承认宋诗之变,虽然作用有限,其功绩不可埋没。其中以公安派旗手袁宏道宣传最力,在理论上为宋诗鼓与呼,他说:“夫既以不唐病宋矣,何不以不《选》病唐”,“世人喜唐,仆则曰唐无诗;世人喜秦汉,仆则曰秦汉无文;世人卑宋黜元,仆则曰诗文在宋元诸大家”。② 虽然言辞有些偏激,但站在当时的角度来说,完全是可以接受的。受其影响,当时不少人勇敢地站出来,通过编选总集来宣传、鼓吹宋诗,如李蓘编的《宋艺圃集》、潘是仁编的《宋元四十三家集》、毕自严编的《类选唐宋四时绝句》与卢世漼编的《宋人近体分韵诗抄》等四部,其中以前两书比较典型,影响大些。

李蓘(1531—1609),字于田,号少庄,晚年自号黄谷山人,知书能文,著有《李于田文集》,编有《宋艺圃集》《元艺圃集》及《明艺圃集》。《宋艺圃集》二十二卷,入选285人,录诗2470余首,为明人所编规模较大、学术价值最好、影响最为深远的一部宋诗总集。前二十一卷按作家年代编排,最后一卷为僧道、女流诗。另有《续集》二卷。该集主要针对前后七子尊唐黜宋而编,其《书〈宋艺圃集〉后》对其编选宗旨与诗学观言之甚明,“世恒言宋无诗,厥有旨哉”,“昔人选诗,取于欲离欲近,故余于是编亦旁斯义,离者离远

---

① 《四库全书总目》卷一八九《石仓历代诗选》提要,第2648页。

② 分别见钱伯城笺校《袁宏道集笺校》卷六,第284页,及卷一一,第501页,上海古籍出版社1981年版。

于宋,近者近附于唐,执斯二义,以向是编,则庶几无谪于宋哉!”①但受时代风气的影响,又不免落入“以唐存宋”的窠臼。该书体例驳杂,编次时有失误,又有删改原诗、漏抄诗句、诗人与诗歌张冠李戴等失误,还杂有其他朝代的诗,取舍亦有可议之处,如仅选苏舜钦诗 5 首,杨万里诗 6 首,范成大诗 8 首,与他们的诗史地位均不相符。现存明隆庆间刻本,藏国家图书馆,又有万历五年刻本。

《类选唐宋四时绝句》与《宋人近体分韵诗抄》,一类选,一分韵,编排体例各不相同,各有特点。前书编者毕自严(1569—1638),字景曾,淄川(今山东淄博)人,万历二十年进士。后书编者卢世漼(1588—1653),字德水,德州左卫(今山东德州县)人。明天启四年进士,编纂有《杜诗胥钞》《读杜私言》及《尊水园集略》等。《类选唐宋四时绝句》录唐、宋、元三朝咏四季绝句,分类编排,约成书于万历末年。山东图书馆藏有稿本。毕氏《类选唐宋四时绝句序》云:

> 顾今世论诗者多尊盛唐而卑中晚,况宋元乎?是选兼取宋元者何?夫宋元蕴藉声响,间或不无少逊李唐,至匠心变幻,则愈出愈奇矣。昔人谓唐人绝句至中晚始盛,余亦妄谓中晚绝句至宋元尤盛。如眉山之雄浑,荆公之清丽,康节之潇洒,山谷之苍郁,均自脍炙人口,独步千古,安可遗也。

在尊唐者内部,向有尊盛唐与宗中晚唐之争,毕自严则认为,非惟盛唐、中晚唐,即使宋元,亦不乏名家杰作,持论比较通达。《宋人近体分韵诗抄》,不分卷,所录为宋人五、七言近体诗,按韵编排,多朱墨圈点批注。成书时间在明末,或清初,兹难定考。卢氏身处明清易代之际,其诗颇多故国之思、身世之感,邓之诚评其诗曰:“悲感凄怆,无一字非杜也,即其诗可以观其人焉。”②其诗歌创作以杜甫为圭臬,故所选宋诗以苏轼、陆游为最多,约占全选的半数以上。清代御编《唐宋诗醇·陆游诗》引《宋人近体分韵诗抄》评语多达二十余则,正因如此。

明末潘是仁编《宋元四十三家集》二百一十六卷。潘是仁,字讱叔,新安(今安徽歙县)人。该集一名《宋元名家诗选》,实为宋元中小诗人的诗歌丛刊,收入宋代诗人 26 家,一百三十五卷,所选诗人分别为林逋、米芾、秦

① 《“国立中央图书馆”善本序跋集录 · 集部六》,第 483 页,台湾“中央图书馆”1994 年版。
② 《清诗纪事初编》卷六,第 697 页。

观、唐庚、文同、蔡襄、赵抃、陈师道、裘万顷、曾几、陆游、王十朋、戴复古、戴昺、严羽、陈与义、谢翱、宋伯仁、赵师秀、徐玑、翁卷、徐照、真山民、葛长庚、花蕊夫人及朱淑真等。是集初刻于明万历四十三年(1615),天启二年(1622)重修本扩充规模,增加了元代诗人18家,故书名改为《宋元六十一家集》,凡二百七十三卷。万历本前有李维桢、焦竑二序,天启本又增加袁中道序。袁氏《宋元诗序》力倡文气说,认为“文章关乎气运”,“故夫汉魏之不《三百篇》也,唐之不汉魏也,与宋元之不唐也,岂人力也哉!”又谓宋诗虽“不得与唐争盛,而其精采不可磨灭之处,自当与唐并存于天地之间,此宋元诗所以刻也”。部分集前有潘是仁所撰小引,略述诗人生平与诗歌风格。潘氏不满于前后七子“黜宋音于李唐”,论诗受公安派影响,主性灵而不重学问,其《雪岩诗集序》谓:“诗贵得情,故有苦心雕琢,而读之毫不令人兴起,有矢口而出中,而隽永之味反津津不竭者,有情不在学也。”①故该书选诗以唐诗为标准,如谓唐庚“有唐之音调而不失其雅慧,殆元白者流”②,又谓严羽“其沉心雅度,读之如入维摩(王维)室中,无一处不作旃檀香者”③。

关于宋遗民诗文总集,明人所编有程敏政的《宋遗民录》十五卷。程敏政,字克勤,休宁人,成化二年(1466)进士及第,官至礼部右侍郎。弘治十二年(1499)与李东阳主会试,被诬“鬻题”给徐经、唐寅而下狱,后昭雪出狱,以疾而卒,赠礼部尚书,事迹见《明史》卷二八六《文苑传》。该书凡录宋遗民王炎午、谢翱、唐珏等11人诗文及事迹,其中前六卷列王炎午、谢翱、唐珏三人事迹及诗文,又附入后世为三人所作的诗文,七至一四卷录张毅父、方凤、吴思齐、龚开、汪元量、梁栋、郑思肖、林景曦等八人,一五卷记载元代诗人虞集及宋恭帝、元顺帝之遗事。此集为现存最早的遗民事迹、诗文总录,颇有创体之功。卷首有程敏政于成化十五年所作的序。《四库全书总目》卷六一将《宋遗民录》列入史部传记类存目,就其内容,多为诗人事迹,间录诗歌,视为宋末遗民诗歌总集,亦无不可。该书有《知不足斋丛书》本、《四库全书存目丛书》本。

明代中后期还有好几部宋诗总集,可惜均已佚失,我们仅从目录学著作或后人文集的记载中略知其梗概,无从阅读。现略述如次:

1. 杨慎编《宋诗选》十卷。杨慎(1488—1559),字用修,号升庵,后因

---

① 《“国立中央图书馆”善本序跋集录·集部六》,第178页。
② 《“国立中央图书馆”善本序跋集录·集部六》,第174页。
③ 《“国立中央图书馆”善本序跋集录·集部六》,第176页。

流放滇南，故自称博南山人。四川新都（今成都市新都区）人，祖籍庐陵。正德六年（1511）状元，官翰林院修撰，与修《武宗实录》，禀性刚直，每事必直书。《明史·杨慎传》称："明世记诵之博，著述之富，推慎为第一。"著作达百余种，后人辑为《升庵集》。其《升庵诗话》卷四"宋人绝句"条云："宋诗信不及唐，然其中岂无可匹体者，在选者之眼力耳。"足见其对宋诗还是肯定的。王世贞《艺苑卮言》卷六、陈第《世善堂藏书目录》卷下对该集均有记载与著录。据《艺苑卮言》卷六载，杨慎还编有《苏黄诗体》（一作《苏黄诗髓》）、《宛陵六一诗选》两部宋诗总集。

2. 慎蒙编《宋诗选》。慎蒙，字子正，归安（今浙江湖州）人，嘉靖三十二年（1553）进士。另编有《明诗选》《明文则》及《名山一览记》等。《宋诗选》乃是编者慎蒙对前、后七子派尊唐抑宋流风的反拨，故其自述编纂宗旨云："学士大夫于诗尊唐而斥宋，宋且废，是恶可尽废乎？作《宋诗选》。"其集今已不传，但存王世贞《宋诗选序》一篇。王氏早年对宋诗贬抑不遗余力，该序自谓"余故尝从二三君子后抑宋者也"，然晚年的态度有所改变，以为"代不能废人，人不能废篇，篇不能废句"，宋诗自有其优长处；又认为，"子正（慎蒙）非求为伸宋者也，将善用宋者也"，①即用宋人之苍老以补元人之浅俗。

3. 周诗雅编《宋元诗选》。周诗雅，字廷吹，武进（今江苏常州）人，万历四十七年（1619）进士。另撰有《唐诗艳》《古诗准》及《明诗选》等。是编当时即三次付梓，《明文海》卷二二六有周氏《宋元诗三刻序》，批评"今之言诗者，首汉魏以及唐"，而谓"至宋以后无诗"，认为"此矮人观场贵耳贱目之论"。可知该书乃有感于嘉、隆诸公黜宋诗而作，其论宋诗不满于《击壤》，而于苏轼的"奔流浩放"、黄庭坚的"峭激严覈"、王安石的"高深孤峭"则推崇备至。

4. 陈光述编《宋元诗选》。陈光述，字梦庚，号二酉，乌程（今浙江湖州）人。该集光绪《乌程县志》卷三一《著述》有著录。

5. 许学夷编《宋三十家集》。许学夷（1563—1633），字伯清，江阴（今属江苏）人。清康熙间杨大鹤编《剑南诗钞》六卷，其《凡例》载："六十年前宋人诗无论全集选本，行世者绝少，陆放翁尤少，以余目所睹记，澄江许伯清（学夷）前辈有手抄宋人诗集三十家，今已不可复得。"可见原书早在清代康熙年间即已遗佚。

6. 张可仕编《宋元诗选》十卷。张可仕（？—1654），字文峙，自称

① 均见（明）王世贞《宋诗选序》，《弇州山人四部续稿》卷四一。

紫淀老人。《宋元诗选》一书,《明诗纪事》辛签卷一七载其“选宋元诗十卷”,《千顷堂书目》卷二八载其“又选宋元诗十卷、明布衣诗百卷,皆散失”①。

7. 王萱编《宋绝句选》一卷。王萱亦作王瑄,字时芳,金溪(今属江西)人,弘治十五年(1502)进士,著有《青崖集》。明代高儒《百川书志》卷一九载:“《宋诗绝句选》一卷,皇明翰林庶吉士青崖王瑄选拔卫琦之集,又续可采而遗者合七十四人,五言十一首,七言一百三十三首,且冠晦翁(朱熹)于首。”黄虞稷《千顷堂书目》卷三一亦载:“王萱《宋绝句选》一卷。”该集为专选一体的宋诗总集,凡收 74 人、诗 144 首,以理学家朱熹诗冠首,该书今已不存。

8. 佚名编《唐宋诗选》二十二卷。黄虞稷《千顷堂书目》卷三一载:“《唐宋诗选》二十二卷,不知撰人。”

9. 周侯编《宋元诗归》。周侯(? —1649),字宜一,湘潭人。该集为模仿锺惺、谭元春《古诗归》《唐诗归》而作。王闿运主编《湘潭县志》卷一〇《艺文》著录。

10. 朱华圉编《宋元诗选》。朱华圉(? —1644),明代宗室,其详可参《明诗纪事》甲签卷一、《湖北诗征传略》卷一。朱华圉与前揭曹学佺、周侯三人均殉明而死,为忠义节气之士,其选编宋诗明显地反映了他们的民族文化认同感。该集丁宿章《湖北诗征传略》卷一有著录。

明人改编、删选的宋诗总集有两部。一是张含、杨慎合编的《瀛奎律髓选》八卷,《澹生堂藏书目》卷一二著录。张含(1479—1565),字愈光,号禺山,云南保山人,为杨慎谪戍云南时“杨门七子”之一。另一部是明末复社领袖张溥(1602—1641)评删的《宋文鉴删》十二卷,有明末刻本,五册。《宋文鉴》《瀛奎律髓》均为流传广、影响大的宋代诗文总集,然规模偏大,作品数量较多,一般读者难以卒读,编者通过删繁就简,摘其精华,并予评点、刻印,使经典化身千万,发挥更大作用。

明人学风粗疏,宗尚唐诗的诗学思想在明编宋诗总集中均有鲜明体现。首先,它对清代宋诗总集的编纂功过参半:一方面,明编宋诗总集在编纂体例与方法上虽沿袭宋人,但宋诗文献通过其整理而得以保存、流传,又为清人续编及读者阅读提供了资料来源与文本依据;另一方面,明人宋诗总集大多编纂草率,错讹满纸,其最恶劣的表现是随意删削、篡改或漏抄原诗,给清

① (清)黄虞稷著,瞿凤起、潘景郑整理《千顷堂书目》,第 681 页,上海古籍出版社 1990 年版。

人造成不良影响。其次,明代宋诗总集的编者出于对明人贬毁宋诗或“以不唐病宋”的反思与自省,尽力宣传、鼓吹宋诗,然或受前后七子复古派的影响,选诗往往“以唐存宋”,或受公安、竟陵派性灵说影响,主性灵而不重学问,两者均不能很好地反映出宋诗的面貌与特征。

第六章　清代——宋诗总集编纂的繁盛期

作为中国历史上最后一个封建王朝，清代堪称学术与文学集大成的时期。汉学与宋学之争、古文经学与今文经学之争、程朱理学与陆王心学之争、唐宋诗正闰优劣之争、骈文散文高下之争等均在这个时期激烈展开，由此形成纷繁的派别，提出各不相同的主张，涌现出大量研究著作。诗歌发展史上的唐宋之争贯穿整个清代，各明一义，各倚一说，论甘忌辛，是丹非素，其参与人数之众，论争之热烈，诗学观点之纷纭复杂，可谓文学史上最大的学术公案。清初时期，不少学者因不满于明代"前后七子"以来一边倒地尊唐黜宋，进而站出来鼓吹、倡扬宋诗，学习、效仿宋诗，给久已沉闷的诗坛吹进一股强劲的宋诗风。自此以后，尊唐、宗宋两大诗学流派，有如双峰并峙、二水分流，共同沾溉、滋养着清代诗坛。钱谦益、黄宗羲、吕留良、吴之振、查慎行、万斯同、宋荦等人在清初或首倡宋诗，或为宋诗翻案，形成很大反响。黄宗羲《张心友诗序》曾说："余尝与友人言诗，诗不当以时代而论，宋元各有优长，岂宜沟而出诸于外，若异域然?""夫宋诗之佳，亦谓其能唐耳，非谓舍唐之外能自为宋也。"其《姜山启彭山诗稿序》开宗明义地说："天下皆知宗唐诗，余以为善学唐者唯宋。"①凡此皆为替宋诗张目的持平之论。故钱仲联说："清初，钱谦益倡宋诗，黄梨洲也倡宋诗，开浙派学宋先声。"②关于这一诗学转向，乔亿《剑溪说诗》云："自钱受之(谦益)力抵弘、正诸公，始缵宋人余绪，诸诗老继之，皆名唐而实宋，此风气一大变也。"③指出钱谦益对宋诗风兴起的巨大作用。《四库全书总目》卷一七三《敬业堂集》提要说得最为透彻："明人喜称唐诗，自国朝康熙初年，窠臼渐深，往往厌而学宋，然粗直之病亦生焉。得宋人之长而不染其弊，数十年来，固当为慎行屈一指

---

① 分别见(清)黄宗羲著，陈乃乾编《黄梨洲文集》，第347、351页，中华书局1959年版。

② 魏中林整理《钱仲联讲论清诗》，第23页，苏州大学出版社2004年版。

③ 《清诗话续编》，第1104页。

也。”①特别指出查慎行诗歌创作学习宋诗在清初的典范意义。清代诗坛学宋风行,清初的黄宗羲、钱谦益、查慎行等人已开先河,至清中叶的浙派诗人、桐城诗派推波助澜,再到晚清的宋诗派、同光体热情依旧,宋诗风强劲吹拂,未曾熄靡。

出于鼓吹、普及宋诗的编纂策略与文化意图,清人在宋诗文献整理上同样可圈可点。宋代诗人别集被大量刻印、校点、笺注,仅苏轼的诗歌即有邵长衡、查慎行、翁方纲、冯应榴、沈钦韩、王文诰等六家注,其盛况丝毫不亚于注杜、注韩;②因此,清代宋诗总集的编选亦随之兴起,蔚然成风,并盛况空前,无论是种类、规模,还是数量与学术水准,均迈越前朝,尤其是最高封建统治者康熙御编之《宋金元明四朝诗》、乾隆御选之《唐宋诗醇》,更为宋诗的发展铺开了广阔的道路,从而掀起宋诗总集编纂的第二个高潮。关于清编宋诗总集学界已有人进行过初步梳理,如高磊的《清代知见宋诗选本叙录》、申屠青松的《清人编宋诗选本叙录(顺康雍)》、谢海林的《〈清人宋诗选本叙录〉补正》等,③翻检史志、目录、题跋等典籍,查漏补阙,做了大量工作,然或囿于时间断限,或拘泥选本而失之寡,或为贪多而将通代之选一网打尽,颇不尽如人意。我们通过查检《清史稿·艺文志》《中国丛书综录》《中国古籍善本书目》《四库全书总目》及《国家图书馆善本书志初稿·集部》等相关目录学著作,搜逸补阙,整理归纳,得清编宋诗总集 159 种,其中可确定编刻时间的 121 种,无法确定编纂时间的 38 种,其详可参见本书附录。

清代宋诗总集编纂高峰期的到来,正是对明代嘉、隆以来诗坛拘泥于盛唐旗帜的一种有力反拨,也是宋人以文字为诗、以议论为诗的写作特点在清代朴学特别是乾嘉考据学视域下的一种积极接受,更是对唐宋诗之争及清代宋诗运动的一种有效回应。清人宋诗总集井喷式出现,并非仅仅出自编选者偏嗜宋诗这一单纯的文学喜好,实际上它还与当时的政治生态、经济发展、地域文化、出版环境、藏书风气等因素关联密切。清代统治者一方面对汉族文人采取高压政策,多处设防,另一方面又笼络人才,崇儒右文,兼之刻印出版条件改善,图书收藏风气浓厚,受这些主、客观因素的推动,清编宋诗总集盛况空前,允为宋诗总集编纂的繁盛期。

---

① 《四库全书总目》卷一七三,第 2352 页。

② 参王友胜《苏诗研究史稿》第六章《清人注苏诗研究》。

③ 分别见《西华大学学报(哲学社会科学版)》2009 年第 1 期、《新世纪图书馆》2010 年第 3 期及《中国韵文学刊》2011 年第 3 期。

清人所编宋诗总集不仅数量较多,超过宋、元、明三代之和,而且类型丰富、规模庞大、编纂宗旨多样、编排体例完善。除了前此以人系诗(分家编排)及分体、分类等总集外,专选一体、按韵编排、附加评注圈点、兼收诗话本事、删改名编佳选等新的品类大量出现。在编选宗旨上,其鼓吹诗学主张、参与诗学论争、寄托政治理想、表彰乡贤家学、指导蒙童初学的意愿较之前此之宋诗总集更为强烈。这些多样的品类,多元的价值取向,为读者阅读学习涵泳、诗人创作取资借鉴、批评者从事诗学建构与诗史描述提供了更为丰富的文本与第一手参考资料。

根据宋诗接受与出版、传播的实际情况,清代宋诗总集的编纂可分为三个不同的发展阶段,表现出各自不同的编纂特征,就主流而言,前期与中期在选诗动机、选诗宗旨上分别表现出鲜明的遗民化与庙堂化倾向,体现出鲜明的朝野之别,①而至后期又受着桐城派后劲与宋诗派、同光体诗人诗学观的鲜明影响。在选诗标准上,则经历了一个由"以唐存宋"与"以宋存宋"之争到"唐宋兼采",以调和尊唐与宗宋双方矛盾冲突的发展历程。

一、清代顺治、康熙、雍正三朝

清代顺治、康熙与雍正三朝(1644—1735)九十余年为宋诗总集编纂的第一个阶段,可以初步确定编刻于此期的宋诗总集 41 部,其中以康熙朝最多,达 20 余部。顺治时期,前代所编宋诗总集乏善可陈,可资借鉴、参考者寥寥无几。今见于此期的宋诗总集仅有《续金瓶梅》的作者丁耀亢(1599—1669)抄录的《宋诗英华》四卷。丁耀亢,字西生,号野鹤,山东诸城人。著作丰富,涉猎极广,诗歌、戏曲、小说,无所不工。所著《续金瓶梅》前后集,共六十四回。今人张清吉校点整理有《丁耀亢全集》。《宋诗英华》为抄本,藏山东省图书馆,有"丁耀亢印""野""鹤"等印,是清代第一部宋诗总集。清初有顾有孝编纂的《唐诗英华》二十二卷,专选唐人七律,钱谦益(1582—1664)为作序,见于《牧斋有学集》卷一五,故是集当版刻于入清后。《宋诗英华》与《唐诗英华》孰先孰后,有待确证。丁氏乃明诸生,入清后官容城教谕,声名不彰,故所抄宋诗流播不广,影响不大。

清初以来,满族问鼎中原,汉族政权旁落他手。与南宋文人,特别是南渡文人有着同样政治命运的清初文人更倾向于能够彰显民族精神与爱国情

---

① 参申屠青松《清初宋诗选本与遗民思潮》,《南京师范大学文学院学报》2009 年第 4 期。

感的南宋诗，唯其如此，选坛诗界一时出现诸多蕴含兴亡之感、身世之悲的宋诗总集，特别是遗民诗歌总集。如李小有、朱明德分别编纂的同题之集《广宋遗民录》。前书收录宋遗民共 315 人，诗歌多取自杜本编的《谷音》、吴渭编的《月泉吟社诗》，以补《宋遗民录》所未备，李楷序，钱谦益为作《书〈广宋遗民录〉后》①；后书复增至四百余人，康熙十八年（1679）顾炎武为作《〈广宋遗民录〉序》②。作者借他人酒杯，浇自己心中块垒，感叹坚守民族气节的知音难得，嘲讽遗民中的少数变节分子。又，《四库全书总目》卷六一《史部·传记类·存目三》、同书卷一九一《集部·总集类·存目一》先后两次著录佚名所编《宋遗民录》一卷，钱仲联序谢正光等《明遗民录汇辑》云："遗民之有录，乍奚昉乎？明初洪武中有佚名者所为《宋遗民录》一卷，明末毛晋刊之，附于《忠义集》之后。"③按，该书从文字内容和刻印版式来看，实际上是从嘉靖初刊刻、程敏政编十五卷本《宋遗民录》胡乱删减拼凑而成，纯属伪书，并非明初何人所撰。④

此期受到遗民思潮影响或遗民直接参与编纂的宋诗总集以《宋诗钞》《宋元诗会》《宋诗啜醨集》及邵暠、柯弘祚合编的《宋诗删》等四部为代表。《宋诗钞》的主要编者吴之振年轻时尝从具有反清复明思想的黄宗羲问学，另一编者吕留良早年图谋复明，入清后隐居不出，康熙间拒应清朝的鸿博之征。《宋诗钞》的问世，即是清初遗民思潮推动、反清复明思想渗透的结果。以上四集本书将另为阐述，兹仅叙录清初编南宋诗歌总集，即高士奇编的《南宋二高诗》、文昭编的《南宋二家小诗集》及陆钟辉编的《南宋群贤诗选》等三部。《南宋二高诗》的编者高士奇（1645—1704），字澹人，号江村，钱塘（今浙江杭州）人。该集辑录编者高士奇远祖，南宋江湖派诗人高翥、高鹏飞叔侄之诗。高翥、高鹏飞的诗集清时均已散佚，该集所辑高翥的《信天巢遗稿》⑤，为高士奇康熙二十六年重编，有元成宗元贞元年（1295）姚燧序及清初黄虞稷序；所辑高鹏飞的《林湖遗稿》，即高士奇编辑《信天巢遗稿》时附录之高鹏飞诗 19 首，有嘉泰甲子（1204）王平父序。集后附高翥之

① 见（清）钱谦益著，（清）钱曾笺注，钱仲联标校《牧斋有学集》卷四九《题跋》，上海古籍出版社 1996 年版。

② 见《顾亭林诗文集·亭林文集》卷二。

③ 《明遗民录汇辑序》，《书城》1995 年第 2 期。

④ 潘承玉、吴艳玲《汲古阁一卷本〈宋遗民录〉伪书考》，《古籍整理研究学刊》2006 年第 2 期。

⑤ 按高翥诗，身后由其侄高鹏飞编为《菊磵集》。此本极罕流传，不见于明代公私书目著录。清康熙二十六年裔孙高士奇收残拾遗，重编为《信天巢遗稿》，收诗凡 189 首。陈訏《宋十五家诗选》中高翥诗即源自此集。

父高选、叔高迈兄弟的《江村遗稿》及高翥同乡高似孙的《疏寮小集》，实际上是“五高诗”。末附高士奇跋，记录该书由来。《南宋二高诗》有清抄本存世。《南宋二家小诗集》的编者文昭（1680—1732），字子晋，号芗婴居士。身有残疾，不能行走，著有《紫幢轩诗》。该集仅辑录南宋中兴四大家之范成大、杨万里两家诗。《南宋群贤诗选》，一名《南宋诗选》，十二卷。编者陆钟辉（？—1761），字南圻，号渟川，江都（今江苏扬州）人，官南阳同知，为邗江吟社成员之一，著有《放鸭亭小稿》。陆钟辉自序谓南宋“第悉有专集及行世选本，惟此六十余家。自临安汇刻之后，绝罕流传。倘不亟为甄收，诚虑终归湮落。闲居诵读之余，爰加决择，存其什三，厘为十二卷”①。是集凡入选南宋诗人61家、诗1226首，选诗偏重雅正而力避俚俗，故周文璞（69首）、姜夔（67首）等人之诗入录较多。是集有雍正九年（1731）陆氏水云渔屋刻本，吴湖帆跋，《扬州吴氏测海楼藏书目录》卷六著录。

《宋诗钞》规模庞大，流传广泛，影响深远。全书凡录诗12000首，尤其是《剑南诗钞》《东坡诗钞》等集一味贪多，分别录诗近千首、四百余首，作为选本的意义并不明显。这一做法也被后来周之鳞、柴升合编的《宋四名家诗》所效仿。编者周之鳞，字雪苍，浙江海宁人，康熙五十八年进士；柴升，字锦川，仁和人，与周之鳞为郎舅关系。柴升之父、周之鳞之岳丈柴望于康熙三十二年（1693）《宋四名家诗钞叙》云：“初盛以高浑为气格，中唐号为娴雅，降及晚唐，则以雕刻取致，即唐一代之诗，且递变若此，而欲以之范宋人，可乎？宋固有宋之诗也，宋又不一宋也。”②应该说，柴氏“宋固有宋之诗”，不可拿唐诗标准“范宋人”，即使宋代之诗也“不一宋”的进化论诗学观在清初具有一定的积极意义。该集二十七卷，选录有宋四大名家诗，于北宋标举苏、黄，南宋推尊范、陆，其中选苏轼诗600首、黄庭坚诗300首、范成大诗400首、陆游诗900首，凡2200首。除范成大六卷外，其他三家均七卷，人各有序。是集选诗数量以苏轼、陆游为最，乾隆年间御编之《唐宋诗醇》于宋诗取苏、陆二家，或受其影响。《宋四名家诗》有康熙三十二年弘训堂刻本、光绪元年刻本、民国间上海同文堂石印本等。该集康熙间初刻后，后世重刻递修极多，书名亦随之变化，诸如《宋四名家诗钞》《宋四家诗钞》《宋四名家诗选》等，五花八门。《四库全书存目丛书》（集部第394册）据康熙间刻本影印。

清代由《宋诗钞》增补、删选与改编滋生而出的宋诗总集有十多部，如

---

① 见该书卷首，清雍正九年（1731）陆氏水云渔屋刻本。

② （清）周之鳞、柴升合编《宋四名家诗钞》卷首，《四库全书存目丛书》本。

吴曹直、储右文合编的《宋诗选》,陈讦编的《宋十五家诗选》,邵暠选编、柯弘祚参阅的《宋诗删》,顾贞观的《积书岩宋诗删》,陆次云编的《宋诗善鸣集》,潘问奇、祖应世合编的《宋诗啜醨集》,郑钺编的《宋诗选》,车鼎丰、孙学颜撰的《重订宋诗钞》(已佚),熊为霖的《宋诗钞补》,佚名编的《宋诗钞精选》,佚名编的《宋五家诗钞》①,管庭芬与蒋光煦合编的《宋诗钞补》等,其中前七部为清代前期所编,现叙录于次:

1.《宋诗选》二十卷。吴曹直、储右文合编。吴氏字以巽,储氏字云章,均为宜兴人。卷首有著名诗人、戏曲家尤侗及编者吴、储二氏于康熙二十六年(1687)写的序。尤序感慨宋诗总集太少,谓"唐诗之选无虑数百家,而宋诗寥寥无闻焉"。该书编者亦谓"宋诗世少专选,网罗放失,殊费苦心,两易暑寒,焚膏继晷","广搜博采,刮垢磨光","几殚精力",②充分说明编者是在鲜有依傍的情况下,另起炉灶,用尽心力才编定是书的。全书凡收宋代诗人320家,诗3576首,按体编排,其中卷一至卷三为五古371首,卷四至卷八为七古505首,卷九至卷一一为五律704首,卷一二至卷一六为七律1134首,卷一七为五排34首、七排9首,卷一八为五绝105首、六绝18首,卷一九至卷二〇为七绝696首。一集而关涉九种诗体,足资读者了解宋诗各体创作之风貌。是集在选源上类似《濂洛风雅》《宋诗钞》及《宋金元诗永》等,以"以宋存宋"作为选录诗歌的原则与标准,以展示宋诗创作特征为编选目的。康熙二十六年(1687)刻本卷首有《凡例》,部分诗题下有编者注,诗中附作者原注。无诗人小传,"止列姓氏,其爵里行实概未诠次"(见卷首《凡例》);无批语,仅有朱笔圈点。

2.《宋诗善鸣集》二卷。为《五朝善鸣集》十二卷中之宋代部分,陆次云编,与前揭吴、储二氏所编之《宋诗选》同年出版。陆次云(生卒年未详),字云士,号北墅,浙江钱塘人,著有《澄江集》一卷、《玉山词》一卷、《北墅绪言》五卷、《尚论持平》二卷、《析疑待正》二卷及《事文标异》一卷等,另编有《皇清诗选》十二卷。陆次云尝官江阴令,公余之暇选唐大历以下、宋、金、元、明之诗编成《五朝善鸣集》一书。该集卷首有李振裕、缪氏及陆次云自己的序三篇与陆次云有关唐、宋、金、元、明诗的《选例》各一则。李振裕序叙其编纂过程曰:"钱塘陆次云云士,少而学诗,其持论与前辈略同,而又不欲取境之太狭,观所撰《国朝诗平》,则其所崇尚可知也。今复取唐大历以

① 按是集收朱熹《文公集钞》、范成大《石湖诗钞》、郑侠《西塘诗钞》、王令《广陵诗钞》及陈师道《后山诗钞》各一卷。

② 均见《宋诗选》卷首《凡例》,清康熙二十六年刻本。

后,及宋、金、元、明之诗,句栉而字篦之,遴其尤者,合为一编,命曰《善鸣集》,刊成问序于余。"①《善鸣集》凡十二卷,其中中晚唐五代诗六卷、宋诗二卷、金诗一卷、元诗一卷、明诗二卷。从录诗篇幅来看,明显倚重唐诗。宋代部分录诗主要依《宋诗钞》《宋金元诗永》二集,凡93家、诗636首,其中陆游64首、杨万里37首、梅尧臣35首、林逋28首、苏轼25首、欧阳修13首、王安石9首、黄庭坚5首、陈师道2首、范成大6首,可见编者选诗多寡不一,缺乏均衡,不能反映宋诗创作的整体成就,与有些诗人的诗史地位也不相符。陆次云在该书《宋诗选例》中分析宋诗之弊及其形成原因说:"宋诗之弊有三:曰庸,曰腐,曰拖沓。庸者,大约出于信手拈来者也;腐者,大约出于堕入理障者也;拖沓者,大约出于才有余而少锤炼者也。"唯其如此,编者主张摈弃存在庸、腐与拖沓毛病的宋诗而选出"真"宋诗,方法是"去此三弊",然后"宋诗可选焉,而后不同乎唐人之宋诗与不异乎唐人之宋诗始出焉"。② 陆次云拈出"庸""腐"与"拖沓"四字作为宋诗的缺点,概括得十分准确到位。在审美趣味上,编者多偏重晚唐姚、贾一体,故所选之诗多姚、贾二氏所擅之五律,达228首,占全选的三分之一。《五朝善鸣集》有康熙二十六年蓉江怀古堂刻本,其中《宋诗善鸣集》二卷亦有单行本,见于《清史稿艺文志拾遗》著录,亦为蓉江怀古堂梓行,或因广售谋利,便于读者取阅,将五朝善鸣集分别刊行。

3.《宋十五家诗选》十六卷,陈讦(1650—1732?)编。陈讦,字言扬,因好宋诗,故号宋斋,一号焕吾,浙江海宁人。贡生,曾官淳安教谕,晋见过雍正皇帝。诗学韩愈、苏轼而终归于杜甫。少时游从于宗尚宋诗的黄宗羲之门,与《宋诗钞》的主要编者吴之振颇多交往,又与曾费时三十年撰《苏诗补注》的同乡查慎行友善。耳濡目染,故编是集。长于诗文、算学,著有《时用集》正续编及《勾股引蒙》五卷、《勾股述》二卷等。其文集题曰"时用",乃取其家塾署联所用苏轼语"春秋古史乃家法,诗笔离骚亦时用"。其手订《时用续集》自谓收录作品"自己丑迄壬子",则其卒当在雍正十年(1732)以后。乾隆《海宁州志》卷一一有传,《晚晴簃诗汇》曾录其诗。

该集凡选欧阳修、梅尧臣、苏轼、苏辙、曾巩、王安石、黄庭坚、陆游、杨万里、范成大、王十朋、朱熹、方岳、高翥及文天祥等十五家诗。入选诗人数量适中,其《发凡》说"近本或每集选录者,既苦卷帙繁重;若专选一集者,又觉固陋不广",故编者将所选宋诗人数从《宋诗钞》《宋百家诗存》的百家减少

① 《五朝善鸣集》卷首,康熙二十六年蓉江怀古堂刻本。
② 见该书卷首,康熙二十六年蓉江怀古堂刻本。

到十五人。除陆游诗二卷外,其他诗人皆一卷。所录之诗多则一千,少者一百。所选诗歌多从诗人全集中选录,避免了从选本到选本的缺陷,惟杨万里诗则从《宋诗钞·诚斋诗钞》中选录。陈订之陈姓,出于高氏,南宋江湖诗人高翥为其远祖。因这种"特殊身份",高翥存世之诗 187 首被悉数从高士奇所编《南宋二高诗》录入。该书所选诗歌的编次悉依诗人原集顺序分家编排,故"兹选悉照原集善本,不分体类,以作者之先后为先后","其原本分正集续集及自分体者,亦悉依旧刻,不敢穿凿附会"。① 与此前出现的总集惯于分体或分类多有不同。每家各附小传与前人论评,亦间附己见。其中小传多抄撮《宋史》诗人本传或其文集之序传,创意无多;所录前人诗话、笔记颇能选优择萃;自评虽不多,往往简洁明了,一针见血。

该集彰显了编者鲜明的诗学思想,其大要反映在以下三点:第一,主张"唐宋兼采"。他推崇宋诗,为宋诗张目,以为所选乃宋诗精华所在,学宋诗者若就此熟读深思,便能得宋诗之真谛;然编者崇宋而不废唐,主张"唐宋兼采",并对当时弃唐诗而"举世皆宋"的偏激行为表示不满。其康熙三十二年(1693)自序曰:

> 昔敝于举世皆唐,而今敝于举世皆宋。举世皆唐,犹不失辞华声调、堂皇绚烂之观;至举世皆宋而空疏率易,不复知规矩绳墨与陶铸洗伐为何等事。嗟乎,此学宋诗者之过也。②

陈氏编选此集也有矫伪唐诗之意。第二,倡导江西诗法,偏爱瘦硬一格。编者论诗重视法度,力主锤炼字句,讲究法度结构,故其称扬方岳的"琢镂"、陆游的"猛力炉锤",而颇不满于杨万里的"洗净铅华""粗服乱头"。与此相应,他对表现重大社会政治内容的诗歌较少关注,如范成大的《催租行》《田园杂兴》皆未入选。第三,推崇理学诗人诗歌。编者受黄宗羲的影响,精于理学,偏嗜理学家诗,故其入录对象不取王禹偁、苏舜钦、陈师道、陈与义、刘克庄、林景熙、汪元量等创作成就较高的诗人,而大量选取曾巩、苏辙、王十朋、朱熹等理学家或理学思想浓厚的作家。他的这一做法引起了后人的强烈不满。钱锺书《谈艺录》即谓:"至陈宋斋订出南雷之门,选《宋十五家诗》,有南丰、栾城、梅溪、徽国、秋崖、文山,而不及后山、简斋,则并诗识

---

① 均见(清)陈订编《宋十五家诗选·发凡》。
② (清)陈订《宋十五家诗选序》。

亦不高矣。"①其实,若论是集的短处,除钱氏所说外,我们还可接着列出一些,如编者自序称所选十五人"皆宋之圣于诗、神于诗者",实际上,曾巩、苏辙以散文名,王十朋以经义名,朱熹以理学名,文天祥以忠义名,高翥被陈讦认定为其远祖,还有方岳,此七人之诗远不能与梅尧臣等诗人相提并论,更不算"圣于诗、神于诗者",并没有做到他自己说的"去取颇严";《发凡》又谓曾巩、苏辙、王十朋、高翥及文天祥五人"近选绝少,兹悉购全集采录,表彰散逸",明显是在网罗散佚,而像王禹偁、苏舜钦、陈师道、张耒、陈与义、戴复古及刘克庄等著名诗人又漏选,不见片言只字,足见《诗选》的选录标准并不统一,识见也不太高明。

《宋十五家诗选》以其较高的学术质量深得时贤与后人表彰,清代藏书家兼书法家查升在该书序中高度评价说:

> 吾友陈子言扬天才骏奕,自少承其前人近思先生过庭之训而怀铅握椠,寒暑不辍,尽取有宋一代之诗而论定之。顾其选诗,犹以十五家著。此十五家者,原不必以诗雄而论。宋诗之精诣深造挹莫能过,则言扬之为是选也。其取舍精覈,寓托微渺,殆非莛撞蠡测之见所能持其短长者矣。②

徐世昌《晚晴簃诗话》谓其"与吴孟举《宋诗钞》、曹六圃《宋百家诗存》足相方驾"③。有康熙三十二年(1693)刻本,《四库全书存目丛书》《续修四库全书》均据以影印,卷首有编者所撰之序与《发凡》各一篇,《四库全书存目丛书》所据影印本书前多查升序一篇。又有日本文政十年(1827)刻本。

该集行世后,尝辑汉魏六朝唐五代宋金元明之诗为《历朝诗约真赏集》的张世炜以该书篇幅过大,故"删其什六,补其什二,去其肤廓,存其菁英,为《宋十五家诗删》"④。他认为唐宋诗各有利弊,不必厚此薄彼,故在该书自序中说:"宋诗新,唐诗真。宋诗生,唐诗深。唐诗敛才气于法度之中,宋诗纵才气于法度之外。"正因如此,张世炜不仅对原选删繁就简,还意在彰显宋诗之得失,以矫世人学宋之弊。他说:"今三十年来,天下之诗皆宋人之诗,天下之家诵户习皆东坡、放翁之句也","宋人之诗妙在灵动警秀,不

---

① 《谈艺录》,第147页,中华书局1996年版。
② 见该书卷首,《四库全书存目丛书》集部第410册,第281页。
③ 傅卜棠编校《晚晴簃诗话》,第246页,华东师范大学出版社2009年版。
④ (清)张世炜《宋十五家诗删序》,见《秀野山房二集》。

袭前人,而其病则在粗浮轻率,世之学宋人者徒以粗浮轻率为工,并其灵动警秀而失之,乃曰此宋人之法也,我学宋人者也。坏天下之诗者,莫此若也”。[①] 指出宋诗的优长在“灵动警秀”而其缺失则在“粗浮轻率”。

4.《宋诗删》二卷。清初遗民邵暠选辑,柯弘祚参阅。邵暠、柯弘祚两人均为平湖(今浙江湖州市)人,与同样具有遗民情结的吴之振、吕留良同里,故特喜其所编之《宋诗钞》,然有感于该集卷帙浩繁,所钞“已至万余首”,“学者望洋向若,茫无津涯”,为读者计,故“删其繁冗,撷其精实,使宋人之习气去而英华存”。[②] “要在精简,虽苏、黄大家,不敢多登,宁失之刻,毋失之泛。”可见,《宋诗删》实际上是依据《宋诗钞》进行删钞所成之本,仅于“耳目所及,间增一二”[③]。该书有编者邵暠康熙三十三年序、柯弘祚跋,在选目上将“以文为诗”作为宋诗的主要特点,故所选各体中以七古为多,有 88 首,几近全选的四分之一,其次是五律,收 86 首,居第二位。该书删钞宋代诗人 63 家,诗 365 首,其中收诗较多的为陆游(34 首)、梅尧臣(30 首)、杨万里(18 首)、陈与义(17 首)、刘克庄(17 首)、谢翱(17 首)、欧阳修(16 首)、苏轼(14 首)、林景熙(12 首)、范成大(10 首)等 10 家,诗名较著而入选较少者有黄庭坚(7 首)、张耒(6 首)、王安石(5 首)、陈师道(4 首)等。有康熙三十三年(1694)初刻本。又,康熙间著名诗选家顾嗣立(1665—1724)亦编有同名宋诗总集《宋诗删》,已佚。即其《唐诗述》《宋诗删》《金诗补》《元诗选》《今诗定》系列诗选中的一种。

5.《积书岩宋诗删》二十五卷,又名《积书岩宋诗选》《积书岩宋诗选略》。编者顾贞观(1637—?)字华峰,号梁汾,无锡人。康熙十一年(1672)举人,官内阁中书。与吴兆骞为友,齐名。康熙十五年馆于宰相纳兰明珠家,与其子纳兰性德友善。晚年移病归,构“积书岩”,坐拥万卷。文兼众体,能诗,尤工乐府,善填词。所作《弹指词》声传海外,与陈维崧、朱彝尊合称“词家三绝”,又著有《积书岩集》等。此书名为“删”,有删繁就简之意,分体依次编排,共选宋代诗人 318 家、诗 2500 首。所录诗人无小传,诗歌无评点。选源多以《石仓历代诗选》《宋诗钞》《宋金元诗永》及《宋元诗会》为据。其中卷一至卷六收五古 494 首,卷七至卷一一收七古 318 首,卷一二至卷一五收五律 500 首,卷一六至卷二〇收七律 580 首,卷二一收五排 41 首、七排 8 首,卷二二收五绝 94 首、六绝 22 首,卷二三至卷二五收七绝 443 首,

① (清)张世炜《宋十五家诗删序》,见《秀野山房二集》。
② (清)邵暠《宋诗删序》,见该书卷首,康熙三十三年刻本。
③ 均见该书卷首《凡例》,康熙三十三年刻本。

数量适中,无“多既庞杂,少则缺遗”之弊。康熙三十五年,王嗣槐《宋诗选序》批评“今选诗家,必坦唐而訾宋之性灵,又必有坦宋而訾唐之肤廓,此昔时拘以风格而弃之者”,可见当时尊唐祖宋之末流,只袭其貌而不得其真,貌合神离,故皆有流弊。他主张“诗之为诗,一代有一代之风气”,表彰顾贞观“不徒以唐诗选宋诗,而以宋诗选宋诗,与前后人所选自有殊耳”。[1] 顾氏编选此书承其祖上之遗意,以上追《三百篇》温柔敦厚之教为旨归,因此一些感情愤激但显得不够“温柔敦厚”的名篇及通俗作品没有入他的法眼。如苏轼的《荔支叹》、陆游的《示儿》、杨万里的《渡淮四绝句》等关注国计民生的作品皆置之不顾。顾氏的编选原则是“宽于正变,严于雅俗”,故其特别标榜宋代精工整饰的诗风,于王安石(102 首)、陆游(134 首)、刘克庄(102 首)的诗选得特多,而以豪放恣肆著称的苏轼诗(92 首)反倒选得相对较少。该集对作品的归属与作者的时代偶有疏误,如误以元人程自修、刘麟瑞作宋人,各录其诗 4 首,误以五代十国期间花蕊夫人为宋人,录其诗 8 首,此其受诟病之处。《四库全书总目》卷一九四《宋诗删》提要批评说:“是编搜采宋代之诗,分体纂集。自谓宽于正变,而严于雅俗。删繁就简,得诗二千五百有奇,然采摭既富,颇不能自守其例。”[2]该书在清代屡经递刻,影响很大。有康熙三十五年初刻本,题《积书岩宋诗删》,卷首有张纯修康熙三十五年序。有康熙间刻宝翰楼印本,改题曰《积书岩宋诗选》,亦为二十五卷,多康熙三十八年魏勷序一篇,或即三年后重印之本。卷首有总目,每卷卷首有细目,题“锡山顾贞观梁汾选,武陵胡献徵存人阅”。藏国家图书馆,《四库全书存目丛书补编》(第 41 册)据以影印。有康熙间春草堂刻本,《中国古籍善本书目》(集部)卷二八著录,又有乾隆间春草堂刻本,题曰《积书岩宋诗选略》,版权署名虽曰顾贞观原本,李谏臣重编,实际并无变化,或即宝翰楼本之重印本。[3] 书商谋利,改头换面,实可印证此书当时之受读者热捧。

6.《宋诗啜醨集》四卷。潘问奇、祖应世合编。潘问奇(1632—1695),字云程,号雪帆,钱塘人。明诸生,入清不仕,漫游为生,著有《拜鹃堂集》四卷。据潘问奇自序,他与祖应世两人于康熙二十六年因诗订为忘年之交,康熙三十一年冬于雍扬之官舍“各出笥稿,互有丹黄”,编纂《宋诗啜醨集》。

---

① 均见王嗣槐《桂山堂文选》卷二《宋诗选序》,《四库未收书辑刊》第七辑第 27 册,第 185—186 页,北京出版社 2000 年据清康熙青筠阁刻本影印。

② 《四库全书总目》卷一九四《宋诗删》提要,第 2725 页。

③ 此说参谢海林《清代宋诗选本研究》,第 350 页,上海古籍出版社 2011 年版。

关于编纂宗旨，潘氏序曰："然则今兹啜醨之集，何为乎？则以宋固犹夫唐也"，"宋犹夫唐，非诬也"。[1] 文中"啜醨"，即饮薄酒之意，可见编者的主旨在尊唐，意在以唐选宋，故于崇宋的《宋诗钞》阴据而阳鳌，所选之诗虽由《宋诗钞》剪截移易而成，但审美趣味与吴之振等大异其趣。全集入选宋代诗人65家，诗423首，其中收陆游56首、杨万里30首、范成大27首、赵师秀26首、林景熙20首、刘克庄19首、方岳17首、苏轼16首、张耒12首、陈与义12首、欧阳修11首、徐照11首、戴复古9首、黄庭坚6首、王安石2首、陈师道2首。从选目来看，入录诗歌数量排名前七者均为南宋中后期诗人，尤重"中兴四大诗人"的三家，选诗远远超过北宋欧、王、苏、黄诸大家，对学晚唐姚、贾的四灵诗派及江湖诗派也比较重视。该书选评结合，所选诗歌多有圈点与评语，其选诗宗旨多受明代竟陵派影响，崇尚清幽孤峭之风。故祖应世评赵师秀诗云："仆于南北两宋诗，古推欧、苏，七律首剑南，次石湖，五律则以紫芝为独步，未知有当甲乙否？"可见他认为北宋古体好，而南宋近体佳，尤以赵师秀诗为独步。关于潘问奇对《宋诗钞》中吕留良所作小传的指斥，钱锺书《谈艺录》补订本论之甚详：

> 潘雪帆问奇、祖梦岩应世合选《宋诗啜醨集》四卷，湮没数百年，《宋诗选注》始称引之，其评语颇师钟、谭《诗归》，宗旨似在矫《宋诗钞》之流弊。二人选此集，正以明宋诗不如唐诗，欲使人不震于吕、吴之巨编而目夺情移也。观书名即征命意。
>
> 卷四杨万里诗，雪帆评曰："矢口成音，终误后学。而论者于诚斋云：'落尽皮毛，自出机杼，古人之所谓似李白者，入今之俗目，则皆俚谚也。'又云：'见者无不大笑，不笑，不足以为诚斋之诗。'呜呼，信斯言也，则凡张打油、胡钉铰皆当侑食李杜之庭矣。"即隐斥《宋诗钞》；"论者"云云诸语皆出《诚斋集钞》弁首小传中，晚村手笔也。[2]

一般而言，编选宋诗总集旨在宣传宋诗，而潘、祖二氏合编《宋诗啜醨集》的目的却是证明"宋诗不如唐诗"，明确了编者的这般用意，其诋毁诚斋诗就不奇怪了。难怪二百余年竟无人称引。此集现存康熙三十二年刻本。

7.《宋诗选》。不分卷。编者郑钺（1674—1722），字季雅，一字冀野，长

---

① 均见潘问奇《宋诗啜醨集序》，见该书卷首，清康熙三十二年刻本。

② 钱锺书著《谈艺录》，第472—473页。

洲人，著有《柘湖小稿》《冀野诗集》等。此集有国家图书馆藏清抄本。该集主要根据《宋诗钞》删选而成。凡收宋代五律、七律及七绝三体诗 63 家、404 首，其中南宋诗入选的数量明显多于北宋。是集多选田园之作，尤嗜清新流丽的作品，就作者而言，多选陆游、范成大、苏轼、杨万里等大诗人的诗。

以上各集在体例上多分体编排，或以人系诗，分家编排，而王史鉴编纂的《宋诗类选》二十四卷则分类编排，这在清代的宋诗总集中并不多见。王史鉴，字子任，本贯吴郡籍，移籍无锡，著有《醉经草堂集》，曾经沈德潜评选。其伯兄王史直，字子擎，与史鉴合编《锡山文献全集》。王史鉴在《宋诗类选》的《例言》中批评前此之宋诗总集说：

> 选唐诗者不下数十家，宋诗选本传者甚寡。吕东莱《文鉴》所录无几。曾端伯《皇宋诗选》，宋人病其任一已之见，说见周辉《清波杂志》，今已不传。李子田《宋艺圃集》、曹能始《十二代诗选》、潘讱庵《宋元诗集》、吴蔄次《宋金元诗永》皆去取未精，近日吕晚村《宋诗抄》登载甚广，大有功于宋集，惜止于百家，刻犹未竟。①

唯其如此，编者费时三载，“采摭群英，裒成一集，诗以类分，类以时叙，并录宋元以来品题诸家及评骘本诗者，稗官之漫记，名流之燕谈，凡一话一言，靡不冥搜旁引，悉登是编。题曰《宋诗类选》，分为二十四卷”②。关于该书的编辑体例、编纂宗旨与主要内容，他在《例言》中说得十分清楚：“今所撰集，以诗从类，以评附诗，书凡四百余种，时则寒暑三周。既可为宋诗纪事，亦可为诗学金针。”全书的编纂体例上仿《三体唐诗》《瀛奎律髓》之例，只收近体。其特点一是“以诗从类”，即分类编次，将所选之诗分为天、地、岁时、咏物、咏史、庆贺、及第、落第、宴集、怀约、呈献、赠、寄、酬和、闲适、自咏、品目、题咏、游览、行旅、送别、杂诗、寺院及哀挽等二十四大类，类各一卷，凡选录诗人 339 家、诗 1622 首。二是“以评附诗”。编者查阅书籍四百余种，将相关评论资料附载诗后，成为一部融诗选、诗评于一体的纪事体宋诗总集，为后来《宋诗纪事》的编纂提供了值得借鉴的模式。关于是集的资料来源，王史鉴在《例言》中云：“予家素积宋人文集及诸家选本，又益以义门何先生所藏，旁搜精择，辑成是书，为力颇勤，用心良苦”，“是编并以全集精选，不仅以总集为据，至于稗官野乘、诗话杂录、地志山经所载宋诗，亦多捃摭登

① 《宋诗类选》卷首，清康熙五十一年刻本。

② 《宋诗类选序》，同上。

采”。可见他在编纂《宋诗类选》时是充分利用了自家及藏书家、知名学者何焯所藏宋诗史料的。其所选之诗除源自前此已有的宋诗总集外，诗话等其他史料也充分参考。其所列17种主要文献来源，宋人总集就多达11种。该书有编者自序，论宋诗发展源流与各家诗歌风格甚详，如谓“四灵苦学唐人，多工五言，较其才致，天乐为优。石屏擅江湖之咏，后村为淡泊之篇，虽有可观，而气格卑弱矣”。可见其对江湖派诗人诗歌格局不大有所不满。《宋诗类选》初刻于康熙五十一年乐古斋，卷首有编者自序与《例言》各一篇。孙殿起《贩书偶记续编》卷一九著录。该书行世百余年后，王史鉴从玄孙王元标有感于是集“梓行既久，字多漫漶，并原版有缺损不能复印行”①，遂遵乃父王莲舫之命，携其弟元相、元极“将家藏副本详校锓梓以补缺叶”②，是为道光十九年(1839)乐古斋修补康熙本。有奉天提督学政侯桐所撰《重刻宋诗类选序》及王元标道光十九年所作识语一则。据侯桐所撰《重刻宋诗类选序》知，王元标重刻该集后，“欲于近体外续选古体，仍是集之例以成宋诗大观”③，今未见其续选古体之集，或口已言而实未付诸行动。

成书于清代前期的断代宋诗总集还有几部。如收藏宋元文集颇多的曹溶(1613—1685)所编《宋诗选》，其侄孙曹庭栋《宋百家诗存序》评曰：“秀水司农倦圃先生(曹溶)，余宗大父行也，亦尝裒集宋诗，遍采山经、地志，得一二首即汇钞，不下二千余家，未及梓，今亦散佚略尽。”足见此集的任务不在选优，而在存佚，所录“不下二千余家”，在清人所编总集中，所录诗人数量仅次于后来的《宋诗纪事》，可惜还没来得及付梓即已散佚不存。李国宋编的《宋诗》，有雍正三年(1725)邵阳李氏古栗堂初印本。编者李国宋(1636—1687年以后)，字锡山，号大村，兴化(今属江苏)人，康熙二十三年(1684)举人。著有《螺隐集》七卷、《二集》八卷。马维翰(1693—1740)编的《宋诗选》七卷，清刻本，南京图书馆藏。《晚晴簃诗汇》卷六一有记载。编者马维翰，字默临，一作墨麟，号侣仙，浙江海盐人，康熙六十年进士。著有《墨麟诗卷》十二卷、《续卷》十卷等。又，《宋诗窥》一卷、《宋诗窥补》一卷，佚名编。《宿迁王氏池东书库简目》卷四著录顾立功《诗窥》三卷，即《元诗窥明诗窥国朝诗窥》，或为《宋诗窥》的续编。

除断代宋诗总集外，清代前期数朝合选的总集也有不少，其中以张豫章等奉敕编纂的《御选宋金元明四朝诗》三百一十七卷、吴绮编的《宋金元诗

---

① (清)侯桐《重刻宋诗类选序》，《宋诗类选》卷首，道光十九年乐古斋校补康熙刻本。
② (清)王元标跋，见《宋诗类选》，道光十九年乐古斋校补康熙刻本。
③ (清)侯桐《重刻宋诗类选序》，《宋诗类选》卷首，道光十九年乐古斋校补康熙刻本。

永》二十卷及陈焯编的《宋元诗会》一百卷等三集为佳。

1. 张豫章等奉敕编纂的官修诗歌总集《御选宋金元明四朝诗》三百一十七卷。康熙四十四年(1705),彭定求等十人在奉旨编纂《全唐诗》的同时,朝廷又专设“四朝诗修书处”,用以编纂宋、金、元、明四朝诗,以弥补这四个时段没有诗歌全集的缺陷。是集每朝首先详叙所收作者的姓名、官爵及籍贯。编排上循御编文学总集之惯例,以皇帝御制诗弁首,以下依次为四言诗、乐府歌行体、古体诗、律诗、绝句、六言诗及杂言诗,分体编排。其中《御选宋诗》七十八卷、姓名爵里二卷,选录诗家 882 人;《御选金诗》二十五卷、姓名爵里一卷,选录诗家 321 人;《御选元诗》八十一卷、姓名爵里二卷,选录诗家 1197 人;《御选明诗》一百二十卷、姓名爵里八卷,选录诗家 3400 人。凡三百零二卷、首二卷、姓名爵里十三卷,录诗人 5800 家。该集卷首有御制序一篇,论诗歌之教化功能及此集之编纂宗旨甚详,如:“盖时运推移,质文屡变,其言之所发虽殊,而心之所存无异,则诗之为道,安可谓古今人不相及哉? 观于宋、金、元、明之诗,而其义尤著焉。”“遂又命博采宋、金、元、明之诗,每代分体各编,自名篇巨集以及断简残章,罔有阙遗,稍择而录之,付之剞劂,用以标诗人之极致,扩后进之见闻。”①可见该集既择优又存佚,因借助行政力量,动用石渠、天禄之藏,故所辑两宋诗人数量之多,为前编宋诗总集所鲜见。关于该集的学术贡献与价值,《四库全书总目》该书提要在详叙四朝七百余年诗歌发展轮廓后评价说:

> 大抵四朝各有其盛衰,其作者亦互有长短。而七百余年之中,著作浩繁,虽博识通儒,亦无从遍观遗集。至于澄汰沙砾,披检精英,合四朝而为一巨帙,势更有所不能矣。我国家稽古右文,石渠、天禄之藏既逾前代。我圣祖仁皇帝游心风雅,典学维勤,乙览之余,咸无遗照。用能别裁得失,勒著鸿编。非惟四朝作者得睿鉴而表章,即读者沿波以得奇,于诗家正变源流亦一一识其门径。圣人之嘉惠儒林者宁浅鲜欤?②

这段话旨在颂圣,但也道出了《御选宋金元明四朝诗》巨大的文献价值。此本因其御编的性质,故对书中原诗的违碍字句多有改窜,涉及宋金时事者则多遭删削。虽为御编,然自康熙四十八年(1709)扬州诗局刻本后,流传范围并不广泛,影响也极其有限。

---

① 见该书卷首。

② 《四库全书总目》卷一九〇《御定四朝诗》提要,第 2658 页。

2. 吴绮编的《宋金元诗永》二十卷，补遗二卷。吴绮(1619—1694)，字薗次，号听翁，别号红豆词人，江苏江都人。顺治十一年(1654)拔贡生，官至湖州知府。为官多风力，尚风节，饶风趣，故人称“三风太守”。著有《林蕙堂集》二十六卷、《兰香词钞》四卷、《岭南风物记》等。是集凡收宋、金、元三代各体诗，其中宋诗382家、1494首。吴绮在诗歌创作实践上以三唐为宗，认为宋元人学唐得其神理，时人学唐只能得其皮毛，而时人学宋，则多有粗疏拗硬之病。徐乾学为《宋金元诗永》所作序说：“宋元人之学唐，取其神理；今人之学唐，肖其口吻，所以失之弥远。今不探其本，转而以学唐者学宋元，惟其口吻之似，则粗疏拗硬佻巧窒涩之弊，又将无所不至矣。”①所以，编者在选诗宗旨上，明显存在着“以唐存宋”的诗学倾向，目的在发掘宋诗之类唐的部分，选宋金元诗，犹选三唐诗。其《凡例》云：“是选人维两宋，时逮金元，而其诗之品骨气味，规圆矩方，要不与李唐丰格致有天渊之别。惟读者以读三唐诗手眼读宋金元诗，而仍不失宋金元诗，则可知选者之选宋金元诗，犹选三唐诗也。”②然他的这一做法遭到清代四库馆臣的激烈批评：“颇能刊除宋人生硬之病，与元人缛媚之失。然一朝之诗，各有体裁，一家之诗，各有面目……必以唐法律宋金元，而宋金元之本真隐矣。”③该书选源复杂，有陈起《南宋群贤小集》、曹学佺《石仓历代诗选》及吴之振《宋诗钞》等，又疏于校雠，故在文献上时有讹误，如卷七误龚宗元《捣砧词》《六月吟》为曾会诗。按龚宗元，字会之，龚明之《中吴纪闻》卷二收其《捣砧词》《六月吟》等五首诗，《全宋诗》卷二〇二即据以收录；曾会字宗元，厉鹗《宋诗纪事》卷四所收曾会《捣砧词》一诗，亦承其误。该集卷帙颇多，刻资不菲，陈维崧《陈检讨四六》卷四七有《征刻吴薗次宋元诗选启》一文。有康熙十七年(1678)广陵千古堂刻本。

3. 陈焯编的《宋元诗会》一百卷。编者陈焯(1631—?)，字默公，号涤岑聱叟，桐城(今属安徽)人，顺治九年进士，选庶吉士，官至兵部主事。以“耳聋”之疾，亲老乞归。著有《涤岑诗文前后集》十卷，除此书外，另编有《古今诗会》《古今赋会》。是集名曰《宋元诗会》，实则采录宋、金、元三朝诗。诗人编次首帝王，末释道、女流，中间则大致以作者时代为序。其中卷一至卷六〇人录宋诗6266首、496人，卷六一至卷六五录金诗447首、128

---

① 见《憺园文集》卷一九《宋金元诗选序》，清康熙刻冠山堂印本。

② (清)吴绮编《宋金元诗永·凡例》，《四库全书存目丛书》据中国人民大学图书馆藏清康熙十七年思永堂刻本影印，集部第393册，第579页，齐鲁书社1997年版。

③ 《四库全书总目》卷一九四《宋金元诗永》提要，第2721页。

人，卷六六至卷一〇〇录元诗 3690 首、275 人。其编选宗旨在“以诗存史”，故所选诗歌数量多达万余首，在清代宋诗总集中，其规模仅次于《宋诗钞》，而所涉诗人又数倍之。从选源来说，《宋元诗会》所录之诗，除参考了《宋诗钞》《谷音》及《宋金元诗永》等前人宋诗总集外，还采自一些别集、山水图经等，有些诗已经不见于其他载籍，故对保存有宋一代诗歌文献成绩尤巨。故《四库全书总目》该书提要虽对其不注文献出处不满，然于其“搜辑散佚”的功绩则多予肯定：

> 今观其书，不载诸诗之出处，犹明人著书旧格。其间网罗既富，亦不免于疏漏芜杂。然宋、元遗集，迄今多已无传。焯能搜辑散佚，存什一于千百。披沙简金，往往见宝，亦未尝不多资考据也。[①]

从审美标准来说，陈氏崇尚含蓄、雅正一格，对流于粗疏、率易的诗歌多弃而不取。此书特色在“先传后诗”，于所入选的九百余诗人小传详述“里居出处”，往往于正史之外旁采志乘稗说，以订补阙漏。陈焯也以此自负，他在《选例》中说：“余于是编小传中，虽未能尽括全史之品流，而名臣大儒，其行藏关乎国故，从前为曲笔所诬者，辩正不少。”（见该书卷首）在文献上，编者费十余年精力，广搜博求，又得到收藏宋元文集甚富的黄虞稷、方誉子等人帮助，改正了潘是仁《宋元四十三名家集》、曹学佺《石仓历代诗选》等总集中的一些错误。其《选例》云：“是编整比三年，始见潘讱叔、曹石仓旧选”，且旧编错误极多，“如万石德躬诗误为鲜于枢，李材句之误贡仲章，李洞句之误邓牧心，吴全节句之误薛玄义，其余一诗而分属两人者，不可胜数”。[②]陈焯发现了前选不少错误，因该书规模庞大，又以一人之力完成，故他自己在书中也留下了诸多疏误。如将许多金人混入宋，将一人析作二人等，尤喜随意改动原作文字；所选之诗不注出处，不利读者查考，故受到四库馆臣的批评。王士禛《香祖笔记》载，康熙二十三年（1684），他“祭告南海”，途经桐城，陈焯曾经携初刻的《宋元诗会》相商，王氏“纵观竟日”，却“不言其书之可否”。其《带经堂诗话》卷二六亦载此事。该书有康熙二十二年程仕初刻本，卷首有曹溶及编者的姻亲潘江二序及他自己的《选例》九则，还有史官沈荃、施闰章等人的《募刻原起》一文。康熙二十七年重刻，增皖守周疆序一篇，又有文渊阁《四库全书》本，删去原本之序与选例，仅留诗选，殊为

---

① 《四库全书总目》卷一九〇《宋元诗会》提要，第 2663 页。

② 均见陈焯编《宋元诗会 · 选例》，清康熙二十七年刊本。

可惜。

清代前期还有三部唐宋合选，或宋元（明）合选的总集，如王夫之（1619—1692）编的《宋元诗评选》，曾载阳、曾载述《夕堂永日绪论・附识》谓王氏在编《唐诗评选》后，"继又选古诗一帙，宋元诗、明诗各一帙，而暮年重加评论，其说尤详"。姚培谦（1693—1766）的《唐宋八家诗钞》五十二卷。编者既成《东坡分体诗钞》，再仿茅坤《唐宋八大家文钞》，辑《唐宋八家诗钞》，故该集实为唐宋八大散文家的诗歌总集，选录《昌黎诗钞》八卷、《河东诗钞》四卷、《庐陵诗钞》八卷、《老泉诗钞》一卷、《东坡诗钞》十八卷、《栾城诗钞》四卷、《南丰诗钞》三卷、《半山诗钞》六卷，基本上能反映诗人在诗歌史上的地位。其中《昌黎诗钞》"但分诗体，不复去取"，《河东诗钞》"割爱虽多，然已什存八九"，《庐陵诗钞》《栾城诗钞》《南丰诗钞》《半山诗钞》"卷帙浩繁，故去取独严"，《老泉诗钞》"于诸家中最为寥寥，今全钞入以备一卷"，八家诗人小传"摭《新唐书》《宋史》，删节附录以资参考"。编者认为诗歌的评注影响读者独立思考，故录诗时将原有之评注与圈点全部删略，"旧时读本妄缀细评，付梓概行削去，恐以己意掩古人真面目耳"，"凡唐、宋、明初原板，悉无圈点，欲览者自得之也。兹仍其旧"。[①] 是集编刻始于康熙六十年，成于雍正五年，有遂安堂刻本，卷首有王原序及姚培谦的《例言》十则。张伯行编的《濂洛风雅》九卷。是集继宋元之际金履祥编选的同题之作后，选编宋、明理学家周敦颐、程颢、程颐、邵雍、张载、游酢、尹焞、杨时、罗见素、李侗、朱熹、张栻、真德秀、许衡、薛瑄、胡居仁、罗洪先等17人、诗922首。有编者自序及门人张文炅、蔡世远为之所撰序。有吉林市图书馆藏清康熙正谊堂刻本、《四库全书存目丛书》本。

王士禛（1634—1711）编选的《古诗选》二十八卷。王士禛，字贻上，号阮亭，别号渔洋山人，山东新城人，清初著名诗人与诗学理论家。他一生选诗不辍，其声名最卓者依次有《古诗选》《唐贤三昧集》及晚年所编《万首唐人绝句选》等。《古诗选》编于康熙二十二年，分五言古诗与七言古诗两个部分，五言十七卷，七言十五卷。该集为通代诗选，五古部分没有选录宋诗，只七古部分选录有宋诗六卷，多于唐诗四卷。唐人仅录杜甫、韩愈两家，宋人诗所录则多达八家，其中欧阳修诗一卷（39首）、王安石诗一卷（33首）、苏轼诗一卷（104首，附苏辙诗12首）、黄庭坚诗一卷（54首）、二晁诗一卷（晁冲之10首、晁补之21首）及陆游诗一卷（41首）等。可见，虽然倡"神韵"、主唐诗是王士禛论诗的基调，但这一诗学思想并不是一成不变的。在

① 均见《唐宋八家诗钞》卷首《例言》，雍正五年遂安堂刻本。

此集中，他能博综兼容，突破门户之见，唐宋兼采，且宋多于唐。王士禛选诗注重辨体，其七言古诗部分录诗肇始于《击壤歌》，迄至元代七古。其《凡例》有云："愚钞诸家七言长句，大旨以杜为宗，唐、宋以来，善学杜者则取之"，"唐人元、白、张、王诸公悉不录，正以钞不求备故"。他奉杜甫七古为圭臬，故唐代多钞杜甫、韩愈诗，初盛唐七古少，中晚唐七古悉不录；宋人七古以杜为宗，故善学杜的苏轼、黄庭坚所钞较多，欧阳修、王安石的七古钞得也不少。[①] 王士禛于宋代七古推崇北宋，认为能与欧阳修、王安石、苏轼、黄庭坚七古比肩的，在南宋只有陆游一人，其《七言诗凡例》云："南渡气格，下东都远甚。唯陆务观为大宗，七言逊杜、韩、苏、黄诸大家，正坐沉郁顿挫少耳。要非余人所及。"[②]故南宋仅陆游诗钞有专卷。《古诗选》有康熙间天藜阁刻本，卷首有王士禛自撰《凡例》及其门人姜宸英、蒋景祁所撰序各一篇。姜宸英《阮亭选古诗原序》谓该书"所钞及于宋元诸家"，"集中分别部次，具有精意，已具先生自为《凡例》中"。[③]《四库全书存目丛书补编》第42册据以影印。《阮亭选古诗》行世数十年后，乾隆年间，云间（今江苏松江）人闻人倓经过二十余年的搜求钩稽，又反复修订，几顷毕生精力笺注是书，成《古诗笺》三十二卷。古人编纂宋诗总集多，而笺注宋诗总集少，故是书有较大参考价值。有乾隆三十一年（1766）芷兰堂初刻本，卷首有闻人倓自撰序与凡例各一篇，上海古籍出版社1980年曾据以排印出版。

此期还有两部辑录宋人绝句的总集值得一提。严长明《千首宋人绝句·诗例》云："宋刘文定，当南渡时欲取中兴后诸家五七言绝句，各选百首行世，本朝王文简亦欲为之，其书惜皆未就。"可见宋代刘文定、清代王士禛当时均有编选宋人绝句的计划，可惜都没有完成。今所见者有王士禛编的《宋人绝句四十首》，乾隆朱振图抄本。其《池北偶谈》卷一九《谈艺·九》"宋人绝句"条下录有宋人七绝四十首，朱振图抄本当从王士禛《池北偶谈》抄录而来。又，佚名编的《宋人绝句选》二卷、《补遗》一卷，清抄本，有康熙五十五年跋。文中有圈点、评注，卷一末有跋曰："依吴孟举先生《宋诗钞》本录出，凡七十三家，得诗二百二十四首，又附《天地间集》三家，诗三首。"可见，是集当从《宋诗钞》析出，专选其中的绝句为一集。

---

① 参李永贤《王渔洋的诗歌选本观》，《光明日报》2020年6月22日第13版。

② 《古诗选·七言诗凡例》，《四库全书存目丛书补编》影印清康熙天藜阁刻本，第42册，第326页，齐鲁书社1997年版。

③ 同上书，第193页。

二、乾隆、嘉庆两朝

清代乾隆、嘉庆两朝(1736—1820)是中国封建社会经济与政治发展的鼎盛时期,也是古代学术文化辉煌灿烂的集大成阶段,尤其是乾隆朝,文治武功,盖莫大焉。这一阶段在学术上出现了以考据为特点的乾嘉学派,学者治学态度严谨朴素,力避明朝空疏肤廓、游谈无根的学风,整理出大量包括诗文总集在内的传统文化遗产,《四库全书》《全唐文》《全上古三代秦汉三国六朝文》等大型典籍就是当时统治者右文政策的直接成果;在诗学批评方面,流派纷呈,思想异常活跃,出现了以沈德潜为代表的"格调说"、以袁枚为代表的"性灵说"及以翁方纲为代表的"肌理说"等系统的理论,各诗学派别的理论主张不同程度地体现了当时的政治生态与思想文化特征;在诗歌审美趣味上,康熙年间崇尚清闲淡雅、简洁平和的风尚被沉着痛快、开张扬厉、质实厚重的理想所代替。① 经初步统计,可以确定编纂于清代中期的宋诗总集有44种,其中多为名作佳选。如果说康熙朝是清代宋诗总集编纂的第一个高潮,那么接下来第二个高峰当非乾嘉朝莫属。这一时期学风的演变与发展在宋诗总集的编纂过程中得到了充分体现,其学术特色十分突出。按其内容,乾嘉时期的宋诗总集有如下三大类型。

第一,乾嘉学者重视名物训诂,重视证据罗列而少理论发挥。受此影响,此期宋诗总集的编纂重视史料辑考,辑诗以存史、拾遗为主要目的,《宋百家诗存》与《宋诗纪事》就是这类宋诗总集的典型代表。

《宋诗钞》出现七十年后,清代又产生了一部重要的大型宋诗总集,即曹庭栋所编《宋百家诗存》四十卷。二集之选,基本上代表了宋诗的发展面貌。曹庭栋(1699—1785),字六圃,号慈山居士,浙江嘉善人。少嗜学,性旷达。中年后绝意仕进,潜心著述。擅长诗文创作,又精于经学研究。除《宋百家诗存》外,还著有《易准》四卷、《昏礼通考》二十四卷、《孝经通释》十卷及《产鹤亭诗集》七卷等。《宋百家诗存》的编纂目的主要在保存宋诗文献。曹庭栋乾隆五年(1740)归隐乡里,园居多暇,有感于唐代有钦定的《全唐诗》,元代有顾嗣立编的《元诗选》,明代有朱彝尊编的《明诗综》,独有宋一代之诗诸总集所采寥寥,前此之《宋诗钞》又缺略尚多,且刊刻未竟,往往有录无书。再者,当时一些书贾靠垄断僻集以炫博夸奇,致使宋诗流布

① 参邬国平、王镇远著《清代文学批评史》,第431页,上海古籍出版社1995年版。

未遍,日渐遗佚,"纵或好事者广购遗僻,囊铄签牙,密置书椟,终年不一展卷,且秘不示人。于是宋人之诗虽传世尚多,势必日晦日亡,渐就沦灭而莫可考"①。编者带着抢救古代文学史料的高度责任感,以学问家兼出版家的胆识搜集、整理宋代诗歌文献,遍采群书,掇拾精华,又从四方友朋处广为罗致僻集遗书,得宋人诗集百余部。书仍《宋诗钞》所选之数,准以百家,皆有本集传世者,其中南宋中小诗人居多,有 80 余人,弥补了《宋诗钞》仅录大家的缺陷。因其"少时最爱贺方回诗",故特将《庆湖集》置于卷首。其余则"以时代先后为次"②,始于魏野的《东观集》,终于僧斯植的《采芝集》。此外僻集尚多,俟续选问世。全书编定后,即于次年(1741)三月付梓行世,题曰《宋百家诗存》,取存宋诗文献什一于千百之意。《宋百家诗存》采录诗集有一个总体原则,即"俱采僻集",以保存有宋三百年诗歌文献为己任。这与《宋诗钞》《宋十五家诗选》及《宋四名家诗钞》等前人总集侧重选录名家颇不相同。为此,编者在全书《凡例》中规定,凡《宋元四十三家集》《宋诗钞》《宋十五家诗选》已采者概不收录(但前两书已选未刻者酌收),对近时坊刻已有专集行世者不收录,宋末遗民熊禾、刘辰翁、牟巘 、黄公绍、方夔等人已入顾嗣立《元诗选》者不收录,无专集或有集而所选不满十首者亦不备载。基于这样的认识,曹氏对那些本非诗家而其诗确有足观者则一并采录。如穆修以古文著,傅察以忠节传,林亦之、陈渊以道学显,贺铸、张孝祥、陈允平以词学彰,而他们的诗均被收录于书中。《四库全书总目〈宋百家诗存〉提要》引王士禛《居易录》语,认为此乃曹氏为"取盈卷帙,务足百家",置编者抢救、保存宋诗文献的良苦用心于不顾,真乃皮相之见矣。《宋百家诗存》还有许多优点。如每集编次有分体编排者,有不分体者,悉依原本次序。诗内小注,各就原本存之,无所增益。这比《宋诗别裁集》的编者乱删题下注及诗中小注的做法要明智得多。又依《宋诗钞》例,每集前冠以小传,首叙诗人生平大略,次论其创作简况与诗集流传过程。行文或引录他说,或自发议论,往往三言两语,入骨见髓,颇具精妙之论。要之,此书以保存宋集原貌为特色,以选录中小作家为主旨,尤其注重选录那些未经刊刻、流布不广的"僻集",这些虽非宋诗之重镇,然对存录一代诗歌史料极有益处,固不可谓之无功。读《宋诗钞》中的大中作家,辅之以兹编的中小诗人,则宋诗大略,已见其端。故《四库全书总目〈宋诗钞〉提要》云:"(《宋诗钞》)与庭栋之书互相补苴,相辅而行,固未可偏废其一矣。"

---

① (清)曹庭栋编《宋百家诗存序》,见该书卷首,文渊阁《四库全书》本。

② 参(清)曹庭栋《宋百家诗存》卷首《例言》。

《宋百家诗存》从搜辑、编纂到刻印历时仅一年。以一人之力，成此巨编，速度不可谓不快，故其粗疏与舛误便时有所见。选录失当如张孝祥《于湖集》只抄《于湖居士文集》卷一二与卷一〇中的绝句，而卷二至卷五中的古诗、卷六至卷九中的律诗及卷一一中的绝句一首也未录，未免取舍失当。题下注乱入诗题如刘过《龙洲道人集》将“呈京西漕刘郎中立义”置于诗题“红酒歌”中。文字错讹如《于湖集》中将诗题《漪澜堂》抄作《漪兰堂》，将“主人只爱堂前木”抄作“主人只爱堂前水”。《次韵南轩喜雨》其一中，将“想见欣然阡陌间”抄作“想见欣欣阡陌间”，又将其三与其四两诗的顺序颠倒。《题方务德静江所作雪观》一诗，诗题脱“所”字。[①] 还有一点必须指出，即沿用选家旧习，小传内引诗、引文均不注明出处，使人无从稽考。如刘过小传中所引诗：“拔毫已付管城子，烂胃曾封关内侯。死后不知身外物，也随樽俎伴风流。”编者未标诗题与出处，而《龙洲集》各本又无此诗，读者无从查考。按，此诗多见于笔记、类书中，最早出处或为元代蒋正子《山房随笔》，惟“胃”作“首”，“俎”作“酒”。民国初罗振常《蟫隐庐丛书》本《龙洲词》附载之《龙洲佚诗》收录，题作《羊腰肾羹》，上海古籍出版社 1978 年出版之《龙洲集》据之收入。谢海林的《曹庭栋〈宋百家诗存〉讹误数例》、房日晰的《〈宋百家诗存〉》正误》对其误收、重收、误署、窜改等现象多有指正。[②]《宋百家诗存》于乾隆六年曹氏二六书堂刻印，有曹庭栋自序及其弟庭枢于乾隆六年在长安客舍写的《后序》，算得上乾嘉时期较早的宋诗总集。另有《四库全书》本及上海古籍出版社 1993 年据《四库全书》影印的《四库文学总集选刊》本。

《宋百家诗存》问世仅五年，厉氏樊榭山房于乾隆十一年（1746）又刻印了由厉鹗（1692—1752）编辑的《宋诗纪事》一百卷。该书凡录作者 3812 家，各系以小传，诗约 10000 首，融诗选与诗评、纪事为一体，以事存诗，以诗存人，颇具理论价值与资料价值。《四库全书总目》卷一九六《宋诗纪事》提要云：“裒辑诗话，亦以纪事为名，而多收无事之诗，全如总集；旁涉无诗之事，竟类说家，未免失于断限。”作为一部“纪事体”宋诗总集，《宋诗纪事》能关注到“无事之诗”与“无诗之事”，足见其学术眼光之高远，四库馆臣吹毛求疵的批评完全忽视了编者抢救宋诗文献的一片苦心。恰恰是大量“无事之诗”的存在，扩大了此书的容量，使其在纪事性质的诗话外，还具有诗歌总集的性质。此书出版以后，出现了许多续补、订讹之作，也正好说明它拥

① 参见徐鹏校点《于湖居士文集》卷一二，第 113—116 页，上海古籍出版社 1980 年版。

② 分别见《江汉大学学报（人文科学版）》2011 年第 1 期、《江海学刊》2000 年第 6 期。

有较大的史料价值与学术影响力,凡辑考宋代诗人本事,阐释宋诗文本,《宋诗纪事》都必须参考、取资,是一道绕不过的坎。《宋诗纪事》的版本有乾隆十一年厉氏樊榭山房刊本、上海古籍出版社 1983 年据樊榭山房刊本点校本。后书末附四角号码人名索引和姓氏笔画检字,检索极为便利。

乾嘉时期还出现不少将宋代众多小诗人诗歌汇为一编的诗歌总集,入录诗人以南宋居多。除《南宋群贤诗六十家》外,其他总集影响都不大,但存录宋诗文献的价值不可小视。现胪列于次:1.《宋人小集》一百零六卷,68 种,嘉庆年间浙江桐乡金氏文瑞楼抄本。2.《南宋群贤诗六十家》九十九卷,清抄本,吴湖帆跋。3.《宋元人诗集》二百七十卷,82 种,其中宋人 60 种,法式善编,清抄本。4.《微波榭钞诗三种》八卷,收宋吴龙翰《古梅吟稿》五卷、刘克庄《南岳诗稿》二卷、张公庠《张泗州集》一卷,孔继涵抄本。5.《宋人小集三种》六卷,汤溎编,收周文璞《方泉先生诗集》三卷、高似孙《疏寮小集》一卷、敖陶孙《臞翁诗集》二卷。有清抄本。6.《宋人小集四种》六卷,佚名编,乾隆二十八年刊本。7.《宋诗选二集》十四卷,幔云居士编,乾隆三十二年抄本。8.《宋八家诗抄》十六卷,一名《南宋八家诗》,清鲍廷博编,有知不足斋抄本。收薛帅石《瓜庐诗》一卷、《附录》一卷,赵师秀《清苑斋集》一卷、《补遗》一卷,徐照《芳兰轩集》一卷、《补遗》一卷,徐玑《二薇亭集》一卷、《补遗》一卷,李龏《梅花衲》一卷、《剪绡集》二卷,吴渊《退庵先生遗集》二卷,陈起《芸居遗诗》一卷。

第二,与《宋百家诗存》与《宋诗纪事》侧重对宋诗拾遗补阙不同,乾嘉时期还出现几部通过“选优”以彰显诗歌价值与诗人地位的宋诗总集。张景星、姚培谦、王永祺合编的《宋诗别裁集》,汪景龙、姚壎合编的《宋诗略》及严长明编的《千首宋人绝句》即是如此,其作为诗歌选本的价值与意义更为凸显。

《宋诗别裁集》原名《宋诗百一钞》,八卷,其中卷一为五古、卷二至卷三为七古、卷四为五律、卷五至卷六为七律、卷七为五排、卷八为五绝及七绝,共选 137 人,647 首,清代乾隆间张景星、姚培谦、王永祺三人合编。后人将此书及他们合编的《元诗百一钞》,同沈德潜编选的《唐诗别裁集》《明诗别裁集》《清诗别裁集》合称为《五朝诗别裁》。是书按体编排,在选目上体现出了比较强烈的学术个性与现实针对性:其一,理学色彩。由于编者强调诗的教化作用,又倾心理学,故大量选录周敦颐、程颢、程颐、朱熹等理学家的诗歌,尊称周敦颐为周子、朱熹为朱子,其中选朱熹诗多至 20 首,而大诗人黄庭坚的诗却仅有 11 首,充分显示了该集的理学色彩。其二,宗派意识。

傅王露作序称阅读此书可“尝鼎一脔，窥豹一斑，亦可见宋诗宗派”①，故书中如西昆派、江西诗派、永嘉四灵、江湖诗派等宋诗各流派皆有诗入选，虽总集的规模不大，但基本上能反映宋诗的发展变化。其三，科举理念。清代科举考试所试之诗，已经由唐代的五言六韵改为五言八韵，为迎合举子复习迎考的需要，编者特别垂青律诗，凡选 359 首，占全选一半以上，其中选宋人五言排律尤多，达 40 首，这在一般宋诗总集中比较少见。与此相联系，编者对那些游离于科举之外的江湖诗人似不甚看重，于戴复古、姜夔二人之诗亦仅各选一首，其他江湖诗人则榜上无名。

该集不为入录诗人作小传，亦不对诗歌加评点。作为一部选优的诗歌总集，该书入选了一些平庸之作，又漏选大量名家名作，给人以遗珠之感。名家如刘克庄，一字未录，名作如王禹偁《对雪》《感流亡》及梅尧臣《田家语》《汝坟贫女》之类具有写实讽谕性的诗歌，文天祥《过零丁洋》《金陵驿》之类具有高度爱国主义精神的诗歌，苏轼《题西林壁》、王安石《泊船瓜洲》之类写景纪游的佳作均未入选。这表明编者的鉴赏水平并不很高。另外该集在文献上亦存在颇多失误、阙漏之处，现举例条辨于下：

1. 误署作者。如将刘过《偕陈调翁龙山买舟待夜潮发》一诗误署在苏轼之子苏过名下。按刘过此诗见其《龙洲集》卷六，《宋百家诗存》卷一一亦载；各本《斜川集》无此诗。又卷八选有张耒《绝句》一诗，按此诗为宋初诗人郑宝所作，见《全宋诗》卷五八，题作《绝句三首》，此为第一首；《张右史集》七绝类无此诗，《宋诗抄 · 宛丘诗钞》中亦无。

2. 误署诗题。如所选王琪《秋日白鹭亭》一诗，据《宋文鉴》卷一五，题当作《秋日白露亭向夕风晦有作》。所选韩驹《题画太一真人》一诗，据《陵阳集》卷一，题当作《题王内翰家李伯时画太一姑射图》。以上均系简化诗题，由于删削了诗题中部分内容，不利于读者理解诗意。有的地方，编者甚至将诗题作过多的省略、改写，以致与原诗题意思迥然不同，如将刘《新晴》署为《绝句》，又将苏舜钦《淮中晚泊犊头》署为《绝句》。

3. 删削小序。如贺铸《宿宝泉山慧日寺》一诗，《庆湖遗老集》卷三该诗题下有序云：“在乌江东北七十里。戊辰中元日，入夜，沿事至此。邂逅越客严生，因赋是诗。”此段文字记叙游览地点、写作时间及缘由，有资于读者理解原诗。编者无端删去，殊为可惜。另外又有小序误入诗题者，如所选司马光《华星篇时视役河上寄郡中诸同舍》一诗，据《温国文正司马公文集》卷二，诗题当作《华星篇》，后 11 字为题下注，编者窜入诗题。

---

① （清）张景星、姚培谦、王永祺编《宋诗别裁集》卷首，上海古籍出版社 1978 年版。

4. 删削题下注。有些诗歌题下原有作者自注，尽管这些自注中有少部分为后人所妄加，但可为阅读原诗提供可贵的背景材料，删去非常可惜。如所选刘敞《檀州》一诗，《公是集》卷一九该诗题下自注"正月二日"四字，《宋诗别裁集》选录此诗时已被删削。所选王安石《双庙》一诗，《临川先生文集》卷一六、《王荆文公诗集》卷二五该诗题下均有自注"张巡、许远"，亦被删削。所选黄庭坚《留王郎》一诗，《豫章黄先生文集》卷二该诗题下有自注"纯亮世弼"，亦被删削。除此之外，亦有题下注讹误者，如所选晁补之《芳仪怨》一诗题下注云"事见陆游《避暑漫钞》"，误。按据《鸡肋集》卷一〇，该诗题下自注当为"事见《虏廷杂记》"。

5. 删削诗下注。如欧阳修《春日西湖寄答谢法曹歌》一诗，据《居士外集》卷三，"东风落如糁"句下，原有自注"西湖者，许昌胜地也"，"白发题诗愁送春"句下，原有自注"谢君有'多情未老已白发，野思到春如乱云'之句"。以上二句诗下自注，均被删削。又如宋祁《将到都先献枢密太尉相公》诗中"大厦成时与燕来"句下，据《景文集》卷一四，该句下原有自注"守寿春日，方闻爰立之拜"，亦被删削。

6. 合二诗为一诗。杨万里《诚斋集》卷一六《明发陈公径过摩舍那滩石峰下》共十首，编者将其中第五首"澄潭涌晴晖"与第六首"山转江亦转"误并为一首。①

7. 编次失当。如将贺铸置于黄庭坚、秦观前，将朱熹组诗《次韵秀野闲居十五咏》第六首《春谷》与最后一首《前村梅》拆开，分编两处。

傅王露《宋诗百一钞序》评价该集说："一代源流，正变已具"，"上下三百余年，诗家金科玉尺，端有在焉"。② 从以上分析来看，傅氏所评恐怕有些言过其实。以上失误或由编者工作粗率马虎所致，或囿于他的政治观与美学趣味所致。

《宋诗略》为汪景龙、姚壎合编。汪景龙，字翼青，嘉定人，少有诗名，著有《陶春馆吟稿》；姚壎，字和伯，仕履不详。该集对平息唐宋诗之争、形成唐宋并重的诗风功不可没，堪称乾嘉时期选优类总集之佳作。编者认为前人所编宋诗总集多不尽如人意，如《宋文鉴》"所录寥寥"，《西昆酬唱集》《濂洛风雅》"亦集仅数家，精而未备"，《宋艺圃集》有"五代、金源诗厕其间，体例未合"，曹学佺《十二代诗选》"去取尤为草率"，《宋诗钞》《宋百家诗存》所收之诗"未经抉择"，过多过滥，故有此选。《宋诗略》凡十八卷，共

① 以上参王友胜《〈宋诗别裁集〉指瑕》一文。

② （清）张景星、姚培谦、王永祺编《宋诗别裁集》卷首。

选434人、诗1191首，以王禹偁开篇，终于连文凤。陶穀、徐铉辈，因另有《五代诗选》，故集中未采。录诗少者一二首，或三四首，多者十首，多寡不同。全集按时代先后编次，采录诸诗，务从善本、前人总集及诗人专集互为校勘，又仿厉鹗《宋诗纪事》例，博采诗歌本事与前人论评，并附编者简要评语，以"谬摅鄙意"。编者谨守"人以诗存，不因人存诗"的原则，故"理学诸儒有及有不及"，那些在当时享有盛名的道学家的作品很少入选；注重入选作品的艺术价值，"取宋人全集暨诸家选本，采其佳什，而俚俗浅率者俱汰焉"。[①]"其间浓淡清奇，格律亦异，总期合风雅本旨，非敢淆乱体例也。"[②]卷首有大学者王鸣盛及编者汪景龙、姚壎三人之序及《凡例》八则。此选目的在于使读者了解宋诗本来面貌，认识有宋一代诗歌风格流派变迁之大端。对此，姚壎序云："非敢援唐以入于宋，亦非推宋以附于唐，要使尊宋诗者无过其实，毁宋诗者无损其真而已。"[③]故编者选诗既不主张"以唐存宋"，也不赞成"以宋存唐"，评价宋诗既不"过其实"，也不"损其真"，此为调和唐宋诗纷争之论。王鸣盛序亦曰："顾后之学诗者，率奉所谓唐音以抹煞后代，故有称宋诗者，则群讥之曰庸，曰腐，曰纤。""是书也，可使天下逡世，考见宋人之真诗学。西昆者，承唐末之余藩而非宋也。师击壤者，开道学之流派而非诗也。轻滑率易者，系晚宋之末流而非宋之真也。"[④]王氏提出"真诗学"，批评那些以宋诗之敝攻击宋诗，不知"真宋诗"的浅见之徒，应该说，其认识是相当深刻的。该集有乾隆三十五年竹雨山房刻本。

《千首宋人绝句》十卷，编者严长明(1731—1787)，字冬有，号道甫，江宁人，著有《归求草堂诗集》。该集是一部整体反映宋人绝句体诗歌风貌的诗歌总集，凡入选365人，七言绝句686首，五言绝句216首，六言绝句98首，恰好1000首，其中入选诗歌数量较多者，依次为苏轼46首，王安石28首，范成大与刘克庄各24首，姜夔22首，黄庭坚、陆游、杨万里各21首。有宋一代绝句之名篇佳作，大多囊括其中。在编写体例上，该书仿南宋洪迈《万首唐人绝句》之例，先七言，次五、六言。每体中，先皇帝、后妃、宗室，次诗人，最后是僧尼、道人、女流、无名氏等。《千首宋人绝句》堪称清编宋人绝句之最佳总集，潘德舆《养一斋诗话》卷五赞曰：

---

① (清)汪景龙、姚壎合编《宋诗略》卷首《凡例》，乾隆三十五年竹雨山房刻本。

② 同上。

③ (清)汪景龙、姚壎合编《宋诗略》卷首，乾隆三十五年竹雨山房刻本。

④ 同上。

> 予又从近人严长明用晦所选《千首宋人绝句》中，反覆拣择，得其似唐者百数十首，承渔洋之风旨，广渔洋之所备，世之于唐、宋分左右袒者，噱亦可以息矣。第用晦（严长明）此本，较之洪容斋《万首唐人绝句》，纂次颇核，所选诗皆有可观，亦较胜王渔洋《唐人万首绝句选》本。①

然该书《诗例》曰："是固一时寄兴，兼以资吟，至于雠勘异同，校正讹舛，固将有事而未皇也。"② 故对所选之诗未加细勘，错讹较多，特别是编次失当、误署作者、张冠李戴，或截取律诗中四句为绝句者，时有所见。如卷四《次韵林仲和筠庄》一诗，当为李弥逊作，见《宋百家诗存》卷一三《竹溪集》、《宋诗别裁集》卷八，此误作李弥远。再者，该书篇帙庞大，宋绝句之佳者难免有漏网之鱼，潘德舆对该集评价甚高，然亦有"宋人绝句之佳者，仍未尽于是也"的遗憾，并不惮其烦地抄引欧阳修《丰乐亭》、苏舜钦《夏意》、苏轼《澄迈驿通潮阁》《南堂》、韩驹《代葛亚卿作》、陈与义《清明》、范成大《横塘》、陆游《读晋书》《闻雁》等十余首认为当选而未选的诗，③实际上漏选的诗远不止这些，如《饮湖上初晴后雨》《题西林壁》《泊船瓜洲》《游园不值》《示儿》等流传极广，读者耳熟能详的作品，反倒没有选录，令人颇为不解。《千首宋人绝句》由著名学者阮元序，有乾隆三十五年初刻本、商务印书馆1927 年线装排印本。孙殿起《贩书偶记续编》卷一九著录。该集贪多，入选绝句多达千首，《读雪山房唐诗钞》的编者管世铭编的《宋人七言绝句诗选》四卷，篇幅则比较适中，更适合普通读者阅读。《千首宋人绝句》由吴战垒作注，浙江古籍出版社 1986 年初版、2020 年三版。

第三，乾嘉时期唐宋合编或宋金（元）合编的宋诗总集较多，往往与当时的文艺论争密切相关。乾嘉时期，清代前期宋诗总集中常有的爱国情怀与遗民心态已经让位于诗学内部的争论。如唐宋诗优劣高下的争论在当时依旧十分热闹，选诗原则是"以唐存宋"，还是"以宋存宋"，抑或"唐宋兼取"，编者的做法各不相同，由此彰显出不同的诗学思想。诗界选坛当时出现的好几部唐宋诗合编或宋金（元）合编的总集，应该说，都或多或少地留下了这一文艺论争的印痕。唐宋诗合编如爱新觉罗·弘历（清高宗）御编的《御选唐宋诗醇》与姚鼐编选的《今体诗钞》即是其中佳选，宋金（元）合

---

① 《养一斋诗话》卷五，见《清诗话续编》（下），第 2081 页。
② 吴战垒校注《千首宋人绝句校注》卷首，第 2 页。
③ 《养一斋诗话》卷五，见《清诗话续编》（下），第 2081—2082 页。

编如沈德潜编的《宋金三家诗选》与吴翌凤编的《宋金元诗选》允称典范。

《御选唐宋诗醇》四十七卷,收入李白诗八卷 375 首、杜甫诗十一卷 722 首、白居易诗八卷 363 首、韩愈诗五卷 103 首、苏轼诗十卷 541 首、陆游诗六卷 561 首,凡六家诗,2665 首,其中李、杜、白至今被认为是唐代的第一流诗人,韩愈诗歌在唐诗中也别具一格,苏轼和陆游更是公认的两宋大诗家。《唐宋文醇》以储欣所编《唐宋十大家全集录》为基础再选而成,并逐录了储欣及他书很多评语。《唐宋诗醇》也是这样,是集所录诗歌均附引前贤或本朝人评语,发表对诗歌的具体看法,彰显其诗学观念,便于读者理解诗作的精妙之处。关于编纂缘由,该书《序》曰:“宋之文足可以匹唐,而诗则实不足以匹唐也。既不足以匹而必为是选者,则以《唐宋文醇》之例,有文醇不可无诗醇,且以见二代盛衰之大凡,示千秋风雅之正则也。”认为宋诗不如唐诗,指出“诗醇”之编实际是为配合“文醇”,以显唐宋“盛衰之大凡”,以示古今“风雅之正则”。除此以外,编者还参与元、白优劣及苏、黄优劣等重要诗学公案的讨论,其《凡例》说:“若唐之配白者有元,宋之继苏者有黄,在当日亦几角立争雄。而百世论定,则微之有浮华而无忠爱,鲁直多生涩而少浑成,其视白苏较逊。”①其推尊白、苏二氏的意图十分明确。该书因属皇帝“御选”,在清代诗坛特别流行,传播广、影响大。戴第元《唐宋诗本序》对该书褒誉之辞,赞不绝口:“仰惟我皇上圣学渊深,莫能涯涘。《御选唐宋诗醇》一书,至博至精,津梁奕禩。所选者六家,而三唐两宋之精华无不荟萃。”②有清乾隆三年(1738)武英殿刻四色套印本,后多有翻刻,均由此本而来。

《今体诗钞》十八卷,唐宋律诗总集,姚鼐(1732—1815)编,主要针对王士禛《古诗选》不选今体诗而编,同时也是出于指导初学之需,即为纠正诗坛上今体诗创作的不良风气而编。显然,这属于诗学内部古、今体优劣正闰之争。关于编纂目的,编者于嘉庆三年(1798)所作《序目》论之甚详:

> 论诗如渔洋之《古诗钞》,可谓当人心之公者也。吾惜其论止古体而不及今体。至今日而为今体者,纷纭歧出,多趋讹谬,风雅之道日衰。从吾游者,或请为补渔洋之阙编,因取唐以来诗人之作采录论之,分为二集十八卷,以尽渔洋之遗志。③

---

① 乾隆御编,马清福主编《唐宋诗醇》卷首。

② 见《唐宋诗本》卷首,乾隆三十八年览珠堂刻本。

③ 曹光甫标点《今体诗钞》卷首《五七言今体诗钞序目》,第 1 页。

全书分为两部分，其中前九卷为《五言今体诗钞》，专选唐五律（包括五排）552首；后九卷为《七言今体诗钞》，专选唐七律226首、宋七律174首，凡400首。王士禛的《古诗选》不选宋人五古诗，姚鼐的《今体诗钞》同样不选宋人五律诗。所选宋代诗人七律中，数量较多的有陆游87首、苏轼31首、黄庭坚25首等，比较符合三者的创作实际。姚鼐选诗重才力、尚奇警，对以文法为诗的作家尤其垂青。部分诗后有评语、圈点①。其选、其评，无不张扬了他"镕铸唐宋"的"平生论诗宗旨"（《与鲍双五》）。沈曾植《海日楼题跋》卷一《惜抱轩诗集跋》曰："惜抱选诗，暨与及门讲授，一宗海峰（刘大櫆）家法，门庭阶闼，矩范秩然。"②《今体诗钞》的编选不仅继承了桐城家法，也对曾国藩及晚清宗宋诗风的诗学思想产生了深远的影响。同治八年（1869）赵彦博在其《今体诗钞注略序》中高度评价该书"遴择严审，核议精深，洵习诗者之大宗也"，并以此书作为训导童蒙的教材。姚鼐的弟子方东树编《昭昧詹言》时，即用此集及入选王士禛《古诗选》之诗作为论述律体诗的范例，故清末桐城派后劲吴汝纶（1840—1903）之子吴闿生《昭昧詹言序》谓该书"所录方、姚诸老微言要旨至多"。吴汝纶的学生高步瀛编《唐宋诗举要》时，其选诗的主要来源即是王士禛的《古诗选》《唐人万首绝句选》及姚鼐的这部《今体诗钞》，其诗论继承桐城派观点，注释中大量引用桐城派人物的言论。该书初刻于金陵，晚清以来颇为流行，有嘉庆三年历城方氏刻本、同治间重刻本、《四部备要》本、上海古籍出版社1986年排印本等。

作为唐宋合选的诗歌总集，戴第元所编之《唐宋诗本》也反映了编者的文艺思想。戴第元（1728—1789）亦针对王士禛《古诗选》不选今体而编《唐宋诗本》，其自序曰："唐宋两朝诗合选，世鲜善本。新城王尚书（士禛）但录往体，余概从阙。""爰本《诗醇》体例，以读唐宋诸家之诗，凡古今诗话、诗评偶有所得，辄抄缀简端，积年遂成卷帙。"编者将所录之诗厘为同题、长篇、连章、绝唱、拗体、命题、论诗等七辑。每辑各评，录《唐宋诗醇》御批于前，附以诸家诗论。关于该集编纂的目的，他接着说："务期义法昭明，蹊径楚楚，俾读者由蹊径以求义法，由义法以求音节，由音节以求神韵，庶几沿流溯源，有以得唐宋人之真诗。"③徐曰都序称此集"旁收博采，洵足以奉扬圣教而大启来学。盖自有唐宋诗选，求若此之美善未能也"④。该书有乾隆三

---

① 按，民国间贺培新在其所藏《七言近体诗钞》过录有姚鼐圈点，其卷首扉页云："戊寅十月，于姚慕庭所得定本《七言钞》，圈点间有异同。其题上均有圈识，有朱笔临之。"

② （清）沈曾植撰，钱仲联辑《海日楼札丛》（外一种），第40—41页，中华书局1962年版。

③ 均见戴第元辑《唐宋诗本》卷首，乾隆三十八年览珠堂刻本。

④ 徐曰都《唐宋诗本序》，同上书。

十八年览珠堂刻本,凡七十六卷、目录八卷。

沈德潜编的《宋金三家诗选》与吴翌凤编的《宋金元诗选》等宋金(元)诗歌总集的编定出版亦与当时的文艺思潮密切关联。作为清代格调派的集大成者,编者沈德潜兼具诗人、诗选家与诗歌理论家的多重身份。终其一生,他除创作了2300多首诗歌(见《沈归愚诗文全集》)外,还通过撰写《说诗晬语》,编辑《古诗源》《唐诗别裁集》《明诗别裁集》《清诗别裁集》①等重要诗歌总集来表达其诗学理论,特别是身处耄耋之年,还编辑《宋金三家诗选》。乾隆三十四年(1769)春,沈氏在门人陈明善的请求与协助下,先选定陆游、元好问二家诗,并撰写例言与评语,再选苏轼诗,未加评论即于当年去世,给读者,特别是苏轼读者留下了一个永久的遗憾。在这个总集中,他一改过去的作风,于宋金两朝诗,他只看中了苏轼(185首)、陆游(208首)与元好问(134首)三家,并且苏轼的评语还未来得及完成就与世长辞。

沈氏在其历代诗选序列中,径以明接唐,而漏裁宋诗,一直被袁枚以来的清代学者视作"尊唐黜宋"的"铁证"。其实沈氏论诗虽崇尚唐诗但并不贬宋,尝夫子自道,"愚未尝贬斥宋诗,而趣向旧在唐诗","宗唐祧宋非吾事,继续东坡有放翁"②。其门人顾宗泰在《宋金三家诗选序》中也曾为他辩护说:"独宋金元诗久未之及,非必如嘉、隆以后言诗家尊唐黜宋,概以宋以后诗为不足存而弃之也,诚以宋以后诗,门户不一,求其精神面目,可嗣唐正轨者不二三家,即得二三家矣,篇什浩博,择焉不精,无以存之,不如听其诗之自存,是则存之綦重而选之难也。"③沈氏晚年对宋诗的认识较之早年又有了明显的改变,以致虚岁九十七时,还编选《宋金三家诗选》,明显是想补上这个"缺环",以"补前此所未及"。沈氏对历朝历代的诗均有选录,是个不折不扣的诗选家。

《诗选》虽仅涉三家诗,同样鲜明地反映了沈德潜的诗学思想。宋诗作家九千余人,薛瑞兆、郭明志编纂《全金诗》④作家亦有五百一十二人,沈氏独以苏轼、陆游、元好问三家为宋金诗代表,这或许与他学术视野狭窄有关,甚至与他当时年事已高,力不从心也不无联系,但更主要的原因还不在此。纵观《诗选》前后所论,沈氏主要是基于以下三种考虑:一是苏轼、陆游与元好问皆为关怀国计民生、有着君子人格的诗人,这很符合他论诗推崇儒家

---

① 后人将《唐诗别裁集》《明诗别裁集》《清诗别裁集》与《宋诗别裁集》《元诗别裁集》一道并为《五朝诗别裁集》。

② 分别见《清诗别裁集·凡例》、《归愚诗钞馀集》卷七。

③ (清)沈德潜编《宋金三家诗选》卷首。

④ 南开大学出版社1995年版。

“温柔敦厚”的诗学观。陈明善《宋金三家诗选序》转引其师沈德潜语曰：“苏子瞻天才奔放，铸古镕今；陆放翁志在复雠，沉雄悲愤；元遗山遭时变故，登临凭吊，声与泪俱之，三家者皆不可不熟习者也。第全集卷帙浩繁，艰于批阅，选本虽多，惜未尽善，能汇而钞之，亦大快事。”①二是前人即有标举代表诗人以反映一代诗风的诗学传统，如宋代吴说编纂的《古今绝句》仅录杜甫、王安石两家诗，以为历代绝句之典范。顾宗泰序谓：“三家者，各有面目，各具精神，非择之至精无以存其真。”故《诗选》以苏轼、陆游与元好问之诗为宋金诗之典范，以此阐明宋金诗的源流发展。三是“东坡、放翁、遗山为宋金大家，其源皆出于少陵”（陈明善《三家诗选例言》），三者在诗歌写法上有共同之处，即皆源出杜甫，可以继承唐诗之正轨与统序。顾宗泰序亦谓：“三家为宋以后大家，以选之者存之，尽诗之正轨矣。”“今先生三家诗成，所以继古诗、唐诗之选者。”可见，编者对三家诗的采择亦以唐诗的格调为依归，亦为“以唐存宋”之选。

沈德潜在其《重刊〈唐诗别裁集〉序》中阐述论诗法则：“至于诗教之尊，可以和性情，厚人伦，匡政治，感神明，以及作诗之先审宗指，继论体裁，继论音节，继论神韵，而一归于中正和平。”②沈氏论诗崇格调，强调诗要为封建政治服务，有益于封建统治秩序，合于儒家“温柔敦厚”的“诗教”，而不是宣传释老的哲学。陈明善《三家诗选例言》说：“归愚师论诗，不拘一格，大要以别裁伪体为主，兹选卷帙不多，而三家诗之卓然有关系者，亦采录殆尽矣，去华存实，读者知所宗尚焉。”沈氏本人的创作多为统治者歌功颂德之作，仅少数篇章对民间疾苦有所反映。他选诗却不是这样，其所谓“卓然有关系者”，首先是那些有关时政的作品。沈氏选陆游诗即是如此。至清末国难日重，尤其是经梁启超的标举后，陆游那些激昂悲愤、为国雪耻的爱国诗才广为读者喜爱，前此人们则多推崇其表现日常生活的闲适诗与山水景物诗。沈氏是较早发现陆游爱国诗价值的学者，他认为表现忠愤的诗才是陆游诗的精华与重点，像明代杨君谦、清代杨芝田那样“专录其叹老嗟卑之言，恐非放翁知己”③。该书所选《送曾学士赴行在》《新夏感事》《和陈鲁山诗》《题十八学士图》《黄州》《登塔》《三月十七日夜醉中作》《书愤》《金错刀行》《太息》《感愤》等诗，皆为表现“忠愤”之作，这类诗在《宋金三家诗选》中约占十之七八。正因如此，他于宋诗特别推崇陆游：“放翁出笔太易，气亦稍

---

① 见（清）沈德潜编《宋金三家诗选》卷首。

② （清）沈德潜编《唐诗别裁集》卷首，上海古籍出版社1979年版。

③ （清）沈德潜编《说诗晬语》卷下，见《清诗话》（下），第544页。

粗,是其所短,然胸怀磊磊明明,欲复国大仇,有触即动,老死不忘,时无第二人也。上追少陵,志节略同,勿第以诗人目之。"(《放翁诗选例言》)沈氏所选元好问诗亦多感时伤世、哀悼民生、声情激越的现实主义之作,如《曲阜纪行》《邓州城楼》《过晋阳故城书事》《南冠行》七律《出都》、七绝《出都》《杂著》《俳体雪香亭杂咏》《自题中州集后》等。他说元好问"七言近体诗愁惨之音,皆泪痕血点凝结而成,读其诗应哀其志"(《遗山诗选例言》)。

沈德潜所选三家诗,除贯彻他的诗论外,也顾及了苏、陆、元三家诗的基本特征与艺术个性。从沈氏的选目来看,他特别推崇苏轼的七言诗。其《说诗晬语》卷下即谓苏轼诗"长于七言,短于五言;工于比喻,拙于庄语"。该书所选苏轼五言诗仅三十来首,其余皆为七言诗。又如沈氏对陆游那些"先得名句,次续前后,每每神气不能融浃"的诗,亦存其名句"以供咀吟"(《放翁诗选例言》),如"山重水复疑无路,柳暗花明又一村"(《游山西村》),"小楼一夜听春雨,深巷明朝卖杏花"(《京华春日》)等,约三十联。陈明善《宋金三家诗选序》评价该书说:"采择之精,评论之确,有识者自应奉为准则。"然该书由陈明善在编者身故之年(1769)十一月刊刻,因所选宋金诗仅三家而非断代,故刊本传布较少,远没有沈德潜编选的其他诗歌总集影响深远。赵翼曾在陈明善刻本上亲笔批点一百六十多条,强调创新,提倡平易,具有进化论的文学发展观,与沈德潜传统守旧的诗学观颇多不同。此书经其评点,价值更大。齐鲁书社 1983 年曾据蒋维崧家藏陈明善刻、赵翼批点本影印出版,书前有沈德潜门人顾宗泰及刊刻者陈明善的序与《三家诗选例言》。陈刻赵批本原书封面有蒋维崧先祖、清代《离骚释韵》的作者蒋曰豫于咸丰十年(1860)的题识,交代此本实为其祖父从赵翼游从时所亲得。

《宋金元诗选》六卷,其中卷一至卷三为宋诗,卷四为金诗,卷五、卷六为元诗,也是彰显编者诗学思想的宋金元诗总集。编者吴翌凤(1742—1819),字伊仲,号枚庵,祖籍安徽休宁,藏书家吴铨后裔,与吴骞、黄丕烈为好友。一生未仕,清苦度日,抄书勤而校书精,学者争购而藏之,是乾隆间出名的寒士兼藏书家。关于该集的编纂缘起,吴翌凤在自序中说,他先有"唐诗之选",应其门人陈少伯之请,复辑宋、元、明三朝诗,以成系列。吴翌凤选诗据李蓘《宋艺圃集》、陈焯《宋元诗会》、吴之振《宋诗钞》、厉鹗《宋诗纪事》、元好问《中州集》、顾嗣立《元诗选》三集等,"参以他选,旁及专集,辑为六卷"。该集刻印于少伯殁后一年,即乾隆五十八年,辑录宋代诗人 109 家、诗 310 首,其中苏轼诗 44 首、陆游 40 首、欧阳修 16 首,余下诗人均不到 10 首。所持标准为"格取高浑,辞必雅驯,味尚渊永,凡宋之破涩,金之粗伉，元之繁缛，洗涤殆尽。间有一二小诗，意趣淡远，能参活句，不失风人之旨者亦录焉"①。看来，他也主张选诗"以唐存宋"的标准。

类似的宋诗总集还有陈玉绳编的《宋诗选本》，不分卷，抄本。诗人有小传，文后附有摘句。宋诗仅录22首，与《金诗选本》《元诗选本》《明诗选本》合为一册。彭元瑞编的《南宋四家律选》五卷，孙殿起《贩书偶记续编》卷一九著录。

三、道光至宣统五朝

按史学界的传统划分，道光至宣统五朝（1821—1911）七十年一般被划为中国近代史时期。其间内忧外患，动荡纷争，西方列强用炮火无情地洞开中国封闭已久的国门，龚自珍、魏源等大批志士仁人寻求救国良方，西方资产阶级的文学观念被译介到中土，给中国传统的文学批评带来巨大冲击，破杂文学体系而建纯文学体系，新文化运动、白话文运动的积极推进，文体结构的改观，专题论文的出现，中国文学史学的初步创立，中外文学比较研究的开展等都是中国古代文学批评近代化过程中出现的具有进化意义的新元素。② 在诗歌创作与诗学批评内部，清代中期出现的神韵、性灵、格调等诗派，到道光以后，已经极敝，故道光、咸丰之际开始，诗坛出现了一个被后世称为"宋诗运动"的声势浩大的"宗宋""学宋"新高潮。这一诗歌流派的发展可分为三个阶段：道光、咸丰之际为第一期，程恩泽等首倡，何绍基、郑珍为重要人物；咸丰、同治之际为第二期，曾国藩为其首领；光绪、宣统至民国初为第三期，陈三立、陈衍、郑孝胥、陈宝琛、沈曾植等"同光体"③诗人为代表。除宗宋者外，此期诗坛的代表人物还有桐城诗派的后劲方东树、姚莹、梅曾亮等，提倡诗界革命的黄遵宪、康有为、梁启超等，推崇汉魏六朝诗的王闿运、邓辅纶、高心夔等，鼓吹中晚唐诗的樊增祥、易顺鼎等。其中汉魏六朝诗派以主张诗学汉魏六朝而得名，其代表人物为王闿运（1832—1916）。它的出现是为反对道光、咸丰年间的宋诗运动，特别是反对承宋诗运动的同光体。王闿运鼓吹汉魏六朝，贬斥宋诗与中晚唐诗，咸丰九年寓居山东时编选

---

① 均见（清）吴翌凤《宋金元诗选序》，该书卷首，清乾隆五十八年自刻本。

② 参黄霖《近代文学批评史》，第8—17页，上海古籍出版社1993年版。

③ 按"同光体"之名源自郑孝胥、陈衍标榜的"同、光以来诗人不墨守盛唐者"的说法，并非完全确切，同治末年（1874），沈曾植才24岁、陈三立16岁、陈衍19岁、郑孝胥15岁，都尚未成名，诗亦尚未能自成一体，保存在他们诗集里的作品，往往是光绪中期以后所写。

《八代诗选》,取汉、魏、晋、宋、齐、梁、陈、隋八代之诗,即立此存照。中晚唐诗派的代表诗人是晚清著名诗人樊增祥(1846—1931)和易顺鼎(1858—1920),其诗宗中、晚唐,喜为艳语,流于轻薄。他们不像王闿运有《湘绮楼说诗》、陈衍有《石遗室诗话》,而只有零星的理论散见于其诗文中,故在当时影响不大,追随、学习其诗风者不多。桐城诗派是晚清以来诗坛影响较大的一个诗派,其诗学主张是为矫浙派、性灵派之弊,论诗兼取唐宋。桐城诗派传人甚多,姚鼐之后,有方东树、姚莹、梅曾亮、曾国藩、张裕钊等后劲。如果说汉魏六朝诗派、中晚唐诗派与宋诗派,或者说与宋诗水火不容,那么桐城派后劲则与宋诗派有着千丝万缕的联系,其中不少桐城派学者亦属于宋诗派,故清末桐城诗派后劲的光辉被同光体诗人所掩盖,影响同样不大。"诗界革命"由维新人士提出,其代表人物为夏曾佑、谭嗣同、康有为、梁启超等,诗歌创作成就最高者为黄遵宪。然谭嗣同于戊戌变法中被杀,黄遵宪于1905年去世,康有为、梁启超师徒虽迈入民国年间,但与同光体诗人往来密切,梁启超晚年甚至拜同光体诗人赵熙为师,向其学习诗艺,故该派影响止于晚清,不似其他流派,至民国前期还荡漾着它的余波。①

这一阶段诗坛诗社林立,诗学论争异常活跃,宗宋诗风也日渐昌炽,然据初步统计,编纂的宋诗总集只有36种,不仅数量比前两个时段要少,而且学术价值与影响力也差很远,大多是对以前总集所做的重订、删改与续编,真正有文艺思想性与文献史料价值的总集少之又少。可以说,宋诗总集的编纂在经过了清代前、中期的热闹与繁盛后,归于平淡与寂寞,显得暮气沉沉,终于在黯淡的氛围中落下帷幕。

道光年间的宋诗总集主要有侯廷铨编辑的《宋诗选粹》。侯廷全为清中期江苏宝山(今上海市宝山区)人,精于理学,著有《四书汇辨续》二卷、《周易简金》三卷等。该书编纂原则为"以诗存人,不以人存诗",所谓以诗存人,即选诗也,而以人存诗,非选诗也,存史也;又"粹"者,精华也,可见该书是一部以"选优"为主要目的的宋诗总集。编次先真宗、高宗,次诗人,次羽士、诗僧、女流,遵循传统宋诗总集的一般做法。该集凡十五卷,其中卷一

① 按汪辟疆对近代诗歌流派的划分与一般文学史略有不同,其《近代诗派与地域》一文依照地域之异分为湖湘派、闽赣派、河北派、江左派、岭南派、西蜀派等六派,他认为:"此六派者,在近代诗中皆确能卓然自立蔚成风气者也。湖湘风重保守,有旧派之称,然领袖诗坛,庶几无愧。闽赣则瓣香元祐,夺帜湖湘,同光命体,俨居正宗,抑其次也。北派旨趣略同闽赣,虽取径略殊,实堪伯仲。江左稍变清丽,质有其文。风会转移,亦殊曩哲。岭南振雄奇之逸响,西蜀泻清碧之灵芬,并能本其风土,播诸声诗,驰骋骚坛,允无愧祚。"参《汪辟疆文集》,第291页,上海古籍出版社1988年版。

47人,卷二12人,卷三9人,卷四6人,卷五5人,卷六37人,卷七37人,卷八23人,卷九7人,卷一〇32人,卷一一25人,卷一二38人,卷一三35人,卷一四羽士7人、诗僧23人,卷一五女流24人,凡367家。卷首有段玉裁之婿龚丽正序与侯廷铨门人所作《凡例》十二则,正文有圈点、眉批及诗人小传。卷首《凡例》论宋诗演变与诗人风格甚详。如比较唐宋诗风格差异曰:“唐诗流连景物,抒写性情,近于风者居多;宋诗议论纵横,感慨激昂,近于雅者居多。”论宋代诗歌隆兴缘由曰:“宋不以诗取士,而上自宫廷,下至名公巨卿,往往以诗褒奖荐擢,虽屡兴诗狱,而此风不替。”勾勒诗歌渊源曰:“唐诗之不可及者惟李、杜两家,然如山谷之学工部,放翁之学太白,多有神似处。”分析诗歌风格曰:“苏子美笔力雄厚,极似陈子昂,允推大家;张宛邱出大苏之门而纵横驰骤锻炼,一归于自然,直可与苏黄鼎足,姜白石《惜游》诸诗,奇肆雄放,七绝亦清超越俗,殆可接武石湖。”①作者认为唐宋诗一以性情取胜,一以议论见长;宋诗兴盛虽不在以诗取士,却在以诗褒奖荐擢人才;宋诗大家,风格各异而渊源有自。凡此等等,皆为入骨见髓之论,综括起来,实可作一部宋诗简史看。据《凡例》,侯廷铨“编未竟而疾”,由其门人据手稿本刊刻,有道光五年(1825)春瑞实堂刻本,上海李筠嘉等参定,陈瓒等检校。

朱梓、冷昌言合编的《宋元明诗三百首》与许耀编的《宋诗三百首》两集,按体编排,均为指导初学、启人困蒙的家塾课本,与《宋诗选粹》一样,也是道光间学术质量较好的两部宋诗总集。《宋元明诗三百首》原名《宋元明诗合钞三百首》,凡录诗人共145人,311首,其中辑录宋诗121首,按古体、近体律绝顺序编排,末附宋、元、明三朝五、七言佳句171联。据朱梓的学生、冷昌言的侄儿冷鹏道光二十一年《宋元明诗三百首序》载,朱梓是受聘于冷昌言家的一位塾师,正如《宋诗钞》的编者之一吕留良是吴之振家的塾师一样,编选训蒙教材是他们份外的创造性工作。朱梓在传授蘅塘退士孙洙所编《唐诗三百首》之余,似觉意犹未尽,遂亲自编纂唐、宋、元、明诗各一册,作为学生的读本。总集编纂的时间约在十九世纪二十至三十年代。道光二十年(1840)秋,冷鹏因“得于复斋先生(翁方纲)续选唐诗三百首刻本,与昔日钞读之册十符其八”,故请求其师朱梓、其叔冷昌言合作,对昔日所抄之宋、元、明诗重新“删辑校订”,编排成书。该集原名《宋元明诗合钞三百首》,由冷鹏于道光二十一年付雕传世。所辑三朝之诗大多出自《宋诗别裁集》《元诗别裁集》与《明诗别裁集》等,内容上重视符合儒家教化,歌颂民

① (清)侯廷铨编《宋诗选粹》卷首,道光五年刻本。

族英雄与杰出人物，反映社会现实与民生疾苦之作，亦有纪游写景、咏物抒怀的作品。作者推崇苏轼，入选32首，黄庭坚则榜上无名。这本原不过是塾师朱梓用来给童蒙教学的讲义，既无凡例、序跋，又乏评语、圈点，可经弟子冷鹏作序并正式刻印出版后，却不经意间在后世产生了较大反响。之后，该集又有咸丰三年(1853)虞山顾氏家塾小石山房本、光绪元年(1875)虞山黄氏艺文堂刻本。笺注是集的著作也比较多，主要有清李松寿、李筠寿合笺的《宋元明诗三百首笺》，不分卷，光绪二十一年湖南盐署刻本，有李松寿识语一则，谓该书"其去取允善，于蘅塘退士殆无多让，特笺阙如。初学无从索解，且诗前无传，读者亦有不知其人之憾。爰与斐君重有是役，阅三月而蒇事"①。另有清华�臣笺注、日人近藤元粹评订的《宋元明诗选三百首》四卷(首一卷)，日本明治四十一年(1908)大阪嵩山堂铅印本；张廷华、黄兴洛评注的《新体评注宋元明诗三百首》六卷，民国十五年(1926)上海大东书局石印本等。又有今人徐元校注的《宋元明诗三百首》，浙江人民出版社1983年出版。

许耀选编的《宋诗三百首》一卷，道光二十五年春水草堂藏版，有编者道光二十四年自序及其弟子王庆勋道光二十五年跋，圈点为王庆勋刻印时所为。编者许耀，字淞渔，号味姜，道光间举人。他选编该集的目的一是作为家塾课本，为初学计，使吟咏者便于取法，考试者以之命题；二是为宋诗张目，其自序曰："世之学者率尊唐抑宋，谓其腐也、纤也，不知此特宋诗之流弊，非宋诗之真也。"②指出宗唐者泛称学宋者有"庸""腐""纤"三病，以宋诗之病贬抑师宋之流，实是以叶障目，未见宋诗之真精神。该书分体编排，录诗采其易于诵习者，简之又简，以便于初学。其中五古26首、七古48首、五律52首、七律76首、五绝18首、七绝80首，入选诗数量前几名的是苏轼61首、陆游59首、黄庭坚22首、范成大19首，大体与宋诗发展的客观实际相符，宋诗之精华悉萃于是编。

桐城派后劲曾国藩所编的《十八家诗钞》二十八卷，入录诗人起自三国时的曹植，终至金代的元好问，凡选古今体诗6599首。此书按体编排，各体中按入选诗人时代先后编次。所选诗除杜甫外，其他诗人均只取一种或数种诗体，以突出重点。如宋代苏轼、黄庭坚、陆游就不取其五古。书前无序例，正文有少量评点、校注。该书所选诗人虽仅十八家，但均为每一时期内的大家，基本上反映了中国古代诗歌发展史的大致面貌。编者拥有崇高的

---

① 见该书卷首，清光绪二十一年湖南盐署刻本。

② (清)许耀《宋诗三百首序》，见该书卷首，道光二十五年春水草堂刻本。

政治声望与文学地位,是集学术质量较高,影响深远,但它毕竟只是一部通代诗歌总集,其中宋代仅有苏轼(1306 首)、黄庭坚(451 首)与陆游(1206 首)三家,故作为宋诗总集的意义并不太大。桐城派传人吴汝纶撰、其子吴闿生编有《十八家诗钞评点》,民国三年(1914)北京国群铸一社出版。该集问世后流播较广,有稿本、同治十三年传忠书局刻本、《四部备要》排印本、岳麓书社 1991 年排印本、杭州西泠印社 2011 年影印本等。

在晚清出现的宋诗总集选评本中,许印芳摘抄的《律髓辑要》与吴汝纶选评的《桐城先生评选瀛奎律髓》均对方回所编纂的《瀛奎律髓》进行再选再评,颇有特色。许印芳(1832—1901)字茚山,号五塘,云南石屏人。著有《诗法萃编》十五卷、《诗谱详说》八卷,编有《滇诗重光集》十八卷。其《律髓辑要》七卷由方回编纂的《瀛奎律髓》改编、删减而成,实为一部新的宋诗总集。原书分类编排,许氏改为分体编排,再以人系诗,分家编排,其中卷一、卷二为唐人五律 289 首,卷三宋人五律 176 首,卷四唐人七律 80 首,卷五、卷六宋人七律 161 首,凡 706 首。除苏轼、黄庭坚、陈与义各增补一首外,其余诗歌全部选自《瀛奎律髓》,有些组诗进行了重新编排。书末有许氏的弟子袁嘉谷所作《律髓辑要后序》,盛称"先生于诗,极一生精力而为之。掌教滇会,殷殷以诗法传人"[①]。可见,《律髓辑要》的编纂实则是为传播诗法、指导后学而作,故编者对原书辑其精要,摘抄方回、纪昀评语,对所选之诗及二人之评详加评骘,尤其重视讲论诗歌的章法、句法结构,分析炼字、用典技巧。[②] 特别是卷七《续稿》,专录《瀛奎律髓》中可为戒者,作为反面典型,警戒后学。《瀛奎律髓》录诗 3014 首,许氏所选不到原书的四分之一,致使有些卷次存诗极少,无法成类,只得改换编排体例;又凭主观意见,大量删减、改易原诗,均为其受病之处。《律髓辑要》为编者晚年之作,刊刻未竟而遽归道山,后许印芳弟子秦瑞堂于宣统三年补刊成帙。此本曾与纪昀评点的《瀛奎律髓刊误》四十九卷,一并收入《丛书集成续编》。又有《云南丛书初编》本,增补续稿一卷。

《桐城先生评选瀛奎律髓》四十五卷,吴汝纶选评,吴闿生整理。吴汝纶(1840—1903),字挚甫,安徽桐城(今枞阳县会宫镇)人,晚清文学家、教育家;吴闿生(1877—1950),号北江,学者尊称北江先生,吴汝纶之子。吴汝纶尝入曾国藩幕先后达八年之久,与黎庶昌、薛福成、张裕钊并为"曾门四弟子"。长于古文辞,为晚清桐城派后劲。吴氏何时开始评点《瀛奎律

---

① (清)许印芳摘抄《律髓辑要》书末,《丛书集成续编》第 146 册,第 590 页。

② 按许印芳的评语已被李庆甲辑入《瀛奎律髓汇评》一书。

髓》,具体时间已难确考,从其《日记》"近读《瀛奎律髓》,知文字佳恶,全于骨气辨之"的话来看,当于《日记》的写作时间光绪十五年(1889)前后,大致不差。该书对《瀛奎律髓》删繁就简,原书录唐宋两朝格律诗3014首,此本从中再选录1026首,规模为原编的三分之一。全书录唐诗591首、宋诗435首,分类也由原书的49类减至45类,省去"论诗""远外"两类,其他类别也有所归并。吴氏的评点对方氏原评有赞誉、引申,也有批评、指谬,态度比较客观,不像许印芳的评,针尖对麦芒,火药味很浓。吴氏有时也能抛开方评,自抒己见,如卷四四评李商隐《和韩录事送宫人入道》,说"义山往往小诗发大感慨",又如卷二四评黄庭坚《送顾子敦赴河东》,对方回"论诗最服山谷,而选录黄诗最少"发出疑问,引人思考,等等。这类评语虽然不多,然皆简明扼要,又入骨见髓,很好地体现了桐城家法论诗的传统与诗学思想。吴闿生曾对该集进行重抄、整理,他在民国十一年所作《记》,对《瀛奎律髓》发表一番评价后,接着说:"先大父(按:当为先父)尝为点录,录诗千二十六首,约不及原书之半,而精华尽于是矣。今遵先公评点,重写一过,原注之善者,间采附入,其门类亦小有并省,悉仍其旧。有志学诗,可以观览焉。"吴闿生整理六年后,是书于民国十七年由南宫邢氏刊行,题曰《桐城先生评选瀛奎律髓》。

晚清汇编中小诗人诗集的分集宋诗总集有三部,其中李之鼎(1865—1925)的《宜秋馆汇刻宋人集》四编,二百七十三卷。编者集著书、藏书、刊书于一身,历时十余年,以丛刊的形式辑录宋人诗集56种,在版本选择、文字校勘、资料汇辑和编纂体例上都体现出了较高的学术水平。又有坐春书塾选编的《宋代五十六家诗集》六卷,按人编次,起自王安石的《临川诗集》,终至王庭珪的《泸溪集抄》,凡56人、57种诗集,诗947首。除收谢翱《晞发集》外,另收其编纂的宋末诗歌总集《天地间集》,余则人各一集,以南宋诗人居多。编者自序曰:"窃以李唐盛轨,既有宋敏求《百家诗选》矣。循是而求厥,惟两宋因纂辑之,得名家五十有六,起临川讫民瞻,分卷合为一编,其中或以情胜,或以气胜,或以理胜,妥帖排奡,苍劲雄浑,靡不兼赅,诚能手置一编,则仁者见仁,知者见知。"①《书髓楼藏书目》卷四著录,有宣统二年北京龙文阁石印本。此外,还有沈曾植(1850—1922)编并序的《西江诗派韩饶二集》六卷,辑江西诗派诗人韩驹的《陵阳先生诗》四卷、饶节的《倚松老人诗集》二卷,郑孝胥题签,宣统二年(1910)姚棣沈氏仿宋刊本,《章氏四当斋藏书目》著录。

晚清拾遗补阙的宋诗总集有罗以智(1800—1860)编的《宋诗纪事补

① 见该书卷首,宣统二年北京龙文阁石印本。

遗》与陆心源(1834—1894)编的《宋诗纪事补遗》。两书主要就厉鹗编纂的《宋诗纪事》进行辑补,其中后书有光绪十九年刻本、山西古籍出版社1997年排印本。晚清郡邑类宋诗总集有董濂编的《四明宋僧诗》一卷及董沛、孟如甫编的《甬上宋元诗略》。前书录浙江宁波宋僧诗,有光绪四年刻本;后书录甬上宋、元两朝诗歌。“甬上”古为宁波别称,即浙江慈溪、鄞县、奉化等地,位处四明山麓,甬江流域。该集有咸丰十一年成书,光绪七年刻本。

晚清还有几部宋诗总集传播未遍,知名度不大,不为学人熟知,此稍作叙录:1. 卢景昌选编的《南宋群贤七绝诗》一卷。卢景昌,字小菊,浙江乌镇人,同治十二年举人。辑有《桐乡诗钞》二卷,集后附宋人李龏《梅花衲集句》诗40首、释绍嵩《咏梅五十首集句》诗28首。《南宋群贤七绝诗》入选南宋中小诗人62位,录诗在10首以上者有高翥、吴仲孚、沈说、王同祖等25家,其中俞桂70首、朱继芳54首、宋伯仁52首,居于前三甲,而诗名较著者戴复古仅18首,刘过仅13首,叶绍翁仅12首,姜夔仅6首,不知何故。该集有圈点与小注,有抄本传世。2. 郑钺(1878—1943)编的《宋诗选》。不分卷,有国家图书馆藏抄本。该集选林逋、王禹偁、韩琦、苏舜钦、梅尧臣、黄庭坚、王安石、苏轼、文同、范成大、杨万里、陆游、欧阳修、陈师道及四灵等人诗。编者郑钺,字伯英,浙江兰溪人,曾留学日本,加入同盟会。3. 张怀溥编的《唐宋四大家诗选》十八卷。选李白、杜甫、韩愈、苏轼四家诗,有道光十一年刻本。4. 张云间编《批评宋诗钞》。为《宋诗百一钞》的评纂本,日本后藤元太郎纂评,有明治十五年(1882)浪华书房刻本。5. 管庭芬(1797—1880)、蒋光煦(1813—1860)编《宋诗钞补》八十六卷。有上海商务印书馆1915年排印本。6. 赵彦傅编注的《宋七言律诗注略》三卷。有同治八年刻本,《嘉业堂藏书楼书目》卷八著录。7. 蒋剑人(1808—1867)编的《宋四灵诗》。今有《中华民国演义史》的编者陆律西的音注本《音注宋四灵诗》,上海文明书局1928年版。

由上可见,清人编纂宋诗总集的出发点各不相同,或回应诗坛的诗学论争,特别是唐宋诗之争,或弘扬诗教,鼓吹宋诗,或宣传诗学主张,阐明文艺思想,或发凡启蒙、指导初学,凡此均与有清一代的世风、诗风、学风紧密相连;还有的宋诗总集不在选优,而在存佚。编者广搜史料,爬梳剔抉,辑存宋诗文献。在宋诗总集的编纂体例上,分体、分类、分家、分集、分韵及记事体、诗话体等,均曾出现,集古今大成。在宋诗文本的来源上,清人每每花样翻新,有的利用祖传家藏,有的通过购买、借抄,有的采取向社会广泛征稿,还有的对此前已有总集进行删改、修补,或查漏补缺。总而言之,丰富多样的编纂体例、多元共存的选诗标准、各不相同的诗学观念，导致清代宋诗总集如雨后春笋，大量出现，而宋诗总集井喷式出现又成为清代宋诗传播、接受日渐隆兴，宋诗普及、推广日渐普遍的最佳注脚与时代印记。

第七章　民国间——宋诗总集编纂的转型期

一、文学生态环境

作为诗学批评的一种重要形式，宋诗总集的编纂与当时的政治、思想、文化生态环境，与当时的诗学思潮均不无关联。民国时期中西思想碰撞、新旧文化交替，晚清以来形成的同光体、汉魏六朝诗派、中晚唐诗派、桐城诗派等复古的诗派依旧活跃在诗坛，新兴的南社及后来的白话诗派风头正劲。这些诗歌流派的诗学主张各不相同，对宋诗的态度千差万别，致使宋诗总集在编纂宗旨、审美趣向、呈现型态上既继古，复开新，表现出一些新特征。

汉魏六朝诗派的代表王闿运（1832—1916）门徒甚众，如廖平、刘光第、齐白石、夏寿田、杨锐、张晃（登寿）、杨度等，不过这些人物的诗名并不太大。中晚唐诗派因缺乏系统的理论主张，故在民国间追随、学习其诗风者不多。桐城诗派传至此时虽是强弩之末，然亦有马其昶、马茂元祖孙及著名诗选家高步瀛、吴闿生等，驰骋文场。在复古派的阵营中，同光体诗人承道光、咸丰以来以程恩泽、祁寯藻、何绍基、郑珍、莫友芝、曾国藩等为主将的宋诗派而来，鼓吹宋诗最力。该派代表诗人陈三立（1853—1937）、郑孝胥（1860—1938）、陈衍（1856—1937）、沈增植（1850—1922）等，皆负一代盛名，其中陈衍既长于诗作，又有《石遗室诗话》《宋诗精华录》等著作，推崇宋诗不遗余力。同光体诗人宗宋的诗学理论与诗歌创作实践，对民国时期宋诗学的发展产生了深远影响。

南社由柳亚子、陈去病及高旭等于 1909 年在苏州成立。南社之“南”，指“操南音，不忘本”的意思，其中许多诗人为同盟会成员，他们以历史上的几社、复社为榜样，提倡民族气节，鼓吹资产阶级革命。南社虽然是一个由旧文人为主体，带有资产阶级革命性质的进步文学团体，但其诗学主张同样具有传统复古的特征，从创立之初到 1936 年解散，内部成员在诗学主张上一直存在宗唐、宗宋的巨大分歧与差异。作为南社主任的柳亚子（1887—1958）主张诗宗三唐、词学北宋，认为既然要革命，就要连同拥护清政府的同光体也一并反对，因而鄙弃宋诗，但他的这一诗学主张却遭到了胡先骕、姚锡钧、朱玺、成舍我等宗宋诗人的激烈反对，因此发生多次争论[①]，最终导致南社解体。

与复古诗派同时，当时代表前进方向与进步倾向的诗派有诗界革命与白话诗运动。诗界革命派诗人中，谭嗣同未至民国，夏曾佑、康有为、梁启超三人晚年思想趋向保守，情绪消极，且均于二十世纪二十年代谢世，故其诗学影响在民国间已经渐趋式微。能与同光体诗人抗衡，与之并驾齐驱，并最后取而代之的是“五四”时期出现的白话诗派，其代表诗人有胡适、俞平伯、康白情、刘半农等。这是继“诗界革命”后，中国诗歌的又一次颠覆性革命。与古典诗歌相对而言，白话诗是打破旧诗格律，不拘字句长短、用白话写的诗，也称“语体诗”“白话韵文”。胡适的《朋友》《赠朱经农》等八首诗 1917 年在《新青年》[②]上发表，引起轰动，这是新诗运动中出现的第一批白话新诗。他的《尝试集》（1920），也是我国第一部白话诗集。

总体来说，白话诗派是要将包括宋诗在内的一切旧文学彻底打倒，汉魏六朝诗派、中晚唐诗派与宋诗水火不容，桐城诗派唐宋兼取，南社成员尊唐宗宋莫衷一是，只有同光体诗人一意鼓吹宋诗。这是民国前期的诗学背景，也是当时宋诗总集编选的时代场域与文学语境。由于当时存在着汉魏六朝诗派、中晚唐诗派对宋诗的排斥，南社中部分成员宗唐的诗学主张等因素，所以，宋诗的倡扬者必须果断地站出来，编选总集，宣传宋诗，以回应宋诗的否定者。如《宋元明诗评注读本》的编纂者王文濡为南社成员，《唐宋诗举要》的编纂者高步瀛为桐城诗派成员，《宋诗精华录》的编纂者陈衍为同光体诗人。最值得肯定的是，随着白话诗运动的积极向前推进，民国时期不多的宋诗总集中，就出现了像熊念劬编的《宋代如话诗选》、凌善清编的《白话宋诗五绝百首》《白话宋诗七绝百首》，这样一些规模较大、学术质量较高，流传较广的宋代白话诗总集，这种现象在前此的宋诗总集中是较少见的。宋诗总集编纂的转型于此或见端倪。

民国时期，关于对宋诗整体地位与文学价值的评价，主要有两种意见，其中以来自宋诗研究圈外章炳麟、鲁迅及闻一多等在思想界、文学界有重大

---

① 按柳亚子的诗学观见其《论诗六绝句》《论诗五首答鹓雏》《妄人谬论诗派书此折之》等，均见杨天石、王学庄编著《南社史长编》，中国人民大学出版社 1995 年版。

② 见《新青年》第二卷六号，1917 年 2 月。

影响的人物作出的不利于宋诗研究健康发展的表述为代表[①]。如民国前的宣统二年(1910)，国学大师章炳麟(1869—1936)在其《国故论衡·辨诗》中评价唐代以后的诗歌说:“宋世诗势已尽,故其吟咏情性,多在燕乐(词)”,“唐以后诗,但以参考史事,存之可也,其语则不足诵”。[②] 太炎先生认为,宋代诗势已尽,宋人所作诗只能视作史料,了无情性。这无疑给包括宋诗在内的唐后诗歌判了死刑。鲁迅的旧学功底深厚,对唐诗相当熟稔,其七律重理,偏向宋诗一路,然受其师章太炎的影响。他在 1934 年 12 月 20 日致友人杨霁云的书信中说:“我以为一切好诗,到唐已被做完,此后倘非能翻出如来掌心之齐天大圣,大可不必动手。”[③]显然与乃师章炳麟的宋诗观一脉相传。二人皆道出了宋人的尴尬处境,宋人并非文学才华不及唐人高或情感不及唐人丰富,而是诗的时代已经过去。著名诗人闻一多在《文学的历史动向》[④]一文中则曰:“从西周到宋,我们这大半部文学史,实质上只是一部诗史。但是诗的发展到北宋实际也就完了。”他只肯定北宋诗,将有着辉煌成绩与爱国精神,且数量两倍于北宋的南宋诗一棍子打死。在西南联大中文系,闻一多主讲《诗经》及唐诗,朱自清讲宋诗,这或许是闻一多对宋诗不太熟悉而心存偏见的原因。

如上可见,闻一多毕竟还承认北宋诗,其他两人则将整个宋诗一笔抹杀。值得庆幸的是,晚清民国以来,学界对宋诗研究,特别是对宋诗总集的编纂并未受到这种文化霸权更多的影响。桐城诗派、南社中部分成员对宋诗一往情深,特别是“同光体”后劲的积极倡扬,众多研究者发扬光大,其间的宋诗研究取得不少可喜的收获,出现了陈衍、高步瀛、王文濡、熊念劬、胡云翼、吕思勉、柯敦伯、梁昆、缪钺、钱锺书等一大批卓有成果的宋诗研究学者,产生了《宋诗派别论》《宋诗研究》《谈艺录》(主要研究宋诗)等一批里程碑式的宋诗研究著作。民国时期虽并不太长,但宋诗总集的编纂不仅数量较多,而且在编辑思想、选录原则与著述体例、方法等层面与传统宋诗总集比较,有着很大的发展与变化。基于这样的认识,我们将民国时期称为宋诗总集编纂的转型时期。

---

① 按另一种意见出现较晚,主要见于缪钺的《论宋诗》(1940)及钱锺书《谈艺录》(1948)。二人均主张唐宋诗持平论。

② 《国故论衡》卷中《文学·辨诗》,上海古籍出版社 2006 年版。

③ 《鲁迅全集》第十三卷,第 307 页。

④ 载《当代评论》第四卷第一期,1943 年 12 月。

二、宋诗总集叙录

民国间出现了两部手抄或影抄的清编宋诗总集,其一即邱曾编的《宋诗钞》一卷,民国九年吴江柳氏抄本。该书所钞均为近体诗,其中五律 30 首、七律 19 首、五绝 4 首、七绝 4 首。从选目来看,是集与清初同题之《宋诗钞》实无关涉。其二是清顾郑乡选钞的《宋诗选》,不分卷。原编顾廷伦,字凤书,号郑乡,会稽人,著有《玉笥山房要集》,含诗四卷、文不分卷附。是集凡收 3 人诗 101 首,其中梅尧臣 10 首、欧阳修 9 首、苏轼诗 82 首。编者可能随看随抄,不是一部完整的总集。该书由顾郑乡之曾孙顾培恂于民国十七年校印、葛第表题署为"《顾郑乡先生宋诗钞》",卷首有宗宋的南社成员诸宗元所作之跋。跋曰:"其(顾郑乡)于歌诗抉择趋向不囿于时代之流别,诚有异于寻常也","先生所选录今仅存宛陵、永叔、东坡三家,而宛陵、东坡之诗为多","近代之言诗者廿年以来始推宛陵,标举其派别,规效其体制",评其诗"质而能腴,诚挚而通于情性,非徒以拙直排戛为工耳"。[1] 从诸宗元跋来看,清末民初诗坛对梅尧臣诗歌十分推重,奉为圭臬。该集有民国十七年科学仪器馆石印本、湖南图书馆藏民国二十七年怡斋影钞本。

熊念劬编的《宋人如话诗选》、王文濡编的《宋元明诗评注读本》融选、注、评于一集,或彰显诗旨,或指导初学,是民国时期出现的两部颇有特点的宋诗总集。《宋人如话诗选》采用新式标点,分体编排,凡六卷,其中卷一五言古诗 150 首,卷二七言古诗 139 首,卷三五言律诗 300 首,卷四七言律诗 319 首,卷五五言绝句 83 首,卷六七言绝句 398 首,凡录两宋白话诗 1389 首,是一部规模比较大的宋诗总集。该集针对当时一些诗歌流派刻意复古,学这学那,写诗生涩古拗,语言流于秾艳华彩之风,故极力鼓吹宋代白话诗。关于是集的编选目的与缘由,编者熊念劬在序言中说:"因宋诗选本,为坊间所绝无。"又说:"新游寓居沪渎,见报刊所撰话体诗,辄兴发,因探录唐以来历代诗之较为易解者,代为一编,名曰'如话诗选'。"可见,熊念劬选注是编,一则倡扬宋诗,改变当时市面缺少宋诗总集的失衡格局;二则受当时上海新诗写作与刊载的启发,鼓吹宋代白话诗。何为"如话诗"?什么样的诗才算"如话诗"?编者在该集《凡例》中开宗明义:"本编选辑宋诗以明白如话为主,故格调不厌其高,惟语取浅易,务令妇孺都解,但字句虽极浅易,而

---

① 诸宗元《宋诗选跋》,见该书卷首,民国十七年科学仪器馆石印本。

意味索然者仍不采录。”在他看来，语言明白如话、通俗易解，但须格调高雅不俗，意味深长隽永，才是“如话诗”。从选目来看，宋代杨万里（241 首）、陆游（157 首）、范成大（92 首）、戴复古（82 首）、苏轼（53 首）入录诗的数量居于前五甲，最合他对如话的标准。众所周知，南宋，尤其是杨万里是中国传统诗歌在语言风格上由雅返俗的中枢与节点，这一诗歌发展史的定律在《宋人如话诗选》中得到进一步印证①。在诗歌的内容与品味上，熊念劬要求既要符合传统诗歌的绳尺，又与时代的步伐合拍，故“措辞命意虽合本编体裁，而尊王颂圣，事属献谀、谈神、说怪，语近迷信及一切不合近代思想者概不阑入”。应该说，他的这些诗学主张在当时诗坛复古风气甚浓的思潮下，是积极健康，值得称扬与肯定的。从嗜好如话的语言，又融入时代的审美趣味出发，他敢于打破诗歌批评史上的传统看法，对一些过去不受重视，甚至名不见经传的诗人给予高度评价：

> 宋人诗之近于平易者多矣，张九成诗文不贵雕虫，诗尤恶句摘，与予论诗之旨相同；汪元量诗信口语言诗未园，与予书名切合；戴昺诗安用雕搜呕肝肠，辞能达意即文章，尤与孔子之言合也。②

张九成、汪元量、戴昺诗均因自然天成、通俗浅易，没有藻饰与做作，从而得到他的赞誉与表彰，其中戴昺的诗入录多达 16 首。李觏、陈造诗名均不大，亦分别入录 42 首、19 首，分别居两宋诗人第六名、第十四名。方外人之中，惠洪最受推重，各体皆有入录，总数达 27 首之多，数量超过江西诗派三宗中任何一位。注释与评点也是该集的又一成绩，对一部规模如此庞大的宋诗总集来说，尤其如此。他的注释长于考证典故与语词的出处。惟其内容多，任务重，故所得所失均在于此。如注陆游《书叹》“归休枉道是悬车”之“悬车”曰：“悬其车以示不再出也，故称致仕者多用此语，《汉书·叙传》：‘身修国治致仕悬车。’”注者的释意是正确的，但此典出处当引班固《白虎通德论》为佳，其《致仕》篇曰：“臣七十悬车致仕者，臣以执事趋走为职，七十阳道极，耳目不聪明，跂踦之属，是以退去避贤者，所以长廉耻也。悬车，示不用也。”③故《艺文类聚》卷二三引南朝梁徐勉《与大息山松书》：曰：“中

---

① 按《宋人如话诗选》出版后，胡怀琛发表《中国古代的白话诗人》一文，其中第八节为“杨诚斋的白话诗”，见《学灯》1924 年 10 月 4 日。

② 熊念劬《宋人如话诗选序》，见该书卷首。

③ 《白虎通德论·致仕》，第 39 页，上海古籍出版社 1990 年影印本。

年聊于东田,欲穿池种树,少寄情赏;又以郊际闲旷,终可为宅。傥获悬车致仕,实欲歌笑于斯。"有的词语,编者除引证前人的阐释外,复加按语说明,卷一陆游的《岁暮感怀》、卷三赵师秀的《大龙湫》均有"念劬按",交代事情的来龙去脉。又如卷六杨万里《拒霜花》诗,编者按曰:"拒霜即芙蓉之别名,艳若荷花,八九月始开,故名。见《本草》,苏轼有《和陈述古拒霜花》诗。"[①]拒霜花一般指木芙蓉,非水生植物芙蓉,王安石、王炎均有《拒霜花》诗,熊念劬所按甚是。

《宋元明诗评注读本》的编者王文濡(1867—1935),原名王承治,字均卿,别号学界闲民、新旧废物等,祖籍安徽广德,其先祖迁居浙江吴兴(今属湖州市)南浔镇。王文濡于光绪二十八年(1902),受出版界之邀居沪,历任商务印书馆、中华书局、大东书局及文明书局、进步等出版社编辑或总编辑,亦属南社早期成员,但他却无意于诗派内尊唐宗宋的纷争,潜心编辑《说郛》《香艳丛书》《笔记小说大观》等大型丛书,编著《唐诗易读》《晚唐诗选》《明清八大家文钞》《词话丛钞》《续古文辞类纂》及历代尺牍丛书,又与人合作,编纂《学诗初步》《历代诗评注读本》与《历代文评注读本》,以为初学入门者之用,其中前书包括《古诗评注读本》《唐诗评注读本》《宋元明诗评注读本》《清诗评注读本》等四种。《宋元明诗评注读本》六卷,上海文明书局初版于民国五年(1916)十月,后重印多达十次以上,足见流传广、影响大。是集正文诗题下有诗人简介,诗旁有圈点、注释、音释,诗末附评语。全书按诗歌体裁分五古、七古、五绝、七绝、五律、七律六卷,共选诗 292 首,其中宋诗 138 首、元诗 61 首、明诗 93 首,是一部规模偏小的宋元明三代诗合总集。从选目来看,编者于北宋推重苏轼,南宋推重陆游,分别入录 29、22 首,王安石、范成大次之,各选 8 首;在宋代诗歌各派中,他偏嗜江湖诗派与永嘉末流,而对专事模拟、缺乏性情的江西诗派,特别是西昆派与永嘉四灵却不甚看重。南宋后期江湖诗派代表诗人戴复古的诗选 7 首,位居两宋诗人第五名,"后四灵"之一的薛嵎诗选 6 首,入选数量仅次于排名第五的戴复古之后,而江西诗派"三宗"中,黄庭坚诗入选 5 首,陈与义诗仅选 1 首,陈师道诗则未能入王文濡法眼,西昆体代表诗人杨亿、刘筠、钱惟演三人之诗,永嘉四灵之诗均亦一首未选,榜上无名。编者似对浅易通俗的诗不感兴趣,故于北宋,不选邵雍,于南宋,杨万里的诗亦仅一首入选,而在五年后,1921 年出版的熊念劬编选的《宋人如话诗选》,杨万里入选 241 首,高居榜

① 转引王顺贵、黄淑芳《熊念劬〈宋人如话诗选 〉研究》,《上饶师范学院学报》2012 年第 1 期。

首,所录之诗在两宋诗人中占百分之十七强,这不能不说是一个极大的反差。王文濡在卷首"编辑大意"中指出:"宋明两代,朝廷分朋党,诗家亦争门户,主此奴彼,毁誉失真。本编选辑,并无成见,理求其是,派惟其备,斟酌去取,煞费苦心。"他原本注重选诗的全面性,要求能概括一代诗歌之面相,但从实际效果来看,却不尽如人意,取舍之间,随意性太大。该集融诗选、诗注、诗评于一体,其中选、评两项工作由王文濡亲自进行,注释则由汪劲扶、沈镕两人完成。其所评点,或发掘诗歌蕴含,或申论社会时事,或品鉴佳句技艺,或考析句式结构,凡此皆能原原本本、细致周密,彰显他通达、进化的诗学观与偏重情致深婉、写景如画的审美观。如评苏轼《轩窗和子由》曰:"一写所闻,一写所见,承上起下,极连贯之能事,初学于此宜注意。"又评其《薄薄酒二首》曰:"借他人酒杯,浇自己块垒,自号达人,正恐未必能达耳。"①这两段话,一指导初学,一直陈己见,足资参考。

民国间影响大、质量高、流传广的宋诗总集应属陈衍编的《宋诗精华录》与高步瀛编的《唐宋诗举要》两种。《宋诗精华录》编者分宋诗为初、盛、中、晚四期,论诗不争"唐宋之正闰",认为宋诗"清而有味,寒而有神,瘦而有筋力",有着与唐诗相似的重要地位。入录之诗,虽未必尽善,但大多数众口传诵、风格特异的佳作皆在其选。编者既捍卫了宋诗的尊严,又不否定唐诗的成就。《宋诗精华录》出版后,有程会昌(千帆)的《读〈宋诗精华录〉》、朱自清的《什么是宋诗的精华——评石遗老人(陈衍)评点〈宋诗精华录〉》两文评述其价值②,还有陈寅恪对该书的批注③。朱自清在《什么是宋诗的精华——评石遗老人(陈衍)评点〈宋诗精华录〉》的书评中,及时地对此集的学术功绩做了客观而公正的评价。④

近人高步瀛编纂的《唐宋诗举要》编于二十世纪二十年代,是民国间又一部重要唐宋诗总集。高步瀛(1873—1940),字阆仙,河北霸县人,清光绪二十年(1894)举人,20 世纪重要《文选》学家。早年曾师从桐城派后劲吴汝纶,民国初年为教育部社会司司长。曾任北京师范大学、女子师范大学教授。除此书外,另编有《两汉文举要》《魏晋文举要》《南北朝文举要》及《唐宋文举要》等。《唐宋诗举要》凡入选唐宋两代 102 家,诗 804 首,八卷,是一部规模偏大的诗歌总集。其中唐代 84 人,619 首,宋代 17 人(附金元好

---

① 王文濡编《历代诗评注读本》,第 423、461 页,中国书店 1983 年版。

② 均见《斯文》1941 年第 1 卷第 11 期。

③ 见张求会辑录《陈寅恪手批〈宋诗精华录〉》,《文学遗产》2006 年第 1 期。

④ 参本书第十五章《〈宋诗精华录 〉的编选宗旨与诗学思想》。

问诗12首),197首,从诗人分布与诗歌数量来看,明显唐诗显得畸重,且对唐诗,尤其是盛唐诗评价偏高,所选李、杜两家诗多达二百余首,而漏选的宋诗佳构却很多。该集所录宋诗,按入选数量多少,依次为苏轼55首、黄庭坚39首、陆游25首、王安石21首、欧阳修16首、元好问12首、陈师道7首、陈与义6首、梅尧臣5首、宋祁2首、杨亿2首、贺铸、刘筠、宋庠、苏洵、曾巩、王安国、刘季孙各1首。南宋除陈与义、陆游两家外,其他诗人,包括范成大、杨万里这样的大诗人均未入选,足见其对南宋诗亦不甚看重。全书分体编排,宋诗分布在除卷二、五外的其他卷次,其中卷一五古16首、卷三七古46首、卷四五律21首、卷六七律68首、卷八五绝11首七绝35首。编者偏爱七言,所选诗歌数量明显多于五言,入录2首及以下的诗人除贺铸1首五律外,宋祁、杨亿、刘筠、宋庠、苏洵、曾巩、王安国、刘季孙等八人之诗均为七律。从选目来看,《唐宋诗举要》远不能反映宋诗全貌,实际上只是选录苏轼、黄庭坚、陆游、王安石、欧阳修、陈师道、陈与义、梅尧臣及金代诗人元好问等大诗人的诗歌总集。

对宋诗而言,《唐宋诗举要》的成绩主要在于它的注与评。是集每卷卷首有诗体的源流发展及代表诗人的风格分析;所录诗人均有小传与总评;有的诗有题解,有时题解很长,几同一篇札记;诗后有集注,主要对历史事实、典章制度、地理沿革及难解词语进行注释,有助于理解原诗,间亦有编选者自己的见解。题解、集注资料丰富,引用材料,着重第一手,并参以己见,时有创获,对旧注讹误间有订正。集评或夹杂的自评中,有些评语话不多,却入骨见髓。其缺点是选录面窄,总评、夹评中的一些文字内容比较空洞,注释征引的引文往往不忠实于原文,大多不加引号;体例上也不够统一,引用人名或称名或称字,引用书名篇名或单称或并举。编者录诗的主要依据是王士禛的《古诗选》及《唐人万首绝句选》、姚鼐的《今体诗钞》,实际上是以上三种总集的再选本,不免为其所囿。但也有溢出以上总集范围的地方,如此书选入了杜甫的"三吏"、"三别"、《奉赠韦左丞丈》、《北征》等五古名作,其眼光较王、姚二氏为高。所选诗人均为大家,偏重艺术性,尤爱带有出世思想与感伤情调的作品。在编选宗旨上为桐城诗派张目,注释大量引用姚范、刘大櫆、姚鼐、方东树、曾国藩、吴汝纶等人言论。[①] 虽说作者编选是集的目的在于读者诵习而不在反映唐宋诗的全貌,但也不免过偏。此书原为北京师范大学讲义,1935年由北平直隶书局排印出版。中华书局上海编辑所1959年排印,上海古籍出版社1978年重印时,删去了所谓的"汉奸刽子

---

① 《唐宋诗举要·出版说明》,第2页,上海古籍出版社1978年版。

手"曾国藩的评语,这些评语被认为是"有不少迂腐甚至是反动的东西和封建性的糟粕,大抵是毫无文学批评价值的空话"①。

钱仲联堪称20世纪将诗歌研究与普及宣传完美结合的重要学者。他不仅撰写出《剑南诗稿校注》等古代系列诗人诗集笺注之类学术性较强的著作,还编写出《宋诗选》《宋诗三百首》《清诗精华录》《清诗三百首》《清词三百首》及《近代诗举要》等众多诗词选注、选评本,为读者奉献出深入浅出、简洁明晰的诗歌总集,对学界编写古诗词总集具有范式意义与启迪作用。《宋诗选》虽流传不甚广泛,但规模适中,宗旨明确,覆盖众体,又佐以诗句圈点,复辑历代诗话、笔记评语于诗末,可谓民国间又一部宋诗总集之佳作。全书不分卷,凡录五古94首、七古83首、五律133首、七律142首、五绝50首、七绝211首,计713首。如同诸多民国间经典学术著作一样,《宋诗选》其实是本大学讲义或曰教材。编者1936年12月序称,1934年至无锡国专,"为诸生说诗","既毕授汉魏六朝三唐之作,复继以宋诗"。为编讲义,他遍检前代总集,认为《宋诗钞》《宋百家诗存》"卷帙既繁",《宋诗类选》《宋诗略》《宋诗别裁集》"抉择未精",竟无一部宋诗总集能入其法眼,遂另起炉灶,"乃辑是编,不拘门户,一以精严粹美为归,宛陵、庐陵、半山、玉局、山谷、后山、简斋、石湖、剑南、诚斋诸家,所录甚夥,西昆、九僧、永嘉四灵暨诸小家,略及之而不暇求备"。可见编者克服了前此宋诗总集选家选诗时于宋人"选边站队"、好恶分明的毛病。他以"精严粹美"为该集之审美宗旨与选诗的重要标准,突出大家,不弃小家,详略得当,为是书之选录特点。编者又论其实际功用与价值曰:"学者取径于是,进而泛览各家专集,以博其趣,宋人真面,不难全出,虽不足为瑰玮而有余于琢炼。"②说明导航点津,为宋诗初学者指明路径,开辟不二法门则为是集的编选目的。在选目上,编者特别垂青于赠答酬和、写景咏物、抒怀言别等作,艺术上偏嗜"精严粹美"之作,而不甚措意于家国政治、民生疾苦的作品。钱仲联这种诗歌题材上的取舍与偏好,在他五十年后与人合编之《宋诗三百首》中得到有力矫正③。该集选诗并重艺术与思想,彰显宋诗特色题材,如文人日常生活题材、社会政事类题材、文物器具类题材等。④

朱自清编纂的《宋五家诗钞》其实是他抗战时期在西南联合大学授课

---

① 《唐宋诗举要·出版说明》,第3页,上海古籍出版社1978年版。

② 均见钱仲联《宋诗选序》,该书卷首,无锡国学专修学校1937年版。

③ 钱仲联选,钱学增注《宋诗三百首》,浙江古籍出版社1987年版。

④ 参曾维刚《经典选本的方法论启示——钱仲联〈宋诗三百首〉探析》,《文艺研究》2019年第11期。

的讲义，系编者从吴之振、吕留良等编选的《宋诗钞》中《宛陵诗钞》《欧阳文忠诗钞》《临川诗钞》《东坡诗钞》《山谷诗钞》等五集选钞而成，以接续其《十四家诗钞》，也算是《宋诗钞》的再选本。《十四家诗钞》是从三国时的曹植起到晚唐杜牧止的各代著名诗人的各篇选录和集注，也是作者讲授"历代诗选"这门课时的讲义。惜乎编者谢世过早，南宋诸家，不曾续钞①。其受业弟子季镇淮后来追忆 1939 年的教学情景说：

> 我们所用的课本是先生从吕留良等《宋诗钞》精选约编而成的，题为《宋诗钞略》，铅印本，白文，无标点注释。先生逐句讲解，根究用词、用事的来历，并随处指点在风格上宋诗与唐诗的不同。②

可见，作为讲义的《宋诗钞略》当时没有标点、注释，但他自己的讲稿应该附有注释，直到后来还在不断完善，王瑶《念朱自清先生》称许该书"诠释极详精审"，浦江清在《宋五家诗钞》的《附记》中详述是集的编选过程与整理出版情况说："一九四三年，朱先生在昆明西南联合大学授课"，"村居多暇，每日早起，端坐，用好纸钞写宋诗，排比旧注，复多方参考诗话，日作一二首以为课"，赞誉是集"用过一番搜辑功夫"，"丰富的参考资料，对于学者也是很有帮助的"。③ 这就是《宋诗钞略注》。《宋五家诗钞》就是以此为基础编纂而成的。该书凡选北宋诗 152 首，其中梅尧臣 21 首、欧阳修 16 首、王安石 31 首、苏轼 41 首、黄庭坚 43 首。五位诗人为北宋大家，代表了北宋诗歌创作的最高成就。五人中欧梅开宋诗新调，王安石承前启后，苏黄集其大成，彼此在宋诗发展史上各有地位、各具特色。编者仿《唐诗品汇》例，以大诗人为主线，以中、小诗人为支流，故该书名曰"五家诗钞"，实不止此数，欧阳修、梅尧臣后附选苏舜钦、石延年、刘敞等人诗，王安石后附选王令诗，苏轼、黄庭坚后附选苏辙、张耒等人诗，主线、支流兼顾，共同勾勒出北宋诗歌发展的面貌。《宋五家诗钞》不仅选诗，而且还做了不少笺注与集评的工作。每位诗人卷首有小传与集评，小传基本上照钞《宋诗钞》原文，注明史料出处，

---

① 按有学者认为，朱自清《古诗歌笺释三种》《十四家诗抄》《宋五家诗抄》三本讲义"所选均属先秦至北宋有代表性的诗人与诗作，时间上前后衔接，呈露出朱先生关于古代诗歌史的构想"。见李少雍《朱自清古典文学研究述略》，收入王瑶主编《中国文学研究现代化进程》，北京大学出版社 1996 年版。

② 《纪念佩弦师逝世三十周年——在清华大学党委举行的纪念朱自清先生逝世三十周年座谈会上的发言》，见《新文学史料》1979 年第 2 期。

③ 《宋五家诗钞 · 附记》，上海古籍出版社 1981 年版。

集评主要从诗话、笔记、文集序跋、史籍方志等书中辑录诗人总评；所选诗歌有笺注，还附有前人对诗歌的旧评与编者的自评，其中王安石、苏轼、黄庭坚三家诗的注释主要由旧注增删而成，间有个人的补注，梅尧臣、欧阳修二家无旧注可用，全为编者的新注。上海古籍出版社1981年出版时，改题《宋五家诗钞》。

民国间编纂的其他宋诗总集还有《太平天国野史》的作者凌善清选辑的《白话宋诗五绝百首》（中华书局1921年）、《白话宋诗七绝百首》（中华书局1921年），清蒋剑人原编、陆律西音注的《音注宋四灵诗》（上海文明书局1927年印行），易大厂编的《唐宋三大诗宗集》（1933年上海民智书局铅印本），陈幼璞选注《宋诗选》（商务印书馆1937年）及吴家驹编的《宋诗三百首》（重庆经纬书局1947年）等。其中《音注宋四灵诗》为清人蒋剑人原编，民国间加音注，分体编排，其中五古20首、七古8首、五律124首、七律43首、七绝43首，凡238首。五律的数量超过总选的一半，符合永嘉四灵长于五律的创作实际。诗中正文或径注音某某，或用反切注音，诗末有语词注释，或注语词，或释典故，或注人名、地名，如注赵师秀《哭徐玑五首》"短折"一词曰："未冠而死曰短，未昏而死曰折，此言寿不永也。"又注赵师秀《故苏台作》"越人吟"曰："庄舄仕楚而病，王曰：舄故越人也，亦思越否？中谢对曰：凡人之思故，在其病也，彼思越则越声，不思越则楚声，使人往听之，犹尚越声也。"卷首《提要》曰："四灵之言曰：昔以浮声切响，单字只句计巧拙，盖风骚之至精也。近世乃连篇累牍，汗漫而无禁，岂能名家哉，乃专力于唐，而尤注意于五律，其诗皆横绝欻起，冰县雪跨，使读者变踔憀慄肯首吟叹不自已。"卷首另附四灵小传。是集中华书局1927年印行，1940年重印。《唐宋三大诗宗集》由著名书画、篆刻家易大厂（1874—1941）所编，上海民智书局1937年印行，收《杜审言集》《赵湘南阳集》《黄庶伐檀集》三家诗。《宋诗三百首》的编者吴家驹，字嘉愚，无锡人，尝师从陈衍，陈其昌、虞斌麟等作序。该书1947年在重庆出版，为民国间宋诗总集的编选画上了圆满的句号。

关于民国间宋诗总集的注释与研究，主要集中在《西昆酬唱集》。据《天禄琳琅书目》后编著录，该集有北宋宝元二年（1039）刻本及元刊本各两部，惜已遗佚，今所见者，多明清刊本，且向无注释。王仲荦爱李商隐、温庭筠诗，为掌握典故而特撰《西昆酬唱集注》，由是文学典故的注释自然就成了该书的工作重点，甚至"对每一诗题之下的有些典故，不惮二次三次注出"。王注在1949年前并未正式出版，直到四十多年后，才由中华书局于1980年出版。根据他在该书《前言》中说"在抗日战争前，曾闻浙江平湖葛氏书库中有一部《西昆酬唱集注》"，"抗战开始，葛氏藏书，旋燬于火"，[①]可见民国间注《西昆酬唱集》的著作并不止这一部。另外，郑时的《〈西昆酬唱集〉校释序例》（上、下）[②]一文亦为是集的文献学研究。

---

① 《西昆酬唱集注》前言，第6页，上海书店出版社2001年版。

② 分别见《归纳》1933年第2期及《北平华北日报·图书周刊》1936年3月16、23日，第72、73期。

第八章　新时期——宋诗总集编纂的集成期

一、新编宋诗总集概述

1949年至1978年为宋诗总集编纂的低谷期，其间没有出现宋诗研究的专著，论文也少之又少。宋诗总集的编纂主要以程千帆、缪琨共同编纂的《宋诗选》及钱锺书的《宋诗选注》为典型代表。另有几部新编或重版的宋诗总集也较为珍贵，如许世瑛编的新中国第一部宋诗总集《宋诗选》①。编者许世瑛，字诗英，许寿裳长子，以鲁迅为启蒙师。中华书局上海编辑所的《宋诗一百首》②，入选59人，诗119首，后重版时曾增删个别篇目，注释略有改动，收诗增至135首。中华书局上海编辑所1959年再版《唐宋诗举要》，1964年11月重印。该社特邀编辑瞿蜕园在《光明日报》发表《〈唐宋诗举要〉简评》③一文，高度肯定是书的学术价值。《唐宋诗举要》再版、重印二本均删去了曾国藩的全部评语，也删去吴汝纶的一些评语，现在看来大可不必，可是在当时还在继续高喊"桐城谬种"口号，视曾国藩为"汉奸""卖国贼"的语境下，这样做不失为编辑免祸的一种学术策略。

《宋诗选》共选录宋诗人56人、诗178首，上海古典文学出版社1957年8月出版。主要编选者程千帆于该书出版前两月被错划为"右派"，故与钱锺书《宋诗选注》出版后声誉崇隆相比，《宋诗选》很少有人知悉，也从未再版。其实，该书虽规模不大，选目"基本上是从吴之振等的《宋诗钞》、厉鹗的《宋诗纪事》和几个主要作家的别集中选出来的"（该书《引言》），但一叶知秋，颇能彰显宋诗的特色。编者在全书引言中说："在选的时候，我们注

① 载《学术季刊》，1954年第3卷第2期。

② 中华书局上海编辑所"古典文学普及读物"11种之一，1959年版。

③ 《光明日报》1959年10月18日。

意到了主要的作家和重大的主题,也同时注意到了另外一些优秀作品。我们希望这本小书呈现在读者面前的时候,大致能够体现出宋诗的重点和它的全貌。"钱锺书有意删除一些"反映了人民性和阶级斗争的历史的好诗",在当时颇受批评,而《宋诗选》的选目却很好地避免了这一缺陷。另外,《宋诗选》也反映了编者对宋诗地位与诗史观的认知。《宋诗选》引言又曰:"过去的批评家们都认为:八代、唐、宋是五七言诗的三个主要发展阶段。每一个阶段的作家作品,从内容到形式,都呈现了各不相同的、独立的创作特色。这一论点,在今天看来,仍然是正确的。" 众所周知,中国古代诗歌按其风格可以归纳为"选体""唐音"与"宋调"三大范式。从上引论述来看,编者已经对宋诗的独特性及与唐诗比肩的重要性从学理上进行了很好的阐释。基于这一诗史观,他与沈祖棻合编的诗歌总集《古诗今选》[1]即将所选诗分为八代、唐、宋三个部分,其中选宋诗 190 首,与《宋诗选》相重的有 91 首,实际是《宋诗选》中诗史观的重申,也可视作对《宋诗选》的改编。

《宋诗选注》堪称宋诗经典总集,凡入选宋代诗人 80 家,诗 309 首。作为宋诗研究专家,钱锺书在该书《序》中对宋诗作出了比较客观而公正的总体评价:"整个说来,宋诗的成就在元诗、明诗之上,也超过了清诗。我们可以夸奖这个成就,但是无须夸张、夸大它。"在编选宗旨上,又提出了所谓"六不选"的原则:

> 押韵的文件不选,学问的展览和典故成语的把戏也不选。大模大样地仿照前人的假古董不选,把前人的词意改头换面而绝无增进的旧货充新也不选。
>
> 有佳句而全篇太不匀称的不选,这真是割爱;当时传诵而现在看不出好处的也不选。[2]

该书兼具普及性和学术性的双重品格,把普及读物提升到宋代诗歌研究专著的高度,成为宋代诗学研究中的一部名著,在普通读者与宋诗研究者中均已产生广泛而深远的影响。该书出版以来,得到了许多褒奖,同时也遭受了

---

① 按此书由上海古籍出版社 1983 年出版,与《宋诗选》互为先后。《古诗今选》1956 年已确定体例,或有初稿,后因故未能成书。编者另有《宋诗精选》一书,江苏古籍出版社 1992 年出版,2000 年收入《程千帆全集》时,改题为《读宋诗随笔》。

② 分别见钱锺书《宋诗选注序》,第 10、20 页。

诸多严厉甚至苛刻的批评。[①] 该集人民文学出版社 1958 年初版，后不断有修订本。1963 年第二次印刷时删去左纬诗三题 9 首[②]，删去刘敓、刘克庄、文天祥诗各 1 首；1992 年第 7 次重印时，又对注释作了增补，作为附页附于书末。仅统计至 2002 年，是集共重印 18 次，计 242325 册。北京生活 · 读书 · 新知三联书店 2000 年出版的繁体字本《钱锺书集》，2002 年出版的简体字本《钱锺书集》均收有此书。港台也先后出现五个版本，如台湾学海出版社 1979 年版、香港天地图书公司 1990 年版等。

中华人民共和国成立后十七年间宋诗总集研究主要围绕钱锺书编选的《宋诗选注》展开，如黄肃秋的《清除古典文学选本中的资产阶级观点——评钱锺书先生〈宋诗选注〉》、胡念贻的《评〈宋诗选注序〉》、[③]周汝昌的《读〈宋诗选注序〉》、夏承焘的《如何评价〈宋诗选注〉》、刘敏如的《评〈宋诗选注〉》等，[④]就《宋诗选注》的选、注、评进行热烈讨论，囿于当时意识形态的影响，责难批评之声明显高于褒奖之言[⑤]。《宋诗一百首》，上海古籍出版社 1959 年出版，选录宋诗佳作 100 首，起柳开《塞上》，讫郑思肖《二砺》，其中选诗五首以上的有陆游 11 首、苏轼 10 首、黄庭坚 8 首、王安石 7 首、欧阳修 6 首、杨万里 5 首，虽然只是一部普及性宋诗总集，但当时同样受到学界的普遍关注，如朱金城《评〈宋诗一百首〉》、刘隆凯《略谈〈宋诗一百首〉编选特色》、昭彦《宋诗一百首》等三文均对该集的编选特色进行评析。[⑥]

"文革"十年，学界万马齐喑，只有颇受毛泽东器重的少数几位学者还能发声。郭沫若 1971 年出版《李白与杜甫》，章士钊同年出版《柳文指要》，刘大杰尚能躲在书斋里安心地修改他的《中国文学发展史》。1974 年后为配合"评法批儒"，出版了诸如《读盐铁论》等一些有关法家著作的简注、简译本，宋诗总集的整理与研究当然无从谈起。

新时期以来，思想拨乱反正，文教聿修，学术研究迈上了正确的轨道。毛泽东 1965 年 7 月 21 日致陈毅的一封信，以《毛泽东给陈毅同志谈诗的一封信》为题，在《诗刊》1978 年第 1 期公开发表后，宋人的诗到底有没有形象思维，它与唐诗究竟存在怎样的关系，怎样全面评价宋诗，成为当时宋诗研

---

① 参王友胜《五十年来钱锺书〈宋诗选注〉研究的回顾与展望》，《文学遗产》2008 年第 6 期。

② 参金性尧《选本的时间性》，载《文汇读书周报》2003 年 6 月 6 日，收入其《闭关录》一书。

③ 均见《光明日报》1958 年 12 月 14 日。

④ 分别见《光明日报》1958 年 12 月 28 日、1959 年 8 月 2 日及《读书》1958 年第 20 期。

⑤ 参王友胜《五十年来钱锺书〈宋诗选注〉研究的回顾与展望》。

⑥ 分别见《文汇报》1960 年 1 月 9 日、《光明日报》1960 年 12 月 4 日及《文艺报》1961 年第 1 期。

究中讨论热烈的焦点与难点问题,从此宋诗声誉渐隆,促成新一轮宋诗研究的高潮,以前关注度不高的宋诗逐渐纳入研究者的探讨范围与学术视野。毛泽东同志在这封信中说:“又诗要用形象思维,不能如散文那样直说,所以比兴两法是不能不用的……宋人多数人不懂诗是要用形象思维的,一反唐人规律,所以味同嚼蜡。”这一原本对宋诗有失公允的评语,竟然框定了当时学界有关宋诗研究的范围,改变了宋诗研究的走向,这恐怕是作者当时没有想到的。

除开政治伟人的影响之外,学界对宋诗研究的理性回归,广大读者对宋诗总集的普遍需求,出版行业的蓬勃发展,都是新时期宋诗总集编选的文学与文化背景。学术界从讨论宋人是否懂得诗要用形象思维开始,掀起了宋诗研究与宋诗总集编选的新高潮。宋诗总集的编选从此蔚然成风,宋诗的总集和注本大量出现,为宋诗的宣传普及作出了巨大贡献。据初步统计,新时期以来的四十余年,有关宋诗的各类选注选评本约七十余种①。因编选者的身份修养有别,编选的目的、原则不同,故在编选题材、体裁及审美风格的取向上千差万别,形式多种多样,有选注本,有图文本,有鉴赏本,有导读本,有诗传本等。再者,诗坛已无唐宋优劣高下之争,编者在宋诗总集中鼓吹诗学旨趣的成分不多,而更多的是为宣传、普及、推广宋诗,为广大读者研究、学习宋诗提供范本。唯其如此,宋诗总集不仅成为普及宋代诗歌最流行的著述形式,受到广大读者的青睐与热捧,而且也最能考量选家的学力、胸襟、审美趣味和鉴赏能力。

选诗之难,古人早已论之。南宋赵蕃为倪祖义《石屏诗选》所作跋曰:“作诗难,选诗尤难。多爱则泛,过遴则遗逸。”②明李东阳《麓堂诗话》云:“选诗诚难,必识足以兼诸家者,乃能选诸家;识足以兼一代者,乃能选一代。一代不数人,一人不数篇,而欲以一人选之,不亦难乎?”③袁枚《随园诗话》卷七亦云:“选诗如用人才,门户须宽,采取须严。”④著名词学家夏承焘进一步说:“选诗难,选宋诗更难。”一难在于《全宋诗》出版之前,编者需遍检群籍,《全宋诗》出版之后,又因卷帙浩繁,无从尽览;二则前人所编的宋诗总集很多,无法超越。故新时期出现的宋诗总集虽较多,然大多学术质量平平,少有产生像《千家诗》《宋诗钞》《宋诗精华录》《宋诗选注》之类在

---

① 参本书附录《历代宋诗总集目录》。

② 祝尚书编《宋集序跋汇编》,第1887页,中华书局2010年版。

③ 《麓堂诗话》,《历代诗话续编》,第1376页。

④ 《随园诗话》,第222页,人民文学出版社1982年版。

读者中有着广泛、持久影响的总集。比较而言,数十种宋诗总集中,基本能洞照反映宋诗面貌,彰显宋诗特征,反映宋诗发展演变轨迹,且在读者中影响较大、流传较广的宋诗总集有如下数种:金性尧选注,上海古籍出版社1986年出版的《宋诗三百首》;钱仲联选,钱学增注,浙江古籍出版社1987年出版的《宋诗三百首》;程千帆编选,江苏古籍出版社1992年出版的《宋诗精选》;霍松林、胡主佑选注,岳麓书社1994年出版的《宋诗三百首》;张鸣选注,浙江文艺出版社1994年出版的《中国古典诗歌基础文库·宋诗卷》等。其中尤以金性尧选注的《宋诗三百首》最为突出,最有成就。金性尧(1916—2007),笔名文载道,浙江定海人,著名古代文学学者,兼资深编辑,杂文、随笔大家。青年时代曾主编《鲁迅风》等杂志,并出版有《星屋小文》及《风土小记》等书。1949年后,长期担任中华书局上海编辑所编辑。"文革"结束后,注释出版《唐诗三百首新注》《宋诗三百首》《明诗三百首》及撰著《炉边诗话》《闭关录》等大量文史随笔,还为香港中华书局主编"诗词坊"丛书,并亲撰《闲坐说诗经》《夜阑话韩柳》等。长于"考评历史,议论诗文",被誉为"北季(羡林)、南金(性尧)"。《宋诗三百首》入选111人,诗337首,上海古籍出版社1986年初版。此集付梓以来,一再重印,热销不衰,成为中国古典诗词权威注释本,大家之作,二十世纪八十年代以来畅销近百万册,影响两代人。编者在诗歌去取上公允稳妥,既收录历久传诵的名篇,又发掘出不少为人们所忽略的佳作。如该书侧重选录"北宋诗歌之魂"苏轼的诗与"南渡后诗坛的一座长城"陆游的诗,分别入选17首与13首,为全书之冠。对其他诗人,编者也作了调整,如黄庭坚诗,"钱选"仅录三题五首,"金选"增加到九首,并突出黄氏代表"宋调"主体风格的诗歌。因此,此集兼顾了诗歌的内容与艺术表现两个方面,并在一定程度上弥补了"钱选"中因时代原因未能充分表达的本意,对初读者而言,"金选"似更能体现宋诗发展的概貌。

"钱选"与"金选"是新中国成立后颇受好评和最具影响的两个宋诗总集,其价值与意义远非一般文学总集可比,特别是"钱选",实可作宋诗研究著作观。两集虽然对宋诗的评价皆较为客观、全面,但在选目、论评与注释上均表现出较大的差异性。"钱选"的注与评特色鲜明,个性十足,"金选"属中规中矩的传统总集。双方所处时代背景与学术阅历不同是导致这种差异的主要文化缘由。[1] 王水照师很重视将此集与钱锺书《宋诗选注》对读,他说:"正是因为它是另一部个性鲜明的优秀选本。我自己习惯于把钱选

---

① 按其详可参本书第十六章。

和金选并置案头，时时对读，会读出另一番意味。”①该集因其较大的学术成绩，曾被选入“清华、北大必读书”。

分体的宋诗总集中，傅璇琮选，倪其心、许逸民注，齐鲁书社1987年出版的《宋人绝句选》是比较好的一部。该集选收宋代一百四十多位诗人的绝句二百四十余首。书中对每位入选诗人都撰有小传，诗后有注释并附有简评，用较短的篇幅表达出原作的精微之处。朱刚、陈珏的《宋代禅僧诗辑考》（复旦大学出版社2012年）既是一部专收禅僧诗的专题宋诗总集，又可视作对《全宋诗》的辑补之作，因为编者辑补的标准，除了首先判断它是不是僧诗外，唯一的前提是《全宋诗》及《全宋诗订补》没有收录。对于以上两书已经收录的作品，只指明所在页码，若两书未收，则予抄录，并注明原始出处。编者所辑的宋代禅僧诗包括五类：其一是与士大夫的酬唱之作及山居诗、乐道歌；其二是偈颂，包括无韵的偈或颂；其三是对某一公案发表见解、体会的颂古；其四是赞、铭之类的韵文；其五是禅僧说法时四句以上的“有韵法语”。② 全书编排上，除卷一“五代入宋各宗派禅僧诗辑考”是个大杂烩外，其余禅僧的诗均按作者的法系相从，法系无考者，入卷十“法系待考禅僧诗辑录”。

二、《全宋诗》的编纂与订补

作为宋诗总集编纂的集成期，新时期推出了标志性成果，即北京大学古文献研究所于二十世纪末集体修纂的《全宋诗》。《全宋诗》由北京大学出版社1991年出版前五册，后陆续出版，1998年出齐全套凡72册，傅璇琮、孙钦善、倪其心、陈新、许逸民等五位先生领衔主编。该集的出版问世离康熙四十五年（1706）成书的《全唐诗》有近三百年，而离太平兴国四年（979）编定的第一部宋诗总集《李昉唱和集》已有千余年漫长的历史，可谓迟到的“春天”。作为全国高等院校古籍整理研究工作委员会重点项目，《全宋诗》辑录天水一朝之诗，计3785卷、3945.4万字，作品数量为《全唐诗》五倍有余，洋洋大观，鸿篇巨制，允称中国迄今最大的一部断代诗歌总集，也是新中国迄今为止大型的古籍整理项目之一。卷首《编纂说明》论述该集的来龙

---

① 《金性尧和宋诗三百首》，《文汇读书周报》2005年11月21日。其详可参王友胜、李靓《〈宋诗选注〉与〈宋诗三百首〉的异同及其形成缘由》，《中国韵文学刊》2009年第4期。

② 《宋代禅僧诗辑考·前言》，第8—9页，复旦大学出版社2012年版。

去脉及编纂此书过程中存在的一些突出问题；又有《凡例》十三则，说明本书基本内容与编纂体例。时任国务院古籍整理出版规划小组副组长、全国高校古委会主任周林 1988 年 12 月为《全宋诗》题辞：“承唐启元见宋诗全豹，搜求研讨知功力必坚。”中国宋史研究会会长、著名宋史研究专家邓广铭 1989 年 2 月为本书题辞，高度评价《全宋诗》的学术价值与实际功用说：“这部《全宋诗》搜采广博，涵容繁富，名家巨制，散篇佚作，全部荟萃于斯。而考订之精审，比勘之是当，亦远非《全唐诗》之所可比拟。”“这部书不仅是攻治宋诗以及宋代文学史者之所必须披读，亦为攻治宋史者所必须备置案头的参考读物。”①当时《全宋诗》仅编完前五册，尚未正式出版，两篇题辞更多的是表达作者对该集的期许与鼓励。

具体地说，《全宋诗》所取得的学术成就主要体现在以下四个方面：

1. 编排科学，取舍有度。《全宋诗》克服了传统总集如《全唐诗》等以帝王后妃冠首、释道闺秀殿后的窠臼，仅以宋太祖弁首，其他帝王、宗室、释道、闺秀之诗，编于同时作者之间。全书编次一仍作者生年先后为序，以人系诗，分家编排。生年难以确考者，则参以卒年，或登第、释褐之年，或参以其亲属、交游之有关年代，略推其大致生年加以编次。世次一无所考者，则另立专卷，附于书末。诗篇目次中，凡据别集、总集者，悉仍其旧，或分体，或分类，或编年，并不强求划一，只有增补诗歌较多者，则予重编。所辑诗歌，先编整诗，后录残句。整诗、残句中有题者居前，无题者居后。凡有题无题的诗（句），均以所出之书编定成书先后为序。联句诗编录于参与联句的各家诗集中，不删重复。所辑集外诗编于正集之后。

《全宋诗》时间断限、地域划分及对宋诗“身份”的认定科学合理，比较符合当时的文学实际与文化心理。为求完整，凡唐五代人入宋后有诗者，入宋前之诗一并收录；同样，宋亡以前有诗者，入元后所作之诗亦予收录。与此相反，唐五代人入宋或宋人入元，若没有宋时诗作，概不收录。凡仙鬼、梦幻依托之诗及传奇、话本中虚拟之宋人诗，立专卷收录，编于书末；而五代十国入宋之君主，辽、金两国之全部诗人，其诗均不收录。

2. 取材广博，收罗完备。作为“求全”的诗歌总集，《全宋诗》网罗散佚，凡长篇短制，断章残句，在所悉录，第一次完成了有宋一代诗歌的全面结纂。全书不仅收录了现存六百多种宋人别集，尤其是稀见的孤本、珍本，而且还遍检群籍，从历代总集、类书、史籍、方志、笔记、诗话、家乘、族谱、杂纂、书目、碑碣、书画及佛道二藏等纸本及实物文献史料中搜辑大量逸诗、残句，

① 《全宋诗》卷首，北京大学出版社 1998 年第 2 版。

为有集传世的数百位诗人补充了大量集外佚诗，又对无专集传世的八千余位宋人之散佚诗歌进行辑录，俾其得以传之于世。如卷八七三苏辙《和子瞻和陶渊明杂诗十一首》，即辑录自宋黄州刊本《东坡先生和陶渊明诗》卷三附，又如卷二〇宋白诗，向无传本，仅有其《宋文安公宫词》百首传世，编者以清初毛氏汲古阁据宋书棚本影钞《十家宫词》为底本录入，又从《舆地纪胜》卷一四六、《古今岁时杂咏》卷二七、《渑水燕谈录》卷四、《锦绣万花谷》后集卷二等九种史料辑得散佚诗歌三十首，从《渭南文集》卷三〇《跋龚氏金花帖子》引等材料辑得诗歌残句十三组，俾其诗汇于一编。《全宋诗》凡辑录宋代诗歌作者 9079 人，作品 254240 余首（不计残诗断句），一编在手，承学之士可循此把握宋诗之全貌与嬗变之轨迹。

3. 考校结合、版本完备。《全宋诗》中所有出自别集或辑录之散见诗歌均标注文献出处。编者对有些诗歌的真伪及作者归属有所考辨，凡其他朝代诗歌误作宋诗或本朝诗歌而张冠李戴的，均予考析。其间旧说有误者正之，异说可参者并存之。如旧籍中一诗数见于两人或多人名下而又难于确定归属者，则予重收，但互注又见；凡可确考系宋代他人之诗而误收、误题者，则编入存目，只录诗题、首句，并附出处；凡可确考旧籍误收、误题之诗非宋人之作，则删归目录，并加辨正。

该书对所有录自宋人别集或辑自他书的诗歌均作文字校勘。凡成集之作，于诗人小传后扼要叙述诗集之版本源流与点校之原则、体例，择其善本为底本，并参校他书；凡辑录之诗，略作他校。校语随文夹注，以校是非为主，酌校异同。如朱熹的诗，编者以《四部丛刊》影印明嘉靖本为底本，同时参校宋刻本、明成化本、《四库全书》本及域外刊本等。田锡的诗编为六卷，异文极少，所用底本、校本却也有五种之多。①

4. 小传详细、检读方便。《全宋诗》为九千余位宋诗作者作了生平小传，多有考订，并说明依凭，虽不完备，已很可贵。凡正史有传者，约略言之；无传者，依据相关史料撮述其要。无证不信，言必有据。如项安世虽《宋史》卷三九七有传，但其生年记载未详，编者据本集卷四《内子生日（戊申）》“居士新年六秩来”句推定，生于 1129 年。又如萧彦毓乃默默无闻之小诗人，编者据《诗人玉屑》卷一九录其诗三首。他的生平，史无记载。编者所作小传载其字虞卿，号梅坡，西昌人，家于庐陵，虽寥寥数语，却从《周文忠集》卷四二、《诚斋集》卷三六及《剑南诗稿》卷五〇等处三条材料中得出，较为可贵、可信。《全宋诗》虽卷帙浩繁，诗人、诗歌数量之多，远迈历代诗歌

① 参邓绍基《我观〈全宋诗〉》，《中华读书报》1999 年 8 月 18 日。

总集,然各册前有诗人总目及诗篇目次,又有《〈全宋诗〉1—72 册作者索引》①一书配套使用,读者检阅甚为方便。

《全宋诗》出版后,的确如邓广铭所言成为宋代文史研究者"备置案头的参考读物",我们必须充分肯定《全宋诗》保存有宋一代三百二十年诗歌文献的重大成绩,尤其是在没有前人重要成果可供借鉴的情况下,筚路蓝缕,以启山林,做出的开创性工作。但是,该书篇幅过于庞大,需要检索的典籍浩如烟海,著录的诗人成千累万,涉及的诗歌以十万数,其工作量之大难于估算。钱仲联《全宋诗序》谓该书在修纂上存在"求全之难""上下求索之难"及"校订之难",程千帆《全宋诗序》亦谓该书"卷帙之繁富,版本之歧异,搜求考订之艰辛,或十倍于《全唐诗》"。② 该书成于众人之手,特别是对大量小家的诗歌辑录,先由编委会指定专书,分派专人阅读,搜集来的宋诗材料未经覆核,即归纳分档,再由整理者另行处理,也就是说,诗歌搜集与整理者分属不同之人。③ 又因随编随刻,编纂、出版的时间跨度较大,以致全书前后首尾难以整齐一律。唯其如此,《全宋诗》虽然经过较长时间的修纂、整理,经过众多学者考订与辑补,仍存在着引文及标点错误、作者小传有误、材料不全、重出、误分、误合、作品所有权归属错误、误辑铭文入诗等缺陷。据我们不完全统计,截至 2017 年,已有数十位学者,发表关于《全宋诗》研究的文章 280 余篇(含札记、补白),其中绝大多数就《全宋诗》编纂过程中存在的错、漏、重等现象加以订补、考辨与纠误。

众所周知,总集编纂的要求是不误、不重、不漏,若以此衡量,《全宋诗》的修订、完善无疑尚有很多的工作要做,而且非常必要与紧迫。首先,《全宋诗》存在各种硬伤,难以做到"不误"。清代康熙年间动用国家资源御编的《全唐诗》所收诗人不过二千二百余人,诗亦仅四万八千九百余首,又有明胡振亨《唐音统签》、清初季振宜《唐诗》作为基础,尚且存在着诸如误收、漏收、诗人诗歌重出、编次不当、文字舛误等问题,错漏百出,不忍卒读。《全宋诗》卷帙更为浩繁,前此并无"全集"之类总集可供参考、借鉴,故疏漏、错讹在所难免。针对这些疏误,有些批评言辞相当激烈。如方健《〈全宋诗〉证误举例》一文就尖锐地指出:

---

① 许红霞主编《〈全宋诗〉1～72 册作者索引》,北京大学出版社 1999 年版。

② 分别见《全宋诗》卷首,第 2—3、5 页;钱序又载《中国文化》1989 年第 1 期。

③ 参陈新《全宋诗订补·前言》,见该书卷首,第 1—2 页,大象出版社 2005 年版。

> 目前还无法对《全宋诗》编纂的得失作出全面的评价，但从已发现的问题看，情况相当严重而不容忽视，有些舛误、硬伤还十分离奇、出格，甚至令人匪夷所思。

> 误收的情况屡见不鲜，导致了“新的混乱”。尤其在辑佚补遗部分，失考的情况极为严重。另一个更严重的问题是作者小传编写。此外，在作品重出、版本选用及文字校勘、注文按语等方面也存在许多问题。①

该文从《全宋诗》前三册中发现上千例失误，从中筛选出 100 余例，就小传订补、误收重出、辑佚补遗等几个方面进行辨证，版本校勘、编者拟题、注文按语等方面亦偶有涉及，是一篇下过不少功夫的商榷性文章。《全宋诗》小传错讹经常出现，如卷三六一三中严肃传：“严肃，字伯复，号凤山，又号朴山，太和（今江西泰和）人。度宗咸淳中为秘书省校勘（清雍正《江西通志》卷七六）。”按此合南宋两严肃生平为一人。《全宋诗》中严肃为严羽之子，字伯复，号凤山，乃福建邵武人，与严羽、严参等八人并为“九严”。另一严肃为严起予之子，字子方，号朴山，吉州泰和（今属江西）人，所著《朴山易说》十四卷为咸淳间江万里、马廷鸾所好，为献天子，征为秘书省校勘，病逝于“宋亡之岁”。②

其次，《全宋诗》的重出问题十分突出，数量多达 4974 首，难于做到“不重”。该书《凡例》虽载：“凡旧籍中一诗互见数人集中或名下而难以确定归属者，一律重收，各于题下互注又见。”③然在实际操作过程中，对一些重出互见之作，编者并未注明互见。一些重出互见诗歌，亦并非“难以确定归属者”，若通过考查互见者的仕宦，或复核诗歌原始出处等，完全可以判断诗歌的真正归属。如册一卷一一据方回《瀛奎律髓》卷四八录杨徽之《赠谭先生》，同册卷一八又据李蓑《宋艺圃集》卷二重收作李九龄诗。又，与唐人诗重收者也不少，册二卷六三王禹偁《即席送许制之曹南省兄》《苏州寒食日送人归觐》《送罗著作两浙按狱》等三诗，均被误收入唐人李频诗，见《全唐

---

① 《学术界》2005 年第 1 期。

② 参揭傒斯《严先生碑》，李梦生标校《揭傒斯全集》文集卷七，第 382—383 页，上海古籍出版社 1985 年版。

③ 《全宋诗》卷首，第 24 页。

诗》卷五八九,编者未予出校说明。① 误辑亦不少,如卷三六三三据戴第元《唐宋诗本》卷六二将《知宗柑诗用韵颇险予既知之复取所未用之韵续》诗辑入林景熙名下,实误,此为王十朋诗,见《梅溪集》卷一九,卷二〇四二王十朋诗已收录。②

再如,《全宋诗》并不“全”,它在误收非宋诗的同时,因对诸多文献失检或检而不尽,导致大量应收而未收的诗存在,难于做到“不漏”。如明代杨慎《全蜀艺文志》卷一二所收周敦颐《冠鳌亭》“紫霄峰上读书台,深锁云中久不开。为爱此山真酷似,冠鳌他日我重来”一诗,《全宋诗》亦失收。南宋刘仙伦与刘过并称“二刘”,其诗《四库全书》本《江湖小集》卷四九存30首,曹庭栋《宋百家诗存》卷二三《招山小集》存诗54首,《全宋诗》竟只字未录。③《唐宋千家联珠诗格》20卷元代后在中土久佚,晚清始见杨守敬《日本访书志》卷一三、李盛铎《木犀轩藏书书录》卷四等书目著录,对订补《全宋诗》亦有巨大的辑佚价值。有学者统计,是集约有400首诗《全宋诗》失收,包括周南峰佚诗25首、王秋江佚诗21首及编者蔡正孙本人的佚诗58首。④ 清初陈焯编《宋元诗会》卷一九据明代曹学佺《蜀中广记》卷一八所收周敦颐的《吟天池》《观巴岳木莲》两诗,《全宋诗》《全宋诗订补》及《全宋诗辑补》均失收,可为周敦颐诗补佚。关于《全宋诗》拾遗补阙的论文有百余篇,所得佚诗三千余首,于宋诗文献的搜集与宋代诗歌的研究厥功甚伟。不过,辑佚文章虽多,然质量参差不齐,其中多有误辑失考处,造成新的混乱,故不可尽信。对此,《全宋诗》的主编之一傅璇琮曾与人合撰《求真务实 严格律己——从关于〈全宋诗〉的订补谈起》⑤一文予以回应。

关于《全宋诗》的补编,该书《凡例》早已说明:“兹以传世诗集及辑佚大宗纂为正编,嗣后续有所得,另纂补编。”但因种种原因,该书编委会主持的“补编”迄今并未成书。⑥ 二十余年来,学界对《全宋诗》“补编”的成果,主

---

① 按三诗见《吴郡志》卷四九,编李频诗后,盖因脱去作者“王禹偁”三字,后人误作李频诗。参陶敏《关于〈全宋诗〉前三册中的若干问题》,《唐代文学与文献论集》,第539页,中华书局2010年版。

② 参陈增杰《订正〈全宋诗〉一误》,《温州大学学报(社会科学版)》2012年第6期。

③ 方健《〈全宋诗〉证误举例》,《学术界》2005年第1期。

④ 参卞东波《唐宋千家联珠诗格校证》(前言)。

⑤ 张如安、傅璇琮撰,载《文学遗产》2003年第5期。

⑥ 按北京大学中国古文献研究中心关于《全宋诗》辑补的集体项目有:《〈全宋诗〉补编》(上)(2003—2006教育部人文社会科学重点研究基地重大项目)、《〈全宋诗〉补编》(下)(2007—2010教育部人文社会科学重点研究基地重大项目)、《〈全宋诗〉补正》(2006—2009全国高校古委会重点项目)、《〈全宋诗〉失收诗人诗作及专卷汇编》(2016—2020教育部人文社会科学重点研究基地重大项目)。

要集中在陈新等合撰的《全宋诗订补》、张如安的《全宋诗订补稿》①及汤华泉的《全宋诗辑补》等三部著作中，其中以首、末两书的规模为大，现特为叙录。

《全宋诗订补》由陈新、张如安、叶石健、吴宗海等补正，大象出版社2005年出版。陈新为《全宋诗》的五位主编之一，专门负责对该集诗人集子的审订工作。编者通读《全宋诗》文稿，发现资料人员搜集的档案资料原本就存在很多缺陷，而诗集整理者在使用这些材料时对材料的重新考订、出处覆核等方面的工作亦不尽如人意。为促使《全宋诗》臻于完善，陈新与其他几位编者遍稽群籍，详加考订，对此集进行了比较全面的校订与辑补，凡涉及诗人1436家，其中增加了《全宋诗》漏收的诗人182家，共辑得佚诗三千余首，弥补和订正了《全宋诗》的诸多遗漏和缺憾，对读者具有较大的参考价值。顾名思义，《全宋诗订补》的工作主要分校订与辑补两部分。凡校订、辑补之处，先列出诗人姓名，再标注在《全宋诗》中的卷次。正文先校订，再辑补。凡订传、校字与纠误等，先出诗题或首句，再标注在《全宋诗》中的页码，最后予以辨正。辑补部分，一遵《全宋诗》之例，先出整诗，后列残句，并出具诗(句)原始出处。其中182位新增诗人只有诗歌辑补，置于《全宋诗》已收诗人之后。《全宋诗》中，除册三九、册四〇外，其他各册均有订补。其中辑补诗歌较多的诗人依次有陶弼(15首、句2)、释法演(176首、句3)、释仁勇(110首)、释克文(357首)、释了元(55首)、陈成之(29首)、戴复古(26首)、刘克庄(20首)、方岳(20首)、武衍(42首)、张蕴(66首)、宋无(103首)等，新增诗人辑补较多的依次有释归省(69首)、释文悦(87首)、王亘(16首)、林撝(34首)、冯忠恕(30首)、徐安国(58首)、刘僟(63首)等。

全书主要以四位编者的研究成果为主，同时也有选择地吸收了学界同仁所发表文章中的合理意见。辑补的诗，有很多来自错讹甚多的类书、方志等，编者只将能够确考误收的诗予以删除，其他大量诗歌则予收录，这样就可能在辑补的同时，又带来了新的误收之诗。读者检阅该书，尤需慎重。

《全宋诗辑补》由汤华泉整理，黄山书社2016年出版，凡十二册。全书分为三大部分，其中前两部分为《全宋诗》已收作者补、未收作者补，第三部分为收录无名、神仙鬼怪、话本小说诗及歌谣语谚而设。编者尽力对佚诗、佚句精心查重、辨伪、校勘，剔除前揭《全宋诗订补》《全宋诗订补稿》及期刊上发表的宋诗辑佚文章中相同的作品。该书共辑出《全宋诗》所遗漏的宋

① 群言出版社2005年版。该书辑得佚诗一千四百余首。

诗二万二千首，残诗零句三千六百余则，新辑得的诗人包括有名姓作者近二千八百人，其中不见于《全宋诗》的作者二百余人。① 该书能够辑得巨量佚诗，主要缘由在广泛检索宋代以来存世典籍数百种，尤其对为《全宋诗》所忽略、较少采用的佛道文献、方志文献、石刻文献及类书、话本、戏曲等，翻检尤多。如仅从大型颂古总集《禅宗颂古联珠通集》一部典籍即辑录诗歌数千首，从《弘教藏》中的两部偈颂集《御制莲华心轮回文偈颂》与《御制秘藏诠》，即为宋太宗辑得佚诗二千一百首。全书在佛典中共辑得僧人佚诗一万余首，接近全部佚诗的半数。与此同时，编者还均能为新见作者撰写小传，并对《全宋诗》已收的若干作者小传疑误、阙略及诗歌的重出、误植情况进行补正、说明。凡此皆为《全宋诗》的修订、完善作出了重要贡献。

《全宋诗辑补》格局宏大，卷帙浩繁，且仅凭一人之力完成，自然出现诸多缺陷与需要完善的地方。编者在《我与〈全宋诗辑补〉》②一文中自称《全宋诗辑补》在辑诗的准确性、文字的校勘及小传的撰写等方面存在一些问题。李更《〈全宋诗辑补〉管窥——兼论文献考辨在辑佚中的意义》一文，选择该书对《全宋诗》第十四册的辑补内容为个案进行剖析，指出《全宋诗辑补》在诗歌辨体、出处考证上问题突出，如铭、酒令、戏语等非诗，联句、对语不是诗的构件而均被视作诗（句）收入集中，徒增篇幅，材料的出处也缺乏应有的考证，“辑佚所据资料时常不是相关作品的最早出处”。③

---

① 按该书将大量无名诗人及神仙鬼怪、话本小说、歌谣语谚中的诗视作佚诗辑入，值得商榷。

② 《古籍研究》2019年第2期。

③ 《北京大学中国古文献研究中心集刊》（第16辑），第177页，北京大学出版社2017年版。

下　篇
个　案　研　究

本部分为个案研究，每时段各选一至二部宋诗总集作为代表，重点考察总集的编撰缘起、编选宗旨、编辑体例与学术成就等，兼及各集彼此之间的关联、异同。其中《诗家鼎脔》《濂洛风雅》为宋人所编宋诗总集，《宋诗拾遗》为元人所编宋诗总集，《宋艺圃集》为明人所编宋诗总集，《宋诗钞》《宋诗纪事》为清人所编宋诗总集，《宋诗精华录》为民国时期所编宋诗总集，《宋诗选注》《宋诗三百首》为新中国成立以来所编宋诗总集，而《全宋诗》则为宋代以来两宋诗歌的首次全集结纂。除《诗家鼎脔》《濂洛风雅》为专题诗歌总集外，其余各集均为相应时期综合性宋诗总集之优异者。

第九章 《诗家鼎脔》的成书过程与文献价值

《诗家鼎脔》系南宋后期佚名所编纂的一部南宋江湖派诗歌总集①。《四库全书》此书提要解释书名说:"(该书)所存诗多者十余首(按此处有误),少者仅一二首,盖取尝鼎一脔之意,故以为名。"此书《直斋书录解题》《郡斋读书志》及《宋史・艺文志》均未著录,《四库全书》著录系天一阁藏宋麻沙刊本,卷首有"倦叟"短序一则,四库馆臣认为此"倦叟"即明末清初号"倦圃"的曹溶。按,曹溶为浙江秀水(今嘉兴)人,家富藏书,好收宋元人诗集,清李集《鹤征录》卷三谓"唐宋元明以来抄秘之本,先生尽得之",尝著《静惕堂藏宋元人集目》,故其搜讨到宋麻沙刊本《诗家鼎脔》并为题序是完全有可能的。

一、编纂概况

全书二卷,共辑录南宋96位诗人的诗179首,其中卷上金沙夏有人无诗,故实仅178首。《诗家鼎脔》所录多为近体诗,其中七绝78首,五绝8首,七律44首,五律33首,另外还选有罗椅、陈子予、杜东、黄师参的六绝各1首。而五古5首,七古6首,古体诗歌仅占全集数量的百分之六。就题材来说,编选者取境较狭,那些揭露时弊、反映社会、同情民瘼的现实性强的作品几乎没有,更看不到爱国诗歌的影子,而写景、咏物、感怀、送别、题赠之作则比比皆是。所录诗人半数以上仅存诗1首,多者如戴复古亦仅8首,严羽、赵师秀7首,刘克庄、高翥、周端臣6首,冯去非、黄师参、上官良史、王克功4首。而陆游、范成大、杨万里、尤袤、朱熹、萧德藻、方岳、徐玑、姜夔等著名诗人均只字未选。故倦叟《诗家鼎脔序》批评说:"宋季江湖诗派以尤杨

① 按晚清丁日昌《持静斋书目》卷四著录该书二卷,旧抄本,编者戴复古。

范陆为大家，兹选均不及，稍推服紫芝（赵师秀）、石屏（戴复古）、后村（刘克庄）、仪卿（严羽），其余人各一二诗，止（至）隘矣。”

《诗家鼎脔》当为南宋诗歌总集，所录诗人中以黎道华、李邦献的生活时代最早，分别在两宋之际及南渡初，其余均在南宋中后期约百年间。黎道华尝学诗于江西派诗人谢逸，与曾艇、释惠严号称“临川三隐”（同治《临川县志》卷五三），而据谢薖《祭无逸兄文》①推测，谢逸卒于政和三年（1113），知黎道华约生活在两宋之际。李邦献为北宋李邦彦（？—1130）之弟，高宗绍兴三年（1133）为夔州路安抚使司干办公事（《建炎以来系年要录》卷六九），乾道二年（1166）知恭州（《宋会要辑稿》职官七一），知李邦献约生活在南宋初期。相对而言，生活时代较晚的则是王安之、钱舜选两人。据陈世崇《随隐漫录》卷三自述，其曾师从钱舜选。陈世崇卒于元至大元年（1308），年六十四（周端礼《故宫讲陈公随隐先生行状》）。据此以推，陈世崇师从钱舜选事不会早于宋亡前二十年左右，故此时钱舜选尚在世，为可考诗人中生活时代最晚者。另，尚有王恽、陈元鉴、陈叔坚、饶良辅、黄深源、陈子予、倪龙辅、赖铸、马知节、王克功等诗人生活时代无从考证，故《全宋诗》卷三七四八统一将其收录在最后一册。关于《诗家鼎脔》成书与刻印的具体时间，该书编者与刻印者没有留下序跋可供我们考证，倦叟在该书序中也未曾提及。不过，从该书收有钱舜选的诗来看，其成书约在宋末。明天一阁藏有宋麻沙刊本，说明其刻印时间亦在宋末。该书编者待考，一般书目著录时亦谓宋佚名编，只有晚清丁日昌《持静斋书目》卷四著录该书编者为戴复古，可备一说。②

该书与同时刘瑄所编《诗苑众芳》、元初陈世隆所编《宋诗拾遗》虽有诸多共同之处，如均主要收录小诗人的作品，以保存宋诗文献为首任，均多选近体，尤其是《诗苑众芳》，除文天祥《题琴高台》一诗外，均为近体。然彼此互不提及，也很少相互取资。《诗苑众芳》收南宋中后期 24 位诗人 84 首诗，无一与《诗家鼎脔》重复者。即使是《宋诗拾遗》收录两宋 786 人 1476 首诗，也仅有赵葵、徐照、刘宰、黄登等 12 位诗人在《诗家鼎脔》中出现过，其中仅陆壑《退宫人效项斯》在两书中重复出现，其他各诗均不相同。

《诗家鼎脔》所辑诗人少数存诗较多，多数存诗较少，甚至仅见于《诗家鼎脔》（详表 1），《四库全书》此书提要云：“所录诗人其有专集流传者，什无

---

① 见《谢幼槃集》卷一〇。

② 参汪俊、陈宇《〈诗家鼎脔〉编者考实》，《扬州大学学报（人文社会科学版）》2015 年第 2 期。

一二,今惟苏泂、王迈、章甫诸人,幸于《永乐大典》中掇拾丛残遗稿,复得重显于世,而其他别无表见者尚多得是书以存其一斑,于诗家考据之助,要不无小补焉。"检《全宋诗》,知存诗一卷以上者有刘克庄 49 卷,赵蕃 27 卷,魏了翁 14 卷,刘过 10 卷,戴复古、洪咨夔、苏泂各 8 卷,章甫 6 卷,刘宰、王迈各 5 卷,宋伯仁 4 卷,徐照、高似孙各 3 卷,高翥、翁卷、施枢、赵师秀、严羽各 2 卷,罗椅、危稹、蔡沈、曾极、姚镛、潘柽、游九言、张良臣、赵葵、任希逸、叶绍翁、严粲、周端臣、郑会、赵崇嶓、潘屿各 1 卷。其余 62 位诗人仅存一二首诗,或数首诗,绝大多数为名不见经传的小人物,许多作者因《诗家鼎脔》而留名,许多诗歌因《诗家鼎脔》而流传。若无《诗家鼎脔》,这些诗人在历史的长河中早已湮灭无闻,更不用说他们的诗歌。全书并无诗人小传,往往于诗人姓名后注明其字,姓名前则"各著其里居、字号,为例不一",读者当审慎对待,如"华谷严粲坦叔"表明严粲,字坦叔,号华谷,而"鄱阳章甫冠之"则表明章甫字冠之,鄱阳人。有些诗人仅有字而无号、里居,或仅有号、里居而无字。其中李士举、李显卿以字称,未言其名"邦献""庭",算是特例。

全书的编次也看不出规律,既不分体、分类,也未按作者生活年代顺序排列,基本上是随得随抄,偶尔将同姓名者或有亲缘关系者编排一处。如将赵师秀、赵庚夫、赵善扛、赵汝唫连排,杜东、杜耒连排,刘克庄、刘克逊连排,游仪、游次公、游九言、游九功连排,严粲、严肃、严参、严仁连排。有时任意删节诗题,给读者阅读原诗带来不便。如《金陵》一诗,苏泂《泠然斋诗集》卷六题作《金陵杂兴二百首》(其二);《乙酉述怀》一诗,刘宰《漫塘集》卷一题作《乙酉夏述怀二绝》(其一);《吴江雪霁图》一诗,罗椅《涧谷遗集》卷二题作《题向伯侨吴松雪霁图》(三首其二);郑克己《送中书王舍人出使》一诗,《永乐大典》卷一〇八七七题作《送中书王舍人使北虏》;曾极《寄蔡西山》一诗,《诗人玉屑》卷一九题作《蔡西山贬道州》。《诗家鼎脔》因属坊刻,文字错讹时有发生,仅以诗人姓名为例,如误"苏泂"为"苏洞",误"李杜"为"季杜",误"任希夷"为"任希逸",误将高翥字"九万"重写两次。诗中文字亦有脱漏或错讹,四库馆臣即校正天一阁藏宋麻沙刊本《诗家鼎脔》疏漏三条,如卷上周端臣《刘寺坟园》"荣华肯信当年梦"句,原本脱"荣"字,据《西湖游览志》增补;卷下游次公《早起》"宿雨未干池馆静"句,原本"池"讹"地",今改;卷下游九公(功)《答黄叔旸》"敛翼退遵渚"句,原本"翼"讹"翌",今改。①

---

① 《钦定四库全书考证》卷九一《集部考证》"《诗家鼎脔》"条,文渊阁《四库全书》本。

二、文献价值

该书虽取境不宽，编次无法，又偏于近体一端，然因其为宋末人选南宋诗，多存录小诗人，颇具文献价值。曹溶《诗家鼎脔序》谓"诸人姓名有他书别无可考，独见之此编者，存以征晚宋故实也。"对此，《四库全书总目》的编纂者亦有共识，卷一八七该书提要云："其间家数太杂，时代亦多颠倒，编次颇为无绪，然宋末佚篇，赖此以存者颇多，亦未可以书肆刊本忽之矣。"均不约而同指出该书具有辑佚的价值。如《总目》卷一二一《祛疑说》提要即谓储泳"工于吟咏，其诗集今已失传，惟《诗家鼎脔》《至元嘉禾志》中稍载其遗篇一二而已"。卷一六〇《自鸣集》提要谓章甫"其集不见于《宋史·艺文志》，《文渊阁书目》虽有其名，而传本久绝，其得见于世者惟《名贤小集拾遗》所载《湖上吟》一首，《诗家鼎脔》所载《寄荆南故人》一首而已"。卷一六三《默斋遗稿》提要云："厉鹗《宋诗纪事》录九言诗四首，其前二首即采之此集（按指《默斋遗稿》）……其余《美人倚楼图》一首，《溪上》一首，则均为集中所不载，鹗从《诗家鼎脔》录入。"卷一六三《泠然斋集》提要亦云："陈振孙《书录解题》有（苏）泂《泠然斋集》二十卷，亦久亡佚，惟宋无名氏《诗家鼎脔》中尚存其二诗而已。"正因如此，《全宋诗》的编纂者充分利用《诗家鼎脔》辑录宋诗。据笔者统计，《全宋诗》中首见于《诗家鼎脔》的宋诗即有54人，82首。其中14人19首诗为他书所不见，仅赖该书而得以流传后世（见表1中注明仅见者）。其实，《全宋诗》检而未尽，笔者再次将两书对检，又发现《全宋诗》失收5人6首，其中新增3人。

（一）《全宋诗》失录者，现引录原诗，并据文献考据诗人生平大略

刘淮，字叔通，号泉溪，又号溪翁，建阳（今属福建省南平市）人。游朱熹之门，绍熙元年（1190）进士。博学能文，其诗淡而有味。朱熹《跋刘叔通诗卷》评其诗说："叔通之诗不为雕刻纂组之工，而其平易从容，不费力处，乃有余味。"所著《嘉禾县图经》为建阳县最早的县志①，嘉禾知县刘克庄为其作序②。《诗家鼎脔》卷上存其诗二首。

---

① 按景定元年（1260），建阳县之唐石里（今黄坑镇）产嘉禾，更名嘉禾县。元至元二十六年（1289），嘉禾县复名建阳县。

② 《嘉禾县图经》，见《后村先生大全集》卷九七，《四部丛刊》初编本。

平远台

海天漠漠水云宽，开到梨花正自寒。却拥重裘上平远，愁心千叠倚栏干。

韩府

宝莲山下韩家府，郁郁沉沉深几许？主人一朝出汉塞，绿户玄墙锁风雨。

九世卿家一朝覆，太师之诛魏公辱。后车不信有前车，突兀眼前看此屋。①

郑舜卿，字虞任，长乐（今属福建省福州市）人。与陆游有过从。《诗家鼎脔》卷上存其诗一首。

昭君曲

前辈作《昭君曲》，其辞多后人追感昭君之事而怜之耳，未足以见当时马上之情而寄其隐悲也。从当时之称，当曰《昭君曲》。

沙平草软云连绵，臂弱不胜黄金鞭。琵琶围绕情如诉，妾心骤感君王怜。

自入昭阳宫，过箭流芳年。娙娥容华貌如玉，琐窗粉黛添婵娟。

妾丑已自知，羊车春草空。芊芊内中时时宣，画工分定愧死行金钱。

那知咫尺间，笔端变媸妍。玉阶铜砌呼上马，重瞳光射搔头偏。

念此一顾恩，穹庐万里宁无缘。紫台房栊梦到晓，日暮忍看征鸿翩。

吞声不敢哭，哭声应彻天。但得君王知妾身，应信目前皆山川。

不必诛画工，此事古则然。但愿夕烽常不惊，甘泉妾身胜在君王前。

寄语幕南诸将军，虎头燕颔食肉休筹边。自呼琵琶写此曲，有声无调谁能传。②

李杜，字元白，号枣坡居士，邵武人，尝与刘克庄唱和（《邵武府志》）。

---

① 按厉鹗《宋诗纪事》卷六三录此诗题作《韩家府》，诗题下小字注“嘉定初作”。诗中“一朝出汉塞”作“飞头去和虏”，“玄”作“雕”。

② 按陆游有《跋郑虞任〈昭君曲〉》，见《渭南文集》卷二七。

《诗家鼎脔》卷下录其诗一首。

过废寺

溪沙横涨水痕平，闲叩云关壁半倾。殿上土花人不到，断砖支睡听蝉鸣。

（二）《全宋诗》已录而失收者

张端义，《全宋诗》卷二九五〇录其诗 2 首，句 2 联。现从《诗家鼎脔》卷上辑录 1 首。

偶题

老去功名不挂怀，高眠之外只清斋。偶因种竹便多事，风叶扫馀还满阶。

严粲，《全宋诗》卷三一二九据《中兴群公吟稿》戊集卷七录其诗 1 卷。现从《诗家鼎脔》卷下辑录 1 首。

还家

万屋烟消馀塔身，还家何处访情亲？旧时巷陌都忘记，却问新携来住人。

除了具有辑佚的价值外，《诗家鼎脔》还可供我们纠正某些史籍之误。如《全宋诗》卷二九五八据陆心源《吴兴诗存》二集卷八录游似《黄鹤楼》诗，误，游似无诗存世，此处游似当为游仪。游仪，字伯庄，长平人，早年游京师，自北方纵览名胜，后游洞庭湖，隐居武溪之上。《诗家鼎脔》卷下录此诗，题作《题鄂州黄鹤楼》。《诗人玉屑》卷一九"游伯庄（仪）"条载其"过武昌时，有题黄鹤楼诗，脍炙人口"，当指此诗。厉鹗《宋诗纪事》卷六〇引录此诗，亦作游仪。又如任希夷字伯起，号斯庵，著有《斯庵集》（已佚），而《宋诗拾遗》卷一九收任希夷诗 3 首，仅言其字伯起，因不知"斯庵"乃任希夷的号，故于卷一三又收任斯庵《凤凰台》1 首，误将一人析为二人。又如《宋诗纪事》卷六二据《后村千家诗》收李元白《废寺》，因不知李杜字元白，于卷七一据《诗林万选》又收李杜《过废寺》，两诗文字完全一样，实为重出。

表1 《全宋诗》所录首见或仅见于《诗家鼎脔》的宋诗

姓　名	诗　题	《诗家鼎脔》(卷)	《全宋诗》(册/页)
王　恽	杨柳枝(仅)	卷上	72/45197
方士繇	崇安分水道中	卷上	50/31096
黄　铢	梅花	卷上	45/27714
	铁笛亭	卷上	45/27714
陈　均	九江闻雁	卷上	62/39265
陈子予	秋思(仅)	卷上	72/45198
李邦献	竹枝辞	卷上	26/16667
赵庚夫	道中逢潜夫	卷上	55/34295
	习气	卷上	55/34295
赵善扛	春辞	卷上	48/30103
赵汝唫	别朱子大苏名叟	卷上	60/37846
	送梅窗兄	卷上	60/37846
张端义	挽周晋仙	卷上	56/35153
潘　柽	鹭	卷上	38/24224
杜　东	山行(仅)	卷上	57/35839
	绿珠(仅)	卷上	57/35839
	平山堂(仅)	卷上	57/35839
杜　耒	寒夜	卷上	54/33637
	送吴太博赴莆中	卷上	54/33637
饶良辅	竹径步月(仅)	卷上	72/45198
黄　铸	赞见洪师(仅)	卷上	62/39236
何　异	一犁春雨图	卷上	38/24048
许　玠	汉宫春夜	卷上	61/38151
周端臣	观潮行	卷上	53/32971
孙惟信	禅寂之所有卖花声出廊庑间清婉动耳	卷上	56/35148
陈元鉴	金陵怀古(仅)	卷上	72/45197
叶元素	自赞	卷上	56/35240
郑　会	邸间壁	卷上	56/35251

续表

姓名	诗题	《诗家鼎脔》(卷)	《全宋诗》(册/页)
丁木	次韵何安节抚机(仅)	卷上	56/35241
赵崇嶓	闺词	卷上	60/38082
	采莲词	卷上	60/38082
潘屿	客中九日	卷上	64/39917
冯去非	江上	卷上	63/39734
	寓居	卷上	63/39734
	祈门道中	卷上	63/39735
	所思	卷上	63/39735
倪龙辅	登楼有感	卷上	72/45199
陈叔坚	送素上人游方(仅)	卷上	72/45197
黄深源	秋日寄怀友人(仅)	卷上	72/45198
林洪	春宫	卷上	64/40393
曹邍	南徐怀古呈吴履斋	卷上	64/39993
储泳	秋夕怀友	卷上	57/35823
王安之	寄友(仅)	卷上	70/44444
王显世	乌驻道中(仅)	卷上	54/33996
高似孙	水西	卷下	51/32006
游次公	早起	卷下	49/30956
	来阳道中	卷下	49/30956
游九言	美人倚楼图	卷下	48/30128
	溪上	卷下	48/30128
游九功	浯亭望横山	卷下	53/33316
	答黄叔旸	卷下	53/33316
	题魏醇父菊庄	卷下	53/33317
黄师参	李咸谷歌	卷下	59/37039
	过庐陵	卷下	59/37039
	咏怀	卷下	59/37039
	小楼即事	卷下	59/37040

续表

姓 名	诗 题	《诗家鼎脔》(卷)	《全宋诗》(册/页)
黄 登	万峰庵	卷下	56/35244
王伯大	丹青阁	卷下	57/35830
赵 葵	荒城	卷下	57/36002
严 参	梅	卷下	59/37216
	看雪	卷下	59/37216
严 仁	平远楼	卷下	59/37215
	闻雁	卷下	59/37215
	塞下曲	卷下	59/37216
上官良史	寻严丹丘东潭居二首(仅)	卷下	59/37217
	泊舟有怀(仅)	卷下	59/37217
	河梁值雨有怀严羽(仅)	卷下	59/37217
赖 铸	送郑居之(仅)	卷下	72/45200
钱舜选	示侄	卷下	67/42026
蔡 渊	仲弟未归岁晚有怀	卷下	51/32119
蔡 沈	赠琴士翁明远	卷下	54/33645
马知节	枯梅(仅)	卷下	72/45200
宋伯仁	东赵监盐	卷下	61/38195
姚 镛	别毛沧洲	卷下	59/37097
	放船	卷下	59/37097
黎道华	门外	卷下	30/19213
王克功	思友	卷下	72/45201
	剑浦思归(两首)	卷下	72/45201
	梅仙山	卷下	72/45201

第十章 《濂洛风雅》的编选宗旨与文学史意义

北宋以来，随着儒学的革新，理学的发展，理学思想对诗文的渗透愈见明显。理学家不仅“以诗人比兴之体，发圣门理义之秘”①，还以诗文总集编纂这一文学批评形式鼓吹其理论主张，表达其文学史观。吕祖谦编的《皇朝文鉴》与《古文关键》，真德秀编的《文章正宗》与《续文章正宗》便是其中之佳构，而宋末元初理学家金履祥所编的《濂洛风雅》(以下或简称“《风雅》”)更是一部专选理学家诗歌的重要诗歌总集，对当时及后世诗文创作与诗学发展均卓有影响。

一、选录标准与门派意识

金履祥(1232—1303)，初名祥，更名开祥，后又更名履祥，字吉父(甫)，婺州兰溪(今属浙江省金华市)人。自幼聪颖好学，师从同郡理学家王柏，又从另一理学家何基游，遂穷濂洛之学，为一代名儒。德祐初(1275)授史馆编校，不及用而宋亡，入元后无意仕进，隐居金华山中，以著书、啸咏为乐。晚年讲学于丽泽书院，学者称仁山先生。金氏人品学识均佳，《宋元学案》卷八二载：“当时议者谓北山(何基)之清介纯实似和靖(林逋)，鲁斋(王柏)之高明刚正似上蔡(谢良佐)，先生(金履祥)则兼得之二氏而并充于一己者也。”尝著《通鉴前编》二十七卷、《大学章句疏义》二卷、《尚书表注》四卷、《论语孟子集注考证》十七卷及《仁山集》六卷。《濂洛风雅》六卷为其元贞二年(1296)在唐良瑞齐芳书舍做塾师时所编，金氏选诗初未分类，后唐良瑞代为分类排比并作序，故是书应视为金、唐二氏共同合作的结果。《风雅》在宣传理学诗派，保存理学诗歌文献，倡扬理学家诗歌理论诸方面

① 真德秀《咏古诗序》，《西山先生真文忠公文集》卷二七，《四部丛刊》初编本。

具有重大的价值与意义。

作为一种文学批评的形式,诗歌总集彰显着编者的文学见解与理论主张,这种见解与主张对诗歌的诠释与流播至关重要。首先,我们看金履祥筛汰诗人时采取的标准。宋代理学派别繁多,人员甚众,仅见于《宋史·道学传》的即有二十四人,《儒林传》中陆九渊、吕祖谦等亦属理学名家。① 作为宋代理学家的诗歌总集,《濂洛风雅》本应全面加以选录,实际上金氏却并未这样做,他在确定选录对象时体现出了强烈的门派意思。金氏为朱熹的四传弟子,《四库全书总目》卷一六五《仁山集》提要谓"履祥受学于王柏,柏受学于何基,基受学于黄榦,号为得朱子之传"。朱熹门人有姓名可考者约四百余人,其能传朱子之学而发扬光大者有蔡元定、陈淳、黄榦、叶味道、詹体仁、辅广、陈埴及私淑弟子魏了翁等,金氏则仅选录蔡元定、陈淳、詹体仁之弟子真德秀及与他本人有师承关系的黄榦一脉之诗,而蔡、陈二氏门人及朱熹其他主要门人(包括其传人)之诗均未选录。朱熹自幼师事刘子翚等人,二十四岁后改师李侗,始传二程之学。李侗师从罗从彦,罗从彦师从杨时,杨时师从二程,总集中自然选录了以上理学家及其门人之诗。《濂洛风雅》将周敦颐列为第一,推崇他为北宋理学"开山祖师"。二程曾从周氏"南安问道",故金履祥在所撰该书《濂洛风雅图》中以周敦颐为该派之祖,以二程及创立"关学"的张载、象数"先天之学"的邵雍为该派之宗,他们的诗自然也在选录之列。周敦颐的理学思想被称为"濂学",二程的理学思想被称为"洛学",该书既然将周、程视为宋代理学的开创人,故书名曰《濂洛风雅》。

金氏所选诗歌数量同样表现出浓厚的门派意识,被他视作宋代理学"开山之祖"的周敦颐现存诗 33 首,《风雅》选录 7 首;四宗中邵雍存诗 1583 首,《风雅》选录 23 首,张载存诗 80 首,《风雅》选录 41 首,程颢存诗 67 首,《风雅》选录 20 首,程颐存诗 6 首,《风雅》选录 1 首。除邵雍因存诗数目过多外,其余人被选诗数量占存诗总数的比例相当大。南宋理学家中胡安国父子三人因属孙复泰山学派传人,又自创湖湘学派,与程朱学派关系较疏,故选诗数量相对不多:胡安国诗选录 8 首,其子胡宏选录 2 首,胡寅选录 7 首。而对宋代理学之集大成者朱熹的诗则选录达 78 首之多,其组诗《斋居

① 按北宋时期只有"道学"概念,到了南宋时才有"理学"一词。《陆九渊集·与李省干》曰:"惟本朝理学,远过汉唐,始复有师道。"一般而言,狭义的理学仅指以程、朱一脉为代表研究义理、天命之学的哲学派别,而广义的理学指称的范围更广,包括张载为代表的气学、邵雍为代表的数学、陆九渊与王阳明为代表的心学等。

感兴二十首》及《六君子赞》六首皆悉数选入，所选诗数量为所有诗人之冠，占《濂洛风雅》选诗总数的17.6%。朱熹而下，选黄榦诗6首，何基诗23首，王柏诗42首，王侃诗8首，除王柏诗《全宋诗》存5卷外，黄榦诗存81首，何基诗存25首①，王侃诗存4首，后两者基本上是悉数选录。王柏为金履祥的业师，故选诗数量仅次于朱熹，排列第二，明显与其诗歌创作成就不符。

金履祥在确立选录对象与数量时所存门户之见，清初王崇炳《濂洛风雅序》表述得十分清楚："《濂洛风雅》者，仁山先生以风雅谱婺学也。吾婺之学，宗文公祖二程，濂溪则其所自出也。以龟山（杨时）为程门嫡嗣，而吕（大临）、谢（良佐）、游（酢）、尹（焞）则支；以勉斋（黄榦）为朱门嫡嗣，而西山（真德秀）、北溪（陈淳）、撝堂（刘炎）则支；由黄（榦）而何（基）而王（柏），则世嫡相传，直接濂洛。程门之诗以共祖收，朱门之诗以同宗收，非是族也，则皆不录，恐乱宗也。诗名风雅，其实有颂而变风变雅则不录。"金履祥、王崇炳与南宋初著名理学家吕祖谦同为婺州人，吕氏是宋代婺学的开创人与代表，故王崇炳称金氏"以风雅谱婺学"，且称婺学为"吾婺之学"。金履祥虽未完全做到"非是族也，则皆不录"，然他主要以师友渊源为统纪，卷首附《濂洛风雅图》及《濂洛风雅姓氏目录》，以北宋理学家周敦颐为祖，以邵雍、张载、程颢、程颐为宗，下至杨时、罗从彦、李侗、朱熹、黄榦、何基，迄至其师王柏、王侃等，凡48人，诗453首。部分诗后所辑评语亦以其师王柏（9条）及他自己（15条）的为多，可谓一脉相承。而宋代儒学其他较有影响的流派，如安定学派胡瑗，泰山学派孙复、石介，蜀学苏轼、苏辙兄弟，新学王安石，象山学派陆九渊等，永嘉学派薛季宣、陈傅良、叶适等均只字未选。《濂洛风雅》实为一部宋代程朱理学派之诗歌总集。元明以来，程朱义理之学被奉为官方哲学，成为中国近古时期封建社会的统治思想。《濂洛风雅》的编定与广泛传播，即是这一政治、文化思潮在文学上的回响。

二、选目与评语中的理学色彩

宋代理学家将文学视为义理说教的工具。周敦颐与唐代古文家所谓"文以明道"不同，提出"文以载道"，其《通书·文辞第二十八》谓："文所以

---

① 按《全宋诗》卷三〇八八收何基诗22首，《濂洛风雅》卷一中何基的3首四言古体诗（箴铭）未收。

载道也。轮辕饰而人弗庸,徒饰也。况虚车乎? 文辞,艺也;道德,实也。"①将文艺视为车中轮辕等的装饰之物。邵雍《伊川击壤集》论诗反对抒情,批评近世诗人"溺于情",出于喜怒爱恶而作诗。他认为诗要表现道德本性,指出"性公而明,情偏而暗"(《皇极经世·观物外篇》),提出"行笔因调性,成诗为写心"②的唯心主义文学观。程颐提出"作文害道"与"做诗害道",割裂了文与道、诗与道的关系。真德秀《咏古诗序》认为诗须"以诗人比兴之体,发圣门理义之秘"。金履祥自觉地接受了其理学先辈较为偏颇的文论观,在对作品进行甄选与品鉴时鲜有文学的眼光,而多从理学的视角出发。该书卷五录吕大临《送刘户曹》诗:"学如元凯方成癖,文到相如始类俳。独立孔门无一事,只输颜子(回)得心斋。"金氏不仅于后二句加圈点予以称赏,而且还引录《二程遗书》中"作文害道""为文亦玩物""玩物丧志"等语,附和作者吕大临,批评刘户曹不能如颜回修养心性,完全是一幅理学夫子气。

基于以上诗学观,金氏甄选理学家之诗时特别垂青于言义理、谈天命之作,就是以韵语所写的语录讲义,亦予辑录。如卷一所选张载的《西铭》《东铭》纯为哲学讲义,所引朱熹评语将近 1400 字,堪称一篇哲学小论文;同卷所选程颢的《颜乐亭铭》,全为表彰、宣扬孔子弟子颜回安贫乐道的品节,金氏所圈点的"圣以道化,贤以学行","千载之上,颜惟孔学;百世之下,颜居孔作,盛德弥光,风流日长"等句,即着重颂美颜回德行,了无诗味,更乏意境。而所录其师王侃的评语亦云:"程子师周子,每令寻颜子之乐处,而程子每自得于心目之间……揭圣贤之学以示人,有志于斯道者,必将由辞以得意。"卷四所选邵雍的《心耳吟》:"意亦心所至,言须耳所闻。谁云天地外,别有好乾坤。"金氏评此诗云:"言意之间,亦可以见天地。此尧夫(邵雍)之所以独得而不容已于吟也。"以上诸诗皆为"发圣门义理之秘",短于言情,鄙弃诗艺。卷五所选七绝中,许多诗乍看诗题,似为登临、游览、咏物、咏史之作,然仔细咀嚼,可见出作者实在谈论义理、吟赏德行,如真德秀《登南岳上封寺》:"好风一夜扫阴霖,涌出群山紫翠深。眼界豁然因有觉,六尘空后见真心。"何基《夹竹梅》:"不染世间儿女尘,任他桃李自争春。也应高洁难为对,独有修篁是可人。"前诗因自然现象,谈人生哲理;后诗貌似咏物,实则在言修身养性之事。他如曾极《濂溪》:"逍遥社里周夫子,太极图成昼掩关。欲验个中真动静,终朝临水对庐山。"此诗亦非模山范水,而是描写周

---

① 陈克明点校《周敦颐集》,第 35—36 页,中华书局 2009 年第 2 版。

② 《无苦吟》,郭彧整理《伊川击壤集》卷一七,第 271 页,中华书局 2013 年版。

敦颐晚年定居庐山下,在濂溪旁著书立说、修养心性的情事。凡此之诗,颇遭时贤及后人诟病,刘克庄《吴帅卿杂著·恕斋诗存稿》云:"近世贵理学而贱诗,间有篇咏,率是语录讲义之押韵者耳。"①清代陈仪《竹林答问》即谓"宋儒以诗为语录",潘德舆《养一斋诗话》卷二批评"南宋人诗似语录"。朱庭珍《筱园诗话》卷四谓邵雍、二程等"以讲学为诗,直是押韵语录"。今人亦谓说:"象《濂洛风雅》一类的诗也就只能成为押韵的语录讲义了。"②而金履祥却无视这些"语录讲义"体诗艺术上的匮乏,以其能言理而屡加称赏、圈点,甚至认为是诗中的上乘之作。

朱熹在其《答巩仲至》一文中说,他曾准备编选诗集,选诗以陶渊明以前古诗为主,另选颜延之迄至初唐古诗,再选沈、宋以来近体诗,即使近体诗也择其近古者,可见朱熹是崇尚先唐古诗的。《风雅》于诗歌体裁的编排与甄选也同样体现了推尊古体而不排斥近体的儒家诗学观。这从唐良端的分类编次即可看出,唐良端序该书云:

> 《风雅》有正有变,有小有大,虽颂亦有周、鲁之异体,则今日《风雅》之编不可不以类分也。于是断取诗、铭、箴、诫、赞、诔四言者为风雅之正体,其楚辞、歌操、乐府韵语则风雅之变体,其五七言古风则风雅之再变,其绝句、律诗,则又风雅之三变也。

《风雅》卷一选四言古诗,卷二选杂言古诗,卷三选五古,卷四选七古、五绝、五律,卷五选七绝,卷六选七律,这样安排既体现了中国古代诗歌的演进轨迹,也反映了编选者推尊古体的儒家诗学观。众所周知,五七言律绝为唐宋诗歌占主导地位的体裁,而在《风雅》中却被视为最末流。《风雅》存录诗凡453首,以体裁而言,四古44首,杂言20首,五古63首,七古15首,五绝23首,五律38首,七绝169首,七律81首。作者所看重的铭、箴、诫、赞、诔等四言古体被编在卷首,受到高度重视,而这些作品在其他宋诗总集及《全宋诗》中一般是不被视为诗歌的。

《濂洛风雅》寓品评于选录,全书除辑有金氏自己的评点外,还有理学家张载、程颢、程颐、杨时、尹焞、胡安国、朱熹、谢良佐、黄榦、何基、王柏、王侃等人的评语,所评多温柔敦厚、中正和平之言,或为对理学先辈言行的颂

---

① 《后村先生大全集》卷一一一《题跋》,《四部丛刊》初编本。

② (宋)邵雍《伊川击壤集序》"说明",《中国历代文论选》第二册,第280页,上海古籍出版社1979年版。

赞,详于诗歌文意的阐发,而少艺术技巧的分析。唯其如此,清雍正间戴锜序此书称:“每读遗编,见其中有韵语可以正人心,可以敦风俗,可以考古论世者,撮而录之,使人洗心涤虑,非劝则惩,扶道之功何大也。”①光绪三年胡凤丹序此书亦称金氏“所辑濂洛诸子诗,率皆天籁自鸣,出入风雅,无一不根于仁义,发于道德”②,足见《濂洛风雅》对进一步丰富、完善儒家诗学观不无裨益。金履祥的诗歌创作也同样体现了他捍卫儒家重教化、喜言义理的诗学观,《全宋诗》存其诗 1 卷,其诗效仿北宋理学巨子邵雍,志道忘艺,雅正明洁。《四库全书总目》卷一六五谓“其诗乃仿佛《击壤集》”,潘府《弘治刊濂洛风雅序》则谓“其诗冲和纯正,固皆道德英华之发见”。

三、道学之诗与诗人之诗的理论分野

《风雅》为中国古代第一部由理学家专选理学家诗的诗歌总集。在该书问世前,理学家编选诗文选评以贯彻其文学主张的主要有吕祖谦与真德秀。吕祖谦编纂的《宋文鉴》为北宋诗文总集,编者意在资治,有补世道,但也重视文采,一些艺术性较强的名作均在选录之列。而真德秀的《文章正宗》却以文章是否具有实用价值、能否宣传理学家的主张作为取舍的标准,文章的艺术性是不在考虑之列的。其《文章正宗序》云:“夫士之于学,所以穷理而致用也。文虽学之一事,要亦不外乎此。故今所辑,以明义理、切世用为主。其体本乎古,其指(旨)近乎经者,然后取焉。否则,辞虽工亦不录。”故《四库全书总目》卷一八七该书提要谓“其持论甚严,大意主于论理而不论文。”顾炎武《日知录》亦云:“真希元《文章正宗》,其所选诗一扫千古之陋,归之正旨。然病其以理为宗,不得诗人之趣。”③《文章正宗》虽“始别为谈理之诗”,即将理学诗作为诗歌中的一个类别,然“所录者尚未离乎诗”,也并非囿于理学一端,且选诗止于唐代李、杜,《风雅》则率先专选宋代理学家之诗,以真德秀所倡导的“明义理、切世用”“其体本乎古,其指近乎经”作为取舍诗歌的标准,且以“道学之诗”为“风雅”正脉,以“诗人之诗”为旁门,强化了宋代理学诗的宗派意识与正统地位。任何总集都有为当下

---

① 见《濂洛风雅》卷首,《丛书集成初编》第 1783 册,商务印书馆 1939 年据《金华丛书》本排印。

② 同上。

③ (清)黄汝成集释,秦克诚点校《日知录集释》卷三,第 81 页,岳麓书社 1996 年版。

的文学批评与理论建树服务的功能,《风雅》显然也不例外,故"自履祥是编出,而道学之诗与诗人之诗千秋楚越矣"①,《四库全书》集部四《仁山集》提要亦云:"夫邵子以诗为寄,非以诗立制,履祥乃执为定法,选《濂洛风雅》一编,欲挽千古诗人归此一辙。"金氏认为"道学之诗"高于"诗人之诗",其看法虽有些偏激、武断,但对促成宋代理学诗派的形成,对人们提高对理学诗的认识,将其视为诗歌中的一个独立的门类起到了很好的作用。宋末吴渊为理学家魏了翁所作的《鹤山集序》勾勒了两宋文学的历史进程,以杨亿、晏殊为一变,以欧阳修、苏轼为二变,将周敦颐至南宋理学家的创作视为宋代文坛风习的第三次变化,足见当时亦有人认识到宋代理学家诗歌创作是一种独立的、重要的文学现象,民国间梁昆著《宋诗派别论》于众多的宋诗流派中,专列"理学诗派"加以研究,应该是基于以上的考虑。

当然,亦有人与金履祥的诗学观不同,他们对宋代理学诗不甚看重。宋末元初方回《送罗寿可诗序》谓"道学宗师于书无所不通,于文无所不能,诗其余事"。黄宗羲《郑禹梅刻稿序》:"濂洛崛起之后,诸儒寄身储胥、虎落之内者,余读其文集,不出道德性命,然所言皆土梗耳。"王士禛《师友诗传续录》:"宋人惟程、邵、朱诸子为诗好说理,在诗家谓之旁门。"民国间陈延杰《宋诗之派别》:"理学诗倡之邵雍,而周敦颐、张载、程颢相继而作,亦宋诗之一厄也。"凡此之类,其表述虽各不相同,然其否定、鄙弃宋代理学诗的态度却是惊人的一致。

四、文献价值与学术影响

金履祥专为理学家编总集、划疆界,这对传播理学家之诗,对保存无别集或不以诗名世的理学家之诗,对宋诗的辑录与《全宋诗》的编纂,均具有较大的文献价值。《四库全书》著录有邵雍的《击壤集》、周敦颐的《周元公集》、游酢的《游廌山集》、杨时的《龟山集》、朱松的《韦斋集》、刘子翚的《屏山集》、罗从彦的《豫章文集》、尹焞的《和靖集》、曾几的《茶山集》、吕本中的《东莱诗集》、胡宏的《五峰集》、胡寅的《斐然集》、林之奇的《拙斋文集》、吕祖谦的《东莱集》、朱熹的《晦庵集》、曾极的《金陵百咏》、张栻的《南轩集》、黄榦的《勉斋集》、陈淳的《北溪大全集》、真德秀的《西山文集》及王柏的《鲁斋集》等21部宋代理学家别集,《濂洛风雅》所选48位理学家中,尚

① 《四库全书总目》卷一九一《濂洛风雅》提要,第2672页。

有27人未见著录,其诗亦鲜见单行本流传后世。如张载诗虽在南宋初吕祖谦所编的《宋文鉴》早有选录,然向无传本,明嘉靖间吕柟编《张子钞释》、清乾隆间刊《张子全书》收诗悉出《宋文鉴》,中华书局1978年版《张载集》收诗亦仅15首,而《全宋诗》卷五一七收诗却多达80首,其中据《濂洛风雅》卷二收9首,据卷三收1首,据卷四收4首,据卷五收17首,据卷六收3首,计34首。[①] 而《全宋诗》据《宋文鉴》收诗仅13首,据其他文献所收则更少。可见《濂洛风雅》对保存张载诗起到了很好的作用。又如《全宋诗》卷三〇八八录何基诗22首,除《海棠》《寒夜寄友》二诗分别辑自《全芳备祖》前集卷七及胡凤丹辑《何北山先生遗集》卷二引《金华诗粹》外,其余《暮春感兴》等20首诗则分别辑自《风雅》卷三至卷六,若无《风雅》,我们能见到的何基的诗就要比现在少得多。

《濂洛风雅》开创了理学诗歌的传统,对后世影响较大,自兹编问世后,类似总集或侧重选录理学诗者层出不穷。宋末《千家诗》选理学家诗十余首,开卷便是程颢的《春日偶成》及朱熹的《春日》,足见其对理学家诗的重视。清代康熙四十七年(1708)理学家张伯行亦编有同名诗歌总集《濂洛风雅》,凡九卷,选录宋代理学家周敦颐、程颢、程颐、邵雍、张载、游酢、尹焞、杨时、罗从彦、李侗、朱熹、张栻、真德秀、许衡等14人及明代理学家薛瑄、胡居仁、罗钦顺等3人的诗凡922首。张伯行虽只字未提金履祥,然其书选录宋代作者中仅许衡未见于金氏《风雅》,该编《凡例》开宗明义云:"宋元明诸儒多矣,独周子(敦颐)讫罗整庵(钦顺)诸先生,何也?其师友渊源之所自乎,是一脉之传也。"其门人张文炅序该书亦云:"我仪封张夫子(伯行),抚兹海邦,镌正学诸编,以训都人士,都人士奉为楷模,四方望风者,踵相接也。"[②]足见张伯行在推尊儒家诗教的理论主张、弘扬程朱理学诗派的编选宗旨等方面均受金履祥《濂洛风雅》的影响。清乾隆二十六年张景星等编《宋诗别裁集》,亦选录理学家之诗7人凡41首。编者崇奉宋明理学,提到周敦颐、朱熹时不直呼其名,而尊称"周子""朱子"。这些都是金履祥确立理学诗的文学史地位后所产生的反响。今人钱穆晚年时编纂《理学六家诗抄》,辑录邵雍、朱熹、陈献章、王阳明、高攀龙、陆世仪等六位理学家的诗歌,这是对《濂洛风雅》的继承。

---

① 按《濂洛风雅》卷一所收张载《女诫》及《大顺城铭》两首,《全宋诗》编者以为非诗而未收。

② 均见张伯行编《濂洛风雅》卷首,《四库全书存目丛书》集部第403册,第733、729页,齐鲁书社1997年据吉林市图书馆藏清康熙正谊堂刻本影印。

第十一章 《宋诗拾遗》的文献价值

元代国祚不长,诗学上“隔代相亲”,编选的宋代诗歌总集多已失传,其所存者,除人们耳熟能详的《瀛奎律髓》外,陈世隆所编的《宋诗拾遗》(下简称《拾遗》)、杜本所编的《谷音》亦富史料价值。《谷音》所录仅30家,诗百余首,皆为宋末遗民诗,翁方纲《石洲诗话》卷四评为“慷慨顿挫,转有阮(籍)、陈(子昂)、杜少陵之遗意”。《拾遗》的编纂,正如书名所指,实为有宋一代诗歌拾遗补阙,在《北轩笔记·小传》中,此书亦名《宋诗补遗》,这当然不是作者的一时疏忽,故其文献价值不言自明。方回编纂的《瀛奎律髓》选诗唐宋兼采,故《宋诗拾遗》可谓元编宋诗总集之佳者。

一、编者生平小考

《拾遗》凡二十三卷,前无序言或凡例,《元史》亦无编者之传,故关于陈世隆的生平,我们目前所知甚少。《四库全书》本《北轩笔记》前佚名所撰小传是今存有关陈世隆生平的最早史料,其云:

> 陈彦高,名世隆,以字行,钱塘人。自其从祖(陈)思以书贾能诗,当宋之末,驰誉儒林,家名藏书。彦高与弟彦博下帷课诵,振起家声。弟仕兄隐,各行其志。元至正间兄弟并馆于嘉兴。值兵乱,彦高竟遇害。诗文集不传,惟《宋诗补遗》八卷、《北轩笔记》一卷,彦博馆主人陶氏有其抄本云。

传中提及的陈思是否为陈世隆之从祖,尚有待考证,但他编辑的《两宋名贤小集》,曾得到陈世隆的补编,当可信从。今检《四库全书》本《两宋名贤小集》,得255家三百八十卷,除富弼、张方平、岳珂等相重外,《小集》中的其他人在《拾遗》中都没有诗,可见《拾遗》也在有意识地对《小集》作补阙。

至正(1341—1368)为元顺帝年号,至正后期(1351年后),韩山童、刘福通为代表的红巾军起义及高邮张士诚、浙东方国珍等部为代表的农民起义此起彼伏,世隆疑即遇害于其时。世隆之诗文当时也没有流传下来,因而在清顾嗣立所编《元诗选》、今人所编《全元文》中未见其只字片言。传中称世隆所编《宋诗补遗》仅八卷,然就是这八卷宋诗,曾对宋诗搜讨下过一番功夫的厉鹗在编纂《宋诗纪事》时没有见过,故其失收百余家。四库馆臣于宋诗遗集也用功不浅,曾于《永乐大典》中辑得宋诗别集百余家,然亦未曾见到此书,仅将世隆所编《北轩笔记》编于子部杂家类。《拾遗》历代均无刻本,书目亦鲜见著录。今所存者为南京图书馆所藏二十三卷本,这是迄今所知国内唯一传世的抄本①,晚清著名目录学家叶德辉以为是明抄本②,前有晚清著名藏书家丁丙的题识,其内容多承《北轩笔记小传》而来,惟云"世隆为宋睦亲坊陈氏之从孙行,其选辑当代诗篇,犹承江湖集遗派,故题曰《拾遗》"数句,尤值得我们注意。这说明世隆编纂《拾遗》的目的不在选优,重在补缺。该书成书的具体时间待考,但大约在元朝后期是无疑的。编者离宋代的时间不远,既能综观两宋诗坛,又生活在曾经是南宋文化中心的临安,尝补编《两宋名贤小集》,证明他对宋诗文献比较熟悉,因而其拾遗补缺的宋诗基本上是可信从的。《四库全书总目》卷一二二《北轩笔记》提要谓该书"皆援据详明,具有特见",其实这一优长也同样体现在《拾遗》中。

二、文献价值

据笔者初步统计,宋人所编宋诗总集近120种,大凡或分类,或按体,或限于某一流派,或囿于某地某时,多为选优之集,故入选者少且多常见之名家。《拾遗》则存784家(重出一人未计),1493首,时间起自宋初,讫至宋末。以人而论,数量超过前此任何一种宋诗总集,且均为名不见经传的三流或末流诗人,像赵普、乐史、柳开、李昉、穆修、富弼、张方平、范祖禹、吕夷简、程颐、胡寅、胡仔、王明清及词人晏几道、周邦彦、辛弃疾等虽声显于当时,但他们并不以诗名世。绝大多数入选者默默无闻,亦无别集流传后世,若不是《拾遗》为其"立此存照",恐怕后人连他们的名字都不知道,更遑论阅读其

① 徐敏霞校点《宋诗拾遗》(本书说明),辽宁教育出版社2000年版。
② 叶德辉著《书林清话》卷二,浙江人民出版社1998年版。

诗。就辑录诗歌数量而言，大多数人仅存一或二首，其中存一首诗者即多达481人，占所录诗人总数的61%强。存诗较多的诗人则很少，其中存诗五首者26人，存诗六首者11人，存诗七首者8人，存诗八首者5人，存诗九首者3人，存诗十一首、十三首者各仅1人（陈侁、许尚）。

《拾遗》的另一文献价值就是在其中的441位诗人名下有相关记载，因文字极其简略，有的仅寥寥二三字，还谈不上是小传，内容涉及诗人的家世、籍贯、字号、登进士时间、仕履、著述，间有关于诗人学性、职业、交流及师从的记述。众所周知，元、明两朝于诗皆尊唐黜宋，当时有所谓"宋人书不必收，宋人诗不必观"的说法①，宋人文集其间受到了极大损失，兼之宋元之际、元明之际两次兵火，很多名人文集都佚而不存，遑论《拾遗》中的一些末流诗人。但陈世隆生活于元末，当时尚能看到不少宋人文集，他于诗人小传中亦多有记载。按其顺序，这些文集分别是：鲍当《清风集》一卷、郭震《渔舟集》一卷、杨朴《东里集》、范师孔《画饼编》、李觏《退居类稿》《皇祐续稿》、鲍由《夷白堂小集》、汪革《青溪集》十卷、邓忠臣《玉池集》十二卷、苏庠《后湖集》十倦、谢隽伯《和樵集》、许颉《彦周诗话》、廖正一《白云集》、章夏《湘潭集》十卷、胡寅《致堂斐然集》三十卷、胡仔《（苕溪渔隐）丛话》百卷、陈公辅文集二十卷、苏过《斜川集》、苏籀《双溪集》十卷、吴沆《环溪集》、胡朝颖《静轩集》、朱翌预修《徽宗实录》、晁公溯《嵩山集》、卢祖皋《蒲江集》（词集）、曾原一《苍山诗集》。除开一部词集、一部诗话、一部诗话丛编及朱翌参撰的实录外，其余21部均为诗集或诗文合集。这些别集见于南宋陈振孙《直斋书录解题》著录的仅《渔舟集》（五卷）、《东里杨聘君集》（一卷）、《夷白堂小集》（二十卷、别集三卷）、《斜川集》（十卷）、《清风集》（一卷）、《青溪集》（十卷、诗一卷）、《致堂斐然集》（三十卷）、《玉池集》（十二卷）及《后湖集》（十卷）等。《郡斋读书志》（卷一九）仅著录廖正一《竹林集》三卷，与《拾遗》所载《白云集》当为同一书，因廖氏号竹林居士。又，《郡斋读书志·附志》卷下著录邓忠臣《玉池先生文集》（十二卷）、李觏《退居类稿》（十二卷）及《皇祐续稿》（八卷）。《宋史》成书于元代后期，大约与《拾遗》同时，《宋史·艺文志》亦仅著录《斐然集》（二十卷）、《双溪集》（十一卷）、《杨朴诗》（一卷）、《斜川集》（十卷）、《苏庠集》（三十集）、《邓忠臣文集》（十卷）及《鲍当集》（一卷）。《拾遗》中提及的其他别集，未见于宋元主要书目，为后人搜集、整理及研究宋诗提供了重要线索，厥功甚伟。即使是宋元书目著录过的别集，陈世隆也未必看到，如郭震的《渔舟集》，《直斋

① （明）杨慎《升庵诗话》卷一二引何景明语，丁福保辑《历代诗话续编》，第873页。

书录解题》卷二〇著录为五卷,陈世隆于郭震小传下却只云一卷,可见其诗在宋末元初时即已遗失很多,故其所录郭震的三首诗皆出自南宋初吕祖谦编纂的《宋文鉴》卷二七。以上诸集,基本上流传下来的仅李觏的《退居类稿》《皇祐续稿》(其作品保存在明成化间左赞编刻的《直讲李先生文集》或《盱江文集》中),胡宣的《致堂斐然集》,苏籀的《双溪集》及晁公遡的《嵩山集》;苏过的《斜川集》虽已佚,但四库馆臣周永年从《永乐大典》中辑录诗文三百五十余篇,重编为六卷,后来的法式善在编《全唐文》时,又从《永乐大典》中辑录诗文六十八篇,编为《斜川集补遗》两卷。其他的别集早已失传,即使在《全宋诗》中,我们能见到的他们的诗也非常少。《拾遗》于诗人小传中偶尔也会有诗人登第年份的记载,这对于治宋代文史者来说是不可多得的文史资料,尤其是在目前能见到的宋代登科录之类的文献不多的情况下,更应珍惜。如《全宋诗》卷一三〇一汪革小传,编者据清同治《临川县志》卷三六,谓诗人乃哲宗绍圣四年进士,实际上,五百年前的陈世隆在《拾遗》卷九中早就有了完全相同的记载。

作为一部宋诗总集,《拾遗》最主要的文献价值当然在于其所录的 1493 首诗。如前所述,编者所录均为小诗人,除寥寥数家外,其他或没有别集,或别集早已失传,陈氏虽于绝大多数诗人仅录一二首,然吉光片羽,弥足珍贵。清代厉鹗编纂《宋诗纪事》时,“苟片言之足采,虽只字以兼收”(见其《刻宋诗纪事启》),共辑录了宋代 3812 人的诗,其搜录之功,不可谓不勤,但他没有看到《拾遗》,当然就无从采择,故失收了一百多人的诗。而《全宋诗》的编者们充分利用了《拾遗》,故所得甚多。如卷一三六九存章夏诗四首,其中有三首即据《拾遗》卷一二收录;卷二一滕白《山行》诗,据《拾遗》卷一收录;卷四七吕蒙正的《行经鸿沟》诗,据《拾遗》卷一收录;卷三六〇二范师孔的《武夷山》诗,据《拾遗》卷三收录;而卷四七仅存曾琏《鸿沟和吕圣功韵》一首,亦源自《拾遗》卷一,若无《拾遗》,曾琏很可能早已湮没无闻。如果说这还只是个别例子的话,那么《全宋诗》卷三七五九、卷三七六〇即是显例。经笔者统计,此两卷据《拾遗》共辑录六十四位诗人(含无名氏一人)的八十九首诗,就连郭礼、祝铸、林东屿等二十六人的小传都是据《拾遗》写成的,这是《拾遗》文献价值的集中体现。

尤其可贵的是,《拾遗》中不少诗诗前有作者小序,诗中有作者自注,《拾遗》既然在后世未经刊刻,流传较少,小序、自注为后人妄加的可能性相对较小,而其可信度则较大。这些小序有导读的,如卷一四胡仔《苕溪渔隐诗》序云:

余卜居苕溪，日以渔钓自适，因自称苕溪渔隐。临流有屋数椽，亦以此命名。僧了义喜墨戏，落笔潇洒，为余作《苕溪渔隐图》，览景摅怀，时有鄙句，皆题之左右，既久益多，不能尽录，聊举其一二云。

序中记述了诗人隐居的地点、环境及归隐时的情趣与交游，对《苕溪渔隐诗》的写作情况也有交代，有了这些背景材料，再读这三首绝句便会迎刃而解。小序也有记载诗歌本事的，卷一四江西派诗人高荷的《国香诗》序即是。序文长约250余字，记载黄庭坚因感慨国香"幽闲姝美""嫁下俚贫民"而作《水仙花》[①]；国香"其夫鬻之田氏家"后，容貌举止"无复故态"，当王性之问及黄庭坚《水仙花》诗本事时，高氏遂作此诗以答之。一序而交代二诗本事，可谓一举双得。自注之例如卷一〇李朴《乞巧》诗，"齰舌自应工妩媚，方心谁更苦镌磨"二句下注云："见孙樵、柳子厚《乞巧文》。"既指出典故出处，同时又为读者查找类似文章提供了线索。

编者陈世隆偶尔也会于诗题下自注或于诗末下按语，如卷七周谞《寄子弟诗》题下注云："希圣（周谞字）在官，不肯奉行新法，故寄此诗。"了解周谞当时的政治态度，对诗中悲观消极、希冀归隐的心情就不难理解。卷二鲍当《孤雁》诗末按云："司马公《诗话》：鲍当为河南府法曹，忤知府薛映，因赋《孤雁》诗，薛大称赏，遂号鲍孤雁。"世隆所引司马光《温公续诗话》中的这段故事，虽非原文，但大致将河南知府薛映对这个下属态度的转变与鲍当的诗才及由此得到的雅号等交代得十分清楚。卷一二许尚《华亭杂咏》诗末按语谓诗人有《华亭百咏》，意即一百首诗，今仅存十三首，这就为我们寻找另外已佚的八十七首诗指出了目标。卷一六陆士规《黄陵庙》诗后的按语记载了南宋初奸相秦桧"极爱文字"，好交结贫民诗人的雅趣，为我们了解秦桧的另一面提供了史料依据。另外，《拾遗》中有些长诗内容丰富，也是我们了解宋代社会历史文化的珍贵史料，如范质的《诫儿侄八百字》有800字，实为一部简略的范氏家训，薛田的《成都书事百韵诗》更是长达1400字，可谓一幅成都历史、物产、民情与风俗图。有些诗虽不长，同样具有不可多得的史料价值，如卷九所录张问的《题睢阳五老会图》诗。张问曾参与神宗元丰五年（1082）由富弼发起组织、文彦博等十二人参与的"洛阳耆英会"，彼此酬唱的诗被司马光编入《洛阳耆英会诗》中，此诗中所描绘的乃是庆历七年（1047）或嘉祐二年（1057）在宋代南都睢阳（今河南商丘）由杜衍

① 按此诗《山谷内集》卷一五题作"《次韵中玉水仙花二首》（其二）"。

发起的“睢阳五老会”。[①]《事文类聚前集》载有杜衍、毕世长、冯平、王涣、朱贯等五人《睢阳五老会诗》,张问虽未与会,然其对五老雅聚的情形作了绘声绘色的描述。今天《睢阳五老会图》已经失传,但张问的诗成了我们研究宋代诗社的珍贵史料。

三、疏漏与不足

我们在讲了《拾遗》许多的好话后,也应指出其不足之处。全书所录诗人大致按年代编排,但亦偶有编次失当者,如曾布为北宋末人,却在卷二二中与南宋末期诗人置于一处。误收诗如卷一王仁裕的《放猿》等三诗,徐敏霞已指出为唐诗,见《全唐诗》卷七三六。[②] 这样的例子还有一些,如卷九所辑胡曾的《虞姬》诗,亦为误收。按胡曾为晚唐人,生平事迹见《直斋书录解题》卷一九、《唐诗纪事》卷七一及《唐才子传校笺》卷八。《虞姬》诗为唐诗,见《全唐诗》卷六四七,诗题作《垓下》,其中“长歌”二字,《全唐诗》作“空歌”。诗人小传疏误者,如卷一一李格非小传,谓其“自称易安居士”,而易安居士实乃其女李清照之号。析一人为二人的现象,如卷一三任斯庵与卷一九任希夷。按任希夷字伯起,号斯庵,著有《斯庵集》(已佚),卷一九诗人小传中仅言其字伯起,因不知斯庵乃其号,故于卷一三又收其《凤凰台》一首,误将一人分置两处。另外,错字、误字也不少,徐敏霞校点此书时,已据《宋诗纪事》《宋诗纪事补遗》《全宋诗》等典籍作了补订,但仍有一些错字未及更正,如卷二〇“李壁”,当作“李壁”,为著名史学家李焘之子,尝作《王荆文公诗注》。总之,《拾遗》瑕瑜互见,但瑕不掩瑜,与南宋后期所编之《诗苑众芳》《诗家鼎脔》等一样,均以存录无名小诗人之诗而见长。[③]

---

① 欧阳光《宋元诗社研究丛稿》“杜衍睢阳五老会”条,广东高等教育出版社 1996 年。

② 徐敏霞校点《宋诗拾遗》(本书说明)。

③ 参张铁《读〈诗苑众芳〉小札》,《北京大学中国古文献研究中心集刊》(第三辑),北京大学出版社 2002 年版。

第十二章 《宋艺圃集》的文献价值与文献阙失

《宋艺圃集》为明代诗人李蓘所编,代表明编宋诗总集的最高成就。李蓘(1531—1609),字于田(一字子田),号少庄,晚年自号黄谷山人,内乡(今河南南阳)人。出生乡绅之家,少时聪慧,勤学不怠,嘉靖三十二年(1553)进士,选翰林庶吉士,授检讨,因拙于交际,为人清高,虽以文见称于宰相严嵩而不事谄媚,故被贬至陕西阳城县任县丞,后历任大名府推官、池州知府、南京刑部员外郎、礼部仪制司郎中等。李蓘厌恶时政,无心当官,隆庆四年(1570)四十岁后即归隐故里内乡县城东关自辟的"足园",后朝廷力邀他任贵州、山东提学副使等职,以病推辞。万历三十七年(1609)病故。李蓘持论多訾毁道学,居家好纵倡乐,又颇富藏书,博闻强记,中州人比之杨慎。其弟李荫,字于美,嘉靖中举人,授阳谷知县,改知宛平。风流好客,诸公皆称之,与兄并有文名。李蓘编《明艺圃集》,录李荫诗颇多。明浮白斋主人《雅谑》载:李荫长期为编外增额的增广生员,未考得一官半职,李蓘当时做翰林检讨官,写信调侃他说:"你今年增广,明年增广,不知增得多少?广得多少?"李荫回信说:"你今日检讨,明日检讨,不知检得什么?讨得什么?"可见兄弟两人不乏戏谑之趣。

李蓘与后七子同时,文仿七子之派,诗宗唐人,亦学前七子之一的何景明,而未能自成一家,诸体中绝句颇强人意。著有学术笔记多种,今仅存《丹浦款言》《黄谷琐谈》,四库馆臣谓后书"杂缀琐闻,间有考证","立论多与朱子为难,偏驳不少"。[1] 晚年尝自编诗集《仪唐集》,惜已亡佚。后人辑录的诗集有明万历间其侄李云鹄所刻《六李集》[2],收其《太史集》六卷;清康熙间同乡高元朗编《李太史诗集》,收其诗一百七十首;清末同乡张嘉谋

---

① 《黄谷琐谈》提要,《四库全书总目》卷一二七,第1701页。

② 按《六李集》为明内乡李氏家族六人之诗,即李宗木《杏山集》八卷、李蓘《太史集》六卷、李荫《比部集》九卷、李云鹄《侍御集》四卷、李云雁《白羽集》二卷及李云鸿《秋羽集》五卷。

编《李子田诗集》,"旁采类次,去其重复,得古今体诗三百九十四首"[1]。又,清雍正间彭直上从王士禛处得《仪唐集》,据以辑《黄谷诗钞》,可见《仪唐集》在清初尚存于世。尝编《宋艺圃集》《元艺圃集》与《明艺圃集》(已佚)等系列诗歌总集,又曾重修刻印杨士弘编、顾璘批点的《唐音》。生平事迹见《列朝诗集小传》丁集下、《(雍正)河南府志》卷六五及《明诗纪事》己签卷七。

一、编纂概况与文献价值

《宋艺圃集》凡二十五卷,其中正集二十二卷、续集三卷[2],其编纂肇始于嘉靖三十四年(1555),成书于隆庆元年(1567),初刻于万历五年(1577)[3],从编纂到出版问世经历了一个较长的时期。该书编排体例不落旧时总集俗套,没有以皇帝或宗室弁首,完全按作者生活时代为序,惟将释衲、宫闺、灵怪、妓流、无名氏等时代无考者置于最后一卷,故以五代入宋的廖融、徐铉等领头,而以宋幼主赵昺殿后[4]。所辑广采宋人别集、诗话、笔记及后人所编宋诗总集等,文献来源极其繁富,多为《宋诗类选》《宋诗纪事》《宋金元诗选》乃至《全宋诗》等后来之宋诗总集所采摘、引资,故不惟在明代宋诗总集中堪称佳作,即使与前此之宋、元两代宋诗总集比较亦毫不逊色,具有极其丰富的文献价值。

第一,明人普遍冷落宋诗,将宋诗文献"覆瓿糊壁",编者却独出心裁,历经十三年,编纂宋诗总集,鼓吹、宣传宋代诗人与诗歌,功不可没。众所周知,明人论诗普遍存在尊唐黜宋的看法,叶盛《水东日记》卷二六引刘崧语谓"宋绝无诗",杨慎《升庵诗话》卷一二引何景明语谓"宋人书不必收,宋人诗不必观",李攀龙所编《古今诗删》以元诗接续唐诗,于宋诗不存只字片言。明人编纂、整理的宋诗别集不多,宋诗总集的数量更少,黄虞稷所编《千顷堂书目》著录明人所编唐诗总集多达五十余种,而宋诗总集仅三种。

---

① 张嘉谋《李子田诗集序》,《李子田诗集》,《丛书集成续编》第 170 册,第 457 页,台湾新文丰出版公司 1988 年影印清宣统间河南官书局刊《三怡堂丛书》本。

② 按季振宜《季沧苇藏书目》载《宋艺圃续集》三卷,严绍璗《日本藏宋人文集善本钩沉》载"《宋艺圃集》二十二卷,又《续集》三卷",惟《千顷堂书目》卷三一于《宋艺圃集》下载《续集》二卷。

③ 《宋艺圃集》有明万历五年上党暴孟奇刻本、文渊阁《四库全书》本,本文所引系文渊阁《四库全书》本。

④ 按宋幼主赵昺(1272—1279)仅八岁,总集中《在京师作》一诗疑为他人代作。

唯其如此，清初吴之振等编纂《宋诗钞》时，感慨明代宋诗文献散佚之严重，搜求之难得，“宋人集覆瓿糊壁，弃之若不克尽，故今日搜购最难得”，“宋集为世所厌弃，其存者如秦火后之诗书”。[①] 今检索公私书目可知，明代二百七十二年间所编宋诗总集仅 34 种，其中多数已佚，今所存者仅符观的《宋诗正体》、李蓘的《宋艺圃集》、潘是仁的《宋元名家诗选》（宋诗一百三十五卷）、曹学佺的《石仓十二代诗选》（宋诗一百零七卷）及卢世潅的《宋人近体分韵诗抄》等五种[②]。符、卢二氏所选仅限近体一端，未选古体，潘、曹二氏所编为宋元或十二代合选，并不是宋诗的专门总集，故《宋艺圃集》是明代迄今仍流传于世，且收录范围较广、学术影响较大的宋诗总集。对此，王士禛的《香祖笔记》曾高度评价该书说：“隆庆初元，海内尊尚李、王之派，讳言宋诗，而子田（李蓘）独阐幽抉异，撰为此书，其学识有过人者。”南宋与清代先后形成了宋诗总集编纂的两个高潮，明代则是一个低谷，《宋艺圃集》形成于两个高峰之间，承前启后，对延续宋诗总集编纂，传播与普及宋诗文本，提高宋诗文学史地位，推动明代宋诗学向前发展，均产生了较大的作用。

第二，《宋艺圃集》的编纂宗旨主要在选优，亦重存诗，即搜集、保存宋诗文献，尤其是保存一些为人忽略、不受关注的宋诗文献。关于该书的编纂契机与目的，李蓘在序中明确地说：“自世俗宗唐摈宋，群然向风，而凡家有宋诗，悉束高阁；间有单帙小选，仅拈一二而未阐厥美，终属阙如。忘其谫芜，聊为编次，得诗若干首，以见一代之文献，而为稽古之一助也。”[③]作者阐述明人对待宋诗文集的态度、明人所编宋诗文集的局限及自己抢救宋诗文献的决心。他在《元艺圃集序》中也说：“恨地僻少书籍，无以尽括一代之所长，世有博雅君子，幸广其所未备也。”[④]李蓘的这一良好愿望其实也同样适合《宋艺圃集》的情形。两百余年后，四库馆臣大力搜集、整理宋诗文献，李蓘所编的《宋艺圃集》与《元艺圃集》均被收入《四库全书》。他们在《宋艺圃集》提要中高度肯定其网罗散佚的成绩：“特其殚十三年之功，蒐采成编，网罗颇富，宋人之本无专集行世与虽有专集而已佚者，往往赖此编以传，过而存之，亦不弃菅蒯之意也。”[⑤]此言绝非虚美，如卷一入选宋初诗人二十九位，其中有文集流传于世者仅十一人，即徐铉的《骑省集》、林逋的《林和靖

---

① 分别见《宋诗钞序》及《宋诗钞·凡例》，《宋诗钞》卷首，第 3、5 页。

② 参申屠青松《明代宋诗选本论略》，《南京师范大学文学院学报》2007 年第 4 期。

③ 《宋艺圃集原序》，见该书卷首，文渊阁《四库全书》本。

④ 《元艺圃集原序》，见该书卷首，文渊阁《四库全书》本。

⑤ 《宋艺圃集》提要，见该书卷首，文渊阁《四库全书》本。

诗集》、魏野的《东观集》、潘阆的《逍遥集》、胡宿的《文恭集》、杨亿的《武夷新集》、王珪的《华阳集》、王琪的《满园小稿》、刘筠的《肥川小集》、寇准的《寇忠愍公诗集》及王操的《王正美诗》等[①],而其余廖融、郭震、滕白、王初、杜常、方泽、毕田、沈彬、严恽、元绛、孟宾于、王岩、江为、陈抟、钱惟演、李沆、曹汝弼及章冠之等十八人均无专集传世或有集而已佚,其零星诗歌仅靠《宋艺圃集》等总集得以流传下来。《宋艺圃集》正集二十二卷,据初步统计,凡入选诗人二百八十九位,诗歌二千五百四十一首,其入选作者、作品之多,在宋、元以来宋诗总集中十分突出;更难能可贵者,编者在该书末卷入选释衲三十三人、宫闺六人、灵怪三人、妓流五人及无名氏四人,凡五十一人,以上皆地位卑微、默默无闻之辈,除南宋陈起所编《圣宋高僧诗选》,元代陈世隆所编《宋诗拾遗》《宋僧诗选补》外,像《宋艺圃集》这样大量选录为一般总集所忽略的诗人、诗歌,还极为少见,这充分反映出了编者抢救、保存宋诗文献,"见一代之文献","尽括一代之所长"的良苦用心。

第三,《宋艺圃集》部分诗歌的题下注或尾注,为后人研究宋诗提供了十分珍贵的文献史料。题下注或尾注的主要内容多为对所选诗歌重出、误收的考辨,如苏轼《昭陵六马唐文皇战马也琢石象之立昭陵前客有持此石本示予为赋之》题下注云:"此首一作张文潜诗。"(卷四)按此诗宋元各种苏轼诗集均未收,最早见于明成化四年(1468)程宗刊刻《东坡续集》卷一,明万历间茅维所编刻的《东坡诗集注》及清代《施注苏诗》等各苏诗编年注本均据以收入,然《东坡续集》出现百年后,李蓘率先指出此诗与张耒诗重出,虽未详细考辨,但引发后人思考。清代查慎行所编《苏诗补注》卷四九则将其作为他集互现诗收入,补充书证:"右五言古诗一首,亦见张文潜《右史集》第八卷中,合之《苕溪(渔隐)丛话》及《宋文鉴》(见卷二〇),皆以为张耒作。今据此驳正。"又如许彦国《虞美人草》题下注云:"尝见诸选以此为曾子固诗,后检子固全集无此篇,苕溪渔隐曰:此诗许表民作,而或以为曾子宣夫人魏氏作,大非也。"(卷一二)据此题下注,《虞美人草》一首的作者有许彦国、曾巩、曾布妻魏氏三说,编者从胡仔之说,认为是许彦国作,甚是。按此诗最早见于胡仔《苕溪渔隐丛话》前集卷六〇,题作《虞美人草行》,作者许彦国,胡氏在此诗后按语曰:"此诗乃许彦国表民作……余昔随侍先君守合肥,尝借得渠家集,集中有此诗。又合肥老儒郭全美,乃表民席下旧诸生,云亲见渠作此诗。"可见证据确凿,故《全宋诗》卷一〇九三据以收入许彦国集中。凡此之类,在《宋艺圃集》中还有数例,如黄

---

① 参沈治宏编《现存宋人别集版本目录》,巴蜀书社 1990 年版。

庭坚《次韵子瞻元夕扈从端门三首》题下注曰:"《淮海集》中亦有此三首,作秦少游诗也。"(卷一〇)秦观《游仙词》其三(天风吹月入阑干)诗末注曰:"此首又见《东坡集》中。"(卷一一)严羽《绝句》题下注云:"集中无此篇。"(卷一九)凡此之类,编者虽未作详细考辨,但为读者进一步思考提供了线索。

编者的题下注或尾注对读者了解诗人及诗歌所涉人物生平事迹不无裨益,如郭明复生卒不详,仅宋代笔记《吴船录》卷上、《容斋三笔》卷六有简要记载,一般读者对其知之甚少。编者注其生平云:"成都人,隆兴癸未(1163)登科,仕不甚达。"(卷一八)弥补了该书无作者小传的缺陷,可惜这样的题下注太少。编者注诗歌所涉人物可举卷一九林景熙的几首诗为例,如《寄林编修》题下注:"名千之,平阳人。"《寄七山人》题下注:"平阳州治北五里有七星山,郑初心隐居于此,称为七山人。"《拜岳王墓》题下注:"岳飞葬西湖之栖霞岭。"这样林编修、七山人的姓名及岳飞墓的位置便一清二楚。其中"七山人"即郑朴翁(1240—1302),字宗仁,号初心,平阳焦下人,与林景熙同里、同学又同志,林氏另有《郑宗仁会宿山中》《寄郑宗仁》等诗,并撰《故国子正郑公墓志铭》。有些题下注能纠正他书之误,如卷一郭震名下引陈振孙语说:"洪迈编《唐绝句万首》可谓博矣,而多有本朝诗在其中,如李九龄、郭震、滕白、王岩、王初之属也。"按李九龄、郭震、滕白、王岩及王初等五人生卒不详,生活的大致时代在五代入宋期间,其写诗或考中进士在入宋后,李蓑将其视为宋代诗人,并均有诗入选,符合一般惯例。《全宋诗》亦收录以上五人之诗。

第四,该书有些地方能保留宋诗原作者自注,此其优长,然没有标示为原作者自注,不检对原集,一般读者会误以为是编者自己的注释。如所录苏轼二百四十五首诗中,即有作者的自注十八条。卷三《和蔡景繁海州石室》诗,"芙蓉仙人旧游处"句"芙蓉仙人"下,保留苏轼自注"石曼卿也"数字,表明石延年有"芙蓉仙人"的别号,此为当今一般文学史著作所忽略。卷四《追和子由去岁试举人洛下所寄诗二首》其一"只有青山对病翁"句,引自注"谓富公也",可见诗中所谓"病翁"即指"富公(弼)";同卷《寓居合江楼》末句"一杯付与罗浮春",引自注"余家酿酒,名罗浮春",同卷《蜜酒歌》题下引自注"西蜀道士杨世昌善作蜜酒,绝醇酽,余得其法,作此歌遗之",以上二注,表明了苏轼具有善酿"罗浮春"酒的特长;同卷《於潜令刁同年野翁亭》诗末引自注"天目山唐道士常冠铁冠,於潜妇女皆插大银栉,长尺许,谓之蓬沓",诗中"山人醉后铁冠落,溪女笑时银栉低"二句,经此一注，诗意便明。[1] 该书引朱熹自注也比较多，如《铁笛亭》[2]题下引作者自注云：

> 山前旧有夺秀亭，故侍郎胡公明仲尝与山之隐者刘君兼道游涉而赋诗焉。刘少豪勇，游侠辈，晚更晦迹，自放山林之间，喜吹铁笛，有穿云裂石之声，胡公诗有'更烦横铁笛，吹与众仙听'之句，亭今废久，一日，与客及道士数人寻其故址，适有笛声发于林外，悲壮回郁，岩石皆震，追感旧事，因复作亭，以识其处，仍改今名。"（卷一七）

此处交代了该诗的写作背景与"铁笛亭"命名的由来，结合此注，诗歌的含义便迎刃而解。它如《白鹿洞书院》题下引自注："在郡城东北十五里。"《折桂院黄云观》题下引自注："在书院东北五里，院后作亭，取李白'黄云万里动风色'之句名之。"有了这些作者自注，读者会获取更多有关该诗的信息。

二、选目与编排的失误

《宋艺圃集》成书于学风空疏的明代中后期，诗坛尊唐黜宋之风甚炽，兼之编者本人诗学观的某些局限，因此该书在选目与文献编排上难免打上时代烙印，存在不少瑕疵与不足。

首先，李蓘论诗推崇汉魏盛唐，主张作诗要作唐人诗，尝谓"唐家诗思妙如神"[3]，诗歌创作亦以唐诗为法[4]，自编诗集标榜《仪唐集》，对宋诗的接受带有一定的条件，如对宋代理学家的诗及一些以理见长的诗就抱以偏见。他曾批评宋诗之弊曰："宋诗深刻而痼于理……学人之辨于理也为尤难，诗有至理而理不可以为诗，而宋人之谓理也，固文字之辨也，笺解之流也，是非褒贬之义也，兹其于风雅也远矣。"[5]宋诗以理见长，这是其区别于以情取胜的唐诗的特点，而李蓘却以其不符合"缘情绮靡"的诗学传统，将其视作缺

---

① 按编者引卷三苏轼《雪斋》诗自注时有改动：题下苏轼原注为"杭僧法言，作雪山于斋中"，编者改为"为杭僧法言作"；"开门不见人与牛"句下苏轼原注"言有诗见寄云：林下闲看水牯牛"，编者将此注置于诗末。

② 按此诗为《武夷精舍杂咏》其九，作于淳熙十年，载《朱熹诗词编年笺注》卷九，巴蜀书社2000年版。

③ 李蓘《读唐诗有感》，见《李子田诗集》，第508页。

④ 参周庆贺《明代诗人李蓘及其诗歌创作简论》，《南阳师范学院学报》2002年第1期。

⑤ 《元艺圃集原序》，见该书卷首，文渊阁《四库全书》本。

点，讥之为“文字之辨”“笺解之流”“是非褒贬之义”。基于这样的诗学观，他对北宋几位理学家颇不感兴趣，周敦颐（存诗 33 首）、张载（存诗 80 首）、程颐（存诗 3 首）的诗只字未选，对邵雍（存诗 1583 首）、程颢（存诗 67 首）的诗虽有选录，但评价却不高，如说“尧夫（邵雍）诗率谈理，世有喜之者，而余拈此诸篇，自以其诗论耳，然出此而可诵者亦希矣”（卷五）。又说“曾观《明道全书》，出此三篇外，靡有可采者”①（卷五）。言外之意，程颢的诗除其所选《陈公廙园修禊事席上赋》《郊行即事》《游月陂》三首外，连诸如《春日偶成》《秋日偶成》之类的好诗也被他一笔抹削，难怪钱谦益要批评“其持论多訾毁道学，讥评气节”②。

编者一方面要在明人尊唐黜宋为主流诗学思潮的背景下苦力搜求、编纂、刊刻宋诗，另一方面又对宋诗执以偏见，选宋诗多持唐诗之标准。其自序《仪唐集》曰：“仪者何？靳其诗之若唐者也。”其《偶歌》诗夫子自道：“山人有道人不知，作诗要作唐人诗。”其《妓锄田行》为“效张籍体”，《送远曲》为“效温飞卿体”，尝效李白作《横江词》，其《再至采石醉歌》对李白推崇备至，其纵情声伎、放诞不羁的心性亦与李白相仿佛，足见唐诗在他心目中的位置。其《书〈宋艺圃集〉后》更直接地说：“昔人选诗，取于欲离欲近，故余是编亦旁斯义，离者离远于宋，近者近附于唐，执斯二义，以向是编，则庶几无谪于宋哉。”“离远于宋”，“近附于唐”，这就是李蓘给自己定下的选录宋诗的标准与宗旨。谢翱为宋末爱国遗民诗人，可编者对他的推崇与评价却与此毫不相干。该书卷一九选录谢翱诗多达五十首，其数量超过文天祥的二十九首，不可谓不重视，然却转引杨慎的话评价其文集说：“谢皋羽《晞发集》皆精致奇峭，有唐人风，未可例以宋视之也。”在他眼里，谢翱所作实为宋人写出的唐诗，不算宋诗，因而欣赏的也是《鸿门宴》《绝句》之类具有唐诗风格的诗，故其在《鸿门宴》题下引杨慎语曰：“此诗虽李贺复生，亦当心服。李贺集中亦有《鸿门宴》一篇，不及此远甚，可谓青出于蓝矣。”于其《绝句》题下与诗末先后转述杨慎的话说：“此首虽太白见之，亦当敛首。”“皋羽律诗……虽未足望开元、天宝之萧墙，而可以据长庆、宝历之上座矣。”又如编者评苏辙《南窗》诗说：“此其少年时所作也，东坡好书之，以为人阅，当有数百本，盖闲淡简远，得味外之味也。”（卷四）认为此诗得以流传的原因是“闲淡简远”，有“味外之味”，这显然是唐诗应有的风格。可见《宋艺圃集》和明代另一部较有影响的诗歌总集《石仓十二代诗选》（含宋诗）一样，因其

① 按“三篇”指该书卷五所选程颢诗《陈公廙园修禊事席上赋》《郊行即事》《游月陂》。

② 《列朝诗集小传》（丁集下），第 614—615 页，上海古籍出版社 1983 年新 1 版。

所选之诗远于宋而近于唐，故抛开其文献价值不说，在中国诗学史上，并没有为宋诗增加多少分量。清代第一位编选宋诗的吴之振对此十分不满，他在《宋诗钞序》中批评说："万历间，李蓘选宋诗，取其离远于宋而近附乎唐者，曹学佺亦云：'选始莱公，以其近唐调也。'以此义选宋诗，其所谓唐终不可近也，而宋人之诗则已亡矣。"[1]真可谓一针见血。

其次，李蓘以"离远于宋""近附于唐"的标准选宋诗，故《宋艺圃集》中诗人的入选数量颇不能反映诗人在宋代诗坛的成就与地位。苏舜钦为宋代中期著名诗人，与梅尧臣并称"苏梅"，共同开创了宋诗的新风貌，叶燮《原诗·外篇下》说："开宋诗一代之面目者，始于梅尧臣、苏舜钦二人。"又说他们"变尽昆体，独创生新"，可编者在卷五仅选其诗五首，其数量远没有一些名不见经传的末流诗人多，并谓"余居京师日，曾借友人苏子美全集抄本，其中惟此数首乃世所常拈者，则古人之书固有不必以未见为恨也"。完全是明代前、后七子的腔调，其所选五首诗为《田家词》《春睡》《夏意》《泊舟》及《望太湖》[2]，而对苏舜钦的《城南感怀呈永叔》《淮中晚泊犊头》《初晴游沧浪亭》《庆州败》《吴越大旱》等其他诸多好诗不屑一顾，其入选数量与苏舜钦在宋代诗坛的地位颇不相称。这样的例子在全书中不胜枚举，如该书对一些默默无闻的小诗人，或并不以诗名世的人选录诗歌数量太多，宋初王初入选八首、胡宿二十四首、王珪三十九首、宋祁二十一首、李九龄八首，而西昆体代表诗人杨亿仅选四首、钱惟演三首、刘筠一首，白体代表诗人王禹偁仅选五首，徐铉二首，而徐锴及李昉、李至等的诗则不存片言只语；晚唐体诗人选录较多，其中林逋二十五首、寇准十首、潘阆四首、魏野二首，可见其持论有较重的晚唐倾向，这或许与他自己晚年过着长期隐居的生活有关；三苏中苏轼二百四十五首（卷三、卷四），而苏洵、苏辙各仅五首，反差太大；"苏梅"二人中梅尧臣入选七十六首（卷六），而苏舜钦仅五首；北宋名臣中余靖十二首、欧阳修一百十一首、司马光三十八首、王安石二百零一首（卷七），即使"短于韵语"的曾巩也有二十一首，而范仲淹仅选四首；宋代理学家邵雍十三首、程颢三首、杨时五首，而张栻三十二首、刘子翚五十六首、朱熹二百四十二首（卷一六、卷一七），明显轻北宋而重南宋；江西诗派"三宗"中陈师道七十二首、陈与义八十四首（卷八），而更能代表宋诗特点的黄庭坚仅选五十三首，该派第二代诗人中谢逸入选七首，而成就最高的吕本中仅

---

① 《宋诗钞序》，第3页。

② 按《田家词》（南风霏霏麦花落）一诗，实为张耒《有感三首》其三，见李逸安等校点《张耒集》卷七，第204页，中华书局1990年版。

七首、曾几四首;南宋中兴四大诗人中陆游九十四首(卷二〇),而杨万里仅六首、范成大八首,尤袤一首也没有选;江湖派诗人戴复古三十六首,而永嘉四灵赵师秀仅三首、翁卷六首、徐玑四首、徐照二首,数量加起来还没有戴复古的一半多;宋末遗民诗人谢翱入选五十首,林景熙二十八首,而文天祥仅二十九首,汪元量、郑思肖则一首也没有,亦不恰当;女诗人中花蕊夫人费氏①选十八首,而宋代诗歌成就最高的女诗人李清照、朱淑真却无只字片言;其他诗人沈括十二首、秦观四十八首、晁冲之二十一首、徽宗皇帝十八首、孙觌六十三首、徐积四十一首、汪藻十六首、郑獬十七首、刘迎十一首、严羽五十首,这些人或不以诗为专长,或诗歌成就不高,此书所选过多,与其诗史地位很不相称。编者随得随抄,没有很好编辑是其中部分缘由,但这种取舍失衡的现象恐怕主要还是李蓘偏执、狭隘的诗学观所致,可见他心目中的宋诗标准与当今文学史的看法差别是多么的大。

再次,该书随意删削或漏抄原诗,致使诗歌不完整,文意不畅通。如卷五范仲淹《和章岷从事斗茶歌》诗末注云:“此篇中有四句欠佳者,今削之似愈。”所删四句诗为:“其间品第胡能欺,十目视而十手指。胜若登仙不可攀,输同降将无穷耻。”卷九欧阳修《哭圣俞》末注亦云:“中削原本数句觉胜。”所删诗句为“欢犹可强闲屡偷,不觉岁月成淹留”,“荐贤转石古所尤,此事有职非吾羞。命也难知理莫求”,尤其删掉最后一句,致使下句“名声赫赫掩诸幽”没有着落,编者录诗的随意性由此可见一斑。除此以外,编者有时漏抄而不加说明,这种情况也许是潦草所致,也许是所据原本本身就有缺漏,如卷八陈与义的《感事》一诗即漏抄最后四句“世事非难料,吾生本自浮。菊花纷四野,作意为谁秋”。又,“公卿危左衽”一句,抄作“乡关劳北望”。众所周知,古代诗歌的序一般交代写作背景,与正文相辅相成,而编者大多予以删除,如卷四苏轼《送乔仝寄贺君二首(按:当为六首)》原诗有叙一百九十三字,交代贺亢、乔仝师徒二人事迹甚详,编者随意删去。按据该叙,此组诗凡六首,其中第一首七古为元祐二年十二月送别乔仝之作,后五首绝句乃托乔仝转交贺亢之作,编者所录两首诗即是写给贺亢的,与乔仝无关,故若无此叙,读者殊难理解原诗。卷一八郭明复《琵琶亭》原诗出自洪迈《容斋三笔》卷六,题作《题琵琶亭》,并有序一百零一字,言白居易晚年放旷自适事及该诗写作时间、地点甚详,编者亦予删去,殊为可惜。

最后,此书随见随抄,未经勘定,慵于排纂,因而在技术层面上也有颇多可议之处。如入选诗人的编排顺序杂乱,这一点引起了四库馆臣的极大不

① 按五代时有两个花蕊夫人,此为后蜀主孟昶妃,曾被掳入宋宫。

满,他们严厉地批评说:

> 书中编次后先最为颠倒,如以苏轼、苏辙列张咏、余靖、范仲淹、司马光前;陈与义、吕本中、曾几列蔡襄、欧阳修、黄庭坚、陈师道前;秦观列赵抃、苏颂前;杨万里列杨蟠、米芾、王令、唐庚前;叶采、严粲列蔡京、章惇前;林景熙、谢翱列陆游前者,指不胜屈。其最诞者,莫若以徽宗皇帝与邢居实、张栻、刘子翚合为一卷。

以为造成这一混乱现象的原因是“殆由选录时,随手杂抄,未遑铨次”。[①] 诚然,《宋艺圃集》只是“随手杂抄”的总集,若要细挑,除以上所指出的外,其疏漏肯定还有不少。汪景龙《宋诗略序》就批评说:“内乡李子田《艺圃集》,搜采颇多,然以五代、金源诸家厕其间,体例未合。”[②]这是在批评编者疏于朝代断限,误收非宋诗。如卷一三马定远为金人;卷一四边德举、许子靖为金人,张斛虽曾仕宋为武陵守,实为金人,事见《中州集》卷一,刘著虽为宋人,入金居官甚久,实为金人,事见《中州集》卷二;卷一八周昂、李纯甫、宇文虚中、赵沨、刘昂霄、王元粹及郦权等十四人为金人;卷二一宗道为金人[③]。以上诗人编者均选入《宋艺圃集》,若衡以断限,则于“宋诗选”的体例有乖。而同样是金朝诗人,刘因、元好问及王庭筠等人的诗又被大量选入《元艺圃集》卷一。刘辰翁(1233—1297)一般被视作宋人,其诗属宋代,编者却选入《元艺圃集》卷二。该书所录诗歌张冠李戴的现象亦不胜枚举,如卷一林逋《樵者》一诗实为欧阳修作,见《居士集》卷一一;卷一〇黄庭坚的《塞上曲》实为张耒作,见《张耒集》卷一三,题作《塞猎》[④]。另外,该书作者名下所载诗数量与正文多有不符,如卷一林逋名下二十六首,实仅二十五首;寇准名下十一首,实仅十首;卷一〇黄庭坚名下五十首,实为五十三首;卷一四夏之中名下一首,实为二首。足见该书编辑潦草殊甚。

---

① 《宋艺圃集》提要,见《宋艺圃集》卷首,文渊阁《四库全书》本。

② 见该书卷首,乾隆三十五年竹雨山房刻本。

③ 按清代亦有诗僧宗道,见光绪《嘉定县志》及清王辅铭编《清朝练音集》。

④ 见李逸安等校点《张耒集》,第233页。

第十三章 《宋诗钞》的学术价值与传播

《宋诗钞》是清代出现较早、规模较大、学术质量较高、流传广影响大的一部宋诗总集。其主要编者吴之振(1640—1717)为清初著名诗人,字孟举,号橙斋,又号黄叶村农,筑黄叶村庄,为友朋游宴之所,石门(今浙江桐乡)人。年青时尝从倡导宋诗的黄宗羲、钱谦益问学,亦受清初遗民吕留良影响,其诗为时人所盛称,寝食宋人,"五古似梅圣俞,出入于黄山谷;七律似苏子瞻,七绝似元遗山"①,"意在力矫嘉(靖)、隆(庆)后尊唐黜宋之偏,隐以挽回风气自任,故其诗亦近宋,出入于宛陵、东坡、山谷诸家"②。著有《黄叶村庄诗集》十二卷,编有清人诗《八家诗钞》。吕留良(1629—1683),字庄生,号晚村,年青时与黄宗羲、高旦中游从,又与吴之振同乡,自来喜读宋人书,"文似朱熹,翻澜不休,善于说理","诗学杨万里、陈师道,深情苦语,能令人感怆"。③ 早年图谋复明,事败后聚徒讲学。晚年剪发为僧,取名耐可,字不昧,号何求老人。清代著名思想家,精研理学,编有《四书语录》;长于诗文创作,著有《晚村先生文集》八卷、《续集》一卷、《东庄诗存》七卷等。吴自牧(1634—1677),原名尔尧,以字行,又字松生,诸生。之振侄。

一、《宋诗钞》的编刻缘起、过程与内容

清初时,宋诗兴起,几与唐诗相埒,钱谦益、黄宗羲倡之于前,举起宋诗的大纛,汪琬、吕留良、宋荦、王士禛继之于后,鼓吹宋诗,当时诗坛无论是诗学主张,抑或是诗歌创作,其崇尚、阅读、效仿宋诗之风日渐刮起,强劲吹拂。

---

① 叶燮《黄叶村庄诗集序》,见吴之振《黄叶村庄诗集》卷首,《清代诗文集汇编》编纂委员会编《清代诗文集汇编》,第155册,第477页,上海古籍出版社2010年影印本。

② (民国)徐世昌辑《晚晴簃诗汇》卷三九"吴之振小传",退耕堂刻本。

③ 邓之诚《清诗纪事初编》卷二,第244页。

毛奇龄《盛元白诗序》就盛称当时出现的“海内宗虞山教言，于南渡推放翁”①的诗学局面，计东《南昌喻氏诗序》有云：“自宋黄文节公兴而天下有江西诗派至于今不废，近代最称江西诗者，莫过虞山钱受之，继之者为今日汪钝翁、王阮亭。”②可见钱谦益、汪琬、王士禛均为清初江西诗风的最佳推手，故汪琬《读宋人诗五首》其一曰：“夔州句法杳难攀，再见涪翁与后山。留得紫微图派在，更谁参透少陵关?”黄宗羲对明代嘉、隆以来一边倒的尊唐黜宋风气深为不满，其《张心友诗序》公允地说，“诗不当以时代而论，宋元各有优长”，指出一代诗有一代诗各自不同的面貌特征，宋诗自有其独特的风格。诗坛盟主王士禛也经历了“中岁越三唐而事两宋”③的诗学转变，所以，当时阅读宋诗风气甚浓，吕留良《再过州来柳浪》云：“信手摩卷怗，翻吟宋人诗。”刘廷玑《读宋诗有作》曰：“颇觉新来得句迟，案头几卷宋人诗”，“诸公有意作生面，不向唐人后补遗”。因这一诗学背景的影响，兼之经过明人的损毁而宋集稀少，清初诗人、宋诗读者乃至诗学批评者急需可供阅读、可资参考的宋诗范本。

令人遗憾的是，清初倡导宋诗的诗学家除吕留良外，均没有编纂出作为范本的宋诗总集，顺治间虽有丁耀亢抄录的《宋诗英华》，然影响并不大。《宋诗钞》出版之前，诗坛选界尊唐的势力依旧很大，选坛仍多唐诗总集，故亟需一部具有较高学术质量与较大社会反响的宋诗总集来正本清源，以与唐诗总集抗衡，消弭其强大的学术影响力，以宋诗来拯救唐诗肤廓、空泛、软熟之弊。康熙二年(1663)，宋诗派著名诗人吴之振、吕留良及吴自牧等勇敢地站出来，向尊唐黜宋的诗学潮流挑战，在理论上替宋诗张目，开始编纂《宋诗钞》，为宋诗树立标杆，至康熙十年编定并由吴氏鉴古堂刊行，凡一百零六卷。《宋诗钞》的编纂，正迎合了这一诗学思潮，它能很快一炮走红、迅速流行开来，其因正在如此。《宋诗钞》在清代甚为流行，它的出版，可视为清初诗风由尊唐转向崇宋的分水岭。宋荦《漫堂说诗》说：“近二十年来，乃专尚宋诗。至余友吴孟举《宋诗钞》出，几于家有其书矣。”④足见该集在当时的影响力。

关于宋人诗集的流传及宋诗总集的编纂，《宋诗钞》的主要编纂者与重要组织者吴之振在该书《凡例》中进行一番审视后，痛心疾首地说：

---

① 《西河文集》卷二八，康熙间刻本。
② 计东《改亭集》卷四，见《四库全书存目丛书》，集部第228册，第587页。
③ (清)俞兆晟《渔洋诗话》序，见《清诗话》(上)，第163页。
④ (清)宋荦《漫堂说诗》，见《清诗话》(上)，第416页。

> 宋诗向无总集,亦无专选。东莱《文鉴》所录无几。至李于田《宋艺圃集》所选名氏二百八十余人,诗仅二千余首,宜其精且备矣。而漫无足观,非其见闻俭陋,则所汰者殊可惜也。曹能始《十二代诗选》所载有百数十家,中如陆务观、杨诚斋,宋之大家也,集又最富,然存者甚少,诚斋尤寥寥,他可知矣。潘讱庵《宋元诗集》,亦止三四十种,虽去取未精,然每集所存较多。盖宋集为世所厌弃,其存者如秦火后之诗书。

从这段话可以看出,吴氏对宋诗在明代遭受覆瓿糊壁的尴尬处境深感痛惜,对《宋文鉴》《宋艺圃集》以来的宋诗总集"以唐存宋"深为不满,有鉴于此,他与吕留良不仅倡导、学习宋诗,而且还共同搜求、刊刻宋诗。吴之振从檇李高氏处以二千金购得不少宋集钞本,吕留良亦以三千金购得藏书家祁承㸁澹生堂一部分藏书。据该书《凡例》,康熙二年夏,吕留良与吴之振、吴自牧叔侄三人开始就其所访宋集,编选刻印,地点在吕留良的水生草堂。其间高旦中、黄宗羲两人亦先后参与"联床分檠,搜讨勘订",做过部分工作。五人编书之余,亦彼此酬唱,《黄宗羲年谱》载:"(康熙二年)梨洲与吕留良、吴之振、吴自牧、高旦中唱酬甚乐,有《水生草堂唱和诗》。"[①]最后由吴之振叔侄"补掇校雠,勉完残稿"[②],编定为《宋诗钞初集》,并于康熙十年仲秋由吴氏鉴古堂镂版刊行,前后历时九年[③]。书取名《初集》,盖拟他日再出《续集》《三集》等,然均因事未果。据吴之振《凡例》称:"数年以来,太冲聚徒越中,旦中修文天上,晚村虽相晨夕,而林壑之志深,著书之兴浅。"可见主要原因在于该书的编辑成员后来或至绍兴,或至京师,分散各处,无法集中修书,特别是搜讨宋人诗集甚丰的吕留良于康熙五年后放弃科举,隐逸著述,表彰朱子之学,以朱学正统自居,反对黄宗羲及以其为代表的浙东学派,两人于康熙六年后嫌隙渐大,以致交恶,再无意于《宋诗钞》的合作编纂,故不仅《续集》未出,就连《初集》拟选的一百家中,尚有刘弇、邓肃、黄榦、魏了翁、方逢辰、宋伯仁、冯时行、岳珂、严羽、裘万顷、谢枋得、吕定、郑思肖、王柏、葛长庚、朱淑真等十六家有目无书,《初集》并未编完。据吴之振《凡例》,入选者须有专集行世,且所选诗须在五首以上,无专集或有集而所选

---

① 徐定宝《黄宗羲年谱》,第145页,华东师范大学出版社1995年版。

② (清)吴之振《宋诗钞·凡例》。

③ 按冒春荣《葚原诗说》载:"《宋诗钞》凡八十五人,人各一编,不分卷。于康熙十一年辛亥秋月,石门吴之振、吕留良刻。"此书未见传世,或即康熙十年刻本。

不满五首者，汇为一编，附在全集之后。所选的八十四家中，绝大多数诗人皆一人一集。惟杨万里有《诚斋集钞》《荆溪集钞》《西归集钞》《南海集钞》《朝天集钞》《江西道院集钞》《朝天续集钞》《江东集钞》《退休集钞》等九集，谢翱有《晞发集钞》《晞发稿钞》二集，《晞发稿钞》后还附有由谢翱编选的《天地间集》，凡收家铉翁等 17 家诗 20 首；而孔武仲、孔文仲、孔平仲兄弟三人则仅共《清江集》一集。

《宋诗钞初集》规模庞大，刻资自然不菲，吴之振虽家境殷实，然以一人之力自费刻印，花费了大量家产，故其《黄叶村庄诗集》有“卖田刻书四壁贫，独有声名长不朽”的诗句。该书鉴古堂原刻初印不分卷，后印分四集出版，亦不分卷，分一百零六卷且书名省称《宋诗钞》当从乾隆时《四库全书》本开始。

《宋诗钞》的基本内容首先是它的“选”。该集为清人编定的第一部大型宋诗总集，收王禹偁、徐铉、韩琦、苏舜钦、张咏、赵抃、梅尧臣、余靖、欧阳修、林逋、石介、孔武仲、孔文仲、孔平仲、韩维、王安石、苏轼、郑侠、王令、陈师道、文同、米黻、黄庭坚、张耒、晁冲之、韩驹、晁补之、邹浩、秦观、陈造、沈辽、沈与求、徐积、陈与义、李觏、王炎、唐庚、孙觌、张元幹、叶梦得、张九成、汪藻、范浚、刘子翚、朱松、朱槔、程俱、吴儆、周必大、朱熹、范成大、陆游、陈傅良、杨万里、薛季宣、叶适、林光朝、楼钥、赵师秀、翁卷、徐照、徐玑、黄公度、刘克庄、王庭珪、刘宰、王阮、戴敏、戴复古、戴昺、方岳、郑震、谢翱、文天祥、许月卿、林景熙、真山民、汪元量、梁栋、何梦桂、道潜、惠洪、费氏等 83 人之诗[①]。卷首有吴之振所撰《凡例》六则及自序一篇，交代编纂缘起与诗学主张。所选诗歌不加品题、批点，这自然与该集规模过于庞大有关，但更主要的是，编者认为，“若一加批点，则一人之嗜憎，未免有所偏著，而古人之全体失矣”，“不著圈点，不下批评，使学者读之而自得其性之所近，则真诗出矣”。[②] 然有的诗有题下注，记录文字异同，或考释题中人物生平；有的诗正文或诗末保留了诗人原注或编者的校记。全书编排大体以诗人时代先后为序，体例仿元好问《中州集》，每集之首，冠以小传。小传当由吕留良撰，其详可见《吕晚村先生文集 · 续集》所收《宋诗钞列传》，钱锺书《谈艺录》载，“助孟举钞宋诗之吕晚村、吴自牧，皆与梨洲渊源极深。晚村《东庄诗

---

① 按因吕留良受曾静案影响，《宋诗钞》原刻初印、后印本有很大区别，其中后印本有文字剜改，作者去掉吕留良，吴之振序中误称吴自牧为“家弟”，分初集（17 家）、二集（23 家）、三集（15 家）、四集（28 家）出版，凡 83 家。参张梅秀《〈宋诗钞〉的卷数版本和编者》，《晋图学刊》1996 年第 2 期。

② 吴之振《宋诗钞 · 凡例》。

稿》亦是宋格。按之《吕用晦续集》,则《宋诗钞》中小传八十三篇,出晚村手者八十二篇"[1]。吕留良曾对宋人集"极力搜求","欣然借钞","行吟坐校",下过一番苦功夫,故其内容或征引史传、方志,撮述诗人生平仕履,或转录诗话、笔记,简论其创作得失,往往材料赅备,论述精辟,宋诗之风格、流变宛然可现,治宋诗者足资参考。如《宛丘诗钞》作者小传分析张耒诗歌源渊与风格曰:"史称其诗效白居易,乐府效张籍,[2]然近体工警不及白而蕴藉闲远,别有神韵,乐府古诗用意古雅,亦长庆为多耳。子瞻谓秦得吾工,张得吾易。"指出张耒诗歌近体诗蕴藉闲远、乐府古体诗古雅高妙的不同写作风格。又《丹渊集钞》作者小传叙文同文艺成就及与苏轼交游云:

> 自谓有四绝:诗一,楚辞二,草书三,画四。且云世无知我者,惟子瞻一见,识吾妙处。其诗清苍萧散,无俗学补缀气,有孟襄阳、韦苏州之致,与东坡中表,每切规戒,苏门亦严重之,不与秦张辈列。送苏倅杭云:北客若来休问事,西湖虽好莫吟诗。苏不能听也。世以为知言。

与苏轼一样,文同也多才多艺。从吕留良为他写的传记来看,文同对自己的诗很看重,对苏轼给予自己的称扬总是记挂在心。他也经常规劝苏轼写诗不要过多干预时政,加上年龄比苏轼长将近二十岁,故没有"与秦张辈列"。

二、《宋诗钞》的成绩与局限

参与《宋诗钞》的编者均为清代宋诗派的先锋,他们普遍学习宋诗、推尊宋诗、宣传宋诗,对明代前后七子以来一味尊唐、抵斥宋诗的风气抱以不满情绪,力图拨乱反正,正本清源,为宋诗张目,争一席之地。如果我们要总结《宋诗钞》的成绩,这应该是最为主要的。吴之振自序《宋诗钞初集》开宗明义地说:

> 自嘉隆以还,言诗家尊唐而黜宋,宋人集覆瓿糊壁,弃之若不克尽,故今日搜购最难得。黜宋诗者曰"腐",此未见宋诗也。宋人之诗,变化于唐而出其所自得,皮毛落尽,精神独存。

---

① 《谈艺录》,第144页。

② 按《宋史》卷四四四《张耒传》载:"(耒)作诗晚岁益务平淡,效白居易体,而乐府效张籍。"

> 余与晚村、自牧所选盖反是,尽宋人之长,使各极其致。故门户甚博,不以一说蔽古人,非尊宋于唐也,欲天下黜宋者得见宋之为宋如此。

作为一部收诗多、包容广的宋诗总集的理论宣言,吴之振在这里明确地表达了两层意思,或曰《宋诗钞》的两个编纂动机,其一是存宋诗,其二是存真宋诗。

首先来看《宋诗钞》的存宋诗。该集取材务求广泛,以便读者窥见宋诗全貌,不以一说蔽古人,体现出了恢宏的学术气度与宽广的学术胸怀。其《凡例》云:"是选于一代之中,各家俱收,一家之中,各法具在。"此可谓全书的纲领性主张。从入选的诗人来看,队伍齐整,阵容强大,不仅王禹偁、苏舜钦、梅尧臣、欧阳修、王安石、苏轼、陈师道、黄庭坚、朱熹、范成大、陆游、杨万里、刘克庄、戴复古、文天祥等两宋大家悉数选录,就连邹浩、陈造、沈辽、沈兴求、徐积、孙觌、汪藻、范浚、朱松、朱槔、程俱、吴儆、薛季宣、林光朝、楼钥、刘宰、王阮、戴敏、戴昺、郑震、许月卿、梁栋、何梦桂等在今天看来名气不大的诗人亦在其列,还选了李觏、朱熹、张九成、刘子翚、陈傅良、薛季宣、何梦桂、叶适等理学家的诗,道潜、惠洪等诗僧的诗。如果把原拟入选,最终"有录无书"的魏了翁、方逢辰、岳珂、严羽、谢枋得、郑思肖、朱淑真等十六家也算上,那更是群英荟萃。按照编者在《凡例》中的设想,初集外,还要编二集、三集,其计划不可谓不宏大。

编者欲存真宋诗的想法,在诗的选目上得到了很好的落实。众所周知,明人普遍尊唐黜宋,所选宋诗侧重"近唐调",以求与唐诗趋同,即所谓"以唐选宋"。明代颇富美誉的《宋艺圃集》选宋诗"取其离远于宋而近附乎唐"的做法就曾遭到吴之振的激烈批评。《宋诗钞》则注重选录最能体现宋人以文为诗、以议论为诗、以学问为诗的作品,旨在"尽宋人之长,使各极其致","欲天下黜宋者得见宋之为宋如此"。[①] 此之谓"以宋选宋"。如《欧阳文忠集钞》选录《读徂徕集》《重读徂徕集》《镇阳读书》《读张李二生文赠石先生》《读蟠桃诗寄子美》《读书》《读梅氏有感寄徐生》等一组反映作者读书生活的诗,便是出于彰显宋诗题材人文化、日常生活化特质的编选目的。又,编者以王禹偁列全书之首,而比他年长38岁的徐铉却屈居其后,过去有学者批评这是编次失当,实际上这是编者的有意安排,为两宋确立诗统,因"元之独开有宋风气,于是欧阳文忠得以承流接响,文忠之诗雄深过于元

① 均见吴之振《宋诗钞序》。

之,然元之固其滥觞矣”①。《宋诗钞》努力彰显宋诗特色,为宋诗正名张目,同样推尊宋诗的翁方纲对此颇为激赏,其《石洲诗话》卷三曰:“吴钞大意,总是浩浩落落之气,不践唐迹,与宋人大局未尝不合。”②

《宋诗钞》对诗人的看法,对诗歌的评价,对诗学各流派与群体的梳理、阐释主要体现在吴之振的序、凡例与吕留良的诗人小传中。在诗学观上,编者最值得肯定的是没有陷入唐宋诗优劣高下的门户之争,能够摆脱数百年来诗坛尊唐与宗宋的无谓纠缠,以时运代移、文风丕变的文学发展眼光客观地看待宋诗,认为“宋人之诗,变化于唐而出其所自得,皮毛落尽,精神独存”。编者高度肯定宋人在唐诗盛极难继的情况下敢于趋新求奇,另辟蹊径,故于那些能自立面目、开拓畛域的诗人评价尤高。如评欧阳修“其诗如昌黎,以气格为主,昌黎时出排奡之句,文忠一归之于敷愉,略与其文相似”,评苏轼“子瞻诗气象洪阔,铺叙宛转,子美之后,一人而已”,评黄庭坚诗“会萃百家句律之长,究极历代体制之变,自成一家,虽只字半句不轻出,为宋诗家宗祖……实天下之奇作,自宋兴以来,一人而已,非规模唐调者所能梦见也”,评杨万里“不笑不足以为诚斋之诗”等,③认识到他们变化唐人,以文为诗,以文字为诗,以谑趣为诗的特点,亦可谓见之甚明,而言之甚畅。另一方面,该书颂宋而不佞宋,非同明代以三袁为首的公安派捧得宋诗超过盛唐诗,苏诗超过李、杜诗,故又能理性地觉察到宋诗在改造创新过程中难免会付出的一些代价,出现艺术上的失误与局限。如批评王安石诗“独是议论过多,亦是一病尔”,批评苏轼诗“用事太多,不免失之丰缛”,批评黄庭坚诗“惟本领为禅学,不免苏门习气,是用为病耳”等,④凡此皆能痛下针砭,不容私情,又点到为止,入骨见髓。

《宋诗钞》大气包容的气度,时贤及后人多有褒评。吴之振友人王崇简的《吴孟举以所辑宋诗相贻赋赠》一诗赞曰:“卓识开千古,从今宋有诗。汉唐堪并驾,鲍谢不专奇。”《四库全书总目》卷一九〇《宋诗钞》提要曰:“之振于遗集散佚之余,创意搜罗,使学者得见两宋诗人之崖略,不可谓之无功。与庭栋之书互相补苴,相辅而行,固未可偏废其一矣。”《宋诗钞》只钞大家,《宋百家诗存》只钞《宋诗钞》未收的小家,两家诗基本上代表了宋代诗坛发展的全貌。

---

① 《宋诗钞》中《小畜集钞》作者小传。

② 《石洲诗话》卷三,《清诗话续编》(下),第1421页。

③ 分别见《宋诗钞》中《欧阳文忠集钞》《东坡集钞》《山谷集钞》《诚斋集钞》作者小传。

④ 分别见《宋诗钞》中《临川集钞》《东坡集钞》《山谷集钞》作者小传。

《宋诗钞》的不足之处亦很明显。首先,全选录诗数量贪多,规模过于庞大,作为诗歌选本的价值大打折扣。《宋诗钞》是一部没有编完的总集,尚且录诗约 12000 首。正因如此,个别诗集,尤其是《剑南诗钞》《东坡诗钞》等一味贪多,分别钞录 971 首、452 首,杨万里九集凡钞诗 1800 余首,占其全部诗歌将近百分之四十三。有些组诗照钞不漏,如汪元量的《湖州歌》98 首、《醉歌》10 首,秦观的《春日杂兴》10 首、《田居四首》等,均悉数钞录,可见,抛开吕留良所作的诗人小传不说,该集作为选本的意义并不明显。二十余年后,《宋诗删》的编选者之一邵暠即予批评:"向之选唐诗者,济南裁数百首,或病其隘;高廷礼(高棅)取材极丰富,不过数千,而今《宋诗初集》之钞已至万余首,几欲多宋而少唐。"①

第二,诸家诗选多寡悬殊、前后不一,有失均衡,无法反映诗人创作全貌。该书选诗多者如陆游《剑南集钞》近千首,苏轼《东坡集钞》选四百余首,两者所录诗即占全书篇幅的八分之一。少者如张九成《横浦诗钞》、邹浩《道乡集钞》、范浚《香溪集钞》、梁栋《隆吉集钞》才选 20 余首,而戴复古之父戴敏《东皋集钞》仅选 10 首,"清江三孔"之一的孔文仲《清江集钞》仅选 6 首,附于孔武仲《清江集钞》后,且缺小传。又囿于所见所藏,个别诗集选得不均衡,没有覆盖诗人全集,如钞刘克庄诗,以仅存《后村先生大全集》前十六卷内容的《后村居士集》为底本,故于卷一七至四八,三分之二的内容当然无法钞录;楼钥的《道乡集钞》,只钞前十卷,后四卷一字未录;汪藻《浮溪集钞》所抄仅 27 首,而未及《永乐大典》与《诗渊》中所载的 280 余首,均不能反映诗人创作的全貌。

第三,编者声称只钞大家,然囿于所见所藏,像魏野、林逋、杨亿、曾巩、司马光、苏辙、曾几、吕本中、叶绍翁、刘过、姜夔等在宋诗发展过程中作出过一定贡献者却未能入选,颇有遗珠之憾,而沈兴求、范浚、朱槔、程俱、吴儆、刘宰、王阮、戴昺、郑震、梁栋、何梦桂、费氏等诗名甚微,并不算大家,却予选录,终是遗憾。编者在确定大家的标准上也不是没有可议之处,如北宋过严,而南宋却过于宽泛,以致北宋入选者仅二十余人,与宋诗发展的实际情况远不相符。具体表现在,北宋西昆体、晚唐体诗人无一入选,而南宋永嘉四灵又悉数钞入。又如,北宋苏轼之弟苏辙、之子苏过均被遗漏,而南宋朱熹之父朱松、之叔朱槔,戴复古之父戴敏、之从孙戴昺四人的诗才远不如苏辙、苏过,却被选入,甚是不解。以上两方面,都曾引起翁方纲的强烈不满。他说:"石门吴孟举钞宋诗,略西昆而首取元之,意则高矣。然宋初真面目

① 邵暠《宋诗删序》,见该书卷首,清康熙三十三年(1694)刻本。

自当存之,元之虽为欧、苏先声,亦自接脉而已。至于林和靖之高逸,则犹之王无功之在唐初,不得径以陶、韦嫡派诬之。”①又说:“《宋诗钞》之选,意在别裁众说,独存真际,而实有过于偏枯处,转失古人之真。”“文定(苏辙)自是北宋一作家,而《钞》亦不入。”②

另外,由于编者所据之底本原多残损,故阙文断句,错讹百出。又因亟亟成书,小传中取舍评骘,难免有失考之载、过情之论。题下注、小序乱入诗题,重出误收,组诗散抄各处的现象亦时有发生,读者须加小心。③ 张冠李戴者时亦有之,如卷五《沧浪集钞》所抄苏舜钦的《田家词》实为张耒诗,题作《有感》(三首其三)。④ 是集又因批评明代前后七子与以陈子龙、李雯、宋征舆等为代表的云间派宗唐复古诗风,矫枉过正,所选之诗往往体现出尚豪雄而失于粗疏、重性灵而流于率易的毛病。

三、《宋诗钞》的传播与影响

吕留良虽对《宋诗钞》的编纂有着首创之功,但吴之振则对该书的编纂完成及刻印、流传起着决定性的作用。吴之振刻书既毕,于当年八月即携带多部,自故里桐乡启程赴京,遍赠诗坛友人与巨子。康熙初,京师已有宋琬、汪懋麟、田雯等倡导宋诗,而《宋诗钞》的出现,正如雪中送炭,契合了诗坛的这一要求,故很快在诗人间流行开来。唯其如此,《宋诗钞》在清代宋诗总集的编纂与宋诗学的发展上扮演着极其重要的角色,直接推动了清代宗宋诗风的形成,也为清诗的创作提供了可资借鉴的艺术范本。吴之振《读宋荔裳观察〈安雅堂集〉题赠》表彰宋琬的诗能“驱除王、李聱牙句,摒当钟、谭嗥呓词”,《次韵答梅里李武曾》又云:“王李钟谭聚讼场,牛神蛇鬼总销亡。”⑤可见,该书的编者不仅要纠正嘉、隆以来尊唐黜宋的诗学之弊,还旨在扫荡当时诗坛创作上浮夸矫饰的诗风。《宋诗钞》的编定上距清朝开

---

① 《石洲诗话》卷三,《清诗话续编》(下),第1402页。

② 均见《石洲诗话》卷三,《清诗话续编》(下),第1420页。

③ 按申屠青松《〈宋诗钞〉与宋诗文献——以〈宋诗钞〉底本考为中心》(载《中国诗学》第十四辑,人民文学出版社2010年版)指出,《宋诗钞》可以考知准确底本者约60种,其中宋刻3种,明刻约41种,钞本约19种,底本出于刻本的诗钞错误较少,底本出于钞本的诗钞讹误较多,《宋诗钞》中的文献错误多数在底本中就已存在,不是编者“草率”所致。

④ 见《张耒集》卷一二,第204页。

⑤ 分别见吴之振《黄叶村庄诗集》卷二、卷四,见《清代诗文集汇编》,第155册,第505、526页。

国仅二十七年，亦是顺应这一时代思潮的产物，很好地完成了这两个任务。它的出版，在当时及之后的数十年中，即产生了轰动效应，宋荦《漫堂说诗》载："明自嘉、隆以后，称诗家皆讳言宋，至举以相訾謷，故宋人诗集，庋阁不行。近二十年来，乃专尚宋诗。至余友吴孟举《宋诗钞》出，几于家有其书矣。"①后来四库馆臣论及这一文学现象时也说："平心而论，当我朝开国之初，人皆厌明代王、李之肤廓，钟、谭之纤仄，于是谈诗者竞尚宋元。"②清初诗人厌弃了明代王、李、钟、谭等肤廓、纤仄的不良诗风，以自觉接受宋人创作的艺术经验为风尚。我们可以说，这一诗学转向就是《宋诗钞》在诗坛产生影响的标志。

《宋诗钞》行世二十三年后，清初遗民邵暠因其"钞已至万余首，几欲多宋而少唐，学者望洋向若，茫无津涯"，乃"删其繁冗，撷其精实"，而成《宋诗删》二卷，删钞宋代诗人 63 家，诗 365 首，辅以诗人小传及诗歌句读与评点。编者在删钞过程中同样彰显了自己的诗学思想，如对宋诗创作的高峰期元祐诗坛不甚看重，而比较重视南宋诗歌。谢翱、林景熙等遗民诗人的诗歌入录较多，对感念故国、怀旧思乡的爱国诗情有独钟，其遗民情结与民族情感比较浓厚，不难体察。与《宋诗钞》不同的是，该集对一些以理学见长而诗不甚知名的人如李觏、张九成、薛季宣等予以删除，一字未录；另外，认为《宋诗钞》过度崇宋，主张唐宋兼采，邵暠自序批评《宋诗钞》谓："尊唐而不能为唐，时或逗而之宋。于是一二骚坛之士，更取宋诗而尸祝之，然不无矫枉过正。"③该书有康熙三十三年刻本、国家图书馆出版社 2015 年影印本（《中国古籍珍本丛刊·西南大学图书馆卷》第 38 册）。

《宋诗钞》在后世的传播与它所彰显的政治态度不无关联。该书多钞录宋末谢翱、文天祥、林景熙、真山民、汪元量等遗民诗人的诗，具有较浓厚的反清思想与遗民倾向。因此，此书也因编者的政治遭遇而销声掩迹很长一段时间。它在风行康熙诗坛数十年后，至雍正、乾隆年间，却几度被禁毁，原因就是编选者之一的吕留良。吕氏晚年誓死拒荐清朝的博学鸿词科之征，削发为僧。死后四十九年，即雍正十年（1732）时，受湖南儒生曾静反清案之牵连，被雍正皇帝钦定为"大逆"罪，惨遭开棺戮尸枭示之刑，子孙、亲戚及门人或戮尸，或斩首，或流徙为奴，流放北疆宁古塔。其著述多被焚毁，《宋诗钞》自然也未能幸免于难。不过，政治之于学术的干扰终不及文化的

---

① 《清诗话》（上），第 416 页。

② 《四库全书总目》卷一七三《精华录》提要，第 2343 页。

③ 均见邵暠《宋诗删序》，见该书卷首。

影响那么久远，晚清以来，《宋诗钞》因其较大的规模、较高的学术质量，依旧保持着长盛不衰的学术魅力，其删评、增补之作不胜枚举。如车鼎丰、孙学颜合撰的《增订宋诗钞》（已佚），熊为霖的《宋诗钞补》①，佚名编的《宋诗钞精选》②，佚名编的《宋五家诗钞》③。其中管庭芬、蒋光煦的《宋诗钞补》八十六卷，值得特别关注。

《宋诗钞》行世百余年后，管庭芬（1797—1880）有感于原书缺略尚多，遂与蒋光煦（1813—1860）同编《宋诗钞补》，除补足原本有录无书的十六家外，其他各家也有所增益，特别是对原书"前详略后"的"略后"进行了补救，如欧阳修的《明妃曲和王介甫》、王安石的《桃源行》《泊船瓜洲》、文天祥的《正气歌》等名篇，凡补 85 家，2780 首，其中与原本重出 49 首，实仅 2737 首。该书内容主要有补诗、小传与诗评等三部分。其中诗评皆抄自《宋诗纪事》；诗人小传亦主要抄自《宋诗纪事》，仅极少数诗人如刘弇、邓肃、岳珂、裘万顷、韩琦、文天祥等抄自他书；各别集诗歌的抄补主要来源于《石仓历代诗选》（宋代部分）与《宋诗纪事》，而非取自该作者的全集，仅刘弇《龙云集钞》、岳珂《玉楮集钞》、邓肃《栟榈集钞》全抄《宋百家诗存》。补诗或全抄或稍有增益，其所增补者亦颇为有限，如永嘉四灵赵师秀、翁卷、徐照、徐玑的诗，根本没有翻看他们的别集，仅拼凑几首便算了事，又，《石仓历代诗选》乃明人所编，文献缺陷严重，《宋诗钞补》抄录时，未能更正，往往以讹传讹。所以该书除补足《宋诗钞》之缺略，使其得成全璧外，其史料价值并不太大，更谈不上有什么选家的审美眼光。《石洲诗话》卷三、卷四对该集多有论述。

至二十世纪，《宋诗钞》在诗界选坛还存在着强大的学术影响力。宋诗派"同光体"后劲李宣龚（1876—1953）为传播宋诗，进商务印书馆后即着手主持影印《宋诗钞》。他于 1914 年校补《宋诗钞》的缺文，计补五十八家七百二十八字，得原缺字数十之八九，遂据吴之振鉴古堂康熙十年刻本影印，书前附有李宣龚的"校补记"，记叙原刻本之不足及影印时钞补缺之事甚详。商务印书馆重印《宋诗钞》后，李宣龚有感原本"阙诗者凡十六家"，"将董理补辑，以成完书"，恰在其时，得知藏书家刘承幹得到别下斋旧藏本管

---

① 李宣龚《宋诗钞补序》："吾友山阴诸真长，复得熊心松为霖《宋诗钞补》三册于京师，为嘉应黄公度遵宪人境庐故物。虽仅补原阙十六家，而甄采较此编为富。惜中佚一册，不知流转何所？"《宋诗钞补》，商务印书馆 1915 年版。

② 该书或按体编排，或按人编排，体例较乱。

③ 按是集收朱熹《文公集钞》、范成大《石湖诗钞》、郑侠《西塘诗钞》、王令《广陵诗钞》及陈师道《后山诗钞》各一卷。

庭芬钞补、蒋光煦编辑的《宋诗钞补》,遂以“重值相易”,[①]并交商务印书馆1915年排印出版。卷首李宣龚《宋诗钞补序》曰:“吴、吕手定之书历二百年而始重印,而管氏此编亦适于此时出于存亡绝续之交,使嗜宋诗者得以资其研讨,是亦文字之灵不终于天壤也。”可见,其主持校补出版《宋诗钞》的目的十分明确。胡适1923年在给胡敦元等四位欲留学外国的少年所拟定的《一个最低限度的国学书目》中,《宋诗钞》位列其间,梁启超虽然对胡适开列的书目“不赞成”,“认为是不合用的”,但他自己的《国学入门书要目及其读法》“韵文书类”中,《宋诗钞》依然赫然在目。朱自清1943年在西南联大讲授宋诗时,从《宋诗钞》中钞出梅尧臣诗21首、欧阳修诗16首、王安石诗31首、苏轼41首及黄庭坚诗43首,凡152首,编成《宋五家诗钞》(一称《宋诗钞略》)作为教本[②]。钱锺书在《宋诗选注序》虽指出《宋诗钞》有钞诗前详后略、误收他诗的瑕疵,但仍高度评价它的价值:“没有他们的著作,我们的研究就要困难得多。不说别的,他们至少开出了一张宋代诗人的详细名单,指示了无数探讨的线索,这就省掉我们不少心力,值得我们深深感谢。”[③]其《宋诗选注》亦多取材于《宋诗钞》。清代的唐诗总集极多,除晚出的《唐诗三百首》外,还不曾有第二部书产生过这么大的影响。故《宋诗钞》虽有或这或那的局限,然其作为清人编纂的第一部宋诗总集,得风气之先,对扭转清初诗风,保存宋诗文献,功不可没矣。

《宋诗钞初集》的重要版本有康熙十年(1671)吴氏鉴古堂刻本、《四库全书》本、民国三年(1914)上海商务印书馆影印吴氏鉴古堂刻本。李宣龚校补的《宋诗钞》另有1935年商务印书馆《万有文库》(第二集)本,为《国学基本丛书》之一种。《宋诗钞补》的版本有民国四年(1915)上海商务印书馆据别下斋旧藏本之排印本。1986年中华书局将两书统一别集的名称,删除重复的部分,改正明显的错字和异体字,并加新式标点,合编为一书,统称《宋诗钞》,分四册出版,其中前三册为《宋诗钞初集》,第四册为《宋诗钞补》。1988年上海三联书店亦据商务印书馆本将两书合并缩版影印,并将原附勘误文字径于文中改正,书后附有篇名、四角号码索引,检索极为便利。

---

① 李宣龚《宋诗钞补序》。

② 可参浦江清《宋五家诗钞·附记》及王瑶《念朱自清先生》。

③ 钱锺书《宋诗选注序》,见《宋诗选注》,第24页。

第十四章 《宋诗纪事》的学术创获与局限

纪事体的宋诗总集中,厉鹗辑撰的《宋诗纪事》是最为优秀的一部。该书虽名“纪事”,但它只在部分诗歌后附有与作品相关的本事,而大部分诗歌却有诗无事,所以《宋诗纪事》实际上是一部规模比较大的宋代诗歌总集。编者厉鹗(1692—1752),字太鸿,号樊榭,浙江钱塘(今杭州)人。少年家贫,性孤峭,读书不辍。康熙五十九年(1720)举人。乾隆元年(1736)试博学鸿词科,未按先诗后文的书写程式而报罢。尝与沈德潜、杭世骏、金农、全祖望、查为仁等游从,名重一时。又搜奇嗜异,学问淹博,尤熟于辽史及两宋朝章制度。所著除《宋诗纪事》外,尚有《辽史拾遗》《南宋院画录》及《绝妙好词笺》(与查为仁合撰),诗文集为《樊榭山房集》二十卷。尝与同里沈嘉辙、吴焯、陈芝光、符曾、赵昱、赵信等捃摭南宋旧闻,各为诗百首,成《南宋杂事诗》七卷。

一、《宋诗纪事》的成书过程与主要价值

关于《宋诗纪事》的编纂缘起,厉鹗自序其书说:“前明诸公剽拟唐人太甚,凡遇宋人集,概置不问,迄今流传者,仅数百家。即名公巨手,亦多散逸无存,江湖林薮之士,谁复发其幽光者,良可叹也。”①对于宋人文集在明代的流失散佚状况,厉鹗痛心疾首。清朝开国以来,宋诗总集编选并不少见,然采录诗人较少,仅限于名家或有专集者,故无法真正概见宋诗发展全貌。有鉴于此,他于雍正三年(1725)开始与友人汪祓江合作,效仿南宋计有功《唐诗纪事》之例,搜括甄录,整理宋诗文献。汪氏因事罢去,此事遂半途而废。厉鹗后游扬州,馆于著名藏书家马曰琯、马曰璐兄弟之小玲珑山馆数年。马氏昆仲酷嗜典籍,见古籍秘本必重价购之,其小玲珑山馆所藏达十余

① (清)厉鹗《宋诗纪事序》,《宋诗纪事》卷首,上海古籍出版社 1983 年版。

万卷，藏书之富，名重一时，与天一阁、传是楼旗鼓相当。厉氏得以遍阅群书，肆意搜讨，所得宋人集尤多，遂编成《宋诗纪事》一百卷。马曰琯、马曰璐两人不仅为厉氏提供资料，亦恭与其役。厉鹗《吴礼部诗话跋》载："邗江马君半槎癖嗜异书，搜剔隐秘，购得元时刻本。方与予同辑《宋诗纪事》，获觏南宋诸贤逸唱……叹为未有。"[①]扬州二马分别参加卷一至卷一〇、卷一一至卷二〇的辑录工作，对所收诗歌的出处与版本作过一些考订，书中有他们写作的按语若干条。故前十卷卷端署"钱唐厉鹗辑、祁门马曰琯同辑"，卷一一至卷二〇署"钱唐厉鹗辑、祁门马曰璐同辑"，又陆钟辉、张四科、毛德基、吴震生、施念曾、汪启淑、徐以坤等72人亦参与过后八十卷的斟定工作。斟定人员与斟定卷次依次是：施谦（卷二一）、汪埙（卷二二）、陆钟辉（卷二三）、张四科（卷二四）、毛德基（卷二五、卷四七、卷六二、卷六五、卷七一、卷七五、卷八三）、赵昱（卷二六）、杭世骏（卷二七）、吴震生（卷二八、卷七六、卷九〇至卷九三、卷九九、卷一〇〇）、湄勘（卷二九）、施念曾（卷三〇、卷九六）、梁启心（卷三一）、吴城（卷三二）、方士萐（卷三三）、江源（卷三四）、赵信（卷三五）、厉廷兰与厉廷槐（卷三六）、汪日焕（卷三七）、汪玉枢（卷三八）、陈晋锡（卷三九）、顾之麟与王瀛洲（卷四〇）、叶銮与陆铭一（卷四一）、许松（卷四二）、汪启淑（卷四三、卷七八）、陆钟辉与王藻（卷四四）、徐元杜（卷四五）、洪振珂（卷四六）、方辅（卷四八）、金肇铎（卷四九）、桑调元（卷五〇）、叶世纪（卷五一）、赵世鸿（卷五二）、查为仁（卷五三）、许梓（卷五四）、舒瞻（卷五五）、张四科、陈章（卷五六）、金京（卷五七）、徐以坤（卷五八、卷六〇）、金肇銮（卷五九）、张四科与闵华（卷六一）、许承模（卷六三）、乔光复与施安（卷六四）、陆铭三与冯溥（卷六六）、汪大成（卷六七）、金志章与丁敬（卷六八）、陈晋锡与汪沆（卷六九）、吴震生与汪台（卷七〇）、许橿与许承焘（卷七二）、汪庭坚（卷七三）、陈延赏（卷七四）、陈沆（卷七七）、鲍询与叶谏（卷七九）、汪祖荣（卷八〇）、汪还仁（卷八一）、费树楩（卷八二）、汪峒（卷八四）、许承祖（卷八五）、周京（卷八六）、陆腾（卷八七）、毛德基与施廷枢（卷八八）、陈皋（卷八九）、陆培与张云锦（卷九四）、赵一清（卷九五）、毛德基与金农（卷九七）、毕照郊（卷九八），因此，《宋诗纪事》实际上是以厉鹗为主辑录编纂，若干学者协同努力合作完成的成果。全书前后历时二十余年，最后于乾隆十一年（1746）付梓刻印。它的成书比《宋百家诗存》要晚五年，而其最初编纂却早于是书十五年。

全书文学与文献价值主要有如下两个方面。

---

① （清）厉鹗《樊榭山房集·文集卷八》，《四部丛刊》景清振绮堂本。

其一,《宋诗纪事》辑录、保存了大量的诗人诗作,即钱锺书所谓“开出了一张宋代诗人的详细名单,指示了无数探讨的线索”①。该书卷帙浩繁,采录诗人多达 3812 人,编次大致以时代为序,以人为目,分家编排,下列诗人小传、诗歌、论评及事迹诸项。其中卷一为皇帝与皇后,卷二至卷八一为年代可考之诗人,卷八二至卷八三为无时代者,卷八四宫掖,卷八五宗室,卷八六降王,卷八七闺媛,卷八八宦官,卷八九外臣,卷九〇道流,卷九一至卷九三释子,卷九四女冠,卷九五高丽,卷九六无名子,卷九七妓女,卷九八乩仙、女仙,卷九九神鬼、怪物,卷一〇〇谣谚杂语。可见,是集所录诗人数量不仅数倍于清代前此宋诗总集之和,而且点多面广,上至帝王宫室,下到无名之辈,从妓尼释道,到外臣降王,其诗无不毕载。

全书收罗宏富,考订精审,堪称一代诗歌文献之渊薮。不仅名家名作详具始末,就是一些佚诗残句、诗坛掌故及名不见经传的小诗人亦赖以流传。编者在《徵刻宋诗纪事启》中说:“苟片言之足采,虽只字以兼收。”②可见他是以网罗散佚为目的,旨在搜集别集以外佚诗和无别集传世的作家作品,诗人的名气、诗作的质量不在考虑之内,因而初具《全宋诗》的性质。故全书虽诗作与事迹、评论并载,属“纪事”一体,而实际上又有所突破,采录时多收“无事之诗”,即使仅有残句,亦并收录,可谓细大不捐、兼收并蓄。如江湖派诗人毛珝(卷七二)、王琮(卷七二)、周端臣(卷七一)、张弋(卷七三)、释绍嵩(卷九三)、赵汝回(卷八五)等,其诗、其事他书不载,均只能从《宋诗纪事》中找到材料,对后人辑校宋人诗作,采集宋人事迹均极有益处。此虽与“纪事”体例不甚吻合,但其文献价值不言自明。又如卷一〇令狐挨、段全,卷一六胡恢,卷六三李翔高,卷九一文彧、惠隆等人均仅靠一联而得以流名于世。有些诗歌流布不广,仅有孤本载录,编者则重点加以搜辑。是书从旧题刘克庄《分门纂类唐宋时贤千家诗选》中采录诗达百首之多,其中所录潘牥、林季谦、闻人祥正的几首诗,别本未载,为此书仅见,经厉氏辑入《宋诗纪事》后,遂广为流传。

其二,搜集、保存了大量诗人诗作的诗歌本事与背景材料。全书既曰“纪事”,体例一仍《唐诗纪事》,以事存诗,以诗存人。厉鹗曾在乾隆十一年自序中自称其书“计所抄撮,凡三千八百一十二家,略具出处大概,缀以评论,本事咸著于编。其于有宋知人论世之学,不为无小补矣。”③故编者于

① 钱锺书《宋诗选注序》,《宋诗选注》,第 24 页。

② (清)厉鹗《樊榭山房集 · 文集卷七》。

③ (清)厉鹗《宋诗纪事序》,见《宋诗纪事》卷首。

所录诗人名下先附小传,摘录有关传记资料,再列诗歌,缀以本事与论评,交代文本出处。厉氏所录资料除源自宋代别集、总集外,又旁涉说部类书、诗话笔记、史书方志、金石碑拓、佛道二藏及稗书杂史,网罗丰富,数量达千余种,远非吴之振等编《宋诗钞》可比。他所引的个别书,今天已不易见到。所以编者的侧重点虽在史而不在论,但辑录的论诗评语之丰富,非任何一部诗话可比。且所辑大多为已有之定论,并不附以己见,若细加寻绎,宋代诗学的历史风貌与演变轨迹可见端倪。故考有宋一代之诗话,终当以是书为渊薮。《四库全书总目》卷一九六《宋诗纪事》提要云:“今江南、浙江所采遗书中,经其签题自某处抄至某处,以及经其点勘题识者,往往而是,则其用力亦云勤矣。”①如卷一一“王琪”名下,编者先附小传,再依次引《耆旧续闻》《缃素杂记》《钟山语录》《石林诗话》及《尧山堂外纪》等,叙述王琪奇闻异事,总评王琪诗歌风格。其中《尧山堂外纪》所载“王琪与张亢互谑”事,既记载了王琪“瘦小”、张亢“肥大”的体形特征,复刻画了两人彼此逗哏然心无芥蒂、幽默风趣的个性特征。所录九诗,有本事者其三,其他六首为“无事之诗”。诗末交代出处,其中《题扬州九曲池》录自《复斋漫录》,《金陵赏心亭》录自《湘山野录》,《题招隐寺》录自《玉蕊辨证》,《闻盗红梅种遗晏同叔》以下四首录自《宋文鉴》,《绝句》二首录自《后村诗话》,凡此皆原原本本、清清楚楚。更可贵的是,《宋诗纪事》对所采资料并非有闻必录,还能博稽详考,对他人有关宋诗作者的论述及自己的见解于诗末加按语说明。王琪《题扬州九曲池》诗后,编者引《复斋漫录》载,晏殊知杭州,途经扬州,憩大明寺,因闻侍史诵王琪此诗,遂召至同饮。晏殊前此已有“无可奈何花落去”,至今未对,王琪乃以“似曾相识燕归来”相告,晏大喜,荐为馆职。又引《苕溪渔隐丛话》所驳云:“元献未知杭州,复斋所记误也。”按:晏殊是否知杭州,并不足以证实或证伪此事,然编者将不同意见并附诗后,能引发读者进一步思考,其作用不可小觑。

《宋诗纪事》的出版离南宋计有功编《唐诗纪事》约五百余年,“纪事体”著作才得以延续,其后,陈衍辑《辽诗纪诗》《金诗纪诗》《元诗纪事》三书,陈田辑《明诗纪诗》,邓之诚辑《清诗纪诗初编》相继出现,成为系列,这也不能不说是该集的一个贡献。《宋诗纪事》除清乾隆间樊榭山房原刊本外,有《四库全书》本、台湾商务印书馆影印本、《万有文库》(第二集)本、上海古籍出版社 1983 年排印本等。

---

① 《四库全书总目》卷一九六,第 2760 页。

二、《宋诗纪事》的文献疏失

《宋诗纪事》在“纪事体”诗歌总集中具有标杆作用，但并非完美无缺，最明显的局限是因采录诗人过多，卷帙浩繁，故时有重出复见、误收及析一人为二人或合二人为一人的现象。《四库全书总目》、陆心源《宋诗纪事小传补正》、钱锺书《宋诗选注》等书先后批评其文献疏失，其中四库馆臣考稽甚详，为论述方便，兹不惮繁复予以转引：

> 鹗此书裒辑诗话，亦以纪事为名，而多收无事之诗，全如总集；旁涉无诗之事，竟类说家，未免失于断限。又采摭既繁，牴牾不免。如四卷赵复《送晏集贤南归》诗，隔三卷而重出。七十二卷李珏《题湖山类稿》绝句，隔两卷而重出。九十一卷僧惠涣《送王山人归隐》诗，隔一卷而重出。四十五卷尤袤《淮民谣》，隔一页而重出。二卷杨徽之《寒食》诗二句，至隔半页而重出。他如西昆体、江西派既已别编，而月泉吟社乃分析于各卷，而不改其前题字，以致八十一卷之姚潼翔于周暕《送僧归蜀》诗后标“前题”字，八十五卷之赵必范于赵必瑑《避地惠阳》诗后标“前题”字，皆不免于粗疏。又三十三卷载陈师道，而三十四卷又出一颍州教授陈复常，竟未一检《后山集》及《东坡集》订“复”字为“履”字之讹。四十七卷载郑伯熊，三十一卷已先出一郑景望，竟未一检《止斋集》证“景望”即“伯熊”之字。五十九卷据《齐东野语》载曹豳《竿伎》诗，作刺赵南仲；九十六卷又载作无名子刺贾似道。八十四卷花蕊夫人奉诏诗，不以勾延庆《锦里耆旧传》互勘。八十六卷李煜归宋渡江诗，不以马令《南唐书》参证。八十七卷《永安驿题柱》诗，不引《后山集》本序，而称《名媛玑囊》。又华春娘《寄外》诗，不知为唐薛涛《十离》之一。陆放翁妾诗，不知为《剑南集》七律之半。英州司寇女诗，不知为录其父作。皆失于考证。①

提要虽称赞“全书网罗赅备”，但却用大段篇幅列举其体例不纯、重出互见、失考误考、张冠李戴等弊端，显然对《宋诗纪事》在文献上的失误十分不满。

钱锺书《宋诗选注序》亦云：

---

① 《钦定四库全书总目》卷一九六《宋诗纪事》提要，第 2760 页。

> 至于《宋诗纪事》呢，不用说是部渊博伟大的著作。有些书籍它没有采用到，有些书籍它采用得没有彻底，有些书籍它说采用了而其实只是不可靠的转引，这许多都不必说。有两点是该讲的：第一，开错了书名，例如卷四十七把称引尤袤诗句的《诚斋诗话》误作《后村诗话》，害得《常州先哲遗书》里的《〈梁溪集〉补遗》以讹传讹；第二，删改原诗，例如卷七和卷三十三分别从《宋文鉴》里引了孙仅《勘书》诗和潘大临《春日书怀》诗，但是我们寻出《宋文鉴》卷二十二和卷二十三里这两首诗来一对，发现《宋诗纪事》所载各各短了两联。①

钱氏此处以其一以贯之的俏皮幽默口吻批评《宋诗纪事》存在着史料征引不广泛、不彻底、不可靠及开错书名、删改原诗等诸多弊端。

其实，除前人所指外，《宋诗纪事》还存在一些文献上的疏失，不胜枚举。误收唐诗如卷四据《合璧事类前集》所录寇准的《春恨》诗，不见于《寇忠愍公集》，实乃唐人来鹄诗，见《全唐诗》卷六四二《寒食山馆书情》，原诗为七律，厉鹗从前人之误割取中间两联为七绝，惟“后”作“夜”，“啼”作“不”。按，来鹄有《来公集》，寇准封莱国公，宋人呼为“寇莱公”或“莱公”，故误。失考如卷六据《风月堂诗话》将《游文潞公曲水园》“夭桃秾李艳芳辰”一诗归于晁迥名下，而卷九又据《石林诗话》将此诗的著作权归属贾昌朝，惟第一句作“画船载酒及芳辰”，末句作“却将清景付闲人”，编者拿捏不准，此诗重出。按《风月堂诗话》所载有误，晁迥（951—1034）于景祐元年去世时，文彦博（1006—1097）才二十八岁，故其生前，年龄不到二十八岁的文彦博似很难拥有属于自己的私家园林，当以叶梦得《石林诗话》所载为是，诗为贾昌朝作，《全宋诗》卷二二六亦作贾昌朝作，惟晁迥、贾昌朝并谥文元，后人不察，将《石林诗话》中“潞公自许移镇北门，而文元为代”之“文元”误作晁迥。析一人为两人，如卷一三之葛密与卷九六之葛通议，实为同一人；卷一八陈诜与卷一九陈侁，亦为同一人。陆心源《宋诗纪事小传补正》卷一云：“陈诜，一作侁。”作家小传亦有失考、误考者。如卷八二《无时代上》录单锡《寄隐士》一首。按清光绪年间刊《重刊宜兴县旧志》卷八有《单锡传》，言其为嘉祐二年进士，与苏轼同年，轼曾以甥女妻之。苏轼《东坡集》卷六亦有《单同年求德兴俞氏聚远楼诗三首》。故锡实为北宋中期

---

① 《宋诗选注》，第23—24页。

人,不得定为“无时代”类。① 又,因限于体例,有些卷次内容过少,如卷八九(外臣)仅3人3首诗,卷九四(女冠、尼)仅5人5首诗,卷八八(宦官)仅5人5首诗加1联,使全书各卷内容多寡不一,有失均衡。

三、《宋诗纪事》的辑补、纠谬之作

《宋诗纪事》的编著囿于所见所闻,并未将宋诗文献网罗殆尽,其失收、漏收的情况还非常多,如宋代黄康弼编《会稽掇英续集》及后来四库馆臣从《永乐大典》中辑出的许多宋人文集,他都没有看到过。对宋代资料极为精熟的清末藏书家兼学者陆心源(1834—1894)就指出,“以余寡陋,尚可补百余家。至其舛误之处,不下百余条”,②故凭其富甲海内的丰富藏书,以一人之力遍考四部群籍,成《宋诗纪事补遗》。其中检索谱牒、方志及地区性诗歌总集、诗话所得宋诗尤多,约在半数以上。据其《凡例》,陆心源的补遗工作主要有:厉书未收的诗人,即使只有残篇断句,亦加补入;厉书虽收其人,但仅为残句而无全篇,若得全篇,亦予补收;其人专集虽存,而集外诗为前人所未甄录者,亦为补录;其人存诗较多,而厉书仅见一二者,亦为补录;诸书所引有溢出从《永乐大典》辑录之宋集者,亦为补录;对新辑的诗人,各为小传,凡厉书已有小传而未详的,亦间加增补;所收之诗必注明出处,兼采诗话,附于各人之后。按照此例,陆氏复辑得宋诗作者三千余人,诗八千余首,编次依厉书原例,以人从代,作《宋诗纪事补遗》一百卷。该书补充了大量有价值的诗歌及有关诗人的史料,格局宏大,考辨精审,具有较大的文献价值,是继《宋诗纪事》之后,从事宋诗研究的一部重要资料集,对后来编纂《全宋诗》起到了极大的作用。《补遗》纠他人之误,但并非尽善尽美,自己也存在不少失误,引资此书者当小心谨慎。钱锺书《宋诗选注序》中批评它“错误百出”,不免有些夸张。民国间屈强补编的《宋诗纪事拾遗》③,补陆心源《宋诗纪事补遗》的遗漏,计补辑宋代诗人73家及13家诗21首。又厉书小传有仕履未详、时代未著者,或一人两收,或名字舛错者,陆氏又别为《宋诗纪事小传补正》四卷以正之。《宋诗纪事补遗》有光绪十九年(1893)家刻本,山西古籍出版社1997年徐旭、李建国点校本。民国间有1934年哈

① 参见孔凡礼《〈宋诗纪事〉二误》,《文史》第16辑,中华书局1982年版。

② 陆心源《仪顾堂题跋·续跋》卷一三《宋诗纪事跋》,第161页,中华书局1990年版。

③ 世界书局1947年出版。

佛燕京学社引得处编《宋诗纪事著者引得》,合厉氏《纪事》及陆氏《补遗》《小传补正》三书于一编,将作者字号、姓名按中国字庋撷法编为索引,检索尤为方便。

在清代增补、删改《宋诗纪事》的总集中,还有罗以智(1800—1860)编纂的同名总集《宋诗纪事补遗》一卷,此书编纂虽在陆心源之前,但规模过小,仅补185家,故流传不广;贝信三的《宋诗纪事钞》四卷,选钞自厉鹗的《宋诗纪事》,凡入录130余人,成书于同治二年(1863)。书画鉴赏家宣哲(1866—1943)亦有关于《宋诗纪事》的补遗之作,不过影响甚微,无人提及。

特别值得一提的是,新时期以来还出现了两部对《宋诗纪事》进行拾遗补阙、具有资料性质的宋诗总集,即孔凡礼编著的《宋诗纪事续补》与钱锺书编著、栾贵明整理的《宋诗纪事补正》。《宋诗纪事续补》继厉鹗、陆心源之后,网罗遗佚,从255部史籍中,搜集厉、陆二氏所辑之外的诗人诗作,凡1826家,成书三十卷,作为《全宋诗研究资料丛刊》之一公之于世,北京大学出版社1987年出版。厉辑小传不注出处,陆辑小传仅偶注出处,且有讹误;孔著小传则咸注出处。史书有传者,小传从略,声闻不彰者,则详考其事迹。孔著还改变厉、陆二辑为释道、妇女、宗室、无名氏立专卷的做法,一律将其按生活时代顺序编排;惟给无时代、神怪、谣谚立专卷。宋话本、小说中的诗歌,厉、陆二辑未取,孔著设专卷予以采录。孔著还多录为厉、陆二辑所忽视或不认同为诗的僧人偈、颂及大量方志中的诗歌。该书还用按语对所录诗歌的文字讹异进行了考订。孔著的失误,周本淳的《〈宋诗纪事续补〉疏失举例》①一文作了初步纠正。孔氏另有《宋诗纪事续补拾遗》。

钱锺书《〈宋诗纪事〉补正》的编纂开始于二十世纪四十年代,后因故中辍,正式整理则始于1982年。在其后的十余年中,他投入大量精力,三易其稿,对《宋诗纪事》的内容作了广泛深入的补充和订正,其间还吸收了《宋诗选注》编纂过程中积累的珍贵素材。② 遗憾的是,直到钱锺书去世以后,此书才由栾贵明负责"整缀董理",辽宁人民出版社、辽海出版社2003年合作出版,煌煌十二大册,凡一百卷,300万字。关于该书的编写目的,早在1949年早春,他住在蒲园且住楼时,就在《万有文库》本《宋诗纪事》的扉页题词:"(厉鹗)采摭虽广,讹脱亦多。归安陆氏《补遗》,买菜求益,更不精审。披

---

① 《古籍整理研究学刊》1990年第5期。

② 参杨绛《〈宋诗纪事补正〉序》,见该书卷首,辽宁人民出版社2003年版。

寻所及,随笔是正之。整缀董理,以俟异日。"[①]寥寥数语,代表了钱锺书当时对厉鹗《宋诗纪事》和陆心源《宋诗纪事补遗》的基本态度。这与他后来在《宋诗选注序》中对两书的评价大致一致。《宋诗选注序》说《宋诗纪事》"不用说是部渊博伟大的著作",但亦存在"开错书名""删改原诗"等局限,言辞比较客观,与题词所说"采摭虽广,讹脱亦多"前后吻合;又谓《宋诗纪事补遗》一书"错误百出",特别是将唐人、金人诗误作宋诗,所以他在题词中说陆心源"买菜求益,更不精审"。《〈宋诗纪事〉补正》卷帙浩繁,内容丰富,正如书名所示,针对《宋诗纪事》的"脱"和"误",钱著的内容主要包括对厉辑的纠正与补充,即纠正厉辑的误收、误属、张冠李戴以及文字错谬讹漏的情况;补充的内容有补人、补事及补诗三个方面。其中"补人"比较谨慎,仅将相关、确凿可靠的诗人补入;"补事"依原书体例补入有关诗与诗人的资料,并增益对诗人的一些评论文字;"补诗"依旧书规矩,凡作者别集存世,则从简,若别集无存或残存,则尽所见查检删汰后补入,间亦有可以补益《全宋诗》者。这两方面内容,具见钱锺书渊博、严谨、精细的一贯治学风格。

《补正》一书为宋诗研究者提供了丰富、可信的诗人本事与诗评资料,其价值是一般宋诗总集所无法替代的,但从学术界反馈的信息看,钱锺书的补正与栾贵明的整理均存在着诸多不尽如人意处,特别是漏补、误补及不当补而补者所在多见,引来陈福康、傅璇琮、张如安、尹楚兵等诸多学者的批评[②],陈福康、王若两人还先后在《中华读书报》上发文展开激烈争鸣。该书的可议之处的确很多,如《宋诗纪事》原本是"纪事体"文学总集,纪昀等撰《四库全书总目》将其列入诗文评类,而没有放在总集类,故它的任务不在辑佚,而该书卷六在原书入录杨亿 18 首诗的基础上增补 381 首,何况《武夷新集》早已流行于世,编者如此大规模辑录,排印上百页,徒增篇幅,实无必要。因此,生活·读书·新知三联书店 2005 年再次出版了手稿影印本,名曰《宋诗纪事补订》,凡 4 册。此次刊行的《宋诗纪事补订》,直接影印钱锺书在万有文库本《宋诗纪事》十四册书上所作的补订,彩色印刷,以期再现批注文字之原貌以及先后补订笔迹之不同。

孔著与钱著比较,前者慢写而先出版,两书应该互不影响,各有长处,并

---

① 见杨绛《〈宋诗纪事补正〉序》。

② 见陈福康《对〈宋诗纪事补正〉的几点意见》,《文汇报》2003 年 6 月 15 日;傅璇琮、张如安《〈宋诗纪事补正〉疏失举正》,《南京师范大学文学院学报》2003 年第 4 期;尹楚兵《钱锺书先生〈宋诗纪事补正〉的价值和疏失》,《江南大学学报(人文社会科学版)》2006 年第 2 期。

为对宋诗拾遗补阙的典范之作。孔著因出版于二十世纪八十年代，其优长已多为《全宋诗》的编者所吸取；钱著旁搜远绍，出入书海，后出转博转精，实际上做的也是《全宋诗》编纂工作，然因长期打磨，迟至本世纪才问世，其发现的新资料、提供的新观点还有待宋诗研究者逐步认识与取资。

第十五章 《宋诗精华录》的编选宗旨与诗学思想

民国年间是宋诗总集编纂的转型期,其代表作为陈衍选评的《宋诗精华录》。陈衍(1856—1937),字叔伊,号石遗,福建闽侯(今福州市属县)人,近代同光体著名诗人、诗论家、学者。清光绪八年(1882)举人。曾入台湾巡抚刘铭传幕。戊戌政变后,湖广总督张之洞邀往武昌,任官报局总编纂,与诗界革命的代表诗人沈曾植相识。后为学部主事、京师大学堂教习。清亡后,在南北各大学讲授,编修《福建通志》,最后寓居苏州,与章炳麟、金天翮共倡办国学会,任无锡国学专修学校教授。陈衍为晚清以来同光体诗人中闽派首领,长期主盟诗坛,编纂诗歌总集,撰著论当代诗人的诗话,其学术影响与声望,在当时诗坛无人能望其项背。他不仅在《石遗室诗话》正续编、《陈石遗先生谈艺录》、《〈诗品〉平议》及《诗学概要》等一系列论著中提出了自己的诗论主张①,而且晚年在无锡国学专修学校任教时还自编教材《宋诗精华录》,以此鼓吹、宣传宋诗,为同光体诗人乃至清初以来的宋诗派作了理论总结,也为后来读者阅读宋诗提供了一个高质量的范本。

一、选目的原则及编选宗旨

在唐宋诗优劣的学术纷争中,陈衍主张宋诗学唐而变化于唐,当宗宋而不抑唐,其《石遗室诗话》明确指出:"今人强分唐诗、宋诗,宋人皆推本唐人诗法,力破余地耳。""自咸、同以来,言诗者喜分唐宋,每谓某也学唐诗,某也学宋诗。余谓唐诗至杜、韩而下,现诸变相,苏、王、黄、陈、杨、陆诸家,沿其波而参互错综,变本加厉耳。"②其另一诗学论著《诗学概论·宋》亦谓:

---

① 有关陈衍的诗论,可参钱仲联汇辑、编纂的《陈衍诗论合集》,福建人民出版社1999年版。

② 分别见陈衍著《石遗室诗话》,第4页、196页,辽宁教育出版社1998年版。

"诗人之盛，唐代后以宋代为观止。盖宋人诗学，各本唐法，而扩充变化之。卓然成大家者，不甚亚于唐也。"足见在陈衍眼中，唐诗、宋诗乃时代之分，非格调之殊，宋诗在写法上承袭唐诗而又能自出机杼。其同乡门人黄曾樾曾总结陈衍的诗学观说："吾师陈石遗先生，则不唐不宋，不汉魏，不六朝；亦唐亦宋，亦汉魏亦六朝。"①

基于这样的诗学主张，《宋诗精华录》对宋诗各时段、各流派的代表作家、作品均有选录，既重学问之诗，又不忽视性情之作，较之那些于诗人取舍时畸轻畸重、失之偏颇的宋诗总集，其视野要通达、开阔得多，鲜明地体现了编者反对祧唐宗宋、力主唐宋互参的整体诗学观。民国间与《宋诗精华录》前后问世的宋诗总集还有几部，如高步瀛选注的《唐宋诗举要》选诗的主要依据是王士禛的《古诗选》《唐人万首绝句选》及姚鼐的《今体诗钞》，其中所选宋诗仅 17 人 185 首；朱自清选注的《宋五家诗钞》则主要从《宋诗钞》中钞录梅尧臣、欧阳修、王安石、苏轼及黄庭坚等 5 人之诗，亦仅 140 首。而陈衍的《宋诗精华录》凡四卷，收录宋诗 129 人 688 首，还有摘句 26 人（含摘句图 3 人），约百联，涉及的诗人、诗歌要全面得多，基本上反映了宋代诗歌创作的全貌。就体派而言，该书于宋诗各流派皆有诗人入选，如"初宋"三体中，白体选了王禹偁、徐铉及李昉三家，晚唐体选了寇准、林逋及魏野三家，西昆体选了钱惟演、张咏二家，还选了后西昆体晏殊、赵抃二家。就作者而言，该书所选除一般诗人外，帝王赵㬎，女性李清照、花蕊夫人，僧人道潜、惠洪、道璨，皆有代表，还有理学家邵雍、刘子翚、朱熹、陈傅良等人。尤其可贵者，编者重视大诗人，也没有忘记小诗人，诸如杨朴、程师孟、杨杰、蔡确、杜常、邹浩、王琮、王铚、张纲、石懋、陈鉴之、赵希橺、武衍、罗与之、毛珝、罗公升、叶茵、危稹、戴昺及程俱等名不见经传的小人物，也进入了编者的视线。仅入选一首诗的作者有赵㬎、徐铉、钱惟演、杨徽之、郑文宝、李昉、寇准、晏殊等，多达 56 人。就时段而言，编者也宽严有度，适当考虑平衡。该书卷一案语说，"此录亦略如唐诗，分初、盛、中、晚"，"今略区元丰、元祐以前为初宋，由二元尽北宋为盛宋"，"南渡茶山、简斋、尤、萧、范、陆、杨为中宋"，"四灵以后为晚宋"。② 编者仿南宋严羽《沧浪诗话》、明代高棅《唐诗品汇》四分唐诗的方法，将宋诗划分为初宋、盛宋、中宋、晚宋四个时段，并按各时段诗歌在宋诗发展史上的地位分别予以不同甄选，其中初宋录 39 家 117 首，盛宋录 18 家 238 首，中宋录 32 家 212 首，晚宋录 40 家 121 首。全

---

① 《〈陈石遗先生谈艺录〉序》，见《陈衍诗论合集》，第 1016 页。

② 曹中孚校注《宋诗精华录》，第 1 页，巴蜀书社 1992 年版。

书四卷中，前二卷除冠首的帝王赵昺外，为北宋诗；后二卷除殿后的女性与释、道外，为南宋诗。

其次，承继沈曾植的“三关”说，编者曾提出诗学“三元”说①，以元祐为近体诗发展史上继唐代开元、元和后的第三个高峰期。故《宋诗精华录》于宋诗各家、各派及各时段的选录有所侧重，从中体现了编者“三元”说的诗史观。我们将《宋诗精华录》入选诗歌数量排名前十五位的诗人与他们在《瀛奎律髓》《宋艺圃集》《宋诗别裁集》《宋诗选注》《宋诗三百首》等五部宋诗总集中入选诗的数量、排名以及六部总集收诗总量与总排名，列表如下（表2）：

表2　六部总集对照表

总集	宋诗精华录		瀛奎律髓		宋艺圃集		宋诗别裁集		宋诗选注		宋诗三百首		六集合计	
诗人	数量	排名	数量	排名	数量	排名	数量	排名	数量	排名	数量	排名	数量	排名
苏　轼	92	1	41	7	245	1	63	1	21	3	17	1	479	1
杨万里	55	2	31	10	6	14	29	5	15	4	8	6	144	11
陆　游	53	3	188	1	94	5	54	2	32	1	13	2	434	2
黄庭坚	39	4	35	9	50	9	12	10	5	11	9	5	150	9
王安石	34	5	81	4	201	3	39	3	10	6	13	2	378	3
刘克庄	27	6	40	8	0	15	0	15	8	8	6	8	81	13
陈师道	26	7	111	3	72	8	8	13	5	11	5	12	227	6
梅尧臣	24	8	127	2	76	7	9	11	7	9	6	8	249	5
陈与义	21	9	68	6	84	6	28	6	11	5	7	7	219	7
司马光	13	10	0	15	38	10	9	11	0	14	3	14	63	14
范成大	12	11	28	11	8	13	18	8	28	2	10	4	104	12
戴复古	11	12	2	14	36	11	1	14	4	13	4	13	58	15
朱熹	11	12	22	12	242	2	20	7	0	14	2	15	297	4
欧阳修	10	14	10	13	111	4	37	4	6	10	6	8	180	8
张耒	9	15	79	5	33	12	13	9	10	6	6	8	150	9

由上表可见，《宋诗精华录》选诗数量排名前十五名的诗人依次是苏轼（92首）、杨万里（55首）、陆游（53首）、黄庭坚（39首）、王安石（34首）、刘克庄（27首）、陈师道（26首）、梅尧臣（24首）、陈与义（21首）、司马光（13首）、范成大（12首）、戴复古（11首）、朱熹（11首）、欧阳修（10首）及张耒（9

① 按《石遗室诗话》卷一载：“盖余谓诗莫盛于三元，上元开元，中元元和，下元元祐也。”

首),其中属于“三元”之一的元祐时期的诗人就有苏轼、黄庭坚、陈师道及张耒,加上同属盛宋的王安石,则有五人之多,仅苏轼一家的诗即超过全选的百分之十三;而这十五人中初宋诗人仅有欧阳修、梅尧臣及司马光三人,晚宋仅有刘克庄及被编者许为“晚宋之冠”的戴复古两人。从诗歌数量来说,元祐所属的盛宋238首,在四个时段中也最多。

由上表还可见,《宋诗精华录》对宋代诗人的态度与其他五种总集有同有异,同少于异。同者为苏轼、陆游两位大诗人,他们在《宋诗精华录》中的诗歌数量分别为第一名、第三名①,与他们的总排名比较接近。苏轼诗歌被选数量在四种总集中排名第一,总排名亦为第一。陆游诗歌在其余两种总集中排名第一,总排名第二。反差较大的是杨万里诗,在《宋诗精华录》中排名第二,但其总排名却是第十一名;黄庭坚诗在《宋诗精华录》中排名第四,然其总排名为第九;刘克庄诗在《宋诗精华录》中排名第六,总排名第十三名;朱熹诗在《宋诗精华录》中排名第十二,总排名为第四名。可见陈衍也非常推崇杨万里、黄庭坚与刘克庄而不甚看重朱熹。刘克庄、司马光及朱熹在《宋诗精华录》中诗的数量分别占据第六、十及十二名,而刘克庄诗在《宋艺圃集》与《宋诗别裁集》中却没有被选录,司马光诗在《瀛奎律髓》《宋诗选注》中没有被选录,朱熹诗在《宋诗选注》中也没有被选录。

再次,就体裁而论,《宋诗精华录》选诗侧重音律协畅、含蓄流畅的近体,尤其是七绝,以为宋诗精华即在于此。该书《叙》开宗明义地说:

> 故长篇诗歌,悠扬铿锵鞺鞳者固多,而不无沉郁顿挫处,则土木之音也。然如近贤之祧唐宗宋,祈向徐仲车(积)、薛浪语(季宣)诸家,在八音率多土木,甚且有土木而无丝竹金革,焉得命为‘律和声,八音克谐’哉!故本鄙见以录宋诗,窃谓宋诗精华,乃在此而不在彼也。②

陈衍以古代乐器的八音比况宋诗不同的题材体裁与不同的风格流派,倡导选诗要“八音克谐”,忌讳取境狭窄,偏颇失当。文中所谓土木之音当指长篇诗歌,而丝竹金革之音所喻没有明言,然反观该叙前此几句,将土木之音与丝竹金革之音对举,可知丝竹金革之音当指近体诗歌。该书所选688首

---

① 陈衍《宋诗精华录》原选陆游诗54首,其中《西郊步武地春将老矣……》一诗,实为黄公度诗,见其《知稼翁集》卷上。

② 曹中孚校注《宋诗精华录·叙》,第2页。

诗中，五七言近体凡548首，约占全选的79.6%，①而五七言近体中，七绝尤多。陈衍于宋诗最喜王安石与杨万里，其原因即是这两位诗人皆长于七绝。王、杨七绝风格各以工致与自然见长，在历代诗论家眼中有着较高的地位。如有人谓“(介甫)绝句最高，其得意处高出苏、黄、陈之上”，“(介甫)七言诸绝，宋调坌出，实苏、黄前导也”。② 陈衍亦对王安石十分推崇，将王安石、苏轼分别比作唐代的李白、杜甫，将王安石与李白相提并论，则是缘于双方皆长于七绝所致。故此书选录王安石诗34首，其中七绝即多达17首，若加上两首六绝，则有19首之多。编者在其《金陵即事三首》其一后评曰：“荆公绝句，多对语甚工者，似是作律诗未就，化成截句。”(第147页)又推许他的六绝《题西太乙宫壁二首》为全集的“压卷”之作。编者选杨万里诗55首，数量仅次于苏轼而超过陆游，在宋人中雄踞第二名，其中所选绝句即多达34首，其评语则肯定杨万里的七绝能在有限的篇幅内达到“工而自然”的境界。除此以外，他还特别推许陆游与刘克庄的七绝。其在陆游小传后所附案语中说：“剑南最工七言律、七言绝句，略分三种：雄健者不空，隽异者不涩，新颖者不纤。古体诗次之，五言律又次之。七言律断句，美不胜收。”(第568页)可见，在陈衍眼中，陆游的七律、七绝最佳。该书选陆游诗53首，其中七律25首，七绝22首，另选五绝1首，古体诗5首，足见编者对陆游七律、七绝的推崇。他评刘克庄的七绝说，“刘后村诗诚佳”，“且其诗只工绝句，所以终不能与尤、萧、范、陆颉颃也”，③故该书卷四选刘克庄诗27首，为晚宋诗人入选诗最多者，其中七绝入选15首。不过也有学者不同意陈衍此论，林庚白在《〈陈石遗先生谈艺录〉序》即批驳说：“(陈衍)独谓刘后村诗仅工七言绝句，似未知后村之真者。后村诗无一体不工，盖出入于杜、韩、苏、黄、东野、临川间，淹有诸家之长。”④

二、评点中体现出的诗学思想

陈衍是同光体代表诗人，又是诗论家，一生浸淫于诗，深得诗中三昧，故《宋诗精华录》不仅选诗精当，而且编者的评语亦如老吏断狱，虽用字不多，

---

① 据北京大学文献数据分析研究中心研发的《〈全宋诗〉分析系统》，《全宋诗》共收录宋诗254240首，其中格律诗172234首，约占全部诗歌的67.7%。

② 分别见严羽《沧浪诗话》、胡应麟《诗薮》外编卷五。

③ 黄曾越辑《陈石遗先生谈艺录》，见《陈衍诗论合集》，第1024页。

④ 黄曾越辑《陈石遗先生谈艺录》卷首，见《陈衍诗论合集》，第1015页。

但往往精准允当,金针度人,具有很高的诗学价值,值得我们关注与评析。总体说来,评语侧重于技巧与风格,或揭示诗旨,或指导初学,或评其得失,或探其源流,有时还特别点明诗歌取舍的缘由,体现了编者较为丰富的诗学思想。朱自清对此曾高度评价说:"本书评点扼要,于标示宗旨和指导初学,都甚方便。"①程千帆亦谓:"此老人对于宋诗之'晚年定论',要有足供吾人之参证者也。"②该书的诗学思想主要体现在以下几个方面。

第一,注重避熟避俗,主张生新求变,即语必生造,意必新奇。陈衍《石遗室诗话》卷二三说:"诗最患浅俗。何谓浅?人人能道语是也。何为俗?人人所喜语是也。"他在《知稼轩诗叙》《海藏楼诗叙》中也一再强调诗要"不落于浅俗","高调要不入俗"。故他在该书中评论宋诗常用"不落俗""避俗就生""迥不犹人""自出新语""格局颇新""自具炉锤""便不陈旧""结不落套""不落旧套""不落小方""无穷生清新""未经人道过"等词汇。如他激赏徐铉的《送王四十五归东都》诗"殷勤手中柳,此是向南枝"二句,评价说:"末韵能于旧处生新。"(第3页)评苏轼的《聚星堂雪》与《江上值雪……》诗结句说:"二雪诗结束皆能避熟。"(第195页)又评其《题西林壁》曰:"此诗有新思想,似未经人道过。"(第197页)评杨万里《峡山寺竹枝词》其四"峡山不过也由君"句说:"末句用吞笔,似他人所未有。"(第514页)评葛天民诗句"猫来戏捉穿花蝶,雀下偷衔卷叶虫"说:"体物入微,卷叶虫未经人说过。"(第596页)以上或谓宋诗语言与结构上的变化翻新,或评宋诗立意与思想的出奇制胜,皆着眼于宋诗技法上的长处。相反,作者对那些用语、立意陈旧的诗则颇多不满,他在帝㬎的诗《在燕京作》后评价宋代诸帝诗即说:"宋诸帝皆能诗,然舍仁宗'地有湖山美,东南第一州'十字,语多陈腐。"(第2页)又如编者虽说朱熹"盖道学中之最活泼者",然却批评其"诗语终平平无奇"(第463页)。此皆说明编者反对语言平庸、陈旧、熟俗,缺乏创作个性的人云亦云的诗。

宋人创新求变多用翻案法,"翻案"即对古人诗意反其意而用之,是原有诗意的改造与创新。该书对此作了很好的揭示,如评黄庭坚《寄黄几复》诗"我居北海君南海,寄雁传书谢不能"二句说:"次句语妙,化臭腐为神奇也。"(第272页)《汉书·苏武传》记载有雁足传书之说,黄庭坚此诗则"反其意而用之"。又评曾几《题访戴图》诗:"小艇相从本不期,剡中雪月并明

---

① 《什么是宋诗的精华——评石遗老人(陈衍)〈宋诗精华录〉》,曹中孚校注《宋诗精华录》,第700页。

② 《读〈宋诗精华录〉》,见《古诗考索》,第383页,上海古籍出版社1984年版。

时。不因兴尽回船去，那得山阴一段奇。”他说：“晋人行径，宁矫情翻案，决不肯人云亦云。”（第405页）谢翱《重过二首》末句“覆尽花枝翡翠巢”，化用杜甫《晚秋陪严郑公摩诃池泛舟》诗“巢倾翡翠低”，故陈衍评曰，此“翻用杜老诗意”（第662页）。又陆游《黄州》诗末二句“君看赤壁终陈迹，生子何须似仲谋”，反用《三国志·吴主传》“生子当如孙仲谋”之典，故评曰：“翻案不吃力。”（第528页）可见，宋诗能以故为新，反用前人之意而了无痕迹。

宋人创新求变多用层折法，“层折”是指在前人原有诗意上增加几层意思，是原有意思的翻进与深化。《宋诗精华录》对此亦作了令人会心解颐的诠释，如梅尧臣《月下怀裴如晦宋中道》“唯影与月光，举止无猜毁。吾交有裴宋，心意月影比。寻常同语默，肯问世俗子”数句，当从李白《月下独酌》“我歌月徘徊，我舞影凌乱”化用而出，但李白只写人与月亲密无间的关系，而梅尧臣这几句蕴含更为丰富，故陈衍评曰：“末由太白对月意，翻进两层。”（第69页）评苏舜钦的《中秋夜吴江亭上对月怀前宰张子野及寄君谟蔡大》说：“望月怀人语，数见不鲜矣，此作颇能避熟就生。写月光澈骨，种种异乎寻常，如自责得陇望蜀，尤其透过一层处。”（第53页）此所谓“翻进两层”“透过一层”皆指在前人诗意的基础上翻新求变，不简单重复他人之意。它如评苏轼《往富阳新城李节推先行三日留风水洞见待》诗说：“此种作法，最患平衍，节节转韵，稍不直致。”（第155页）[1]评南宋叶茵《机女叹》诗说：“此视谢叠山《蚕妇吟》又深一层矣。”（第647页）凡此，足以说明陈衍反对写诗平铺直叙、直露浅易，主张层折递进、意蕴丰厚。

第二，推崇吐属大方，感情真挚，不搬弄技巧的诗。如评钱惟演的《对竹思鹤》曰：“有身分，是第一流人语。”（第4页）评贺铸《留别田昼》诗说：“用笔清刚，不似填词家语。”（第370页）评葛天民的《迎燕》诗说：“对燕谈家常，贫家况味。”（第595页）其着眼点皆在宋诗的平淡朴实、娴雅大度。不过，陈衍看来，虽工于对仗，但只要流畅自然，仍然是好诗。如评杨徽之《寒食寄郑起侍郎》“天寒酒薄难成醉，地迥楼高易断魂”二句说：“五六景中情，虽‘难’、‘易’太对，然两句有流水意，不碍。”（第5页）评杨万里《寒食雨作》诗说：“三四‘天’、‘地’作对，工而自然。”（第496页）相反，他非常反感那些过于雕琢字句、生涩奥衍的诗，如批评萧德藻《次韵傅惟肖》的诗“字字锻炼”（第474页）。在刘克庄摘句后，作者表彰其绝句而批评其律句过于讲究对仗说：“后村诗名颇大，专攻近体，写景，言情，论事，绝无一习见

① 参周薇《传统诗学的转型——陈衍人文主义诗学研究》，第182—184页，上海三联书店2006年版。

语,绝句尤不落旧套,惟律句多太对,如难对易、如对似、为对因、无对有、觉对知、疑对信之类,在在而有。"(第 635 页)

陈衍论诗既重学人之诗,亦重诗人之诗,以"真挚与兴起"为评诗与选诗之标准,认为诗歌要有"真性情",所评宋诗诸如"苦情""沉痛语""兴趣佳""有兴味""兴会之作""哀痛之极""悲愤哀痛""悽清动人""情之所钟""有神无迹"及"古今断肠"之类的词汇不胜枚举。如其评《竹间新辟一地可坐十客用前韵刻竹上》即曰:"以上三诗,笔致潇洒,真是诗人之诗。"(第 600 页)评陆游《禹跡寺南有沈氏小园……》曰:"古今断肠之作,无如此前后三首者。"(第 560 页)又评其《沈园》二诗曰:"无此绝等伤心之事,亦无此绝等伤心之诗。就百年论,谁愿有此事;就千秋论,不可无此诗。"(第 562 页)以上都不是宋诗的特点,陈衍依旧喜欢,说明他论诗并不拘守宋调,这正是他主张唐宋互参诗学观的反映。

第三,认为宋诗学唐而能自成一格,甚至有出蓝之胜。《宋诗精华录》的评点中常将宋人与唐人进行比观,指出双方之间的诗学渊源关系。尤其值得称道的是,编者并不像一般唐宋比较者,盲目崇拜唐诗,将唐诗视作不可逾越的高峰,而是客观地比较唐诗、宋诗各自的优劣得失,甚至认为宋人有推陈出新、后来居上、超过唐人之处。如评郑文宝《阙题》一诗曰:"此诗首句一顿,下三句连作一气说,体格独别。唐人中惟太白'越王句践破吴归'一首前三句一气连说,末句一扫而空之。此诗异曲同工,善于变化。"(第 6 页)①评王安石的《定林》诗则说:"颇有王右丞'松风吹解带,山月照弹琴'意境。"(第 136 页)评苏轼《有美堂暴雨》"天外黑风吹海立,浙东飞雨过江来"说:"三句尚是用杜陵语,四句的是自家语。"(第 188 页)评陈与义《夏日集葆真池上以绿阴生昼静赋诗得静字》诗说:"宋人罕学韦、柳者,有之,以简斋为最。"(第 394 页)评周必大《入直召对选德殿赐茶而退》曰:"此可与李卫公(德裕)'月中清露点朝衣'一首同推清绝。"(第 467 页)等等。以上评语探求词句、诗意的出处,指出与唐诗的关联,与江西诗派"无一字无来处"的诗法可谓一脉相传。

宋人非惟学唐,亦有唐人所不及处,对此,陈衍是看得很清楚的。其评孔平仲的《代小子广孙寄翁翁》诗说:"学卢仝体,而去其钩棘字句。"(第 376 页)谓孔平仲此诗有卢仝诗风而无其佶屈聱牙的文字。评韩维的《答师厚夜归客舍见诒》诗甚至说:"精微处王、孟所未及。"(第 109 页)评黄庶《怪石》诗说:"落想不凡,突过卢仝、李贺。"(第 91 页)评李清照的《上枢密韩公

---

① 按此格唐诗中尚有数例,参程千帆《读〈宋诗精华录〉》。

工部尚书胡公》诗说："雄浑悲壮，虽起杜、韩为之，无以过也。古今妇女，文姬外无第三人。"（第673页）可见宋人在"大判断"上虽无多大的转变，然在"小结裹"上的确有唐人所不及处，用后来钱锺书的话说，就是"宋人能够把唐人修筑的道路延长了，疏凿的河流加深了"①。

第四，相对忽略诸如说理、论禅及次韵、用典这些原本属于宋诗特色的内容。如评黄庭坚《题竹石牧牛》诗说："用太白《独漉篇》调甚妙。但须少加以理耳。"（第286页）又批评苏轼的《百步洪二首》其一曰："坡公喜以禅语作达，数见无味。"（第198页）批评周必大《腊旦大雪运使何同叔送羊羔酒拙诗为谢》诗说："益公诗喜次韵，喜用典，盖达官之好吟咏者。"（第468页）为此，这类诗时常遭到编者的舍弃。作者在李清照《上枢密韩公工部尚书胡公》诗后解释没有选录其《浯溪碑》二诗的原因说："易安尚有《浯溪碑》七古二首，诗笔雄俊，而议论不免宋人意见。未录。"（第674页）饶节小传后案语云："诗多禅语，非浅尝者比，然兹所不录。"（第428页）凡此等等，皆鲜明地体现了编者反对参禅论道、议论说理的诗。除此以外，陈衍对表现穷饿酸辛之态的诗亦多不满，如卷四徐玑小传说："玑自谓能复唐诗，复贾岛、姚合之诗耳。诗多酸寒，寒不厌，酸则可厌，录其不酸者。"（第613页）编者仅录徐玑的《泊舟呈灵晖》《赠徐照》两首诗，这大概就是他所说的"不酸者"。

陈衍不喜词费语复、过于直露的长篇古体，《宋诗精华录》中此类诗少之又少，评价亦低。他认为欧阳修的七古《沧浪亭》不如杜甫的《渼陂行》与韩愈的《山石》之佳，评曰："此诗未免辞费，使少陵、昌黎为之，必多层折而无长语。《渼陂行》、《山石》可参看也。"（第43页）评楼钥《石门洞》及《大龙湫》两诗又说："以上二诗有健句，但尚觉辞费。"（第414页）他除了不满于宋人的"辞费"外，还对一些拖沓冗长的诗提出批评，如评梅尧臣《范饶州坐中客语食河豚鱼》说："此诗绝佳者，实只首四句，余皆词费。然所谓探骊得珠，其余鳞爪之而，听之而已。"（第58页）评王安石《哭梅圣俞》说："起二语探骊得珠，全题在握。入后不但词费，太觉外重内轻矣。"（第133页）他在徐积小传中则直截了当地说："仲车（徐积）有《大河上天章公顾子敦》五古一首，长数千字，冗长不录。"（第385页）当然，编者也并非一概排斥长篇古体，如属佳作，亦颇激赏。叶绍翁的七古《登谢屐亭赠谢行之》诗长达154字，他却称赞说："晚宋诗人，工古体者不多，此篇其最清脆者。"（第591页）

---

① 《宋诗选注序》，第11页。

三、《宋诗精华录》的瑕疵

作为石遗老人的绝笔之作,《宋诗精华录》肯定是一部颇富学术水准的书,它与钱锺书编选的《宋诗选注》堪称双璧,成为二十世纪以来最好的两部宋诗总集。新时期以来,该书不断被校点、译注出版[①],其学术影响之大,亦只有《宋诗选注》差可比拟,然编者也有老眼昏花、看错弄错的时候。此书甫出,朱自清、陈寅恪、程千帆等人或撰书评,或予批注,于其缺陷多所匡正。朱自清认为将宋诗的精华归结到近体并不妥当,他说,"若以精华专归近体,似乎不是公平的议论","宋人古体的长处似乎别有所在,所谓'妥帖''排奡',大概得之","工于形容,工于用事,工于组织,都是宋人古体诗长处,似乎也难抹煞不论"。[②] 陈寅恪对该书共有19条批注,除赞同陈衍的陆游《沈园》诗原评外,余皆批驳其原评之误。如陈衍原评王安石《明妃曲》"低徊"二句"言汉帝之犹有眼力,胜于神宗",陈寅恪考证王安石该诗应作于仁宗嘉祐间,"其时神宗未为君,介甫未为相",指斥陈衍"说诗而不考史,未有不流为臆说者也"。[③] 程千帆1940年所撰《读〈宋诗精华录〉》即摘其评点之瑕疵四处[④],指出编者袭张惠言《词选》之误,将晏殊的《浣溪沙》认作南唐中主李璟词。曹中孚校勘《宋诗精华录》时,批评该书"题目遗漏,误以小序为题目者;作者名字不符者;以及诗句形近而误者等等,间有发现"[⑤]。指出陈衍将黄公度诗《西郊步武地春将老矣……》误作陆游诗,将黄庶诗题《饮张承制园亭》误作《和陪丞相听蜀僧琴》。

除开前贤论及的外,我们认为《宋诗精华录》还存在一些可再议之处。该书在编排体制上,首帝王,尾释道、女流,中间则以人叙目,明显带有旧总集的痕迹;在材料来源上,大多数诗录自《宋诗钞》,连诗人小传亦据《宋诗钞》中作者小传改写而成,且过于简略,亦多讹误;圈点则过多过繁,反而使读者无法把握编选者的真实想法。作为一部断代诗歌总集,该书于诗人、诗

---

① 如曹旭校点《宋诗精华录》,江西人民出版社1984年版;曹中孚校注《宋诗精华录》,巴蜀书社1992年版;蔡义江、李梦生撰《宋诗精华录译注》,上海古籍出版社1999年版;高克勤导读,秦克整理集评《宋诗精华录》,上海古籍出版社2008年版。

② 《什么是宋诗的精华——评石遗老人(陈衍)〈宋诗精华录〉》,曹中孚校注《宋诗精华录》,第699页。

③ 张求会辑录《陈寅恪手批〈宋诗精华录〉》,《文学遗产》2006年第1期。

④ 《古诗考索》,第383—388页。

⑤ 曹中孚校注《宋诗精华录·前言》,第17页。

作的取舍在今天看来亦体现了编者过多的偏嗜，如西昆体诗取钱惟演、张咏而舍杨亿、刘筠；初宋诗人中，选司马光诗 13 首，多于欧阳修诗 10 首，选黄庶诗 15 首，多于王禹偁诗 3 首，这与他们的诗史地位明显不符。由于作者对宋诗各体极喜七绝，故有时选诗不免与自己的诗学观相悖。譬如他本来推崇陈与义的五古，尝谓"北宋人肆力作七古，作五古未甚用功，故无佳构。惟陈简斋在北宋末，五古由王、孟、韦、柳来，而能自出机杼"①，但该书卷二却仅选陈与义的五古《夏日集葆真池上以绿阴生昼静赋诗得静字》一首，反倒是七绝选了 12 首，占去所选诗的多半。再者，作者提倡诗歌的非功利主义，尝谓"诗者，荒寒之路，无当乎利禄，肯与周旋，必其人之贤者也"②，以"清苍幽峭"与"生涩奥衍"为诗学两大流派。故就题材而论，编者多选山水景物、感怀寄情之作，对富有政治性、人民性的诗则弃之不顾。他特别推崇陆游写景题材的作品，其《石遗室诗话》卷一四说："古人写景句脍炙人口者，亦不过代数人，人数语，而在宋代，则以陆放翁为最。"故该书选录了陆游大量的写景绝句，而不选其爱国诗《关山月》《书愤》《夜读兵书》《金错刀行》及《十一月四日风雨大作》等；同样的，该书选文天祥的感怀诗《晓起》《夜坐》二首，而不选其爱国诗《正气歌》及《过零丁洋》。该书编选时抗战在即，这就更说不过去。

从以上三个方面的论述可知，《宋诗精华录》是一部存在不少瑕疵的好书。清初以来，虽然结束了明代唐诗一统天下的偏执局面，宋诗有了地位，受到了重视，然宗宋祧唐，纷争不已，双方各执一端，很难有公允执平的议论。作为晚清宋诗派的代表诗人，陈衍既捍卫宋诗的尊严，又不否定唐诗的成就及其对宋诗导夫先路的作用，他通过编选《宋诗精华录》，将唐宋诗拢为一路，平息了一场论争，从学理上为唐宋诗之争作了总结，将唐宋诗学研究引向健康正确的道路。缪钺 1940 年所撰论文《论宋诗》，稍后钱锺书的《谈艺录》等宋诗论著中关于唐宋诗的整体评价与看法，莫不受到陈衍诗学观的影响。明白了这一点，陈衍《宋诗精华录》的价值与诗学史意义就很清楚了，过分挑剔书中存在的缺陷与不足就显得没有必要了。

---

① 黄曾越辑《陈石遗先生谈艺录》，见《陈衍诗论合集》，第 1023 页。

② 《何心与诗叙》，见《石遗室文集》卷九，清刻本。

第十六章 《宋诗选注》与《宋诗三百首》的异同及其形成缘由

钱锺书编选于二十世纪五十年代的《宋诗选注》(下称“钱选”)和金性尧编选于二十世纪八十年代的《宋诗三百首》(下称“金选”)是新中国成立后学术质量颇高的两种宋诗总集,其价值与意义远非一般文学总集所可比,而实具范式与标杆的意义。然而近年来学界对这两种总集的研究却表现出畸重畸轻的倾向,“钱选”凭借编者的盛名而不断被学者探讨,相关研究论文多达八十余篇[1],与此不同,“金选”颇受冷遇,专题研讨的文章寥寥无几,将两种总集进行比较研判的论文更是付之阙如。实际上比勘两种总集的异同比简单地停留于个案研究更具意义,王水照师研读宋诗时就常把这两种总集放在一起阅览,并称“时时对读,会读出另一番意味”[2]。的确,“钱选”与“金选”在选目、注释与注评等方面存在诸多差异,反思这种差异及其形成缘由,对深化宋诗研究,探讨二十世纪学术研究史不无裨益。

一、唐宋并重与视域开阔:“钱选”“金选”的共性

“钱选”与“金选”虽对宋诗的总体评价有些差异,但态度皆客观公正,决无武断、偏激之处,与前人论甘而忌辛、好丹而非素的做法大不相同。历代学者对于宋诗的评价褒贬有别、莫衷一是:其中扬唐抑宋者代不乏人,如张戒《岁寒堂诗话》卷上批评“苏黄用事押韵之工,至矣尽矣,然究其实,乃诗人中一害”,“风雅至此扫地矣”,又指斥“子瞻以议论作诗,鲁直又专以补缀奇字,学者未得其所长,而先得其所短,诗人之意扫地矣”;[3]杨慎《升庵诗

① 参王友胜《五十年来钱锺书〈宋诗选注〉研究的回顾与展望》,《文学遗产》2008 年第 6 期。

② 王水照《〈宋诗三百首〉序》,《文以载道——金性尧先生纪念集》。

③ 分别见丁福保辑《历代诗话续编》,第 452、455 页。

话》卷一二引亡友何景明语“宋人书不必收,宋人诗不必观”[①],足见作为明代“前七子”之一的何景明将宋诗贬得一无是处[②];明代“后七子”之一的李攀龙编选《古今诗删》,以明诗直接唐诗,弃宋诗于不顾;当代持此观点者则以鲁迅和毛泽东为代表。鲁迅 1934 年 12 月 20 日致杨霁云的书信中说道:“我以为一切好诗,到唐已被做完,此后倘非能翻出如来掌心之齐天大圣,大可不必动手。”[③]毛泽东则在 1965 年 7 月 21 日致陈毅的信中亦说:“宋人多数不懂诗是要用形象思维的,一反唐人规律,所以味同嚼蜡。”与此相反,有人则把宋诗看成是诗家珍品,如明代“公安派”极度推崇宋诗,袁宏道在给张幼于的书信中说:“世人喜唐,仆则曰唐无诗;世人喜秦汉,仆则曰秦汉无文;世人卑宋黜元,仆则曰诗文在宋元诸大家。”[④]清初吴之振、吕留良、吴自牧合编《宋诗钞》,极力鼓吹、宣传宋诗,掀起有清一代宗宋之风。[⑤] 这些人论唐宋诗非此即彼,往往抑扬失当,而“钱选”和“金选”则持论公允。钱锺书在序中明确地说,“整个说来,宋诗的成就在元诗、明诗之上,也超过了清诗”,“用宋代文学批评的术语来说,凭借了唐诗,宋代作者在诗歌的‘小结裹’方面有了很多发明和成功的尝试,譬如某一个意思写得比唐人透澈,某一个字眼或句法从唐人那里来而比他们工稳,然而在‘大判断’或者艺术的整个方向上没有什么特著的转变”。[⑥] 在钱锺书看来,宋诗的发展以唐诗为基础,其成就远远高于元诗、明诗和清诗,是继唐诗后的又一座高峰,至于饱受人诟病的“以议论为诗”与“以文字为诗”恰恰是宋诗出彩的地方,使得宋人在某些意思的表达与用字遣词方面较之唐诗更胜一筹。“金选”前言则谓“在诗歌方面,亦由宋诗而承替了唐诗,并产生了不少名家与流派,以其吹万不同、吐故纳新的特色,在诗坛上各领风骚”,“提到宋诗,就要想到唐宋诗之争,想到宋诗在过去某些评论家眼中的可怜地位”,“但我们从这一选本的大部分作品看,即使抵不上唐诗,可是宋诗究竟是不是唾骂的对象,公正的读者该是不难找到答案的”。很显然,金性尧为宋诗所处的“可怜”地位抱不平,也认为宋诗是唐诗的继承与发展,宋代产生的名家与流派在诗歌发展史上有着不可替代的作用,他们使得诗歌呈现出不一样的面貌,创造出唐诗

---

① 丁福保辑《历代诗话续编》,第 873 页。

② 按杨慎大体亦持崇唐抑宋之说,但他对明初以来所谓“宋无诗”的说法颇多不满,其《升庵诗话》卷四“劣唐诗”条指出,“唐人有极恶劣者”的“劣唐诗”,同卷“宋人绝句”条说“宋诗信不及唐,然其中岂无可匹体者? 在选者之眼力耳”,“谁谓‘宋无诗’乎?”

③ 鲁迅《致杨霁云》,《鲁迅全集》第十三卷,第 307 页。

④ 袁宏道著、钱伯城笺校《袁宏道集笺校》,第 501 页,上海古籍出版社 1981 年版。

⑤ 关于历代唐宋诗优劣之争,其详可参齐治平《唐宋诗之争概述》,岳麓书社 1984 年版;戴文和《“唐诗”、“宋诗”之争研究》,台湾文史哲出版社 1997 年版。

⑥ 钱锺书《宋诗选注序》,第 10、11 页。

所不及的两个方面,“一是对待人民的态度,一是驱使文字的本领”。①

“钱选”与“金选”在遴选诗人上皆比较全面客观,既重视大家,又不忽略小诗人,还能注意各时段、各诗派的平衡。朱自清《什么是宋诗的精华——评石遗老人(陈衍)〈宋诗精华录〉》说,“读此书如在大街上走,常常看见熟人”②,其实我们读“钱选”与“金选”,除了碰到苏轼、黄庭坚、王安石、陆游、杨万里、范成大等熟人外,有时还会看到不少的陌生人,如“钱选”中的陶弼、郑獬、李弥逊、董颖、吴涛、章甫、刘宰、罗与之、许棐、利登及乐雷发,“金选”中的杨杰、陈洎、田昼、李光、杜耒、武衍及叶茵等人。从此处我们就能知晓钱锺书与金性尧在选注宋诗时都是力求表现宋诗全貌,不以人论诗。也正因为如此,我们才能从两个总集中窥见宋诗的独特魅力。

“钱选”与“金选”未满足于一般的注释,皆结合宋诗的社会文化环境深入挖掘其内涵。两位编者都有着深厚的古典文学学养,对于诗歌的解释鉴赏下了非同一般的功夫,他们运用自己渊博的知识,对所选诗歌进行了各具特色的注解与赏析,让读者在阅读诗歌的同时皆能掌握宋诗发展的整体脉络,深刻体会宋诗的特色。如对梅尧臣《田家语》进行注解时,两位选家均从字词、典故方面来详细分析,不仅把诗的思想艺术性呈现于大家眼前,而且还让读者对宋代社会黑暗的征兵制度有大概的了解。

“钱选”与“金选”的编订有着相同的学术背景。两种总集分别出版于1958年和1986年,而《全宋诗》却到1998年才由北京大学出版社出齐,也就是说这两个总集其实都是在没有《全宋诗》的情况下编选的。宋诗数量数倍于唐诗,仅以《全宋诗》统计,即有254240首,而陈新等人编订的《全宋诗订补》又补1436人之诗,其中有《全宋诗》未收者180人。可见,如何从浩如烟海并分散各处的宋诗作品中选取别择是当时两位学者所面对的巨大问题。钱锺书在序中谈到了选宋诗的困难,以为编唐诗总集至少还有《全唐诗》作为蓝本,“选宋诗的人就没有这个便利,得去尽量翻看宋诗的总集、别集以至于类书、笔记、方志等等。而且宋人别集里的情形比唐人别集里的来得混乱,张冠李戴、挂此漏彼的事几乎是家常便饭”③,其夫人杨绛也说:“钱先生作《宋诗选注》时,工作量很大,他没有从选本到选本,而是从各类

---

① 均见金性尧《宋诗三百首》前言,第1页,上海古籍出版社1986年版。

② 陈衍评点,曹中孚校注《宋诗精华录》,第704页。

③ 钱锺书《宋诗选注序》,第21页。

总集、别集中直接选诗,几乎把宋人集子都看完了。”[①]“金选”虽然比“钱选”晚出近三十年,但也面临着同样的困难,而且有影响颇大的“钱选”在前,想要不重复他人,只能另辟蹊径,此又可谓难上加难。

二、棱角分明与中规中矩:“钱选”“金选”的差异

同样是宋诗总集,我们在阅读“钱选”与“金选”过程中却有着不一样的感受:“钱选”如棱角分明的菱形,是一本不可多得的个性化总集;“金选”则像无棱无角的圆形,属于中规中矩的传统型总集。具体地说,两个总集的区别主要体现在以下三个方面:

(一)选目不同

关于选诗的标准,两位编者在其序或前言中言之甚明。钱锺书秉持的是“六不选”排除法,即“押韵的文件不选,学问的展览和典故成语的把戏也不选。大模大样地仿照前人的假古董不选,把前人的词意改头换面而绝无增进的旧货充新也不选”,“有佳句而全篇太不匀称的不选”,“当时传诵而现在看不出来好处的也不选”。[②] 金性尧选诗标准则是求全,他在前言中说,“我选本书,大体上亦是让大家多在大街上看见熟人,不过,又保留一点余地,让读者进入小街僻巷,和陌生人见见面。即既有重点地保证了‘主’,又有控制地吸收了‘次’”[③]。因此在两个总集的选目上就出现了一些差别,“钱选”共80人375首诗,“金选”除无名氏外共录109人337首,相同的诗人虽然有62位,占所选诗人的大部分,但每个诗人收录的诗作却有所出入。我们以对王安石诗的别择为例来看两本选诗之差异。两书中“钱选”录其10首,“金选”录其13首,但仅《示长安君》《书湖阴先生壁》及《即事》[④]三首相同。“钱选”其他七首诗《河北民》《葛溪驿》《初夏即事》《悟真院》《泊船瓜洲》《江上》及《夜直》侧重于政治题材,大多表现在乱世下百姓的痛苦生活或表达自己的政治愿望,如《河北民》即描述边关民众在横征暴

---

① 引自王水照《钱钟书先生与宋诗研究》,《文汇报》2002年4月6日;然刘永翔《读〈宋诗选注〉》一文则认为钱选“有依赖旧选”之病,主要是从《宋诗钞》中选宋诗,见《钱锺书研究集刊》第二辑,第120—142页,上海三联书店2000年版。

② 钱锺书《宋诗选注序》,第20页。

③ 金性尧《宋诗三百首》前言,第12页。

④ 按此诗“金选”题名《径暖》。

敛下的悲惨生活;“金选”的其他十首诗《秃山》、《后元丰行》、《半山春晚即事》、《思王逢原三首》(选二)、《登宝公塔》、《送王补之行风忽作因题四句于舟中》、《南浦》、《送和甫至龙安微雨因寄吴氏女子》及《北山》侧重于自然风光,且多作于王安石罢相后,如《半山春晚即事》写暮春幽静,隐者闲情。又如黄庭坚诗,“钱选”只录三题五首,而“金选”则选了九首。钱锺书对此的解释是黄诗喜堆砌典故,诗歌不够通透,“‘读书少’的人只觉得碰头绊脚无非古典成语,仿佛眼睛里搁了金沙铁屑,张都张不开,别想看东西了”,“所以他的诗给人的印象是生硬晦涩,语言不够透明,仿佛冬天的玻璃窗蒙上一层水汽、冻成一片冰花”,“读者知道他诗里确有意思,可是给他的语言像帘子般的障隔住了,弄得咫尺千里,闻声不见面”。[①] 这样看来,钱锺书囿于当时特定的政治环境,对黄庭坚的评价并不见高。与此不同,金性尧则认为黄庭坚诗“优点亦往往包含着缺点”。他在“诗学上却声势浩大,影响深远”,创作上能够“求奇求硬求生,厌熟厌俗厌常,死力造句,讲究布局”,从而自成丘壑,别具一格;只是在实践过程中“片面求奇,过分着意,有的使人觉得过火,有的流于晦涩枯槁拗折,好像只凭一点奇字典故在补缀拼凑”。[②] 所以“金选”辑录黄庭坚诗远远多于“钱选”。

两个总集对中、小诗人的选目有时甚至毫无相同之处,反映出了双方不同的审美趣味,如孔平仲诗,“钱选”认为《霁夜》和《禾熟》写得好,而“金选”中选注的则是《代小子广孙寄翁翁》和《雍丘驿作》;再如韩驹,“钱选”中收录的是《夜泊宁陵》,而“金选”收录的则是《和李上舍冬日书事》。

基于以上缘由,“钱选”与“金选”在入选诗人诗作的数量上表现出较大的差异性。我们通过列表来进行分析(见表3)。

表3 “钱选”“金选”对照表

书名	排名															
	1	2	3	4	5	6	7	8	9	10	11	12	13	14	15	16
《宋诗选注》	陆游	范成大	苏轼	汪元量	杨万里	陈与义	王安石	张耒	姜夔	刘克庄	刘子翚	梅尧臣	欧阳修	秦观	唐庚	黄庭坚
	32首	29首	21首	21首	15首	11首	10首	10首	10首	8首	7首	7首	6首	6首	6首	5首
《宋诗三百首》	苏轼	王安石	陆游	范成大	黄庭坚	杨万里	陈与义	梅尧臣	欧阳修	张耒	姜夔	刘克庄	苏舜钦	曾巩	陈师道	吕本中
	17首	13首	13首	10首	9首	8首	7首	6首	6首	6首	6首	6首	5首	5首	5首	5首

① 均见钱锺书《宋诗选注》,第156页。

② 金性尧编《宋诗三百首》,第158—159页。

由上可见,两个总集中选诗在5首以上,排名在前十六名的诗人凡二十人①,其中入选诗数量相同者十六人,不同者四人。共选者中,黄庭坚的排名差别最大,分别是第十六名、第五名;不同的四位诗人中,汪元量在"钱选"中排第四名,比较靠前,而"金选"不同的四位诗人都排在了最后。若将同一诗人在两个总集中存诗数量相加,我们会发现排名前十的宋代诗人分别是陆游(45首)、范成大(39首)、苏轼(38首)、王安石与杨万里(23首)、陈与义(18首)、姜夔(16首)、刘克庄与黄庭坚(14首)、欧阳修(12首),宋诗的代表苏轼、黄庭坚屈居第三及并列第八名,与其诗史地位颇不相称。两种总集先后问世于"大跃进"火红的年代及改革开放时期,故以爱国精神与淑世精神为特色的陆游、范成大诗则雄居榜首。

(二)论评方式不同

两种总集对于宋诗及其作者都有独特的评价。"钱选"有总序一篇,诗人小传八十篇;"金选"有前言一篇,诗人小传一百零九篇。钱锺书的总序相当于一篇精彩的学术论文,论述问题高屋建瓴,环环相扣,统观宋诗全貌,由宋诗的时代背景与反映生活的三种方式,谈到宋诗的艺术特征和对宋诗的估价,再论及其"六不选"原则与宋人别集的讹误;金性尧的前言则近似于文学漫谈,他像坐在书桌旁,时而品茶,时而把盏论诗,从宋初诗人谈起,由一个诗人联系出与之相关的另一诗人,如由王禹偁、梅尧臣、苏舜钦讲到论诗标准相似的欧阳修,由欧阳修谈到受知于他的王安石,由王安石自然联想到与其政见相异的司马光。读者的思绪跟着编者慢慢地前行着,进入一个宋代诗人的大花园。

两位编者在所录诗人之前都有一段精彩的小传,论述问题的视角各有不同。"钱选"的每一篇诗人小传都可以抽出来单独成为一篇诗人简论,小传略于生平履历而详于诗艺分析,往往指瑕多于褒奖。如晏殊小传,钱锺书重点论述了其在摹仿前人诗句和化用典故成语方面的失败,"他也有时把古典成语割裂简省得牵强不通,例如《赋得秋雨》的'楚梦先知薤叶凉'把楚怀王梦见巫山神女那件事缩成'楚梦'两个字",然后指出这种习惯实际上是"唐人类书《初学记》滋长的习气,而更是摹仿李商隐的流弊",②但晏殊较之李商隐有过之而无不及。金性尧则延续了一般总集诗人介绍的规范,

① 按《宋诗选注》中录诗5首的诗人还有苏舜钦、陈师道、华岳、洪咨夔、赵汝鐩、方岳、叶绍翁及萧立之等八人。

② 均见钱锺书编《宋诗选注》,第19页。

先生卒年月、字号、籍贯,次生平事迹,最后点评诗人的文风。与“钱选”不同的是,“金选”重在称扬诗人诗作的优长,间有批评。如王禹偁小传中,编者略述其生平,然后指出:“他很爱好白居易诗,亦受其影响,得其清不得其俗”,“王禹偁的警秀明淡的诗风虽然还不能形成改变西昆的力量,却亦不失为空谷足音”。[①] 这段话实际上包含了金性尧对王禹偁诗风的阐释与诗史价值的高度肯定。

在对同一诗人的评点上,两位编者各有千秋。如评价苏轼时,他们都承认其在宋代诗坛上的崇高地位,都把苏轼与李白相提并论,但细微之处也有所不同。钱锺书主要从“小结裹”上做文章,论述苏诗“比喻的丰富、新鲜和贴切”,特别对其“博喻”的修辞手法做了重点研讨,同时对苏诗喜欢铺排古典成语的毛病也有分析;金性尧则从“大判断”上用功夫,侧重阐述苏轼在诗歌发展史上“才以光怪陆离、自出己意的风格尽变唐风,自立门户,扩大了宋诗的领域,唤来了宋诗自己的灵魂”;批评“苏诗的缺点是奔放有余,凝炼不足,重倾泻而少含蓄,贪多务博,失于繁缛,豪情与犷气兼具”。[②] 这样的评价较之钱锺书更加全面、详细。

(三)注释方式不同

注释是总集的核心内容,是其精髓所在。两位编者对此也各显神通。钱锺书《诗可以怨》一文中说:“人文科学的各个对象彼此系连,交互映发,不但跨越国界,衔接时代,而且贯串着不同的学科。”[③]秉持这一原则,“钱选”的注释不仅征引翔实,而且善于打通各个学术领域之间的关系。王兆鹏曾作过这样的统计:“钱注宋诗直接征引过的宋诗总集有 11 种,宋代诗文别集 169 种,类书 8 种,宋人笔记 45 种,宋人诗话著作 20 种,方志 2 种。这还不包括那些查阅过而没有征引的宋人著作,也不包括已征引的宋以后和宋以前人的著作。”[④]读者看“钱选”的注释如同刘姥姥进大观园,有目不暇接之感。而金性尧的注则以详取胜,重点在语词、典故出处,为生僻词注音,在各诗末附有说明,或征引旧说,或自立新论,凡此皆有资于读者理解原诗。

在对同一首诗的注释上,两种总集也显露出了各不相同的个性。如注

---

① 金性尧编《宋诗三百首》,第 1 页。

② 均见金性尧编《宋诗三百首》,第 131—132 页。

③ 钱锺书《七缀集》,第 113 页,上海古籍出版社 1984 年版。

④ 王兆鹏《钱钟书〈宋诗选注〉的文献价值及文献疏失》,《中国文化研究》2003 年第 1 期。

王禹偁的《村行》一诗，钱锺书侧重对此诗的义理进行解析："按逻辑说来，'反'包含先有'正'，否定命题总预先假设着肯定命题。"即王夫之《思问录·内篇》所云"言'无'者，激于言'有'而破除之"的道理；编者认为王禹偁的诗"万壑有声含晚籁，数峰无语立斜阳"正蕴含着以上的理趣，并表明若改成"数峰毕静"，就会大大削减诗的意味。① 而在"金选"中，此诗的注释方式完全不同。金性尧先对诗句中如"信马""壑""晚籁""棠梨""白雪"等词进行注解，然后对诗的意境进行阐发，"诗人信马而行，信口吟来，人与马都显得悠闲自在"，"万壑本亦无声，因傍晚野风吹动而自成天籁，紧对下句无语的数峰，遂使有无相通，意趣天成"。② 两种总集都抓住了此诗浑然天成的意境，钱锺书运用多学科的知识让人进一步了解诗人的良苦用心，而金性尧则在帮助读者了解诗中字词深意的基础上正面剖析诗人的用意，其立论角度不同如此。再如注释叶绍翁《游园不值》"春色满园关不住，一枝红杏出墙来"两句时，钱锺书指出此句脱胎于陆游《剑南诗稿》卷一八的《马上作》，接着引用了四个相似或相近的诗句，从而进一步说明，陆游诗不及叶氏的"新警"，张良臣诗不及其"具体"，温庭筠、吴筠等的诗则不及其"醒豁"，以此凸显叶氏诗句之佳。金性尧却另辟巧径，把这首诗与张良臣的诗作比较："比叶绍翁早的亦是江湖派诗人张良臣，在他的《偶题》结末云：'一段好春藏不尽，粉墙斜露杏花梢。'就显得太用力了，如'好春'、'粉墙'之类总感到有些涂抹，'藏不尽'比'关不住'尤其见绌。"③钱锺书欣赏叶诗的"具体""新警"和"醒豁"，但是金性尧却对叶诗的"自然"情有独钟，同样的一首诗，两位编者却能从中品出不一样的神韵，相异又相成，给读者以更广阔的欣赏空间。

三、语境与学养："钱选""金选"差异的缘由

总集代表了选家的文学主张与审美眼光，它是学术批评的一种方式。"钱选"与"金选"在选目、评论与注释方面的差异有着深刻的原因，其中最主要的缘由在于两种诗歌总集的生成语境及两位编者的学术阅历有别。

---

① 钱锺书《宋诗选注》，第12页。
② 金性尧《宋诗三百首》，第5页。
③ 金性尧《宋诗三百首》，第286页。

（一）时代背景不同

选家总是生活在一定的时代背景中，因而其编选的总集总会自觉不自觉地受着特定时代文化氛围的影响。钱锺书《中国诗与中国画》一文说：

> 一个艺术家总在某些社会条件下创作，也总在某种文艺风气里创作。这个风气影响到他对题材、体裁、风格的去取，给予他以机会，同时也限制了他的范围。就是抗拒或背弃这个风气的人也受到它负面的支配，因为他不得不另出手眼来逃避或矫正他所厌恶的风气。①

“钱选”初版于1958年，这前后正是政治生活高于一切的时期：学术领域内“拔白旗、插红旗”，反对“资产阶级学术思想”，“反右派斗争”扩大化，社会上“左”倾思潮急剧发展，对意识形态领域控制日益加重，文学为政治服务、为阶级斗争服务的口号被提到了吓人的高度，这就给“钱选”带来一定的影响。如当时钱锺书定下的选目必须经过集体讨论，而这种讨论的目的仅仅是从政治上着眼，要求入选的诗不仅能反映封建社会的阶级斗争，反映劳动人民被压迫被剥削的现实生活，而且还能反映对统治阶级的批判，处于这种学术生态环境中的“钱选”自然受到了很大的影响。钱锺书在香港版《宋诗选注》的前言里说：“由于种种原因，我以为可选的诗往往不能选进去，而我以为不必选的诗倒选进去了。”②这也就能解释为什么“钱选”中直接描写劳动人民悲惨生活的诗篇会远远多于“金选”，为什么艺术成就一般而有“诗史”之称的汪元量被选诗数紧接苏轼，排在第四。“金选”初版于1986年，此时改革开放已经全面展开，党中央重新提出“百花齐放、百家争鸣”的方针，提出要努力推进社会主义精神文明建设。在这种情况之下，金性尧就能自由发挥学术观点，他在《选本的时间性》③中也谈到了钱锺书因为受“气候”的限制，在选目上作了些不得已的选择，而他本人的选本就不受此困扰了，能完全按照自己对宋诗发展过程的把握，对宋代诸家诗人的创作特色、诗史地位作出独到的判断。他强调了“北宋诗歌之魂”的苏轼和“南渡后诗坛的一座长城”的陆游，并以此为中心点，构成两宋作者队伍的基本格局，这样既全面又有层次，而且重点突出能代表“宋调”的作品。如左纬诗，

---

① 《七缀集》，第1页。

② 《宋诗选注》，第478页。

③ 该文见金性尧《闭关录》，上海古籍出版社2004年版。

"钱选"1958 年初版一印时选录《避贼书事十三首》(五首)、《避寇即事十二首》(三首)及《春日晚望》等九诗,因诗中污农民起义为"贼""寇",故 1963 年初版二印时全部删去,入选诗人由原来的 81 家减为 80 家。① 其实左纬诗在两宋诗坛处于枢纽地位,有着承前启后的作用,删去殊为可惜。对此,"金选"却能选录左纬诗三首,其所收《会誉姪》诗仍然有"群凶聚韦羌""子在贼围中""回思见贼日""盗贼势益张"句,将方腊农民起义军骂作"群凶""贼",编者不以为忤。我们可以看成是钱锺书因时代原因未能充分表达的本意,在金性尧此书中得到一定程度的弥补。

(二)学术阅历有别

学术阅历的不同也是两位选家在编选宋诗时显现出不同特色的原因。钱锺书出生于诗书世家,其父钱基博是著名学者,著有《中国文学史》《现代中国文学史》《近百年湖南学风》《韩愈志》及《经学通志》等书。钱锺书十岁进入东林小学学习,少年时期考入美国人办的苏州桃坞中学,开始接受新式教育,十九岁被清华大学破格录取,在大学期间树立了比较文化和比较文学的观念,后远赴欧洲留学于英国牛津大学与法国巴黎大学。丰富的求学经历决定了钱锺书知识的广博,他不仅精通英文、法文、德文、意大利文、西班牙文及拉丁文,而且对西方古典和现代的文学、哲学、心理学以至各种新兴的人文学科,都有很高的造诣和透辟的理解,其治学特点贯通中西、古今互见,融汇了多种学科的知识,而且善于使用"打通""比较"的方法。② 编者的这一学术优长在《宋诗选注》中有着非常鲜明的表现。金性尧出生于浙江定海一个殷实之家,其父兴办实业,收入颇丰。他幼年就读于私塾,接受的是中国传统文化教育。1934 年开始陆续在报刊上发表文章,并且还主编过《鲁迅风》等一些报纸的文艺副刊。二十世纪五十年代后曾任职于中华书局上海编辑所,负责中国古典文学研究著作及普及读物的编辑工作;新时期以来先后出版《唐诗三百首新注》《宋诗三百首》《明诗三百首》等系列诗歌选注本③,因在"考评历史,议论诗文"等方面的成就,被学界推许为

---

① 参王水照《〈宋诗选注〉删落左纬之因及其他——初读〈钱锺书手稿集〉》,《文学遗产》2005 年第 3 期。

② 关于钱锺书的知识格局与研究方法,可参敏泽《论钱学的基本精神和历史贡献——纪念钱钟书先生》,《文学评论》1999 年第 3 期;党圣元《钱锺书的文化通变观与学术方法论》,《中国社会科学》1999 年第 4 期。

③ 作者晚年尚有编纂《清诗三百首》的打算,终因清诗数量庞大且年老力衰而放弃,参李国章《从三套"丛书"到三本"三百首"——怀念资深出版人金性尧先生》,载《文以载道——金性尧先生纪念集》,上海古籍出版社 2008 年版。

“北季(羡林)、南金(性尧)”。可以说,金性尧实具作家、学者、编辑身份于一身,他青年时代以作家立足文坛,而后长期从事编辑出版工作,晚年则以学者、作家的身份再次为文坛瞩目。我们还要特别提及的是,钱锺书学有渊源,他早年曾师从同光派后劲陈衍,终其一生都在努力研究宋诗,先后著有《谈艺录》《宋诗选注》及《宋诗纪事补正》等书,是不折不扣的宋诗研究专家;而金性尧则没有这份先天优势,其《宋诗三百首》不过是他偶一为之的牛刀小试之作。

两人学术阅历的不同,导致其所编宋诗总集的差异:钱锺书从小接受西式教育,并且长时间留学国外,故《宋诗选注》能贯通古今中外,注重打通各学科的知识,运用各种方法来阐释宋诗,其评论和注释中就曾涉及诸如哲学、史学、逻辑学、心理学、民俗学、方言学等知识,因而整个总集也就显得更有个性;金性尧则是由传统的私塾教育开始,熟读各种古籍,所以其注其评引经据典,一板一眼,让读者在充分把握诗句意思的基础上得到升华,犹如登山,一步一个脚印,踏踏实实。另一方面,钱锺书受陈衍“三元”说影响①,认为唐宋诗不存在优劣的问题,宋诗在继承唐诗的同时,又有所创新,故应唐宋互参,所以他依照自己对宋诗的理解和好恶,遵守其“六不选”的原则,对此进行了一番筛选;而金性尧受自身知识结构的影响,且为资深老编辑,所以选诗注重全面,力求真实反映宋诗的全貌。还有一点不容忽视:钱锺书善于写作论文,所以文字较为犀利,论述问题如老吏断狱,一针见血,而且语言幽默,比喻形象,引人入胜;而金性尧由于多年的散文创作经历,故其行文简明流畅、清秀隽永。由此可见,学术阅历的不同的确是导致两种总集审美差异的重要缘由。

---

① 陈衍《石遗室诗话》卷一曰:“余谓诗莫盛于三元,上元开元,中元元和,下元元祐也。”

第十七章 《宋诗选注》研究的回顾与展望

《宋诗选注》是新中国成立以来出版的诸多宋诗总集中学术质量颇高、流播最广、影响最卓的一部。如果说清初吴之振等编纂的《宋诗钞》当时"几于家有其书","所钞宋诗,久风行天下",[①]在有清一代由此掀起了一股浓厚的宗宋诗风,改变了明人独宗唐诗的局面,那么钱锺书编选的《宋诗选注》也因"名家名著"的非凡身份而版本甚多,发行量极大,成为当今学人研读宋诗的重要范本。即使在日本,也被认为是"宋诗的最有价值的注本,宋诗的一种有权威性的参考文献"[②]。该书的编撰始于"毛选"翻译工作告一段落,他回到文学所,被借调到古代文学组的 1954 年,而完成则是在两年后的 1956 年。出版前,编者曾将该书的序言及书中十位诗人小传,以《宋代诗人短论十篇》及《"宋诗选注"序》为题,分别发表在《文学研究》1957 年第 1、3 期上。《宋诗选注》最初于 1958 年 9 月由人民文学出版社出版,被列入该社《中国古典文学读本丛书》中,也被确定为中国科学院文学研究所编校的"中国古典文学作品第五种",原本是一本普及性读物,然六十余年来,褒者誉者所在多见,纠误补阙者不乏其人,就是批评责难之音亦时有所闻,学人们没有将它视作普通的诗歌选注选评本,而是当作一本严肃的学术著作,我们可以说《宋诗选注》所受到的关注之广、所引起的争论之多即使一般理论著作也无法达到。

一、关于选目与底本的讨论

首先,我们来看学术界对《宋诗选注》选目的评价与争议。作为总集,编者选谁的诗,选多少首诗,选何种题材、风格与体裁的诗,均反映出选家的

---

① 分别见宋荦《漫堂说诗》及宋至《瀛奎律髓序》。

② 王水照、内山精也《关于〈宋诗选注〉的对话》,《文史知识》1989 年第 5 期。

审美眼光,体现出选家的诗学观。钱锺书在《宋诗选注》中没有设“凡例”对其选录标准加以说明,但在序中提出了著名的“六不选”原则,以此排除法选诗,较之前此宋诗总集选目的陈陈相因,应该说是一次大胆的尝试。但这一做法却引来了不少批评,造成了不少争议,双方的交锋反映在《宋诗选注》流播的各个时期。1958 年,在极“左”思潮影响下,为配合政治需要,学术文化界出现了“拔白旗,插红旗”的大批判运动,故此书甫出就受到了批评与围攻。《光明日报》的《文学遗产》副刊在 1958 年 12 月 14 日即组编、刊发了两篇很有分量的批评文章。有学者强烈批评钱锺书未选文天祥的《正气歌》《过零丁洋》,“放过了南宋遗民的诗”,也不选王禹偁的《感流亡》及梅尧臣的《村豪》,排斥王安石的《寄王逢原》《绝句》,而选描写“翰林院值班老爷们的生活”的《夜直》;[①]除此以外,有的学者还批评钱锺书不选李复的《兵馈行》、梅尧臣的《小村》等,指责他“利用反对‘江西派’的名义,把一切在文学技巧上、文学语言上受过前代诗人的影响的作品一律斥为‘抄书’‘模仿’……一起打倒”[②]。远在海外的胡适也表示过不满,以为钱锺书“是故意选些有关社会问题的诗”[③]。当然,为钱锺书鸣冤叫屈的人也有。夏承焘 1959 年 1 月 7 日《天风阁学词日记》中即说:“午后看钱默存《宋诗选注》。近日报纸登此书批判文字数篇,予爱其诗评中材料多,此君信不易才。”他受《文学遗产》主编陈翔鹤委托[④],撰写了不署实名的书评[⑤],此即 8 月 2 日发表于《光明日报》上的《如何评价〈宋诗选注〉》,该文可谓第一篇客观评述《宋诗选注》,为其“平反昭雪”的文章。作者“只谈它的‘选’,不详它的‘注’”,以为“这个选本,确实冲破了选宋诗的重重难关,无论在材料的资取上,甄选的标准上,作家的评骘上,都足以使读者认识到宋诗的面貌”,“充分地表露了他的一般对于诗的和特别对宋诗的见解”,正面肯定了钱锺书能甄录反映“宋代的民族矛盾和阶级矛盾”,“爱国主义和反抗的精神”的作品,对《宋诗选注》既选录名家名作,也不忽视如左纬、董颖、吴涛等小家的诗等皆给予高度评价。差不多与此同时,日本著名汉学家小川环树在读到钱锺书亲赠的《宋诗选注》后,即在京都大学《中国文学报》第十册上发表

---

① 黄肃秋《清除古典文学选本中的资产阶级观点——评钱锺书先生〈宋诗选注〉》,《光明日报·文学遗产》1958 年 12 月 14 日。

② 刘敏如《评〈宋诗选注〉》,《读书》1958 年第 20 期。

③ 胡颂平《胡适之先生晚年谈话录》,第 20—21 页,台湾联经出版社 1984 年版。

④ 刘世德先生见告,他曾受文学所负责人何其芳之托,写信给夏承焘先生,邀其撰写平反文章。《天风阁学词日记》1959 年 7 月 3 日载:“得文学遗产函,催为宋诗选注作平反文章。”

⑤ 后征得作者同意,编辑部改用了真名。

了《钱锺书的〈宋诗选注〉》(1959 年 4 月),认为“这是一本从不同于前人的角度出发来对宋诗进行全面观察的书,它的注释和简评都特别出色”,因而本书“可以说是迄今为止全部总集中最好的”,“由于这本书的出现,大概宋代文学史很多部分必须改写了”。讨论的范围已溢出国界,足见《宋诗选注》在中外文化交流中所起的作用。

钱锺书确定《宋诗选注》的选目时因身不由己而蒙受冤屈,他后来曾有两次申诉:一次是 1981 年接受香港记者彦火采访时说:“这部选本不很好。由于种种缘由,我以为可选的诗往往不能选进去,而我以为不必选的诗倒选进去了。”①另一次是 1988 年他在香港版《宋诗选注》前言中说:“在当时学术界的大气压力下,我企图识时务、守规矩”,“它既没有鲜明地反映当时学术界的‘正确’指导思想,也不爽朗地显露我个人在诗歌里的衷心嗜好”。尽管如此,新时期以来,还是有学者继续传承这一老话题,自然也就有人出来为钱锺书申辩、解释。如有人建议《宋诗选注》的选材还可再宽泛一些,尤其是能“反映作家思想风格之作”,“以气节著称的郑思肖、谢枋得”及能“以备一格”的朱熹、李清照等均应选录。② 也有人认为《宋诗选注》未能很好地体现宋诗的特点,是“以唐诗规范来观照宋诗,以操其选政的”,如绝句是宋诗特色最淡的一体,而在《宋诗选注》所选录的 370 余首宋诗中,绝句占到 200 首,超过半数;又如最能体现宋诗特点的当是黄庭坚,而《宋诗选注》仅选其 3 题 5 首。③ 针对这些批评,王水照师在《关于〈宋诗选注〉的对话》中解释说:“它的选目必须经过所内集体讨论才能决定,由于当时学术环境的影响,编者本人反而不能自由地表达自己的意愿。”而其《钱钟书先生与宋诗研究》④一文就《宋诗选注》的选目中争论较多的三个问题,即作家入选篇目数多寡是否有失比例、所选之诗近“唐音”而无“宋调”与选诗所据底本范围问题等一一阐发自己的看法。就前二者而言,作者认为对作家地位的估计并不一定要以是否入选或入选篇数多寡来体现;宋诗总集不一定非要选“宋调”的诗,应尊重、理解总集的多样性与自由度。杨建民的《钱钟书的选与注——从〈宋诗选注〉谈起》⑤通过比读各家诗人小传与选目指出,钱锺书确定选目时,只看诗艺,不比官位,位高权重的中央级官员、声誉

---

① 彦火《钱锺书访问记》,香港《明报》1981 年 6 月 24 日。

② 连燕堂《读〈宋诗选注〉》,《读书》1980 年第 8 期。

③ 张仲谋《〈宋诗选注〉商榷》,《近古诗歌研究》,第 15—19 页,中国社会科学出版社 2002 年版。

④ 《文汇报》2002 年 4 月 6 日。

⑤ 《阅读与写作》2002 年第 6 期。

显赫的名流与无名之辈均一视同仁,故诸多名重一时的人未选或选得很少。

在关于《宋诗选注》选目的讨论中,学界对钱锺书不选《正气歌》诗的争论最多。两派的意见正好正反,有人大加挞伐,也有人撰写文章专为辩护,前揭日本小川氏就认为“钱氏本身持有一定的标准”,“一定是持有充分理由才割爱的”。杨建民的《钱钟书为何不选〈正气歌〉》①及侯长生的《〈宋诗选注〉不选〈正气歌〉之原因》②两文对此作了积极探索。而王水照师通过对读《钱锺书手稿集》才真正解开了这个迷,认为钱氏不选《正气歌》体现了他以文学为本位的批评立场。钱锺书认为《正气歌》虽为名作,但它在结构与立意上模仿石介的《击蛇笏铭》及苏轼的《韩文公庙碑》,在 1978 年 5 月 24 日写给《宋诗选注》的责任编辑弥松颐的信中又加上了“中间逻辑亦尚有问题”一条,文章就此三点结合原作逐一进行了分析,以此佐证钱锺书不选《正气歌》的依据之坚确。③

钱锺书在该书序中提出的“六不选”原则,多从艺术角度着眼,较少关注诗歌的思想内容,也较少考虑读者群的文化差异,因而也引发讨论。有人说“六不选”原则是“钱锺书借提出否定命题来达到间接提出肯定命题”的目的,“代表了他对艺术本质特征的深刻认识”;④有人说“六不选”原则“代表他对中国诗学的通盘看法”⑤;也有人反对说,“实际却大谬不然”,“六不选”“只是先生对《宋诗选注》这本通俗读物的六条‘凡例’而已”,这个“六不选”原则并不完全正确,认为有些原则稍可商榷,有些原则是因“左倾”思潮影响而发出的违心之论。⑥ 在二十世纪五十年代甚至被指责为“资产阶级形式主义”和“艺术至上主义”。

关于《宋诗选注》的选诗所据底本的问题,钱锺书在该书长序中有两段话不得不提:“我们未必可以轻心大意,完全信任吴之振、厉鹗等人的正确和周密,一概不再去看他们看过的书”,“他们至少开出了一张宋代诗人的详细名单,指示了无数探讨的线索,这就省掉我们不少心力”。由于钱锺书对该书的选源说明比较含糊,故学界的意见颇不统一,概括起来说,有从别集到选集及从选集到选集两说。如有人说“钱锺书不满足于此(按指宋诗

---

① 《中华读书报》2003 年 6 月 11 日。

② 《西华师范大学学报(哲学社会科学版)》2007 年第 1 期。

③ 《〈正气歌〉所本与〈宋诗选注〉“钱氏手校增注本”》,《文学遗产》2006 年第 4 期。

④ 李洲良《由〈宋诗选注〉看钱钟书的选诗标准》,《佳木斯大学社会科学学报》2001 年第 3 期。

⑤ 孟令玲《钱钟书的〈宋诗选注〉》《文学评论》1980 年第 6 期。

⑥ 参刘永翔《读〈宋诗选注〉》,《钱锺书研究集刊》第二辑,上海三联书店 2000 年版。

选集),还将这些书和本集善本一一加以核对","为了选好宋诗,他几乎翻遍了北京大学图书馆和中科院文研所图书馆有关宋诗方面的藏书";[①]有人认为钱锺书在《宋诗钞》《宋诗纪事》的基础上,"又查阅了大量的宋人笔记、诗话、文集、方志,进行严格地筛选"[②]。但刘永翔的《读〈宋诗选注〉》却同意胡适"他大概是根据清人《宋诗钞》选的"的"大胆假设",作者经过认真比对,发现该书"有依赖旧选之病",如王禹偁等22家诗无一不见于《宋诗钞》或《宋诗钞补》,王安石等9家诗也仅在以上两书所选外添一首,柳开等9人之诗无一不见于《宋诗纪事》,贺铸等7家诗无一不见于《宋百家诗存》,洪炎等3家诗亦仅于《宋百家诗存》外各益一首,故作者认为:"此书二年而成,时间过于仓卒,选诗者绝无可能对宋人别集一一细加涵咏,摘萃拔尤。"由上可见,对《宋诗选注》选诗来源的看法,学界各家见仁见智。据我们的理解,钱锺书在没有类似《全宋诗》这样的大型总集可以参考的情况下,其选录宋诗应该是以《宋诗钞》《宋诗纪事》等宋诗总集为基础,有选择性地核对了诗人原集而成的,序中对这两部总集多有中肯的批评,足见他是下过功夫的。

二、钱注宋诗

关于注释,夏承焘在前揭《如何评价〈宋诗选注〉》中说:"这本《选注》的'注'只是要给读者一些引导,作者的深心所寄,似乎并不在此。"但钱锺书对这一评价似乎并不满意,恰恰相反,他对"注"却颇有些自负。按文学所当时所编丛书的体例,该书本应取名《宋诗选》,他却特意加上"注"字。他曾对一位记者说:"只有些评论和注解还算有价值。"甚至还拿大名鼎鼎的胡适晚年评及《宋诗选注》说过的"注确实写得不错"加以注脚与佐证。但是,《宋诗选注》没有采用笺注诗文的规范方式,而代之以幽默诙谐的口吻,轻松流畅的语言,这种作法曾受到过褒奖,也免不了批评,其短长得失、优劣好坏的评价遂成为《宋诗选注》研究的又一热点。王水照师在《关于〈宋诗选注〉的对话》中完全同意钱锺书自己的看法,不仅将该书的"注"与"评"并称为"此书最见精彩的两个部分",而且还赞扬"钱锺书的注释,打破

---

① 李洲良《由〈宋诗选注〉看钱钟书的选诗标准》,《佳木斯大学社会科学学报》2001年第3期。

② 张锡金《钱锺书与〈宋诗选注〉》,《纵横》2005年第5期。

了传统选本着重于词语训释、名物阐解、章句串讲的框架，而是把注释和鉴赏、评判结合起来”。张锡金的《钱锺书与〈宋诗选注〉》认为，钱锺书选注宋诗不满足于一般编写者“只要把诗歌中的难点如用典、字义、中心内容，至多是章法上的起承转合等等注出来”，“他不仅注出用典、字词，更着重在诗注的品藻、鉴赏、穷源、溯流等。从把握总体方面入手，开拓出了一条诗歌注解的新路径”。两文皆将注评结合视作钱注宋诗的重要特征之一。

众所周知，“钱注宋诗”最突出的特色是注释语言的丰富、幽默与生动，对此学者们几乎众口一词地给予高度评价，毫无争议。如张仲谋的《〈宋诗选注〉商榷》虽为批评之文，但对钱注语言的丰富却赞不绝口：“他把话本、杂剧及现代生活中的俚语俗谚与文言古典糅合到一起，加之口角生动，唇吻调利，庄谐杂出，妙趣横生，学问与才气相彰，老辣与幽默并存，使人读之会心解颐，倾心折服。”杨建民的《钱锺书的选与注——从〈宋诗选注〉谈起》指出，与一般注本“注释”相对较规范不同，钱锺书的注不是干巴巴的规范语言，而是富有生趣的文字，“常常有阅读散文的快活和灵趣”；再者，一般注家只注明诗句或典故的出处，而钱锺书却引用后于宋诗的小说等内容来印证，即以今证古。原业伟的《〈宋诗选注〉札记》①也认为，钱锺书的选目虽深深打上时代烙印，“但注释上却旧说翻新，不拘于时”，体现鲜明个性，即幽默俏皮的语言特点、用小说笔法评论及以人生经历注释的一贯作风。

但批评钱注，对其注释纠误补阙的学者亦大有人在。早在二十世纪五十年代末期，刘敏如的《评〈宋诗选注〉》就批评“本书在注释方面，应详不详，应略不略，有的地方应注不注，有的地方流于繁琐”，但引而不论，只给后来的人开了个头。新时期来有多篇文章指正“钱注”的错误，如刘永翔的《读〈宋诗选注〉》与王兆鹏的《钱锺书〈宋诗选注〉的文献价值与文献疏失》②二文既肯定钱注的优长，又不迷信权威，对该书注释、校勘、引录书证及文献依据诸端提出质疑。刘文客观地指出了《宋诗选注》存在当注而未注、误注、因抄错字而误释、过于深求及仅开长长书目甚至冷僻书目让人“参看”而不引其文等诸多失误。王文指出该书疏漏失误之处则在于把不是佚诗说成佚诗，所选佚诗未必完全可信，校勘异文不交代出处，擅改原文而无版本依据，诗人的排序时有错乱等。他如王云路的《读〈管锥编〉〈宋诗选注〉献疑》③也纠正了《宋诗选注》两处注释上的讹误。吴宗海的《关于

① 《中文自学指导》2001 年第 2 期。
② 《中国文化研究》2003 年第 1 期。
③ 《文学遗产》2003 年第 2 期。

〈宋诗选注〉的几处疑点》①一文中，作者对秦观《金山晚眺》诗中“西津”渡的注改就被钱锺书附录于该书第七次印刷时的《补注》中。这也从一个侧面反映钱锺书治学态度之严谨与待人之平易。

三、钱评宋诗

《宋诗选注》不是理论著作，但它的“评”却是全书最为精彩的部分。书前长序高屋建瓴，统观宋诗全局，八十篇诗人短论可视为一部宋诗简史，即使部分注文夹杂的简评也时有胜义。这就要求我们既要将钱锺书对每个诗人的看法有准确把握，还要前后比照、综合分析，提炼、归纳、总结“钱评宋诗”的理论体系，作为我们撰写宋诗研究著作或勾勒宋诗发展史的参考。连燕堂的《读〈宋诗选注〉》是“文革”后全面评价《宋诗选注》的首篇文章，作者最垂青于《宋诗选注》的理论性、知识性与趣味性。如认为该书实际上“兼了文艺理论著作的某些职能”。指出该书“丰富的知识，使它兼有诗话类著作的特点”，“使人如读文艺散文”。与连文发表的同一年，《文学评论》（1980 年 6 期）转载了台湾学者孟令玲发表在《自立晚报》的《钱锺书的〈宋诗选注〉》一文。该文肯定钱锺书能选吴涛、乐雷发、利登、罗与之、江端友、韩驹、汪藻、朱弁、陈与义、洪炎、唐庚等“这些不专宋诗的人前所未闻，或不很熟悉的诗家”，指出“六不选”原则与胡适的《文学改良刍议》的“八不”“实有异曲同工之妙，代表着中国诗史的一个重要转折”，批评钱注有“卖弄的脾气”，如每注一诗甚至可以写出一篇笺注式的论文。文中体现出的生动活泼的文风与求真务实的精神对当时中国大陆文史研究者不无借鉴意义。还有人认为钱锺书发表在《文学研究》（1957 年 1 期）的文章《宋代诗人短论十篇》所涉及的十位诗人中文同、徐俯、刘子翚可归为一类，而王安石、苏轼、黄庭坚、杨万里、陆游、范成大、尤袤可归为另一类。“前者可看出宋代政治、哲学、艺术对宋代诗人诗歌的影响，后者可看出宋诗风格特色的形成及其递嬗演变的轨迹。前者是在研讨宋诗发展的外部规律，后者是在研讨宋诗发展的内部规律”，“反映了钱锺书从《谈艺录》到《宋诗选注》研究视界的新变，即由艺术赏

---

① 《镇江师专学报（社会科学版）》1991 年第 3 期。

析向文学研究的多元化方向发展”。①

对《宋诗选注》中提出的重大理论问题,如“诗”与“史”的关系,诗歌创作“源”与“流”的关系等,学界也展开过热烈的讨论。徐达的《水怀珠而川媚——钱锺书〈宋诗选注〉中的两个理论问题》②一文指出,钱锺书认为宋人处理诗史关系的方式因生活内容的不同而多种多样,大多能得心应手,但在对待源与流时,却错误地以“流”为“源”,扼杀创造性,“资书以为诗”,而宋诗社会功能的转移与扩大,政治与礼教的束缚,艺术表达上求深求精的需要等是导致“资书以为诗”的主要原因。陆文虎的《钱锺书〈宋诗选注·序〉的文论思想》③以《宋诗选注序》为中心与重点进行分析,指出钱锺书将认“流”为“源”概括为宋诗的三大缺失之一,他对“诗”与“史”及二者关系的探讨阐明了典型化、诗比史高明及诗中有人等若干重要的诗学原理。此外,李洲良《诗与史——论钱钟书在〈宋诗选注〉中对诗、史关系的阐释》④一文,认为钱锺书对“诗”“史”关系的论述虽只是对宋诗而言,却具有普遍意义,即“诗”与“史”的关系涉及艺术真实与生活真实等重要的文艺理论问题;宁江夏《本“源”承“流”——钱钟书〈宋诗选注〉中的基本诗学思想》⑤一文,认为钱锺书虽把本“源”和创新提到第一位,但也同样强调对诗歌传统的继承,将宋代诗人处理“源”与“流”关系的方式概括为杂取众家、继承中求变及先继承再求变等三种。

也有学者对钱评宋诗发表批评意见。二十世纪五十年代胡念贻的《评〈宋诗选注〉序》与周汝昌的《读〈宋诗选注〉序》是比较早的批评“钱评宋诗”的文章⑥,两文虽然明显带有特定时代的“左倾”痕迹,但因作者也同样对宋诗下过功夫,故抛开政治因素不谈,其学术批评也有让人思考之处。胡念贻是钱锺书在文学所的同事。他的文章指出“钱序”的第一部分谈宋诗的时代背景与所反映的社会生活,认为钱锺书只谈宋诗的“三种反映方式”和宋诗里没有反映的东西,而宋诗的思想内容究竟是什么却没有回答;第二部分谈宋诗的艺术表现和对宋诗的估价,认为钱锺书对宋诗作了很大的否定,不应该将宋诗一律斥为“资书以为诗”,“把末流当主流”,并提出有几种

---

① 李洲良《钱锺书论宋代诗人——读〈宋诗选注〉札记》,《宁夏大学学报(人文社会科学版)》2001 年第 3 期。

② 《贵州社会科学》1991 年第 2 期。

③ 《当代文坛》1992 年第 1 期。

④ 《学术交流》2001 年第 5 期。

⑤ 《贵州文史丛刊》2002 年第 4 期。

⑥ 分别见《光明日报·文学遗产》1958 年 12 月 14 日及 1958 年 12 月 28 日。

情况是不能算“模仿”“剿袭”的。并且,第一部分承认宋诗反映了现实,第二部分又说宋诗是从书本上抄来的,有明显的矛盾之处。周文说:“序言最大的功劳,恐怕就是大力攻击批判了宋诗的‘以抄书当作诗’的流弊。”作者认为:第一,正如钱锺书自己说,“我们可以夸奖这个成就,但是无须夸张、夸大它”一样,对宋诗流弊的批判也要恰如其分,而“不可夸张、夸大”。第二,宋人“作贼”的情况是有的,“但也不能说凡是思路、手法、字样相近似了的就一定都是‘盗案’”。第三,选注者不能“一方面在理论上批判这种流弊,另一方面又以大量的篇幅来注释它”。

就“钱评宋诗”中一些具体问题与钱锺书商榷,提出反批评的有刘永翔、向以鲜、周梦江等学者。如刘永翔的《读〈宋诗选注〉》一文,举李若水《忠愍集》卷二《捕盗偶成》写招安宋江之事,指出钱锺书说宋江聚义事在“当时的五七言诗里都没有‘采著’”的错误。向以鲜的《版本传播与选诗态度——关于钱钟书〈宋诗选注〉中一个看法的考辨》①一文指出,明清时广为流传的后村集子,只是后村作品的一部分即《前集》(其中有诗作十六卷),真正收录有包括《后集》《续集》《新集》在内的《大全集》(其中有诗四十八卷)一般人无法看到,故认为钱锺书批评吴之振、吕留良合编的《宋诗钞》只选刘氏前十六卷的作品,而不选卷一七到卷四八的作品是“有失偏颇”,是大师“不小心而犯错误的时候”。周梦江曾撰《叶适评传》,对《宋诗选注》不选叶适诗,还在徐玑小传中贬评叶适的做法有些不满,其《叶适文学思想续论——兼谈〈宋诗选注〉对叶适的批评》②一文,认为该书对叶适的批评乃无的放矢,言过其实,指出叶适并没有像钱锺书所云,批评杜甫“强作近体”,鄙视欧阳修、梅尧臣之诗等。经典的意义在于内蕴丰厚与历久弥新,《宋诗选注》肯定是经典,书中提出的诸多问题能引发我们的再讨论与再思考,将宋诗研究引向深入,这本身就是该书的价值所在。

四、写作特色与研究方法

《宋诗选注》对当下及未来的宋诗选注乃至中国古典诗词选注无疑具有范式意义,因而研究该书的写作特色与研究方法就十分必要。王水照师对此曾作过比较详致的论述,他说该书主要采用文本细读与连类比较的研

① 《四川大学学报(哲学社会科学版)》2000 年第 3 期。

② 《温州师范学院学报(哲学社会科学版)》2001 年第 1 期。

究方法，旁及哲学、史学、民俗学、心理学、逻辑学、方言学等其他学科，对所选作品进行了全方位、多维度的艺术观照与审美透视，其论述的范围涉及宋诗的语言、句式、修辞、意象、境界、风格等诸多学术问题。钱锺书特别注重沿波讨源，寻究委曲，梳理和勾勒诗中各种审美因素嬗递演变的动态轨迹。① 为此，不少学者对《宋诗选注》的比较研究、注释体例及论诗特色等诸多问题进行了认真的探析。如陆惠解的《钱钟书〈宋诗选注〉中的几种比较研究》②一文，将《宋诗选注》所运用的研究方法分为宏观比较研究与微观比较研究两个方面：前者侧重诗与史的关系与区别及"史"变"诗"的两种方式的比较；后者则多意境的比较、诗歌比喻的比较及诗歌题材的比较。作者认为从思维方式上说，这种比较研究又可细分为同中求异、异中求同，或"影响"追源、"平行"对照。吕明涛、宋凤娣的《钱锺书〈宋诗选注〉注释体例探析》③一文，通过对《宋诗选注》中大量注释材料的归纳分析，将《宋诗选注》的注释体例归并为明出处、校对、注音、注义、注典、注史事、串讲语意、注诗艺等八个方面，并以此探寻钱锺书的诗学主张与审美兴味。张喜贵的《〈宋诗选注〉的论诗特色》④认为"钱注宋诗"的注与评很有特色，如运用诙谐与幽默的行文方式，让人们在笑声中去感悟宋诗的内蕴；同时还运用"车轮战法"及比较与打通的方式层层深入地加以论述，使问题的来龙去脉清晰地展现在人们面前，也使宋代诗人彼此之间的差异性及与西方诗人的差异性得以凸现。

还有的学者探讨《宋诗选注》中的修辞手法、意境理论及西学视域等写作特色。如魏景波注重从曲喻与对喻来研究《宋诗选注》的写作技巧，其《〈谈艺录〉的曲喻论和〈宋诗选注〉的曲喻》⑤一文认为，在《谈艺录》"黄山谷诗补注"条末"附论比喻"中，钱锺书提出了一种新的修辞格——曲喻；而在《宋诗选注》的序言与小传中，钱锺书自己用曲喻论诗衡艺，代抽象为形象，以琳琅满目的实例阐释曲喻之妙。而其《〈宋诗选注〉对喻论》⑥一文对"对喻"进行了界定，指出钱锺书强调事物的"对比"，"嫁活"到鲜活的比喻上，这样既丰富了修辞的方式，又拓展了文学评论的"语言空间"，具有深刻、鲜明、生动以及整体把握论述对象的特点。蓝华增《宋诗与意境——读

① 参王水照、内山精也《关于〈宋诗选注〉的对话》。
② 《湖州师专学报》1993 年第 2 期。
③ 《西北师大学报（社会科学版）》2001 年第 3 期。
④ 《江南大学学报（人文社会科学版）》2006 年第 3 期。
⑤ 《修辞学习》2003 年第 3 期。
⑥ 《西北农林科技大学学报（社会科学版）》2001 年第 3 期。

钱钟书〈宋诗选注〉》①一文指出,《宋诗选注》提倡意境,其选诗的四条标准归结起来就是意境的标准。分而析之,分别代表了意境的真实性、创新性、完整性与可靠性,这一侧重强调审美的选诗标准的提出,为诗选学作出了贡献。卢玮的《〈复义七型〉与〈宋诗选注〉的"复义"分析方法之比较》②一文,认为《宋诗选注》深刻地受到二十世纪英美新批评理论代表人物燕卜荪《复义七型》的影响,钱锺书在注释宋诗时运用新批评的语义分析法,又创造性同中国的考据法相结合,从而为中国诗歌的注释注入了活力,如重视"细读",以此为基础加以考证、溯源,对诗歌进行语义分析。文章也辨析了双方注释的差异,如钱锺书注重从源流上考查词义,且是一词一解,燕卜荪则侧重从语境中考查词义;钱锺书注重"知人论世",而燕卜荪则直接切入诗歌进行分析;钱锺书注释时一般只做客观的语义分析,而燕卜荪则多侧重主观分析,以至于不免牵强附会。

五、研究走势与对策

我们在回顾与评析学界对《宋诗选注》进行研究的基本内容与主要成就后,有必要对未来《宋诗选注》研究的走势与对策作一展望。

首先,钱锺书治学素以严谨、精深取胜,他不断地采纳他人意见,反复修改前作,曾自诩"钱文改公"。王水照师指出:

> 钱先生的所有著作,从《谈艺录》、《旧文四篇》、《也是集》(两书又合编为《七缀集》)到《管锥编》,都有反反复复的'增补'、'补订'、'补遗',而且都是'明码标价',而不是暗中'改头换面''自我整容'。……这些修改,除少数属于订正外,绝大多数是增补例证,发展和完善论点,表现了他潜心琢磨、孜孜矻矻、精益求精的精神和一位大学者坦荡的学术性格。③

《宋诗选注》初版后不久,钱锺书1959年将此书寄赠日本友人小川环树,亲笔改动大小90余处,3000多字,小川氏则题为"钱氏手校样注本"。该书

---

① 《云南学术探索》1994年第3期。

② 《十堰职业技术学院学报》2005年第4期。

③ 王水照、内山精也《关于〈宋诗选注〉的对话》。

1963年11月重印时将原选81家调至80家，删去左纬一家，凡三题九首，同时被删的还有刘攽《蛮请降》二首、刘克庄《国殇行》、文天祥《安庆府》等诗，总计删去诗十三首。钱锺书在删诗时，也略有增补，如删刘攽《蛮请降》二首后，增加他的《雨后池上》一首。在以后的历次重版、重印中，选目未曾再改动，但书前总序、八十位诗人小传及诗歌注释均不断被反复修改。直到1992年4月为该书第七次印刷所写的附记还说："承戴鸿森同志精密地校订印刷错误和补正注解，为排版方便起见，我把增订的注解作为书末补页。"在收到日本内山精也与韩国李鸿镇寄赠的日译本与韩译本《宋诗选注》时，还感叹自己"于日、韩两语寡昧无知，不能利用两位的精心迻译来修改一些注释"。但是，作者反复的修改有时也给读者带来阅读上的不便，如修改后的《序》引用毛主席《给陈毅同志谈诗的一封信》，该信写于1963年7月21日，发表于《诗刊》1978年第1期；但后来重印的《宋诗选注》于《序》末仍署"一九五七年六月"，这就会给后来粗心的读者造成误会，认为毛主席的信发表于1957年前。[①] 所以若能将钱锺书历次修订的地方加以标注，即集钱锺书历次修订之注汇编一册，那将是一件十分有意义的学术工作。实际上已有学者留意于《宋诗选注》不同版本文字的异同。如吴宗海的《读〈宋诗选注〉札记二则》[②]一文，将新、旧两版加以对照，称赏钱锺书注释增改的科学性。所举之例有汪藻的《己酉乱后寄常州使君姪》"草草官军渡，悠悠敌骑旋"二句，原版"敌"字，新版时改为"虏"字，并在注文中补充校改的依据与理由。王子平的《〈宋诗选注〉考异》[③]一文通过比勘汇观《宋诗选注》初版与历次重版文字的差异，指出《宋诗选注》中既有因手民粗心而误植者，更有钱锺书斟酌推敲、精益求精的鲜活案例。据日本内山精也说，日本《橄榄》分期连载的《宋诗选注》日译本原来有新、旧版本校勘的项目，王水照师也喜欢用"对读"的方法，从版本学的角度研究《宋诗选注》的修改，[④]其《〈正气歌〉所本与〈宋诗选注〉"钱氏手校增注本"》一文，曾对照《宋诗选注》原版与此"手校本"，发现不少改动已为后来的修订本所采入，但仍有所润饰增删；有些申发原来论点与补充材料佐证的修改，则未被修订本采纳。

其次，如果从精益求精、后来居上的角度说，《宋诗选注》中仍有不少瑕

① 参连燕堂《读〈宋诗选注〉》。

② 《苏州大学学报》1991年第4期。

③ 《贵州大学学报(社会科学版)》1996年第2期。

④ 参王水照、内山精也《关于〈宋诗选注〉的对话》。

疵,其中有些是特定时代政治环境造成的,有些则是作者疏误造成的。为了使《宋诗选注》充分起到新世纪宋诗阅读范本的作用,更好地扩大其在国内外的声誉与影响,我们仍有必要对其加以修改,钱锺书已于1998年作古,这一工作理应交给来者。《宋诗选注》对诗人的家世、家室、籍贯、生平乃至著述的文字甚少,且囿于史料的限制,其中颇有错讹疏漏者。随着宋诗研究的进一步深入,过去许多生平不详的诗人有了较为清晰的描述,过去诸多错误记载得到了有效的纠正。如《宋诗选注》言孔平仲为新喻人,此乃沿袭《宋史》之误。按孔平仲实为新淦人①。又如《宋诗选注》言张耒生于1052年,卒于1112年,这也是沿用传统说法。按张耒当生于公元1054年,卒于1114年。② 他如关于柳永、吕南公、晁端友、孔平仲、张舜民等23位诗人的生卒年均注未详,占所选80位诗人的四分之一强。实际上,以上诗人的生卒年迄今多已弄清楚或部分已考明。基于这样的认识,我们认为书前总序、选目是钱锺书在特定时代背景与学术氛围中对宋诗的评价与看法,是钱锺书特定阶段内宋诗观的集中反映,我们可以加以总结、评述 ,但最好不要修改它,只应将其"作为当时气候的原来物证"予以保留。作者自己删去的十三首诗,再版时可以作为附录予以存档,"立此存照",用以研究钱锺书宋诗思想的变化轨迹,亦可窥见政治对学术的影响。但《宋诗选注》中诗歌注释、八十位诗人小传,尤其是小传中涉及诗人生平、仕履的部分,则必须系统、全面地加以修正,集思广益,使之更臻完善。修订的内容须另行标示,以与原著相区别。

再次,钱锺书是二十世纪宋诗研究大家,除开《宋诗选注》外,早期的《谈艺录》(1948年开明书店初版)、后来的《管锥编》(1979年中华书局初版)及撰写很早、问世较晚的《〈宋诗纪事〉补正》(辽宁人民出版社、辽海出版社2003年联合出版)都是宋诗研究或涉及宋诗研究的力作。他的宋诗研究前后长达五十年,其对宋诗的总体评价,抑或对某一流派、某个作家、某首作品的看法有时会出现变化。如《谈艺录》中,钱锺书重黄轻陆,将黄庭坚诗许为宋诗艺术的最高标准,对陆游其人其诗颇有微词;而在《宋诗选注》中却说:"他(按指黄庭坚)的诗给人的印象是生硬晦涩,语言不够透明,仿佛冬天的玻璃窗蒙上一层水汽、冻成一片冰花",对陆游则多加表彰,赞扬

---

① 参刘永翔《读〈宋诗选注〉》。

② 参湛芬《张耒籍贯、生卒年及著作版本》,见《张耒学术文化思想与创作》,第457页,巴蜀书社2004年版。

“他不但写爱国、忧国的情绪,并且声明救国、卫国的胆量和决心”,[①]选诗数量多达27首,占全选377首的百分之七强,为宋代诗人之冠。因而有学者在分析《宋诗选注》评宋诗的失误后,试图还原钱锺书真正的宋诗观。如丁毅的《模糊铜镜的背面——读〈宋诗选注〉》[②]认为,铜镜的“模糊”在于:钱锺书受当时将盛唐气象作为古代诗歌最高典范的影响,因此转而以唐音眼光观照宋诗,《宋诗选注》是一部突出唐音特色的宋诗总集;再者,他受“只有揭露黑暗才算进步文艺”的狭隘观念影响,《宋诗选注》多关照暴露黑暗的作品。有此两点,《宋诗选注》难见宋诗特色。作者试图擦净模糊的铜镜,认为钱锺书心目中“清澈明亮的玻璃镜”即是《谈艺录》,此书才能真正代表钱锺书的宋诗观,钱锺书原本是“宋诗派的最后一位大师”,他多选七绝,不选文天祥的《正气歌》《过零丁洋》都是受“同光体”诗人陈衍《宋诗精华录》的影响,由《谈艺录》到《宋诗选注》所出现的一系列宋诗观的变化,如由重黄轻陆到重陆轻黄都是钱锺书迫于形势认同唐音后的一次自我失落。因此,笔者有一个想法,那就是将《谈艺录》《管锥编》,乃至新近出版的《宋诗纪事补正》中与《宋诗选注》中讨论同一问题的言论加以摘抄,附于《宋诗选注》的相应部分,让读者贯通互参,看看钱锺书对宋诗哪些问题的论述始终一贯,哪些问题的论述有所改变,怎样改变,缘何会发生这样的变化。这样的研究成果迄今似较少见,如果我们能够进行综合分析,既有益于“钱”学研究,又能将宋诗研究引向深入。

最后,作为宋诗研究者,钱锺书为什么旧体诗写作近“唐音”而鲜有“宋调”?钱锺书早年就乐于写作、收集并印刷自己的旧体诗集。他最早创作的旧体诗是在清华大学读书期间,专为杨绛写的情诗“手抄自订本”《中书君诗》;最早发表的旧体诗是1934年春夏之际,从上海光华大学重返北京而写的组诗《春游纪事诗》(19首)[③]。钱锺书早在1934年年底就曾自费印刷自己的第一部旧体诗集《中书君诗初刊》,但其一生结集正式出版的旧体诗集仅《槐聚诗存》(生活·读书·新知三联书店1995年版)一书。钱锺书旧体诗的创作风格被人评为介于“玉谿(李商隐)、冬郎(韩偓)之间”,近“唐音”而鲜有“宋调”,这很让人费思。他一生花费大量精力研究宋诗,却在其著作尤其是《宋诗选注》中讥讽、贬评宋人,正如二十世纪五十年代一位批评者说:“(钱锺书)本来是爱好宋诗,而且选注宋诗,要向读者推荐的,结果

---

① 分别见《宋诗选注》,第156、271页。

② 《贵州大学学报(社会科学版)》1995年第4期。

③ 《光华大学半月刊》第2卷第8期(1934年4月15日)。

却把它否定了,这是多么难于理解的事情。"①钱锺书对宋诗到底是真心持有看法,还是如有人说的是在运用"迂回隐晦的'伊索式语言'","是在用形贬实褒的方式向读者介绍宋诗的艺术"?②"钱学"研究者们于此似亦很少关注、思考。

① 胡念贻《评〈宋诗选注〉》,《光明日报·文学遗产》1958年12月14日。
② 刘永翔《读〈宋诗选注〉》,《钱锺书研究集刊》第二辑,第138、139页。

附　　录

历代宋诗总集目录

本目录收录宋诗总集遵循如下原则:详于诗歌专选,诗文合选原则上只限两宋;详于宋元明清而略于中华人民共和国成立后;详于宋代全域诗歌而略于郡邑、家族之属总集。一般只收唐宋合集及宋元、宋金元、宋元明、宋金元明等合集而不录宋前、宋后均有诗的通代诗歌总集。丛编宋代小诗人总集适当收入。所录仅限于中国大陆地区,台、港、澳及海外的宋诗总集从略。

今检《直斋书录解题》、《郡斋读书志》、《通志·艺文略》、《宋史·艺文志》、《文献通考·经籍考》、《千顷堂书目》、《四库全书总目》、《清史稿艺文志及补编》、《续修四库全书总目提要(稿本)》、《四库全书存目丛书》集部总集类、《中国古籍善本书目》、《中国丛书综录》、《中国科学院图书馆藏中文古籍善本书目》、《现存宋人著述总录》、《日本藏宋人文集善本钩沉》、《湖南图书馆中文善本书目》等数十种公私目录著作及相关文集,所得北宋迄清末存世或已佚宋诗总集 319 种,其中宋代 122 种、元代 8 种、明代 31 种、清代 158 种;民国间及新中国成立以来宋诗总集凡 78 种。

现以大致编纂时代为序,将各总集之书名、卷数、编者、版本及存佚等条叙于次,以供同好进一步研究之用。

一、宋人所编宋诗总集

1.《李昉唱和诗》1 卷,李昉编,《崇文总目》《通志·艺文略八》著录,已佚。

2.《二李唱和集》1 卷,李昉编,有民国四年《宸翰楼丛书》本。

3.《翰林酬唱集》1 卷,王溥编,《崇文总目》《通志·艺文略八》著录,已佚。

4.《禁林宴会集》1 卷,苏易简编,《宋史·艺文志八》著录,已佚。

5.《君臣赓载集》30 卷，杜镐编，《宋史·艺文志八》著录，已佚。

6.《商於唱和诗》，王禹偁编，已佚。

7.《西昆酬唱集》2 卷，杨亿编，有明嘉靖十六年玩珠堂刻本、清康熙四十七年辨义堂刻本、《四库全书》本、《四部丛刊》本、中华书局 1980 年王仲荦集注本、上海古籍出版社 1985 年影印清周桢、王图炜注本。

8.《广平公唱和集》，佚名编，见《武夷新集》卷七杨亿序，已佚。

9.《群公饯集贤钱侍郎知大名府诗》，佚名编，见《武夷新集》卷七杨亿序，已佚。

10.《送致政朱侍郎归江陵唱和诗》，佚名编，见《武夷新集》卷七杨亿序，已佚。

11.《西湖莲社集》2 卷，丁谓编并序，《秘书省续编到四库阙书目》、《通志·艺文略》卷七〇、《国史·经籍志》卷五著录 1 卷，韩国藏残本《杭州西湖昭庆寺结莲社集》。

12.《续西湖莲社诗》1 卷，佚名编，《通志·艺文略》卷七〇、《国史·经籍志》卷五著录，已佚。

13.《四释联唱诗集》1 卷，佚名编、丁谓序，《宋史·艺文志八》著录，已佚。

14.《(天禧)明良集》500 卷，李虚己编，《宋史·艺文志八》著录，已佚。

15.《江湖堂诗集》1 卷，元积中编，《宋史·艺文志八》著录，已佚。

16.《应制赏花诗》10 卷，佚名编，《宋史·艺文志八》著录，已佚。

17.《瑞花诗赋》1 卷，佚名编，《崇文总目》著录，已佚。

18.《九僧诗集》1 卷，陈充编并序，《直斋书录解题》卷一五著录，有清初毛氏汲古阁影宋抄本、清抄本。

19.《唐宋类诗》20 卷，宋僧仁赞序，罗、唐两士所编，《郡斋读书志》卷二〇、《宋史·艺文志八》著录，已佚。

20.《圣宋文粹》30 卷，佚名编，《郡斋读书志》卷二〇著录，已佚。

21.《续会稽掇英集》20 卷，程师孟编，《宋史·艺文志八》著录。

22.《会稽掇英续集》45 卷，丁燧编。

23.《元日唱和诗》1 卷，曾公亮编，《宋史·艺文志八》著录，已佚。

24.《潼川唱和集》1 卷，张逸、杨谔等撰，《宋史·艺文志八》著录，已佚。

25.《礼部唱和诗集》3 卷，欧阳修编，《宋史·艺文志八》著录，已佚。

26.《山游唱和诗集》1 卷，释契嵩编，《丛书集成续编》本。

27.《永嘉唱和诗》20 卷，石牧之等撰，已佚。

28.《南犍唱和诗集》1 卷，吴中复、吴秘、张谷等撰，《宋史·艺文志八》著录，已佚。

29.《荆溪唱和》1 卷，姚闢编，《宋史·艺文志八》著录，已佚。

30.《建康酬唱诗》1 卷，王安石等撰，《宋史·艺文志八》著录，已佚。

31.《送朱寿昌诗》3 卷，王安石编，《通志·艺文略》卷七〇、《宋史·艺文志八》著录，已佚。

32.《李定西行唱和诗》3 卷，佚名编，已佚。

33.《抄斋唱和集》1 卷，孙颀编，《宋史·艺文志八》著录，已佚。

34.《荔枝唱和诗》1 卷，孙觉编，《宋史·艺文志八》著录，已佚。

35.《岐梁唱和诗集》，苏轼、苏辙撰。

36.《和陶集》10 卷，苏轼、苏辙撰，傅共注，《直斋书录解题》卷一五著录，宋刻本。

37.《汝阴唱和集》1 卷，苏轼、赵令畤、陈师道撰，《直斋书录解题》卷一五著录，已佚。

38.《筠阳唱和集》，苏辙、毛维瞻等，已佚。

39.《会稽唱和诗》，赵抃、程师孟撰，见秦观《会稽唱和诗序》，已佚。

40.《乐安蒋公唱和诗》，蒋堂等撰，见秦观《怀乐安蒋公唱和诗序》，已佚。

41.《政和县斋酬唱》1 卷，刘璿编，《宋史·艺文志八》著录，已佚。

42.《同文馆唱和诗》10 卷，邓忠臣等撰，有《四库全书》本。

43.《许昌唱和集》，叶梦得、苏过等撰。

44.《汉南酬唱集》1 卷，许份编，《宋史·艺文志八》著录，已佚。

45.《岳阳唱和》3 卷，廖伯宪编，《宋史·艺文志八》著录，已佚。

46.《輶轩唱和集》3 卷，洪皓、张邵、朱弁撰，张邵序，《宋史·艺文志八》著录，《直斋书录解题》卷一五著录《輶轩集》1 卷，已佚。

47.《游山唱和》1 卷，陈天麟编，《宋史·艺文志八》著录，已佚。

48.《楚东唱酬集》1 卷，王十朋编，《宋史·艺文志八》著录，已佚。

49.《西湖唱和诗》，李石等，已佚。

50.《京口唱和集》，韩元吉、陆游等撰，已佚。

51.《西江酬唱》1 卷，陈说编，《宋史·艺文志八》著录，已佚。

52.《馆学喜雪唱和诗》2 卷，熊克编，《宋史·艺文志八》著录，已佚。

53.《清湘泮水酬和》1 卷，莫若冲编，《宋史·艺文志八》著录，已佚。

54.《睦州唱和诗集》，张垦等，已佚。

55.《养闲亭诗》1 卷，郭希朴编，《宋史·艺文志八》著录，已佚。

56.《籍桂堂唱和集》1 卷,何纮编,《宋史·艺文志八》著录,已佚。

57.《安陆酬唱集》6 卷,倪恕编,《宋史·艺文志八》著录,已佚。

58.《送张无梦归山诗》1 卷,佚名编,《宋史·艺文志八》著录,已佚。

59.《送王周归江陵诗》2 卷,杜衍等撰,《宋史·艺文志八》著录,已佚。

60.《送僧符游南昌集》1 卷,佚名编,范镇序,《宋史·艺文志八》著录,已佚。

61.《送元绛诗集》1 卷,欧阳修编,《宋史·艺文志八》著录,已佚。

62.《送文同诗》1 卷,鲜于侁序,《宋史·艺文志八》著录,已佚。

63.《郡斋酬唱集》,佚名编,《文渊阁书目》卷二著录,已佚。

64.《九老诗》1 卷,徐师闵、元绛、程师孟等撰,米芾序,已佚。

65.《睢阳五老会诗》,佚名编,已佚。

66.《四家诗选》10 卷,王安石编,收杜、韩、欧、李诗,《直斋书录解题》卷一五著录,已佚。

67.《古今绝句》3 卷,吴说编,《直斋书录解题》卷一五著录,有宋刻本。

68.《洛阳耆英会诗》,司马光编,已佚。

69.《高僧诗》1 卷,杨杰编,已佚。

70.《高丽诗》3 卷,毕仲衍编,《郡斋读书志》卷二〇著录,已佚。

71.《政和文选》20 卷,佚名编,《郡斋读书志》卷二〇著录,已佚。

72.《圣宋文海》120 卷,存 6 卷,江钿编。国家图书馆藏《新雕圣宋文海》残本。

73.《宋文鉴》150 卷,吕祖谦编,有宋嘉泰四年新安郡斋刻本、明修补宋刻本、明嘉靖八年晋藩刻本、《四库全书》本、《四部丛刊》本。

74.《古今岁时杂咏》46 卷,宋绶原编,蒲积中补编,有明抄本、清抄本、《四库全书》本、辽宁教育出版社 1998 年排印本、三秦出版社 2009 年排印本。

75.《荆门惠泉诗集》2 卷,洪适编,已佚。

76.《盘洲编》2 卷,洪适编,收洪适兄弟子侄所赋园池诗。

77.《坡门酬唱集》23 卷,邵浩编,有宋绍熙元年刻本、清影宋抄本、《四库全书》本。

78.《南岳酬唱集》1 卷、附 1 卷,张栻编,有明弘治刻本、《四库全书》本。

79.《城南唱和集》1 卷、附 1 卷,张栻、朱熹撰,清邓显鹤编,道光二十九年(1849)邵州濂溪精舍刻本。

80.《皇宋百家诗选》57 卷,曾慥编,亦名《本朝百家诗选》,《郡斋读书志》卷二〇著录,《直斋书录解题》卷一五作100卷,已佚。

81.《续百家诗选》20卷,郑景龙编,《直斋书录解题》卷一五著录,已佚。

82.《中兴诗选》、《江湖诗续选》,郑景龙编。

83.《京口诗集》10卷、《续集》2卷,熊克编,《直斋书录解题》卷一五著录,均已佚。

84.《吴兴诗》1卷,孙觉编,《直斋书录解题》卷一五著录。

85.《吴兴分类诗集》30卷,倪祖义编,《直斋书录解题》卷一五著录。

86.《唐宋诗后集》14卷,佚名编,已佚。

87.《江西宗派诗集》115卷,吕本中编,《宋史·艺文志八》著录,已佚。

88.《江西续宗派诗集》2卷,曾纮编,《宋史·艺文志八》著录,已佚。

89.《丽泽集诗》,存35卷,佚名编,方回谓吕祖谦编,有国家图书馆藏宋残孤本。

90.《声画集》8卷,孙绍远编,有明抄本、清初抄本、《四库全书》本。

91.《回文类聚》4卷、《补逸》1卷,桑世昌编,《直斋书录解题》卷一五著录,明张之象补,有明万历四十四年刻本、《四库全书》本。

92.《分门纂类唐宋时贤千家诗选》,前集25卷,后集10卷,旧题刘克庄编,有元刻本、明抄本、清康熙间楝亭曹氏刊本、《宛委别藏》本。

93.《严陵集》9卷,董棻编,有《四库全书》本。

94.《天台续集》3卷,李庚、林师蒧编,《续集别编》6卷,林表民等编,有《四库全书》本、《浙西村舍丛刊》本、《丛书集成初编》本。

95.《馆阁诗》,中兴馆阁诸臣编。

96.《昆山杂咏》3卷,龚昱编,范之柔序,有开禧三年昆山县斋刻本、《古逸丛书三编》本。

97.《昆山杂咏续编》,龚昱编,范之柔序,已佚。

98.《四灵诗》4卷,一名《四灵诗选》,叶适编,《郡斋读书志·附志》著录,明万历间潘是仁刻《宋元四十三家集》本。

99.《本朝五七言绝句选》,刘克庄编,见《后村先生大全集》卷二四该书序,已佚。

100.《中兴五七言绝句选》,刘克庄编,见《后村先生大全集》卷二四该书序,已佚。

101.《茶山诚斋诗选》,《后村大全集》卷九七刘克庄序。

102.《清江三孔集》40卷,王遵编,有《四库全书》本。

103.《宋四家诗》4卷,佚名编,《四库全书总目》卷一九一《总集类存目一》著录。

104.《宋中兴群公吟稿戊集》7 卷，陈起编，有清抄本、顾修《读画斋丛书》本、民国九年印铸书局影宋刻本。

105.《南宋群贤小集》135 卷，陈起辑，清顾修重辑，有清抄本、嘉庆六年石门顾氏读画斋刊本。

106.《江湖前贤小集拾遗》5 卷，陈起辑，有清初毛氏汲古阁影宋抄本。

107.《圣宋高僧诗选》7 卷，其中《前集》3 卷、《后集》3 卷、《续集》1 卷，旧题陈起辑，有清嘉庆六年顾修读画斋《南宋群贤小集》本，题《增广圣宋高僧诗选》，附有汲古阁辑录《补遗》1 卷，补九僧诗；又有《续修四库全书》本、南京图书馆藏清抄本。

108.《宋僧诗选补》3 卷，元陈世隆补辑，有南京图书馆藏清抄本、《续修四库全书》本。

109.《两宋名贤小集》380 卷，旧题宋陈思编，元陈世隆补，有清抄本、《四库全书》本。

110.《宋二百家诗》23 卷，佚名编。

111.《唐宋千家联珠诗格》20 卷，原称《诗格》，仅 3 卷，于济编，蔡正孙扩充为 20 卷，有明弘治十五年朝鲜刻本、日本正保三年吉野屋权兵卫刊本。

112.《诗林广记》前、后集各 10 卷，蔡正孙编，有明初刊本，题《精选古今名贤丛话诗林广记》，又有明弘治十年张鼒刻本、中华书局 1982 年排印本。

113.《中兴禅林风月集注》3 卷，宋孔汝霖编，宋萧澥校正，日本佚名注，见卞东波、石立善主编《中国文集日本古注本丛刊》(第三辑第六册)，上海社会科学院出版社 2020 年。

114.《诗翼》4 卷，旧题倪希程编，后与旧题何无适《诗准》合为一书，王柏序，有国家图书馆藏宋刻残本、明嘉靖三年郝梁刻本、齐鲁书社 1997 年本。

115.《诗家鼎脔》2 卷，佚名编，有清抄本、《四库全书》本。

116.《千家诗》2 卷，宋谢枋得、清王相选注，有岳麓书社 1987 年排印本。

117.《濂洛风雅》6 卷，宋末元初金履祥编，有明弘治十五年刻本、清雍正刻本、《金华丛书》本、《四库全书存目丛书》本、《丛书集成初编》本。

118.《诗苑众芳》1 卷，宋末元初刘瑄编，有《宛委别藏》本、《丛书集成初编》本。

119.《宋旧宫人诗词》1 卷，原名《亡宋宫人诗》，汪元量编，有《丛书集成初编》本。

120.《天地间集》1 卷，谢翱编，有《丛书集成初编》本。

121.《洞霄诗集》14 卷，孟宗宝编，邓牧协编，有《知不足斋丛书》本、《宛委别藏》本、《丛书集成初编》本。

122.《江湖风月集》2 卷，旧题宋末释松坡宗憩编，元至元二十五年（1288）千峰如琬跋，收宋咸淳（1265—1274）至元延祐（1314—1320）、至治（1321—1323）年间禅僧诗偈。中土已佚，日本藏有天秀道人《新编江湖风月集略注》、阳春主诺《江湖风月集略注取舍》、佚名《首书江湖风月集》及东阳英朝《江湖风月集注》等多种日人传抄本、刻印注释本。前三种见卞东波、石立善主编《中国文集日本古注本丛刊》（第三辑第四册），上海社会科学院出版社 2020 年出版。

二、元人所编宋诗总集

1.《瀛奎律髓》49 卷，方回编，有元至元二十年巾箱刻本、明成化三年紫阳书院刻本、清康熙五十一年吴宝芝刻本、清康熙五十二年石门吴之振黄叶村庄刻本、《四库全书》本、朝鲜活字本、日本文化五年（1808）刊本。

2.《宋诗拾遗》23 卷，元陈世隆辑，有南京图书馆藏清抄本、《续修四库全书》本。

3.《忠义集》7 卷，元赵景良编，有明抄本、明末毛氏汲古阁刻本、《四库全书》本。

4.《谷音》2 卷，杜本编，有明天启崇祯间毛氏汲古阁刻《诗词杂俎》本、《四库全书》本、《四部丛刊》本、《丛书集成初编》本、《粤雅堂丛书》本、《清芬堂丛书》本。

5.《月泉吟社诗》1 卷，吴渭编，有明天启崇祯间毛氏汲古阁刻《诗词杂俎》本、清康熙五十五年吴宝芝刻本、清抄本、《粤雅堂丛书》本、《金华丛书》本、《四库全书》本。

6.《唐宋近体诗选》，郝经编，见郝经《唐宋近体诗选序》，已佚。

7.《宛陵群英集》12 卷，汪泽民、张师愚同编并序，有《四库全书》本。

8.《（唐宋）选诗续编》，刘履编，见《四库全书总目》卷一八八《风雅翼》题要。

三、明人所编宋诗总集

1.《鼓吹续音》12 卷,瞿佑编,已佚。

2.《鼓吹续编》9 卷,朱绍、朱积合编,有明永乐二十二年刊本,藏浙江范懋柱家天一阁、日本内阁文库。

3.《宋诗正体》4 卷,符观撰,明正德元年初刻,次年重刊,今存重刊本。

4.《宋艺圃集》22 卷,李蓘编,有明隆庆元年刻本、明万历五年暴孟奇刻本、《四库全书》本。

5.《宋绝句选》1 卷,王萱编,《千顷堂书目》卷三一著录,《百川书志》卷一九著录作"《宋诗绝句选》",已佚。

6.《石仓十二代诗选》506 卷,其中宋诗 107 卷,曹学佺编,有明崇祯四年刻本、《四库全书》本。

7.《宋元四十三家集》216 卷,明末潘是仁编,有明万历四十三年自刻本。天启二年重修本增收元代诗人 18 家,改称《宋元六十一家集》。

8.《瀛奎律髓选》8 卷,张含、杨慎编,《澹生堂藏书目》卷一二著录,有清抄本。

9.《宋诗选》10 卷,杨慎编,王世贞《艺苑卮言》卷六、陈第《世善堂藏书目录》卷下著录,已佚。

10.《宋诗选》,慎蒙编,见王世贞《弇州老人四部续稿》卷四一《宋诗选序》,已佚。

11.《宋元诗选》,周诗雅编,见黄宗羲编《明文海》卷二二六周氏《宋元诗三刻序》,已佚。

12.《宋元诗选》,陈光述编,光绪《乌程县志》卷三一记载,已佚。

13.《宋元诗选》,朱华围编,清丁宿章《湖北诗征传略》卷一记载,已佚。

14.《宋元诗选》,张可仕编,《明诗纪事》辛签卷一七、黄虞稷《千顷堂书目》卷二八著录,已佚。

15.《宋元名家梅花鼓吹》2 卷,王化醇编,有明万历三十六年尊生斋刻本、《四库全书存目丛书补编》本(第 13 册)。

16.《类选唐宋四时绝句》不分卷,毕自严(1569—1638)辑,稿本。

17.《宋元明诗隽》,吴从先编,袁宏道补订,有日本内阁文库藏明万历四十七年刊本。

18.《宋元诗归》,明末周侯编,王闿运《湘潭县志》卷一〇《艺文》著录,已佚。

10.《宋三十家集》,许学夷编,清杨大鹤《剑南诗钞·凡例》记载,已佚。

20.《宋人近体分韵诗抄》不分卷,卢世漼编,台湾"中央图书馆"藏朱笔批校底稿本。

21.《唐宋诗画谱》1 卷,佚名编,《西谛书目》卷四著录,有明抄彩绘本。

22.《唐宋诗选》22 卷,佚名编,《千顷堂书目》卷三一著录。

23.《增补重订千家诗注解》2 卷,明任来吉编、王相注,有光绪五年广东三元堂刻本。

24.《新刻草字千家诗》2 卷,宋谢枋得辑,题明李贽书,明观成堂陈君美刻本。《中国古籍善本书目》(集部)卷二八著录。

25.《格斋赓韵宋贤诗》1 卷,孙肇瑞编,明成化十五年(1479)朝鲜胤汉刊本。

26.《宋遗民录》15 卷,程敏政编,有《知不足斋丛书》本、《四库全书存目丛书》本。

27.《明解增和千家诗注》2 卷,宋谢枋得编,有明内府彩绘插图写本,藏台北故宫博物院(卷一)。

28.《宋诗钞》,不分卷 ,查志隆编,有清华大学图书馆藏明刻本、《四库全书存目丛书》本。

29.《宋元诗选》,何天衢(？—1527)编,丁宿章《湖北诗证传略》卷二一著录。

30.《宋文鉴删》12 卷,吕祖谦原编、张溥辑评,有明天启、崇祯间刻本。

31.《汲古阁景钞南宋六十家小集》,宋陈起辑,明末毛晋影钞,民国十年(1921)上海古书流通处据明汲古阁景抄宋本影印。

四、清人所编宋诗总集

(一) 顺治、康熙、雍正三朝

1.《宋诗英华》4 卷,有清丁耀亢(1599—1669)顺治抄本。

2.《宋诗选》,曹溶(1613—1685)编,见曹庭栋《宋百家诗存序》,已佚。

3.《宋金元诗选》,王先吉(1618—1688)编,已佚。

4.《宋元诗评选》,王夫之(1619—1692)编。

5.《山姜书屋唐宋四家诗选》,田雯(1635—1704)编,今存清稿本。

6.《宋元诗选》,周斯盛(1637—?)编,有评点,见顾景星《白茅堂集》卷二二《借周屺公评选宋元诗夜读》,已佚。

7.《宋金元诗选》,俞南史(?—1700)编。已佚。

8.《宋元诗声律选》,吴兴祚(1632—1697)编,已佚。

9.《宋人绝句》1卷,王士禛(1634—1711)编,有乾隆间朱振图抄本。

10.《宋季忠义录》16卷,万斯同(1638—1702)编,有《四明丛书》本。

11.《广宋遗民录》,李小有编,见钱谦益《牧斋有学集》卷四九《书〈广宋遗民录〉后》。

12.《广宋遗民录》,朱明德编,见《顾亭林诗文集·亭林文集》卷二《〈广宋遗民录〉序》。

13.《宋诗钞》106卷,吴之振、吕留良、吴自牧合编,有康熙十年吴氏鉴古堂刻本、《四库全书》本、上海商务印书馆1914年影印康熙吴氏鉴古堂刻本、商务印书馆1935年排印本、台湾世界书局1969年排印本、中华书局1986年排印本、上海三联书店1988年排印本等。

14.《宋金元诗永》20卷、《补遗》2卷,吴绮编,有康熙十七年思永堂刻本、《四库全书存目丛书》本。

15.《宋元诗会》100卷,陈焯编,有清法氏存素堂抄本、康熙二十二年程仕刻本、《四库全书》本。

16.《宋诗选》20卷,吴曹直、储右文合编,有康熙二十六年刻本。

17.《南宋二高诗》,高士奇编,有康熙二十六年抄本。

18.《宋诗善鸣集》2卷,《五朝善鸣集》之宋代部分,陆次云编,有康熙二十六年蓉江怀古堂刻本。

19.《宋四名家诗》27卷,周之鳞、柴升合编,有康熙三十二年弘训堂刻本、光绪元年刻本、民国间上海同文堂石印本、《四库全书存目丛书》本。

20.《宋十五家诗选》16卷,陈订编,有康熙三十二年刻本、康熙五十六年刻本、日本文政十年刻本、《续修四库全书》本、《四库全书存目丛书》本。

21.《宋诗啜醨集》4卷,潘问奇、祖应世合编,有康熙三十二年刻本。

22.《宋诗删》,顾嗣立(1665—1724)编,已佚。即其《唐诗述》《宋诗删》《金诗补》《元诗选》《今诗定》系列诗选中的一种。

23.《宋诗删》2卷,邵暠选编、柯弘祚参阅,有康熙三十三年刻本、国家图书馆出版社2015年影印本(《中国古籍珍本丛刊·西南大学图书馆卷》第38册)。

24.《积书岩宋诗删》25卷,一名《积书岩宋诗选》《积书岩宋诗选略》,顾贞观编,有康熙三十五年初刻本、康熙间宝翰楼刻本、康熙间春草堂刻本、

《四库全书存目丛书补编》本。

25.《积书岩宋诗选》1 卷，顾贞观辑，清归安姚氏咫进斋抄本。

26.《御选宋金元明四朝诗》317 卷，张豫章等奉敕编，有康熙四十八年武英殿刻本、《四库全书》本。

27.《宋诗类选》24 卷，清王史鉴编，有康熙五十一年乐古斋刻本、道光十九年乐古斋校补康熙刻本。

28.《濂洛风雅》9 卷，张伯行编，有吉林市图书馆藏清康熙正谊堂刻本、清同治五年福州正谊书院刻本、《四库全书存目丛书》本。

29.《御选唐宋元明诗》不分卷，清圣祖玄烨御编，有故宫藏清抄本。

30.《宋诗》，李国宋编，有雍正三年邵阳李氏古栗堂初印本。

31.《唐宋八家诗》52 卷，清姚培谦辑，有雍正五年（1727）遂安堂刻本。

32.《唐宋四家诗选》21 卷，亦名《韩白苏陆四家诗选》，余柏岩编，有清康熙濂谿山房刻本。

33.《南宋群贤诗选》12 卷，一名《南宋诗选》，陆钟辉编，有雍正九年陆氏水云渔屋刻本。

34.《宋十五家诗删》，为《宋十五家诗选》之删节本，张世炜（1653—1724）编，已佚。

35.《宋诗选》不分卷，郑钺（1674—1722）编，有国家图书馆藏抄本。

36.《南宋二家小诗集》2 卷，文昭（1680—1732）编，有清抄本。

37.《宋诗选》，张庚（1685—1760）编，已佚。

38.《增订宋诗钞》120 卷，车鼎丰（1692—1733）、孙学颜（1677—1734）合编，已佚。

39.《宋诗选》残存 7 卷，马维翰（1693 — 1740）编，清刻本。

40.《宋人绝句选》2 卷、《补遗》1 卷，佚名编，清抄本，有康熙五十五年跋。

41.《唐宋六大家诗》180 卷，沈树本（1671—1743）编，已佚。

（二）乾隆、嘉庆二朝

42.《宋百家诗存》40 卷，曹庭栋编，有乾隆六年嘉善曹氏二六书堂刻本、《四库全书》本。

43.《宋名家诗选》9 卷，张景星等编。张景星为乾隆十年（1745）进士，有日本江户书林青云堂刻本。

44.《宋诗纪事》100 卷，厉鹗编，有乾隆十一年厉氏樊榭山房刻本、上海古籍出版社 1983 年排印本。

45.《御选唐宋诗醇》47 卷,乾隆御编并题序,有乾隆十五年内府刻四色套印本、《四库全书》本、光绪十八年湖南书局重刊本、春风文艺出版社 1995 年排印本。

46.《宋诗百一钞》8 卷,后名《宋诗别裁集》,张景星、姚培谦、王永祺合编,有乾隆二十六年诵芬楼刻本、中华书局 1975 年缩印诵芬楼本、上海古籍出版社 1978 年据涵芬楼本点校本。

47.《宋人小集四种》6 卷,佚名编,有乾隆二十八年刊本。

48.《古诗选》32 卷,其中宋七古 6 卷,王士禛选,闻人倓笺,有乾隆三十一年刻本、上海古籍出版社 1980 年排印本。

49.《宋诗选》,幔云居士编。

50.《宋诗选二集》14 卷,幔云居士编,乾隆三十二年抄本。《新昌胡氏问影楼藏书目录初编》卷一著录。

51.《宋金三家诗选》,沈德潜编,有乾隆三十四年刻本、齐鲁书社 1983 年据原刻影印本。

52.《千首宋人绝句》10 卷,严长明编,有乾隆三十五年毕沅刻本、上海商务印书馆 1927 年排印本、浙江古籍出版社 1986 年校注本、上海书店出版社 1987 年影印本、天津古籍出版社 1991 年影印本。

53.《宋诗略》18 卷,汪景龙、姚壎合编,有乾隆三十五年竹雨山房刻本、国家图书馆出版社 2015 年影印本(《中国古籍珍本丛刊·西南大学图书馆卷》第 41 册)。

54.《宋诗约选》,刘大櫆(1698—1780)编,见《历朝诗约选》,光绪二十三年(1895)文徵阁重印本。

55.《宋诗钞补》,熊为霖(1715—1786)编

56.《唐宋诗本》80 卷,戴第元(1728—1789)编,有乾隆三十八年览珠堂刻本。

57.《宋八家诗抄》16 卷,一名《南宋八家诗》,鲍廷博(1728—1814)辑,有清知不足斋抄本。

58.《唐宋诗钞》,查虞昌(1729—1800)编。《海宁州志》卷一三《典籍志》一二著录。

59.《宋金元诗选》6 卷,吴翌凤(1742—1819)编,有乾隆五十八年(1793)斯雅堂刻本。

60.《宋金元诗删》3 卷,吴翌凤辑,稿本。

61.《宋诗选》,刘治编。刘治为乾隆四十三年(1788)进士。

62.《唐宋诗选》,张骏编。张骏为乾隆四十五年进士,未刊本,《海宁州

志》卷一四《典籍志》一三著录。

63.《宋元诗选》,何天衢(? —1527)编,丁宿章《湖北诗征传略》卷二一载。

64.《七言律诗钞》18 卷,翁方纲辑,有稿本(存 8 卷,清杨岘跋)、乾隆四十七年(1782)翁氏自刻《苏斋丛书》本、民国十三年上海博古斋《苏斋丛书》影印本。

65.《小石帆亭五言诗续钞》8 卷、首《略例》1 卷,其中唐 3 卷、宋 4 卷、金元 1 卷,翁方纲辑,有光绪九年翁氏茹古阁抄本、《丛书集成初编》本。

66.《宋四家律选》5 卷,一名《南宋四家律选》,彭元瑞(1731—1803)编并跋,有彭元瑞抄本、知圣道斋刻本、湖北省图书馆 1985 年影印黄侃民国间批点稿本。

67.《宋人七言绝句诗选》4 卷,管世铭(1738—1798)编。

68.《微波榭钞诗三种》8 卷,清孔继涵(1739 — 1783)编、校并跋,有孔继涵抄本。

69.《宋诗集评》,庄师洛(1743—1812)编

70.《宋诗小锦》,许仲堪(1745—1794)撰。

71.《宋元明诗鼓吹》,张景筠(1749—1783)编。

72.《宋元人诗集》270 卷,法式善(1752—1813)编,有清法氏存素堂抄本。

73.《唐宋诗选》10 卷,时铭(1767—1827)编。李兆洛《养一斋集》文集补遗《齐东县知县时君传》记载。

74.《段七峰先生选钞唐宋诗醇》1 卷,段时恒(1771—1800)编,湖南图书馆藏钞本。

75.《今体诗钞》18 卷,亦名《五七言今体诗钞》、《惜抱轩今体诗选》,清姚鼐编,有嘉庆三年刻本、《四部备要》本、上海古籍出版社 1986 年排印本。

76.《永嘉四灵诗》8 卷(残 4 卷),孙诒让跋,有清抄本、民国十四年南陵徐乃昌影宋精写刻本。

77.《四灵诗钞》,亦名《宋四灵诗钞》,吴之振编,有日本江户文化十二年(1815)佐羽槐等刻本。或即《宋诗钞》之《四灵诗钞》。

78.《今体宋诗选》4 卷,陆式玉编,有日本文化三年(1806)刊本。

79.《删正方虚谷瀛奎律髓》4 卷,方回原编,纪昀删正,有梁章钜批嘉庆间刻本、《镜烟堂十种》本、《丛书集成三编》本。

80.《瀛奎律髓刊误》49 卷,元方回编,清纪昀批点,有嘉庆五年(1800)双桂堂李光垣校刻本、光绪六年(1880)宋泽元重刻本、1922 年上海扫叶山

房石印本。

81.《集宋贤诗》不分卷，孔昭焜编，有孔氏利于不息斋抄本。孔氏乃嘉庆十五年(1810)举人。

82.《宋人小集六十八种》106 卷，嘉庆间浙江桐乡金氏文瑞楼抄本。

83.《江湖小集》95 卷，陈起原编，四库馆臣据《永乐大典》残本重辑，有《四库全书》本。

84.《江湖后集》24 卷，陈起原编，四库馆臣据《永乐大典》残本重辑，有《四库全书》本、清乾隆间鲍氏知不足斋抄本。

85.《宋绝句选》，朱休度(1732—1812)编，已佚。

（三）道光至宣统五朝

86.《宋诗选粹》15 卷，侯廷铨编，龚丽正序，有道光五年(1825)瑞实堂刻本。

87.《唐宋四大家诗选》18 卷，张怀溥编，有道光十一年刻本。

88.《唐宋四大家诗选句分韵》40 卷，清黄位清编，清道光十二年松凤阁刻本。

89.《顾郑乡先生宋诗钞》不分卷，顾廷纶(1767—1834)钞，有民国十七年科学仪器馆石印本，诸宗元跋。

90.《宋元明诗约钞三百首》，原名《宋元明诗合钞三百首》，清朱梓、冷昌言合编，冷鹏序，有道光二十一年保墨阁刻本、咸丰三年虞山顾氏家塾小石山房本、浙江人民出版社 1983 年排印本。

91.《宋诗三百首》1 卷，许耀编，有道光二十五年春水草堂刻本、光绪十年云间冯鸿勋抄本。

92.《宋诗随意钞》6 卷、《续钞》4 卷，杨行传辑，有道光三十年抄本。

93.《宋元四家诗选》，戴熙编，有稿本、道光年间刻本、江苏省国立国学图书馆 1928 年影印本。

94.《东南峤外宋诗钞初集》，梁章钜编，道光间刊本。

95.《甬上宋元诗略》，董沛、孟如甫编，咸丰十一年成书，光绪七年刻本。

96.《重编千家诗读本》，宗廷辅编，同治元年成书，光绪二年刻本。

97.《宋七言律诗注略》3 卷，赵彦傅编注，有同治八年刻本。《嘉业堂藏书楼书目》卷八著录。

98.《南宋群贤七绝诗》1 卷，有圈点与小注，卢景昌选编，抄本。卢氏为同治十二年(1873)举人。

99.《四明宋僧诗》1 卷，董濂辑，有光绪四年刻本、台湾新文丰《丛书集成续编》本。

100.《批评宋诗钞》8 卷，张景星点阅，日本后藤元太郎纂评，有日本明治十五年(1882)浪华书房刻本。此集实为《宋诗百一钞》的评纂本。

101.《宋诗三百首》6 卷，佚名编，光绪十年写刻本。诗人名下有小传，诗后有附语。

102.《宋诗纪事补遗》100 卷，陆心源编，有光绪十九年刻本、山西古籍出版社 1997 年排印本、《续修四库全书》本。

103.《十八家诗钞》不分卷，曾国藩编，有稿本、同治十三年传忠书局刻本、上海商务印书馆 1931 年铅印本、岳麓书社 1991 年排印本、杭州西泠印社 2011 年影印本、《续修四库全书》本。

104.《唐宋诗钞》7 卷，椒坡辑，有清光绪间抄本(清潘志万校并跋)。

105.《宋诗钞补》86 卷，管庭芬(1797—1880)、蒋光煦(1813—1860)编，有上海商务印书馆 1915 年排印本。

106.《宋七绝诗选录》，况澄(1799—1866)编。况澄为况周颐叔祖。

107.《宋诗纪事钞》4 卷，厉鹗辑，贝信三选钞，有同治二年抄本。

108.《宋诗纪事选》1 卷，厉鹗辑，杨浚选录。杨浚咸丰二年(1852)乡试中举。

109.《宋诗纪事补遗》，罗以智(1800—1860)编。

110.《音注宋四灵诗》，清蒋剑人(1808—1867)编，陆律西音注，上海文明书局 1927 年。

111.《西昆集选录》1 卷，董文焕(1833—1877)编，有咸丰十年(1860)董文焕抄本。

112.《桐城吴先生评选瀛奎律髓》45 卷，吴汝纶(1840—1903)选评，1928 年南宫邢氏刻蓝印本、北京中国书店 1992 年影印本。

113.《律髓辑要》7 卷，元方回辑，清许印芳(1832—1901)摘抄，民国刻《云南丛书》本、《丛书集成续编》本。

114.《宋诗略》4 卷，李嘉绩(1843—1907)编，抄本。

115.《宋代五十六家诗集》6 卷，坐春书塾选编，有宣统二年北京龙文阁石印本。《书髓楼藏书目》卷四著录。

116.《西江诗派韩饶二集》6 卷，沈曾植编并序，郑孝胥题签，《章氏四当斋藏书目》著录，有宣统二年姚棣沈氏仿宋刊本。

117.《宜秋馆汇刻宋人集》四编，273 卷，56 种，李之鼎(1865—1925)辑，民国南城李氏宜秋馆刊本。

118.《三体宋诗》不分卷，刘钟英（？—1930）据《积书岩宋诗删》残本选辑而成，有清光绪朱丝栏抄本。

119.《宋诗选》不分卷，郑钺（1878—1943）编，有国家图书馆藏抄本。

120.《宋人江湖小集四种》4 卷，收《棣华馆小集》1 卷、《瑞州小集》1 卷、《华谷集》1 卷、《四明吟稿》1 卷，顾沅（约 1813—1860 年前后）艺海楼抄本。

121.《宋诗评选》，童槐（1773—1857）编，已佚。

（四）清代无法系年宋诗总集

1.《新刻续千家诗》2 卷，晦斋学人辑，清同治九年刻本、光绪七年刻本。

2.《宋诗课本》7 卷，陈雪田抄本，佚名圈点，湖南图书馆藏。

3.《宋人小集三种》6 卷，汤淦编，清抄本。

4.《宋诗吟解集》6 卷，附《金诗吟解集》2 卷，汪楷编，稿本。

5.《宋诗钞》2 卷，林葆恒辑，抄本。

6.《宋诗抄》不分卷，佚名编，稿本。

7.《宋诗征》4 卷，佚名编，抄本。

8.《传是楼宋人小集》不分卷，昆山徐氏辑，《四库全书总目》卷一九四著录。

9.《全宋诗》9 卷，实仅收王炎、孔平仲两家诗，佚名编，清抄本。

10.《御选分韵近体宋诗》不分卷，佚名编，抄本。

11.《宋四家诗》4 卷，佚名编，旧抄本。《四库全书总目》卷一九一、方功惠《碧琳琅馆书目》卷四著录。

12.《宋人诗选》不分卷，佚名编，清抄本，湖南省图书馆藏。

13.《宋诗钞精选》不分卷，佚名编，抄本。

14.《朱批宋诗选》，佚名编，清抄本，有朱笔批语。

15.《四宋人诗》13 卷，佚名编，旧抄本。

16.《宋人诗稿七种》，会稽徐氏铸学斋藏书本。沈知方《粹芬阁珍藏善本书目》著录。

17.《宋五家诗钞》5 卷，佚名编，清刻本。吉林市图书馆藏。

18.《宋人小集五种》10 卷，吴允嘉抄校本。

19.《旧钞本江西诗派》1 卷，佚名编，潘景郑《著砚楼书跋》著录。

20.《唐宋诗补选》，佚名编，抄本。《东北地区古籍线装书联合目录》著录，吉林省社会科学院图书馆藏。

21.《宋诗七言古选》1 卷，翁石瓠旧藏，旧抄本。封文权《韩氏读有用书斋书目》著录。

22.《宋诗搜玉前后集》12 卷,林茂春编,福建莆田刊本。

23.《宋诗选本》不分卷,陈玉绳编,清抄本。

24.《宋诗窥》1 卷、《宋诗窥补》1 卷,顾立功编。《宿迁王氏池东书库简目》卷四著录顾立功《诗窥》3 卷,或为同一书。

25.《唐宋诗醇摘钞》不分卷,佚名编,清抄本,湖南图书馆藏。

26.《唐宋元明诗录》1 卷,佚名编,清抄本,北京大学图书馆藏。

27.《唐宋元诸家诗钞》不分卷,佚名编,清抄本,《中山大学图书馆古籍善本书目》著录。

28.《唐宋元明诗选》4 卷,施湟编,《鄞县志》卷二三著录。

29.《唐宋人诗》1 卷,甄氏编,抄本,重庆图书馆藏。

30.《唐宋诗选》,徐炎编,旧题曼殊震钧《天咫偶闻》卷五著录。

31.《诗约》8 卷,其中《宋诗约》4 卷、《金诗约》1 卷、《元诗约》3 卷,清任文化编,清抄本。

32.《宋诗欣赏集》,叶薰编,《(民国)台州府志》卷八四《艺文略》著录。

33.《宋元明诗钞》1 卷,佚名编,清抄本。

34.《宋金元诗钞》,周汝翼编。

35.《宋元明诗摭略》不分卷,佚名编,抄本。

36.《宋诗钞》1 卷,清邱曾编,吴江柳氏 1920 年抄本。

37.《唐宋诗钞》,1 册,冯尔寿辑,有清抄本。

38.《瀛奎律髓精选》,佚名选抄,云南大学图书馆藏清抄本。

五、民国间编宋诗总集

1.《宋元明诗评注读本》,王文濡编,上海文明书局 1916 年铅印本。

2.《宋人如话诗选》,熊念劬选注,上海文瑞楼 1921 年刊行。

3.《白话宋诗五绝百首》,凌善清,中华书局 1921 年。

4.《白话宋诗七绝百首》,凌善清,中华书局 1921 年。

5.《唐宋三大诗宗集》,易大厂编,上海民智书局 1933 年铅印本。

6.《唐宋诗举要》,高步瀛编,北平直隶书局 1936 年线装铅印本、中华书局上海编辑所 1959 年排印本。

7.《宋诗选》,陈幼璞,商务印书馆 1937 年。

8.《宋诗精华录》4 卷,陈衍编选,上海商务印书馆 1937 年铅印本、江西人民出版社 1984 年点校本、巴蜀书社 1992 年排印本、上海古籍出版社 2008 年高克勤导读本、贵州人民出版社 2009 年沙灵娜等全译本。

9.《宋诗选》,钱仲联选,无锡国学专科学校丛书之十五,1937 年。

10.《宋五家诗钞》,朱自清编,原题《宋诗钞略》,民国间铅印本。

11.《宋诗纪事拾遗》,屈强补编,世界书局 1947 年。

12.《宋诗三百首》,吴家驹编,重庆经纬书局 1947 年。

六、1949 年以来新编宋诗总集

1.《宋诗选》,许世瑛编著,《学术季刊》1954 年第 3 卷第 2 期。

2.《宋诗选》,程千帆、缪琨选注,古典文学出版社 1957 年。

3.《宋诗选注》,钱锺书选注,人民文学出版社 1958 年第一版,今有修订本。

4.《宋诗一百首》,中华书局上海编辑所“古典文学普及读物”11 种之一,1959 年。

5.《宋人绝句三百首》,潘中心、房开江选编,贵州人民出版社 1984 年。

6.《宋诗三百首》,金性尧选注,上海古籍出版社 1986 年。

7.《宋代绝句六百首》,陈增杰选注,福建人民出版社 1986 年。

8.《宋诗鉴赏辞典》,缪钺等撰,上海辞书出版社 1987 年。

9.《宋诗三百首》,钱仲联选,钱学增注,浙江古籍出版社 1987 年。

10.《宋人绝句选》,傅璇琮选,倪其心、许逸民注,齐鲁书社 1987 年。

11.《宋人七绝选》,毛谷风选注,书目文献出版社 1987 年。

12.《宋诗纪事续补》,孔凡礼辑撰,北京大学出版社 1987 年。

13.《宋辽金诗选注》,范宁、华岩选注,北京出版社 1988 年。

14.《宋人绝句的诗情画意》,迟乃义编,吉林大学出版社 1991 年。

15.《宋诗精选》,程千帆编选,江苏古籍出版社 1992 年。

16.《宋代理趣诗集锦》(图文),梅俊道选注,中国文史出版社 1992 年。

17.《宋诗选》,陈达凯编著,上海书店出版社 1993 年。

18.《宋诗三百首》,霍松林、胡主佑选注,岳麓书社 1994 年。

19.《新编宋诗三百首》,吴在庆编著,江苏古籍出版社 1994 年。

20.《宋诗少年读本》,郭敏厚编,陕西人民教育出版社 1995 年。

21.《中国古典诗歌基础文库·宋诗卷》,张鸣选注,浙江文艺出版社 1996 年。

22.《中国文学宝库·宋诗精华》,陶文鹏主编,广西师范大学出版社1996年。

23.《宋诗绝句精华》,岳希仁编著,广西师范大学出版社1996年。

24.《宋诗一百首》,王水照、朱刚注译,上海古籍出版社1997年。

25.《宋诗三百首注评》,李梦生著,太白文艺出版社1997年。

26.《宋诗选》,刘永生编,天津古籍出版社1997年。

27.《宋辽金诗鉴赏》,上海古籍出版社编,上海古籍出版社1998年。

28.《宋诗三百首译析》,喻朝刚、周航编著,吉林文史出版社1998年。

29.《全宋诗》,北京大学古文献研究所编,北京大学出版社1998年。

30.《宋诗三百首》,谢桃坊编注,巴蜀书社1999年。

31.《宋诗选读》,中国社会科学院文学研究所选编,作家出版社2000年。

32.《宋诗三百首》,周羽发主编,延边人民出版社2000年。

33.《宋诗三百首(图文本)》,高克勤编选,曹明纲等注评,上海古籍出版社2000年。

34.《宋诗三百首注》,程杰选注,天津人民出版社2000年。

35.《宋诗三百首》,陆襄主编,上海远东出版社2000年。

36.《宋名家诗导读》,张海鸥编著,广大人民出版社2001年。

37.《宋诗三百首详注》,王以宪编著,百花洲文艺出版社2001年。

38.《宋诗三百首》,赵山林、潘裕民注评,黄山书社2001年。

39.《中国诗词精粹·宋诗选》,乔万民编,天津人民出版社2001年。

40.《潮州宋诗三百首》,彭妙艳选编,文苑出版社2002年。

41.《宋诗三百首》,喻朝刚选编,周航注释,吉林文史出版社2002年。

42.《宋诗三百首辞典》,李梦生选编,汉语大词典出版社2002年。

43.《宋诗三百首》,奚柳芳、王礼贤选注,上海画报出版社2003年。

44.《唐宋诗三百首(汉英对照)》,许渊冲译,河北人民出版社2003年。

45.《袖珍宋诗鉴赏辞典》,缪钺编,上海辞书出版社2003年。

46.《宋诗纪事补正》,钱锺书著,辽宁人民出版社2003年校点本。

47.《宋诗三百首(配图本)》,龚祖培编,陈磊图,天地出版社2004年。

48.《宋诗三百首评注》,刘乃昌选注,齐鲁书社2004年。

49.《宋诗三百首鉴赏》,伍心铭编,时事出版社2004年。

50.《名家品诗坊:宋诗》,缪钺、周振甫、曾枣庄、刘乃昌等撰,上海辞书出版社2004年。

51.《全宋诗订补》,陈新等补正,大象出版社2005年。

52.《〈全宋诗〉订补稿》,张如安著,群言出版社2005年。

53.《宋诗三百首鉴赏辞典》,文学鉴赏辞典编纂中心编 ,上海辞书出版社2007年。

54.《宋诗三百首全解》,李梦生解 ,复旦大学出版社2007年。

55.《宋诗三百首》,谢桃坊选注,巴蜀书社2008年。

56.《宋诗三百首鉴赏辞典》,傅德岷、李元强、卢晋主编,长江出版社2008年。

57.《唐宋诗名篇鉴赏》,李永田编著,当代世界出版社2009年。

58.《宋诗百首》,鲍恒、胡益民评注,安徽文艺出版社2010年。

59.《宋诗三百首》,周航、吴丫编,吉林文史出版社2010年。

60.《宋诗一百首》,钱志熙选评,岳麓书社2011年。

61.《宋诗鉴赏举隅》,霍松林著,中国青年出版社2011年。

62.《全本唐宋诗举要》,高步瀛选注,中国书店2011年。

63.《宋代禅僧诗辑考》,朱刚、李珏著,复旦大学出版社2012年。

64.《唐宋咏粤诗选注》,林兆祥编著,南方日报出版社2013年。

65.《唐宋诗鉴赏辞典》,乐云、黄鸣主编,崇文书局2015年。

66.《全宋诗辑补》,汤华泉辑撰,黄山书社2016年。

主要征引、参考文献举要

一、基本文献

1.《全宋诗》,北京大学古文献研究所编,北京大学出版社 1998 年

2.《全宋诗订补》,陈新、张如安、叶石健、吴宗海等补正,大象出版社 2005 年

3.《西昆酬唱集》,(宋)杨亿编,王仲荦注,上海书店出版社 2001 年

4.《宋文鉴》,(宋)吕祖谦编,《四部丛刊》本

5.《分门纂类唐宋时贤千家诗选校证》,旧题(宋)刘克庄编,李更、陈新校证,人民文学出版社 2002 年

6.《唐宋千家联珠诗格校证》,(宋)于济、蔡正孙编,徐居正等增注,卞东波校证,凤凰出版社 2007 年

7.《诗家鼎脔》,(宋)佚名编,《四库全书》本

8.《诗林广记》,(宋)蔡正孙撰,常振国、降云点校,中华书局 1982 年

9.《明解增和千家诗注》,(宋)谢枋得原编,明佚名增删,北京图书馆出版社 1998 年影印本

10.《宋诗拾遗》,(元)陈世隆编,徐敏霞校点,辽宁教育出版社 2000 年

11.《瀛奎律髓汇评》,(元)方回选评,李庆甲集评校点,上海古籍出版社 2005 年

12.《宋艺圃集》,(明)李蓘编,影印文渊阁《四库全书》本

13.《宋诗钞》,(清)吴之振、吕留良、吴自牧合辑,上海古籍出版社 1993 年影印《四库全书》本

14.《宋十五家诗选》,(清)陈讦辑,《四库全书存目丛书》本

15.《御选宋金元明四朝诗》,(清)张豫章等编,影印文渊阁《四库全书》本

16.《古诗笺》,(清)王士禛选,闻人倓笺,上海古籍出版社 2010 年

17.《宋元诗会》,(清)陈焯编,影印文渊阁《四库全书》本

18.《宋诗纪事》,(清)厉鹗辑撰,上海古籍出版社 1983 年

19.《千家诗》,(宋)谢枋得原编,清王相选注,岳麓书社 1987 年

20.《宋金元诗永》(含《补遗》),(清)吴绮编,《四库全书存目丛书》本

21.《宋百家诗存》,(清)曹庭栋编,影印文渊阁《四库全书》本

22.《宋诗别裁集》,(清)张景星、姚培谦、王永祺合编,上海古籍出版社 1978 年

23.《宋金三家诗选》,(清)沈德潜编,齐鲁书社 1983 年据乾隆刻本影印本

24.《唐宋诗醇》,(清)乾隆御编,马清富主编,春风文艺出版社 1995 年

25.《唐宋诗三千首——〈瀛奎律髓〉》,(元)方回编,(清)纪昀批点,中国书店 1990 年

26.《今体诗钞》,(清)姚鼐编,曹光甫校点,上海古籍出版社 1986 年

27.《千首宋人绝句校注》,(清)严长明编,吴战垒校注,浙江古籍出版社 1988 年

28.《宋元明诗三百首》,(清)朱梓、冷昌言合编,徐元校注,浙江人民出版社 1983 年

29.《宋诗纪事补遗》,(清)陆心源撰,徐旭、李建国点校,山西古籍出版社 1997 年

30.《宋人如话诗选》,熊念劬选注,上海文瑞楼 1921 年刊行本

31.《宋诗精华录》,陈衍评点,曹中孚校注,巴蜀书社 1992 年

32.《唐宋诗举要》,高步瀛选注,上海古籍出版社 1978 年

33.《宋五家诗钞》,朱自清选编,上海古籍出版社 1981 年

34.《宋诗选注》,钱锺书选注,生活·读书·新知三联书店 2002 年

35.《宋诗三百首》,金性尧选注,上海古籍出版社 1986 年

36.《宋诗纪事续补》,孔凡礼辑撰,北京大学出版社 1987 年

37.《宋诗纪事补正》,钱锺书著,辽宁人民出版社、辽海出版社 2003 年

38.《宋史》,(元)脱脱等撰,中华书局 1985 年

39.《清史稿》,赵尔巽等撰,中华书局 1996 年

40.《清史列传》,王钟翰点校,中华书局 1997 年

41.《国朝诗人征略》,(清)张维屏辑,台湾民文书局影清道光十年刊本

42.《郡斋读书志校证》,(宋)晁公武撰、孙猛校证,上海古籍出版社 2005 年

43.《直斋书录解题》,(宋)陈振孙著,徐小蛮、顾美华点校,上海古籍出版社 2005 年

44.《通志》,(宋)郑樵撰,中华书局 1987 年

45.《文献通考》,(元)马端临撰,中华书局 1986 年

46.《千顷堂书目》,(清)黄虞稷著,瞿凤起、潘景郑整理,上海古籍出版社 1990 年

47.《清人书目题跋丛刊》(六、七、十),中华书局 1993 年

48.《清史稿艺文志及补编》,章钰、武作成编,中华书局 1982 年

49.《清史稿艺文志拾遗》,王绍曾主编,中华书局 2000 年

50.《藏园群书题记》,傅增湘撰,上海古籍出版社 1989 年

51.《铁琴铜剑楼藏书目录》,瞿镛编纂,瞿果行标点,瞿凤起覆校,上海古籍出版社 2000 年

52.《木樨轩藏书题记及书录》,李盛铎著,张玉范整理,北京大学出版社 1985 年

53.《钦定四库全书总目》,(清)纪昀等总纂,四库全书研究所整理,中华书局 1997 年

54.《续修四库全书总目提要》(集部),续修四库全书总目提要编纂委员会编,上海古籍出版社 2014 年。

55.《续修四库全书总目提要(稿本)》,中国科学院图书馆整理,齐鲁书社 1996 年据原稿本影印

56.《中国古籍善本书目》,中国古籍善本书目编辑委员会编,上海古籍出版社 1996 年

57.《中国善本书提要》,王重民撰,上海古籍出版社 1986 年

58.《中国丛书综录》,上海图书馆编,上海古籍出版社 1993 年

59.《中国科学院图书馆藏中文古籍善本书目》,科学出版社 1994 年

60.《湖南图书馆古籍线装书目录》,张勇主编,线装书局 2007 年

61.《历代诗话》,(清)何文焕辑,中华书局 1997 年

62.《历代诗话续编》,丁福保辑,中华书局 1997 年

63.《清诗话》,丁福保辑,上海古籍出版社 1978 年

64.《清诗话续编》,郭绍虞编选,富寿荪校点,上海古籍出版社 1999 年

65.《列朝诗集小传》,(清)钱谦益著,上海古籍出版社 1983 年

66.《清诗纪事初编》,邓之诚撰,上海古籍出版社 1984 年

67.《现存宋人著述总录》,刘琳、沈治宏编著,巴蜀书社 1995 年

68.《中国文学家大辞典·宋代卷》,曾枣庄主编,中华书局 2004 年

69.《中国文学家大辞典·清代卷》,钱仲联主编,中华书局 1996 年

二、研究著作

1.《谈艺录(补订本)》,钱锺书,中华书局 1996 年
2.《唐宋诗之争概述》,齐治平,岳麓书社 1984 年
3.《日本藏宋人文集善本钩沉》,严绍璗编撰,杭州大学出版社 1996 年
4.《"唐诗"、"宋诗"之争研究》,戴文和,台北文史哲出版社 1997 年
5.《古典文学要籍简介》,曹道衡等,江苏古籍出版社 2000 年
6.《方回的唐宋律诗学》,詹杭伦,中华书局 2002 年
7.《南宋的诗文选本研究》,张智华,北京师范大学出版社 2002 年
8.《中国选本批评》,邹云湖,上海三联书店 2002 年
9.《中国古典诗歌要籍丛谈》第一辑《历代诗歌总集》,王学泰,天津古籍出版社 2004 年
10.《宋人总集叙录》,祝尚书,中华书局 2004 年
11.《唐诗选本提要》,孙琴安,上海书店出版社 2005 年
12.《古诗文要籍叙录》,金开诚、葛兆光,中华书局 2005 年
13.《著述与宗族——清人文集编刻方式的社会学考察》,何明星,中华书局 2007 年
14.《宋集传播考论》,巩本栋,中华书局 2009 年
15.《南宋诗选与宋代诗学考论》,卞东波,中华书局 2009 年
16.《文学教育视角下的文学选本研究——以家塾文学选本为中心》,付琼,江西人民出版社 2010 年
17.《清代宋诗选本研究》,谢海林,上海古籍出版社 2011 年
18.《唱和诗词研究——以唐宋为中心》,巩本栋,中华书局 2013 年
19.《明代宋诗总集研究》,张波,花木兰文化出版社 2013 年

三、期刊论文

1.《谈选本》,李长之,《北京师范大学学报》1980 年第 5 期
2.《诗选的诗论价值——文学评论研究的另一个方向》,(台湾)杨松年,《中外文学》第 10 卷第 5 期(1981 年)

3.《论古代文学选本的意义》,江庆柏,《文学遗产》1986 年第 4 期

4.《论古代选本的类型及其文学史意义》,胡大雷,《学术论坛》1991 年第 5 期

5.《宋代总集编纂与文学批评》,李凯,《广西民族学院学报》1991 年第 1 期

6.《南宋诗歌选本叙录》,张智华,《文献》2000 年第 1 期

7.《宋诗选本与唐宋诗之争》,张煜,《阜阳师范学院学报》2001 第 6 期

8.《总集与选本》,王运熙,《古典文学知识》2004 年第 5 期

9.《明代诗坛宗宋说》,查清华,《江西社会科学》2004 年第 10 期

10.《论晚明宋诗风的兴起》,丁功谊、左东岭,《江西社会科学》2005 年第 2 期

11.《选本批评与古人的文学史观念》,樊宝英,《文学评论》2005 年第 2 期

12.《略论朝鲜时代的宋人诗文选本》,巩本栋,《古代文学理论研究》第 23 辑(2005 年)

13.《明代宋诗选本论略》,申屠青松,《南京师范大学文学院学报》2007 年第 4 期

14.《从宋诗选本看唐宋诗之争》,高磊,《山西大学学报》2008 年第 5 期

15.《〈宋人总集叙录〉补遗》,卞东波,《图书馆杂志 》2008 第 1 期

16.《宋代文章总集的文体学意义》,吴承学,《中国社会科学》2009 年第 2 期

17.《清初宋诗选本与遗民思潮》,申屠青松,《南京师范大学文学院学报》2009 年第 4 期

18.《宋代文学选本研究——基于“选学”立场的返观与重构》,邓建,《长江学术》2009 年第 3 期

19.《明代宋诗选本补录》,谢海林,《中国诗学》第十四辑,人民文学出版社 2010 年

20.《清人编宋诗选本叙录(顺康雍)》,申屠青松,《新世纪图书馆》2010 年第 3 期

21.《清人宋诗选本叙录》,高磊,《中国韵文学刊》2010 年第 1 期

22.《宋人总集编纂的文体学贡献和文学史意义》,任竞泽,《学术探索》2010 年第 2 期

23.《〈清人宋诗选本叙录〉补正》,谢海林,《中国韵文学刊》2011 年第 3 期

24.《新发现稀见宋元明清唐宋诗歌选本二十种述论》，黄淑芳、王顺贵，《上饶师范学院学报》2011 年第 5 期

25.《宋诗选本序言的文学理论价值》，王顺贵，《社会科学战线》2013 年第 1 期

26.《宋代诗歌总集新考》，卞东波，《中国韵文学刊》2013 年第 2 期

27.《清初唐宋诗选本与唐宋诗之争：对顺治至康熙十年前后唐宋诗选情况的考察》，贺严，见王友胜、吴广平主编《中国文学传播与接受研究——2010 年中国文学传播与接受国际学术研讨会论文集》，岳麓书社 2013 年

28.《金元时期唐、宋诗接受思潮探赜：以若干诗歌选本为核心》，胡正伟，《江西社会科学》2013 年第 12 期

四、学位论文

1.《〈全宋诗〉重出误收研究》，朱腾云，河南大学 2011 年博士论文

2.《方回〈瀛奎律髓〉研究》，金田霞，浙江大学 2013 年博士论文

3.《沈德潜〈宋金三家诗选〉研究》，谭卓培，香港中文大学 1996 年硕士论文

4.《〈坡门酬唱集〉研究》，黄文丽，台湾彰化师范学院 2008 年硕士论文

后　记

今年的暑假特别炎热、漫长，水灾频发，无法出行、会友，只能蜗居在家，又因疫情，原拟承办的学术会议取消，也无需为其他会议论文而烦扰，由此获得了难得的清闲。本书的最后修改、润色工作就是在这段时间里完成的。

我关注宋诗总集研究的论题由来已久。早在1998年于复旦大学攻读博士学位的时候，原湘潭师范学院学报主编张兆凯教授就邀请我为"博士(生)论坛"栏目写稿，在"庆祝湘潭师范学院建校四十周年特刊"上推出。我当时因撰写毕业论文"苏诗研究史稿"，为此查阅了不少宋诗总集，有感而发，就抽空赶写了《清人编纂的三部宋诗总集述评》一文，以为塞责。我毕业返校后，科研上心有旁骛，又耽于行政、教学与学科管理工作，一直无法聚思专力于此项研究，只断断续续写作并发表了几篇相关系列文章。2013年11月，我以"历代宋诗总集研究"为题申报国家社会科学基金后期资助项目，获准立项，于是下定决心对课题集中研究。有了明确的科研任务，又有前期研究基础，正准备快马加鞭大干一场，可事与愿违，就在这个节骨眼上，学校调整了我的行政工作，由图书馆轮岗至继续教育学院。我当时已经在图书馆干了十多年，业务轻车熟路，而继续教育管理却是项全新工作。这个部门负责管理全校的成人高等教育与中小学教师业务培训，牵涉的人多事杂。我经常外出调研、开会，根本没有时间在书房潜心写作。2016年年底，我回到人文学院，成为一名全职教师，才有机会重操旧业，让这个项目不至于胎死腹中，而得以最终完成。

我迄今都在后悔选择了这么一个庞大、艰难的研究课题。"总集"之名，在中国传统目录学中，是相对别集而言，其内容应该包括拾遗补阙、保存文献以"求全"的总集与精加甄选、衡鉴优劣以"求精"的总集。本书曰"总集"而非一般所谓"选本"，在比较宽泛的意义上使用这一概念，就是基于以上认识。众所周知，宋元以来，宋诗文献并没有像唐诗文献那样得到较好传承，有时甚至被用来"覆瓿糊壁"，其亡佚、残损或外流的情况相当严重，又往往分散庋藏各家图书馆，查找检读殊为不易。从学术研究的规范与路数来讲，完成这一课题，作者首先就得摸清家底，竭泽而渔，调查历代所编宋诗总集的名称、卷数、编者、存佚与版本情况并择其精要逐一进行叙录。而要进行这项工作，谈何容易。本人据公私书目及其他相关资料统计，仅截至1911年，见于书目著录或其他文献记载的宋至清人所编宋诗总集就多达319种，另民国12种，中华人民共和国成立以来66种，其详已列入书末所附《历代宋诗总集目录》中。这只是初步工作，本人尽管作出了努力，然囿于闻见，肯定存在漏网之鱼。宋诗总集传刻、抄写过程相当复杂，域外传播历代皆有，均非偏处僻壤者所能详察，不少总集未曾经眼或只看到网络数字文献，故附录中无法逐一确考每部总集的版本、馆藏与存佚情况，已考者，或有疏漏错讹。本课题研究范围广，时间跨度长，涉及的材料浩如烟海，要做到深入浅出、厚积薄发地阐释宋诗总集的型态、特点与生成语境，梳理历代宋诗总集编纂的发展规律及重要宋诗总集的经典化过程，仅凭一人一时很难完成，这项任务需要很多学者长时间共同努力，精进不懈，方能成功。自信点说，我并不是一个不能做项目、写文章的人，但完成此课题，我的确很吃力。我给自己出了一道难题，又没法交出满意的答卷，难免贪心不足蛇吞象之嫌。

宋诗总集不仅为所录诗人立此存照，其中的凡例、序跋、诗人小传、评点、注释等，更是宋诗研究的宝贵资料，然目前却有相当多的宋诗总集没有被宋诗研究者充分利用，更没有得到科学合理的整理与出版。近闻卞东波、石立善二先生主编之《中国文集日本古注本丛刊》，曾刊有日本大窪诗佛、山本绿阴辑，日本佐羽淡斋笺解《宋三大家绝句笺解》等多种日人自编或东传宋诗总集的注释本。其实国内各图书馆亦有大量颇富文献与史料价值的总集亟待整理出版。我曾申报并获批全国高校古籍整理研究工作委员会项目"《宋艺圃集》整理与研究"，拟将该集付之梨枣，以填补明编宋诗总集整理之空白，也算是本书研究的一个副产品。本人还曾辑校《历代宋诗总集序跋凡例萃编》六十篇，然囿于篇幅，没有附入，拟于日后再作增补、完善，变"萃编"为"全编"，另行出版。

本书写作过程中，也有许多特别让人欣慰的事值得一提。本师复旦大学王水照先生经常指导、鼓励、催促我如质如量完成此项研究工作，使我丝毫不敢有所懈怠。我于2006年参加四川大学主办的"宋代文化国际研讨会暨《全宋文》首发式"时，会间将已刊论文《读〈诗家鼎脔〉札记》呈请《全宋诗》主编之一、北京大学孙钦善先生求教。孙先生认可我在该文中辑录的5人(其中新增3人)6首《全宋诗》失收诗歌，表示来日修订《全宋诗》，可以采信。2007年湘潭大学承办的第七届"文学遗产论坛"会上，中国社会科学院文学所刘世德先生在大会发言中,对我提交的论文《五十年来钱锺书〈宋诗选注〉研究的回顾与展望》予以好评,并提供新材料供我采用,陶文鹏先生热情推荐至《文学遗产》,当年第六期即予刊发。福建师范大学谢海林教授曾毫无保留地惠我以钱仲联民国间所编选的《宋诗选》。第十六章《〈宋诗选注〉与〈宋诗三百首〉的异同及其形成缘由》,是在本人与杭州师范大学李靓博士合撰论文的基础上再次修改、增补而成。项目立项与成果结题,曾经得到很多我迄今并不知道姓名的专家垂爱与照拂。本书的写作,也参考了一些认识和不认识学者的相关论著与论文。在此,一并谨致谢忱。

二〇二〇年九月六日于听雨楼